香港大學饒宗頤學術館・研究叢書
第二輯・第四種

二十世紀四十年代
香港《星島日報・俗文學》周刊彙編

關家錚 編著

齊魯書社

圖書在版編目(CIP)數據

二十世紀四十年代香港《星島日報·俗文學》周刊彙編／關家錚編著. --濟南：齊魯書社，2020.7
ISBN 978-7-5333-3943-2

Ⅰ.①二… Ⅱ.①關… Ⅲ.①中國文學—現代文學—作品綜合集 Ⅳ.①I216.1

中國版本圖書館 CIP 數據核字(2018)第 062133 號

責任編輯　李軍宏　王其寶
裝幀設計　郭　覯

二十世紀四十年代香港《星島日報·俗文學》周刊彙編
ERSHI SHIJI SISHI NIANDAI XIANGGANG XINGDAO－RIBAO SUWENXUE ZHOUKAN HUIBIAN
關家錚　編著

主管單位	山東出版傳媒股份有限公司
出版發行	齊魯書社
社　　址	濟南市英雄山路 189 號
郵　　編	250002
網　　址	www.qlss.com.cn
電子郵箱	qilupress@126.com
營銷中心	(0531)82098521　82098519　82098517
印　　刷	日照日報印務中心
規　　格	32 開(148mm×210mm)
印　　張	13
插　　頁	3
字　　數	320 千
版　　次	2020 年 7 月第 1 版
印　　次	2020 年 7 月第 1 次印刷
印　　數	1—1000
標準書號	ISBN 978-7-5333-3943-2
定　　價	48.00 圓

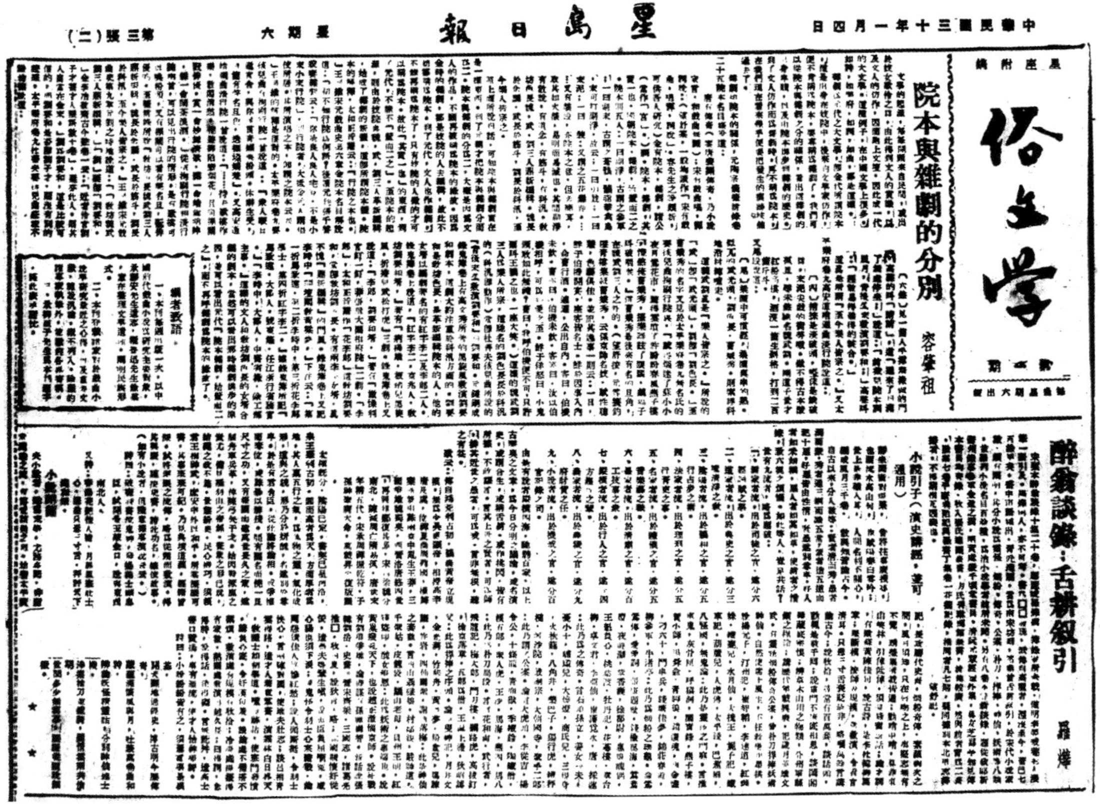

中華民國三十一年一月四日　星島日報　星期六　第三張（二）

星座附編

俗文學

第一期

院本與雜劇的分別

容肇祖

醉翁談錄：舌耕叙引

羅㸌

《星島日報·俗文學》周刊第一期

（刊載：容肇祖《院本與雜劇的分別》，羅㸌《醉翁談録：舌耕叙引》）

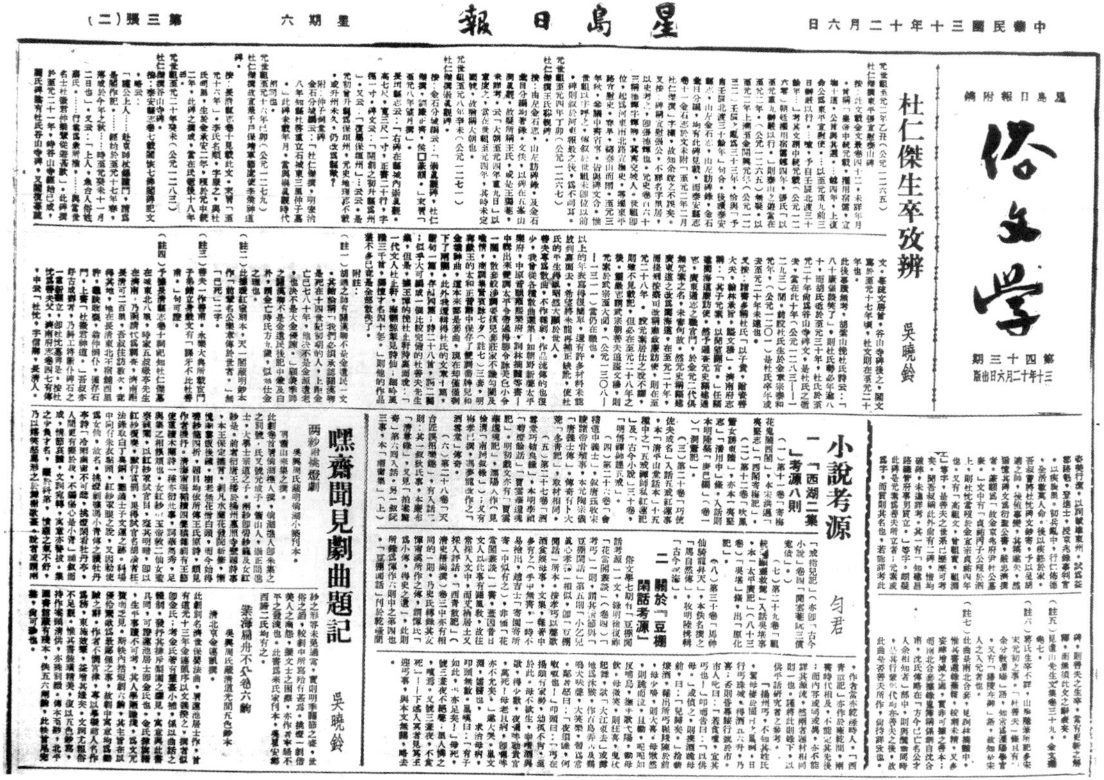

《星島日報·俗文學》周刊第四十三期

［刊載：吳曉鈴《杜仁杰生卒考辨》《嘿齋聞見劇曲題記》，勻君（即葉德均）《小說考源》］

編輯説明

香港《星島日報·俗文學》周刊創刊於1941年1月4日,至是年12月6日終刊,共出43期。本書以周刊全部内容,按照實際原文重新録入。采用規範繁體字排版,人名、地名、書名等專屬名詞中適度保留异體字,舊字形徑改。

原文中有一些明顯的錯字、别字、漏字或係原作者之疏忽,或係報刊編輯排版之失誤,編著者或徑改或括注正確文字。同時,原文個别有缺字、漏字而又無法補正者,以"□"符號標識;原文有缺字、漏字,編著者能够根據相關文獻資料補入者,在脚注中説明相應文獻資料信息。此外,對於原文的標點符號的使用習慣,編著者儘量予以尊重并保留,對於错误的標點符號使用則加以校正。

本書編輯體例,同一作者的文章收在一起。每位作者的文章之前,均冠以小傳。每篇文章之末端,括注刊載周刊的日期、期數。文章之後另加"案",以説明文章的刊載源流。

本書編排,按照作者刊發文章時間的先後順序排列;書後附有"文章篇名索引"(以篇名首字筆畫爲序)。

編著者由於水準有限,經驗不足,在内容的編排方面難免有所錯漏,敬希專家和讀者朋友批評指正。

序　言

關家錚兄數度嘉譽我爲首次向通俗文學研究界同仁介紹港版“俗文學”副刊者。此話雖真,却教我汗流浹背,我離開這行的日子委實不短矣。

我敢稱“天下第一號雜家”,高中時期至兩次退休,所好有增無减。古典小説和近代海軍史這兩個基本领域,自始就無師自通地平行發展。甫入大學,旋即添上中西交通、本草學和佚籍鈎沉,然後再增加傳統古典小説以外的通俗文學(尤其是木魚書)。念學士期間,就在不理會課程、日夜窮追苦讀自己感興趣的課題下度過。待我赴美攻讀博士,就以通俗文學中的包公爲學位論文題目,是順理成章的發展。

到了第二次退休前夕,仍計劃以後如何分日進行不同學科與性質的探討。退休以後的工作環境畢竟大异於前。雖然讀書搜集資料和寫作的速度迄今尚未慢下來,但因新題目在互相帶引下超速地涌現,退休後的這十年已全給海軍史占去了,經常變成欲罷不能,以後也難有改變的可能,對通俗文學興趣的荒落已到了不容不自愧的程度。

就在這關頭,關家錚兄遠道惠告,他成功編就的《二十世紀四十年代香港〈星島日報·俗文學〉周刊彙編》要由齊魯書社出版,并命序記我曾扮演過的角色。恭敬不如從命,還可讓我稍稍重温舊業,自然樂以爲之。

從事通俗文學研究是20世紀三四十年代非傳統國學界的盛業,碩學之士群趨參與,報告争出,創見叠現。通俗文學這一新學術領域涵蓋很廣,古典小説、戲曲固然包括在内,舉凡彈詞、寶卷、子弟書、變文、大鼓、木魚書、山歌、龍舟、諺語等地區與方言色彩濃厚的民間作品悉數納入。這新領域的認可及研究成績於短期間的蔚然自樹,這現象的形成和確立,與特殊發表媒體的配合深有關係。

這媒體就是在北平、上海和香港以報紙副刊形式發布的"俗文學"或"通俗文學"周刊。由行内專家任主編[阿英(錢杏邨)、戴望舒、趙景深、傅芸子、傅惜華],刊布頻度稠密而固定,發行量大,兼以群衆爲推銷對象,此等優點非一般象牙塔式的學術期刊所能企及。然而對行内即時的激勵并不等於那些副刊本身流傳久遠,事實是得面對種種阻逆。報紙的銷售限於一天,居別處者更難購備,積存非長久持續不爲功,而收藏復必得解除空間問題。三四十年代是大動蕩時期,國家恒常陷於存亡莫測之境,内憂外患,何日無之。有此種種困難,可期望誰能有系統地積存於1936年4月3日至1949年1月12日之間,先後分刊平、滬、港三地報紙的六種俗文學副刊,另加上《文史雜志》(蘇州)6卷1期(1948年3月)的"俗文學專號"?報紙是當天不立刻收存,次日便無從覓求之物。現狀是已過了環境屢易的七八十年,更不必説了。

各版"俗文學"所刊之文固然不曾全部隨那些報紙失落,有若干重見於作者後來推出的文集或其他專題叢刊,但往往并無清楚注明原刊何處,交代曾否修訂就更罕見了。即使若干文章可從別途看得到,學術演化的紀録還是没有了(這正是我一向强調讀書和期刊文章要用原本,避開日後用另排、轉載那類方式出版之物的理由)。擬讀大部分刊於各款"俗文學"副刊之文,尤其是原刊時所説的話,務得保留,那些副刊本身就必須掌握。

須做之事,明顯有二:其一爲副刊編全目,其二爲編刊那些副刊。

第一件事,家錚前幾年通過《二十世紀〈俗文學〉周刊總目》(濟南:齊魯書社,2007年)的出版已做妥了。現任職於山東大學圖書館的關家錚兄是通俗文學研究前輩關德棟先生的哲嗣。當年德棟先生辛苦集得的各版"俗文學"副刊是普天下最齊全者,并無缺漏,除三數期爲手抄本,其他件件均爲原物,現悉在家錚家中。這分明是無價的寶庫。家錚克紹箕裘,子承父業,奮發多年,務要完成父志。繼全目的工作後,各版"俗文學"副刊逐一編次刊布是理想的進行方策。首選也够明顯,戴望舒主編的香港《星島日報·俗文學》周刊因地緣和時間(終刊時日軍已犯港在即)的關係,流傳最成問題,但把雅稱"雨巷詩人"的戴望舒和通俗文學研究串聯起來,必引起讀者的注意,從而支持這一系列的工作。

戴望舒是五四之後新文學的健將,詩歌和散文均别具風格,另創新境。這些衆所周知,毋庸多説。得强調的是他對通俗文學研究所付出的和所獲得的同樣非凡。簡單地説,他的興趣在漢魏至唐末的各式文言短篇小説,這期間除專題單篇報告,還做過不少輯佚工作(惜多未刊,我見過厚厚的稿本)。他的另一研究重點爲話本小説,尤其是明代的擬話本。不能忽略的還有他極留心《水滸傳》的演化過程,已發表長文。不管是否同意他的看法,時人都會佩服他考證功力的深厚。象徵派詩人有此截然不同的另一面,誠非行外人士所易想象。戴望舒還曾計劃寫一本《中國小説史講義》,可惜衹草稿了三十頁便停筆(我複印了整份稿本)。明白了這背景,就不會驚异香港《星島日報》的《俗文學》周刊會由他來主編,并在其間發表他的研究文字。

至此還未講我曾扮演過甚麽角色。我手上有各版"俗文學"副刊,敢説僅次於關氏父子所藏,量雖如此,却悉爲電子複印件,全無原物。我首次有系統地搜集始於 1976 年下半年,利用在斯坦福大學(Stanford University)客座一學期的機會,窮檢胡佛圖書館(Hoover Institution Library and Archives)庋藏極豐的中國報紙,所獲讓我幾乎天天驚喜。但有一意想不到的缺陷,報紙裝訂起來可以弄得頗厚,版邊不時有好幾行跑進綫縫裏去,怎麽也看不出來。

遲至 1982 年初才有下一次的機會。在通俗文學研究界活躍數十載、培養了不少後進的吴曉鈴先生首次訪美,以夏威夷爲第一站,在舍下小駐旬日。他把所藏的各版"俗文學"副刊悉數帶來,讓我複印,以前遇到的綫縫問題始得以解决。後來和家錚兄熟悉了,又從他那裏補充了不少罕見的。其他零碎的來源就不再細表。

正如上文所解釋的,我的興趣既廣又雜,經常有不少課題擺在眼前等待追探,故雖在 70 年代中期所集各版"俗文學"副刊已不少,待吴曉鈴來訪後資料又再添增,仍未嘗利用。幸旋因香港大學馮平山圖書館金禧即届,擬於 1982 年底出版紀念論文集,徵稿及我,念《星島日報》與館藏有關,遂抽出港字號,撰爲《香港〈星島日報〉俗文學副刊全目——附解題》以應,文見陳炳良主編《香港大學馮平山圖書館金禧紀念論文集(1932—1982)》(香港:香港大學馮平山圖書館,1982 年),第 98 ~ 108 頁。文内盡當時所知,列出各文後來復見何處。

其後二十多年,天天亂忙,始終没有再理會任何一款"俗文學"副刊。何以如此,不難解釋。在這漫長的時段裏,《水滸傳》和海軍史的新課題接三連四地涌出來,幾乎永遠應接不暇,何能理會其他。等到要真正退休,以後的研究時間如何分配雖還未明朗,儘管仍治小説,也難期望可顧及《水滸傳》以外之作,遂覺得應把尚未結集的小説研究諸篇彙次爲書。這次修訂那篇港字號文(題目仍舊)稱得上徹底,解題部分尤其用力。文見馬幼垣《實事與構想——中國小説史論釋》(臺北:聯經出版事業股份公司,

2007年),第211~226頁。

追記這些,希望有助説明處理三四十年代的“俗文學”副刊刻不容緩,而够資格擔起這任務者,除關家錚,别無選擇。請大家給他支持和鼓勵吧。

拉雜數事,凑爲序文,不成體統,還請家錚兄和讀者諸位察諒。

馬幼垣

2016年12月2日

敬序於檀島東郊苑珍館

又

正期待看校樣,關家錚兄電郵惠告,書蒙列爲“香港大學饒宗頤學術館研究叢書第二輯·第四種”。這好消息對我特别有意義。年高百歲的固庵先生是我之業師,未入香港大學前兩三年已受教,快達六十年矣。除中西交通外,我和固庵師雖少有共同興趣,但自問普天下搜求資料,事事窮究,務要不留餘義的治學法師承所自清楚,且研究範圍繁陳而恒易,兼不拘領域與時段,復爲文不作浪費筆墨之言,必須有創獲,開新境,此師徒共有的研治特徵,學界誠非易見。

這次家錚兄給我機會重温放下已久的俗文學,正好用來調劑這十多年來埋首海軍史的節拍。更换研究領域帶來的愉快感受,固庵師是不陌生的。

馬幼垣

2019年10月20日

目　録

引言

一

近現代象徵派詩人、翻譯家——戴望舒(1905—1950),翹楚詩壇,譽滿中外,已被人們所熟悉。然而,他是一位在20世紀40年代初期推動俗文學研究運動以及俗文學研究者,則是大家不熟知的事。

中國俗文學研究,可以説是晚清以後纔得到劃時代發展的。此時,各類文體的地位升降是一種令人矚目的現象,中國歷來以詩文爲中心的傳統文類格局遭到了前所未有的衝擊;僅敦煌石窟文物被發現,大批久已湮没的唐五代俗文學作品展示在人們眼前,向來爲士大夫所輕視的文體也隨其地位迅速上升;小説、戲曲之類等,不僅成爲新文學創作的主要文體依托,其傳統文獻的發現也引起了學術界越來越多的關注。“俗文學”一詞據説是日本漢學家狩野直喜博士(1868—1947)最早提出的,他在1916年《藝文》第7卷第1、3期上發表的《中國俗文學史研究的材料》一文中説:“治中國俗文學而僅言元明清三代戲曲小説者甚多,然從敦煌文書的這些殘本察看,可以斷言,中國俗文學之萌芽,已顯現於唐末五代,至宋而漸推廣,至元更獲一大發展。”①敦煌遺書中的俗文學材料成爲中國俗文學的一部分的重要地位,也就從而被指出。將“俗文學”引入研究者的視野,不僅大大拓展了文學史料的範圍、畛域,也促成了人們文學觀和文學史觀的變革。1928 年 6 月 5 日,胡適(1891—1962)在《白話文學史·自序》中所説的“敦煌石室的唐五代寫本的俗文學,經羅振玉先生、王國維先生、伯希和先生、羽田亨博士、董康先生的整理,已經有許多篇可以供我們采用了”“日本方面也添了不少的中國俗文學的史料”,②或許這是國内學者較早使用“俗文學”一詞。1929 年,鄭振鐸(1898—1958)利用早期敦煌文學的輯佚和研究成果,把敦煌石窟所發現的各種通俗文學作品統稱爲“俗文學”,撰寫了《敦煌的俗文學》。③ 這些新的文學樣式有着絲毫不低於傳統詩文的藝術價值,打破了固有的文章體制,從學理上予以新的整合,以建立新型的文學觀,差不多就很有必要了。之後,鄭振鐸試着寫一部以反映“中國文學的整個發展的過程和整個的真實面目”的中國文學史,1930 年 5 月商務印書館印行《中國文學史(中世卷第三篇上)》。“據作者自稱,原想編一部能顯示出真實面目的中國文學史,年出二册,於五六年後完成,因故僅出了一册而終止。‘一·二八’事變時,本書版子毁於炮火。”④鄭振鐸計劃寫作的“大文學史”遭日本侵略軍焚毁後,於是以“急就章”的方式,寫了《插圖本中國文學史》,於 1932

---

① 參見嚴紹璗:《狩野直喜和中國俗文學的研究》,刊載《學林漫録》第七集,北京:中華書局,1983 年。

② 參見胡適:《白話文學史》,上海:新月書店,1928 年;北京:東方出版社,1996 年,第 1 ~ 10 頁。

③ 參見《小説月報》1929 年第 20 卷第 3 號,後收入《中國文學史(中世卷第三篇上)》第三章《敦煌的俗文學》,上海:商務印書館,1930 年。

④ 陳玉堂編:《中國文學史舊版書目提要》,上海:上海社會科學院文學研究所,1985 年,第 47 頁。

年12月出版。[①] 在這部書裏,他首次把歷來不爲文人雅士們所重視的彈詞、寶卷、小説、戲曲等,被“正統文學”視爲不能登入文學殿堂的所謂“俗文學”,以三分之一的篇幅寫了進去,以他獨到的科學見解,爲“俗文學”正了名,不僅填補了我國文學史的空白,并爲“俗文學”争得了在文學殿堂中的應有席位。1934 年6 月,鄭振鐸在《文學》月刊第 2 卷第 6 號“中國文學研究專號”上,又寫了《三十年來中國文學新資料的發現史略》一文[②],將三十年來發現的新資料,以宋元詞集、敦煌變文、寶卷、彈詞、鼓詞、民歌俗曲、諸宫調、戲曲、散曲、小説、詩文及其他要集等 11 類進一步論述,其中除首尾兩類,應當説都是俗文學的門類。史料的拓展與觀念的更新是相輔相成的,它們共同構成中國文學史由傳統向現代轉化的樞紐,“俗文學”的概念、理論也應運而形成。

鄭振鐸在總結近三十年來中國文學新資料之後,不滿足於資料長編式的歷史堆積,他沉思既久,蓄積良多,對於中國俗文學史去取範圍的認識,以“因爲如今還不曾有過一部比較完備的中國文學史,足以指示讀者們以中國文學的整個發展的過程和整個的真實的面目的呢”(《插圖本中國文學史·自序》)。中國文學史缺少的正是“俗文學”這部分,以及其對於整個大中國文學史的獨特認識。至 1938 年,鄭振鐸《中國俗文學史》(商務印書館)出版,從理論上論述了俗文學的範圍、性質、内容、發展、分類,這爲中國

---

① 《插圖本中國文學史》(北平:北平樸社,1932 年),正如這本書在《自序》和《例言》中所述:“本書所包羅的材料,大約總有三分之一以上是他書所未述及的:像唐、五代的變文,宋、元的戲文與諸宫調,元、明的講史與散曲,明、清的短劇與民歌,以及寶卷、彈詞、鼓詞等皆是。”這裏提到了寶卷、彈詞、鼓詞等俗文學體裁,是該書在傳統中國文學史内容上的突破。遺憾的是對寶卷、彈詞、鼓詞等尚未論述,《近代文學卷》部分未叙述完。

② 鄭振鐸:《三十年來中國文學新資料的發現史略》,《文學》月刊 1934 年第 2 卷第 6 號“中國文學研究專號”,第 964 ~982 頁。

俗文學史研究體系奠定了基礎,開創了俗文學專門史的研究,使得影響廣泛的一門新的學科——“中國俗文學”被學術界廣泛傳播和認同,遂標志着“中國俗文學”學科得以正式確立。由此,文學藝術工作者們對中國俗文學研究的興趣日趨濃厚,許多學者衝破傳統觀念的束縛,逐漸開始對存世的俗文學資料進行系統的發掘、整理和研究,并且在香港、上海、北京等地幾家主要報刊的大力支持下,先後出現了阿英(1900—1977)主編的《大晚報·火炬通俗文學》周刊[阿英(錢杏邨)主編的《大晚報·火炬通俗文學》周刊,於1936年4月3日(星期五)創刊第1期,從第2期開始改爲每星期三出版,刊載於第五版,每期有刊頭“火炬通俗文學”字樣,通常六欄,約五千字。其中,1936年8月26日(星期三)没有刊出,28日(星期五)刊出;9月9、16日没有刊出,9月11日(星期五)刊出;10月16日(星期五)多刊出一期。一共連續刊出了40期,一直延續到12月30日結束]、戴望舒主編的“港字號”(吴曉鈴《朱自清先生和俗文學》一文,見《華北日報·俗文學》周刊第60期,1948年8月20日。爲區分不同地區出版的《俗文學》周刊,而提出“港字號”“滬字號”“平字號”《俗文學》周刊稱謂。)《俗文學》周刊、趙景深(1902—1985)主編的“滬字號”《俗文學》周刊[“滬字號”《俗文學》周刊包括:《神州日報》的《俗文學》周刊,1946年7月5日創刊,每星期五出版,刊載在第四版,每期約四千字,僅出了7月5日和7月12日兩期,該版即停刊。這一周刊也許是因爲出版時間短暫,故一向没有人提及。這份由趙景深先生主編的《俗文學》周刊,開創了抗戰勝利後數年“滬字號”“平字號”俗文學研究周刊出版之先河,促進了俗文學研究輝煌時期的到來。《大晚報》的《通俗文學》周刊,1946年9月3日復刊,一共出版了95期,在1948年8月休刊,恰好兩年。這中間,1947年2、3月因故暫時停刊兩月。第1期至第23期,每逢星期二出版;

自4月7日第24期後,欄目位置固定,每期四欄,增加了字數,每期約四千字,改爲每逢星期一出版;第44期開始欄目"通俗文學　趙景深主編"則由趙先生親自題署。上海《中央日報》的《俗文學》周刊,1946年10月11日創刊,一共編輯了92期,歷時兩年三個月,1949年1月12日停刊。第1期至第15期刊載於第十版,除第1期星期五出版,餘下每星期四出版;第16期至第87期改刊載於第七版,第88期爲第六版,出版時間基本上改爲每星期五,這中間也時有出版時間延期或改動版面現象,或許爲當時的形勢所致吧。欄目自第42期開始爲"俗文學　沈尹默題";第86期改爲"俗文學　葉恭綽題"。每期六欄,約六千字。自第62期(1948年4月9日)開始《中央日報》前寫"上海《中央日報》"字樣],以及傅芸子(1902—1948)、傅惜華(1907—1970)主編的"平字號"《俗文學》周刊("平字號"《俗文學》周刊由傅芸子與其兄傅惜華主編。創刊於1947年7月4日,欄目爲"俗文學　胡適題"字樣,每星期五出版,刊載在《華北日報》第六版或第八版,每期五欄,三篇、四篇、五篇文章不等,約六千字,共編了74期,1948年11月26日停刊,歷時近一年半),形成了俗文學研究方興未艾的情勢,這就成了20世紀二三十年代强大的文學藝術研究思潮中的一個組成部分。在論述現代中國俗文學研究的迭起,以及其後從中國俗文學研究發展起來而成爲獨立研究領域的崛起,都無法繞開其時代傳媒所提供的陣地與推波助瀾。即便是獨立不羈的文人學者,也無不與報刊保持着密切的聯繫。中國俗文學研究發展的沿革以及學術歷程更是顯示出來。"港字號"《俗文學》周刊是20世紀40年代初,戴望舒先生在香港主編的《星島日報·俗文學》周刊,這是繼鄭振鐸《中國俗文學史》一書出版後,"俗文學"作爲一門學科確立後,在報刊上以定期的形式,專門刊載俗文學研究的文章,實屬首創。

遺憾的是,"中華人民共和國成立以來出版的一些文學史,對這一時期的俗文學史料的搜輯與研究的成績没有給以足够的重視,更没有給以恰當的評價"①。筆者根據學術史研究工作的需要,在整理家藏俗文學資料時,較系統地收集、整理出《二十世紀〈俗文學〉周刊總目》(濟南:齊魯書社,2007 年)一書,對於深入研究俗文學促其發展,以及研究中國俗文學學術史,或可酌供補缺。

二

戴望舒研究俗文學的興趣,源於從小受古典文化的陶冶熏染。戴望舒原籍江蘇南京,後遷居杭州;母親祖籍浙江塘栖。幼年在家庭裏,雖然其母没有讀過多少書,但戴望舒生於書香門第,深處江南濃郁豐厚的文化底蘊中,"會講許多文學或歷史故事,也能整段整段地唱出雅得不能再雅的戲曲,也能一串串地抛出謎語、歇後語、諺語——童年的望舒在母親的似乎是無窮無盡的故事的講述中慢慢長大"②。猶如蘇聯漢學家契爾卡斯基所説:"戴望舒生在杭州,那是白居易和蘇東坡謳歌咏唱過的地方。西湖秀麗的山水和古塔峰影常使詩人回想過去的時代……所以他不僅熱愛法國象徵主義,也同樣熱愛中國古典文學。"③

戴望舒的小學是在杭州鹺務小學就讀的,校長是位特别保守、推崇國粹的學者,同時也是一位書法家,要求嚴格,學校辦得

① 劉錫誠:《二十世紀〈俗文學〉周刊總目·序》,參見關家錚編著《二十世紀〈俗文學〉周刊總目》,濟南:齊魯書社,2007 年,第 12 頁。

② 參見北塔:《雨巷詩人:戴望舒傳》,杭州:浙江人民出版社,2003 年,第 2 頁。

③ 契爾卡斯基:《論中國象徵派》,參見《中國現代文學研究叢刊》1983 年第 2 期。

很有名氣,"是當時杭州城裏教學質量最高的新式小學之一"①。學校每日的課程總是念古詩文、臨摹碑帖和練習太極拳,特别重視古文、書法、太極拳的訓練。"延續傳統的第一個也是最實在的例子體現在教師和學生的關係之中。"②恰得這些嚴格的古文訓練,又在老師的反復傳道、授業和解讀的過程中學習和領會了豐厚的中國古典文化傳統,戴望舒在少年時代就有了一定的古典文學修養,這爲他日後的俗文學研究打下了扎實的基礎。如果没有這一功底,他恐怕不可能在 20 世紀 40 年代推動中國俗文學研究的發展;同時,他對於俗文學研究,也就不可能取得輝煌的成就。

戴望舒小學畢業後,1919 年考入私立宗文中學,此時的杭州正處在新文化運動的一個風起雲涌、新舊對立甚至可以説新舊對決的時代。一批嶄露頭角的新文學風雲人物相繼雲聚在西子湖畔,陳望道、夏丏尊、劉大白、朱自清、俞平伯、劉延陵、葉聖陶等,都曾在浙江第一師範學校任教。宗文中學由於是一位舊派保守人物把持,處於與世隔絶的狀態,處處與新思潮對壘;尤其是校長竭力反對新文學,公開明確表態,反對白話文,甚至不准學生看小説,認爲"無論什麼小説總是有害的"③。學校采用的教材仍然用文言文,教員的教學法也是陳舊不堪,讀一遍課文,然後把字面意思解釋一下,根本没有容納新思想的任何縫隙。除了教科書中的古文詩詞,戴望舒能够吸收到的文學營養,主要是從當時流行的用文言文翻譯的外國小説以及"鴛鴦蝴蝶派"主辦的一些刊物獲得的。儘管這些同新文學有着很大的差异,更多地承襲了民族文

---

① 參見北塔:《雨巷詩人:戴望舒傳》,第 6 頁。

② 參見 E. 希爾斯:《論傳統》,上海:上海人民出版社,1991 年,第 156 頁。

③ 張天翼:《我的幼年生活》,參見《文學雜志》1933 年第 1 卷第 2 期;《張天翼研究資料》,北京:中國社會科學出版社,1982 年。

學傳統,特别是古典文學部分,但從文學發展的角度來看,還是不乏借鑒之處,對其之後的文學活動也産生了深刻的影響。張天翼就曾寫道:"因爲愛看小説之故,和幾位同學寫起來,都是些在林琴南和《禮拜六》之類的影響之下的。"(《我的幼年生活》,《文學雜志》1933 年第 1 卷第 2 期)戴望舒就是其中一位。

戴望舒在小學、中學所學的國學,作爲一種文化基礎,是必需的、有益的。正是這些豐厚的文化底藴,造就了戴望舒中國古典文學研究的傾向。這對他後來俗文學的研究産生了决定性的影響。

三

1938 年 5 月,戴望舒舉家從上海來到香港,同年 8 月 1 日香港《星島日報》創刊①,之後他主編的《星島日報·星座》副刊出版,他在《創刊小言》中寫道:"《星座》現在寄托在港島上,編者和讀者都盼望着這陰霾氣候之早日終結了。"本着"盡一點照明之責"的信念,戴望舒投身到抗日的洪流之中。至 1941 年聖誕節香港淪陷前,"戴望舒創作熱情高漲,寫詩、翻譯,同時還進行古典文學的研究,就其數量而言,也是一生最多産的時候"②。對中國俗文學中古典小説的關注,"據施蟄存先生回憶,孔另境的《中國小説史料》一書,多半是戴望舒提供的材料"③。1934 年,戴望舒"在

① 方漢奇、張之華主編:《中國新聞事業簡史(第 2 版)》,北京:中國人民大學出版社,1995 年,第 527 頁。

② 王文彬、金石主編:《戴望舒全集·小説卷》"傳略"部分,北京:中國青年出版社,1999 年,第 8 頁。

③ 轉引自施蟄存、應國靖編《戴望舒》,北京:人民文學出版社,1993 年,第 316 頁。

西班牙看到了一本《風月錦囊》,回國後就對俗文學産生興趣"①。之後,"一九三五年他所校點的《石點頭》(上海貝葉山房發行,民國二十四年初版)和《豆棚閑話》(上海雜志公司總經銷,1935年)就出版了"。戴望舒開始更多地"注意到中國古代小説和戲劇的研究"②。戴望舒在香港"第二次'文藝講習會'負責講授《小説史略》"③,積極推廣中國俗文學中的古典小説研究。魯迅的《〈古小説鈎沉〉序》,是戴望舒先生發現的,原刊於民國二年(1913年)二月浙江紹興的小刊物《越社集刊》,後來唐弢收入所編《魯迅全集補遺》首篇。④ 爲此,戴望舒寫了《〈古小説鈎沉〉校輯之時代和逸序》(初稿刊發於1944年3月19日香港《華僑日報·文藝周刊》),對魯迅先生的《〈古小説鈎沉〉序》一文的發現經過及《古小説鈎沉》校輯的過程作了較爲全面的補充論证。抗戰勝利後,該文經過修改,連同發現的魯迅的《〈古小説鈎沉〉序》,又一同刊發在1946年9月10日上海《大晚報·通俗文學》周刊第2期。吴曉鈴根據戴望舒讀書校語摘録而成《〈古小説鈎沉〉校讀記》一文,并且"在他遺稿裏發現了一個尚未完成的《中國小説史》的藍圖。……他從古代文獻裏所鈔録下來的中國小説資料將近百萬

---

① 轉引自施蟄存、應國靖編《戴望舒》,北京:人民文學出版社,1993年,第316頁。

② 戴望舒著,吴曉鈴編:《小説戲曲論集》"編後小記",北京:作家出版社,1958年,第109~111頁。

③ 施蟄存、應國靖編:《戴望舒》,北京:人民文學出版社,1993年,第313頁。

④ 趙景深先生《通俗文學周年紀念》一文,刊載《大晚報·通俗文學》周刊第44期,1947年9月8日;另外參見戴望舒著,吴曉鈴編:《小説戲曲論集》,北京:作家出版社,1958年,第27~30頁。

言……"①也正如趙景深先生所言:"戴望舒的工作:'望舒忙着剪貼《小説叢考》和《小説考證》是我所親見的。'最近由黎庵兄轉到望舒兄來信,方知他有暇仍從事小説研究的工作,他進一步從各種筆記上搜集小説舊聞,已逾四萬字,都是前人未曾采録的,他預備搜輯到十萬字以後方纔出書。他的信中提起有關小説研究的重要的幾點……"②可以説,戴望舒"是在跟隨着魯迅先生的《小説舊聞鈔》和《古小説鈎沉》的步伐在前進着"③。對於古典小説的深入研究(俗文學研究),戴望舒受魯迅先生《中國小説史略》的影響很深。

戴望舒主編的《星島日報·俗文學》周刊,1941 年 1 月 4 日創刊,至當年 12 月 6 日停刊(是年十二月聖誕日,香港淪陷,《星島日報》停刊,《俗文學》周刊也終止)。每周六刊出,一共出版 43 期,這期間,5 月 24 日、31 日和 10 月 4 日、11 日四周無《俗文學》周刊,欄目標題爲"俗文學　柳亞子題"。

戴望舒主編的《星島日報·俗文學》周刊,在民族危亡的嚴酷現實下創刊,有着鮮明的使命感,這在第 1 期《編者致語》中作了明確闡述:"一、本刊每周出版一次,以中國前代戲曲小説爲研究主要對象,承静安先生遺志,繼魯迅先生餘業,意在整理文學遺産,闡明民族形式。二、本刊登載諸家對於戲曲小説研究最近之

---

① 戴望舒著,吴曉鈴編:《小説戲曲論集》"編後小記",北京:作家出版社,1958 年,第 109 ~ 111 頁。

② 趙景深:《銀字集》"戴望舒的工作",上海:永祥印書館,1946 年,第 60 頁。另參見趙景深先生《通俗文學周年紀念》一文,刊載《大晚報·通俗文學》周刊第 44 期,1947 年 9 月 8 日。戴望舒"未刊稿還有《小説考證》、《中國小説史料》、《小説舊聞鈔》一類的東西,很有不少條是在這三書以外的"。

③ 戴望舒著,吴曉鈴編:《小説戲曲論集》"編後小記",北京:作家出版社,1958 年,第 109 ~ 111 頁。

心得,以及重要文獻,陳説泛論,概不列入。除函約諸專家執筆外,并歡迎各界寄稿。"①由此可知,《星島日報·俗文學》周刊的使命在於"意在整理文學遺産,闡明民族形式",唤起和團結當時國内與流亡在香港、南洋的學人,以振奮民族精神,開創學術研究新的途徑,推動中國俗文學研究,達到支持抗日的目的。其主張"以中國前代戲曲小説爲研究主要對象,承静安先生遺志,繼魯迅先生餘業"的編輯思想和"登載諸家對於戲曲小説研究最近之心得,以及重要文獻"的取稿原則。

從《星島日報·俗文學》周刊所發表的文章來看,可以説這是一個純學術的周刊。所載文章論述深入淺出且嚴謹,長短皆精悍,樸實無華,不發空論,既能體現主編戴望舒先生嚴謹的治學文風,也很能體現出當時國内後方、前方、香港地區一大群文人學者的學術風貌,即中國俗文學研究的志趣。具體地説,總覽該周刊上發表的文章,以中國俗文學中的小説、戲曲、俗曲的研究爲重心。

《星島日報·俗文學》周刊所刊載的很多深入研究的文章,具有很高的學術品位。七十多年過去了,歷盡滄桑,其論述的問題,有的已成爲歷史的陳迹,留予後人作爲史料的一部分;有的仍在步履艱難中探索,尚未建立起新的進展。許多作者的文章,儘管之後重刊或者修訂出版,但由於重刊和修訂時文章没有注明原刊處,所以這裏的刊發就更重要了;這些文章對於學術源流和學術沿革,我們今天讀起來仍然感到文章的深刻,依然有一種新鮮的感覺。文章的質量主要是由作者的質量來保证的。仔細地瀏覽一下主編戴望舒約請的作者,便不能不驚嘆其陣容的强大(按著者出現的先後順序列):容肇祖(1897—1998)的文章是研究元代

---

① 香港《星島日報·俗文學》周刊第1期,1941年1月4日。

雜劇方面的;孫楷第(1898—1986)的文章是研究有關元曲、小説的;柳存仁(1917—2009)的文章是研究小説、雜劇的;趙景深的文章是研究話本,明清傳奇,元代戲文、戲曲等内容的;譚正璧(1901—1991)的文章是論述戲曲内容的;童丕繩(即童書業,1908—1968)的文章是研究小説方面的;吴曉鈴(或署名:嘿齋)的文章是研究戲曲、元雜劇的;徐調孚(1900—1981)的文章是研究小説方面的;葉德均(署名:匀君或德均,1911—1956)的文章是研究小説、戲曲、雜劇等方面的;楊蔭深(1908—1989)的文章是研究元雜劇方面的;馮沅君(1900—1974)的文章是研究小説、南戲方面的;浦江清(1904—1957)的文章是研究話本方面的;羅莘田(即羅常培,1899—1958)從語言角度研究北平俗曲;陳寅恪(1890—1969)的《談〈青樓集〉作者的姓名》的文章,對吴曉鈴《〈青樓集〉作者姓名考辨》一文的内容做了補充。再就是主編者戴望舒,他的文章是研究小説、戲曲的。其中,署名温辛(即戴望舒)《關於李禎的史料》、署名達士(即戴望舒)《〈拍案驚奇〉源流考之一》兩篇文章未收入吴曉鈴編《(戴望舒)小説戲曲論集》(北京:作家出版社,1958年)。另外,還有王虹《閑話"雜牌子曲"》、李若《〈拍案驚奇〉源流考之一》、劉思慧《〈豆棚閑話〉裏的一個故事》、關關《〈拍案驚奇〉源流考之一》、敷榮(即劉敷榮)《跋雪簑道人〈五倫鏡〉》和《〈聊齋志异〉與清傳奇》、陳禹越《優語録補》等,這些作家都是周刊的撰稿人。高水平的作者隊伍,使周刊刊出了水準較高的學術論文,和一般學報上的學院派論文没有兩樣,創造了俗文學研究的新規模。

四

20世紀40年代初戴望舒主編的"港字號"俗文學周刊,是繼鄭振鐸先生《中國俗文學史》一書出版後,"中國俗文學"作爲一門學科確立後,首創在報刊上以定期的形式,專門刊載研究俗文學的學院派文章的周刊。抗戰勝利後數年,俗文學研究在上海、北平幾家報紙的支持下,出現"滬字號""平字號"俗文學周刊,都是跟隨戴望舒所開創的範式,達到了俗文學研究相當輝煌的時期。另外,20 世紀 30 年代,由於抗日戰爭爆發,内地的學者南下,使香港學術界與内地學術界獲得空前的交流融合,兩股力量共同把香港學術推向了這一時期的發展高峰。當時,爲數衆多的内地學者或借道香港轉赴抗日大後方,或駐足香港從事抗日宣傳,或定居香港長期從事文藝創作、學術研究。① 在數以百計的南來作家、學者中,戴望舒就是其中的一位。他利用在香港主編的《星島日報·俗文學》周刊,廣泛聯繫内地淪陷區、後方的西南聯大、香港、東南亞等地區的學者,使俗文學研究空前活躍,聲勢浩大,也使得這個時期的香港成爲當時中國俗文學研究新的中心和重要的學術陣地,對推動、發展、鼓舞中國的俗文學研究發揮了重大作用。此時,對於俗文學的研究,表現出中華民族堅强不屈的意志和力量,俗文學研究中的民族因素和民主因素,對喚起民族的覺醒有着重要作用。另外,戴望舒主編"港字號"《俗文學》周刊以及會同相關學者的俗文學研究,爲中國文學藝術史的組成部分戲曲史、小説史的完善,在材料的累積和理論研究的深入方面做出了貢獻。

最後,感謝馬幼垣教授一直以來在"港字號""滬字號""平字號"俗文學周刊整理研究方面給予笔者的很多支持、鼓勵與期許,這也是笔者從事這項工作的動力;書稿將要出版之際,馬教授又

---

① 參見盧瑋鑾:《香港文縱——内地作家南來及其文化活動》,香港:華漢文化事業公司,1987 年。

欣然賜序鼓勵。筆者特別感謝香港大學饒宗頤學術館學術部，慧眼將此立項爲研究項目之一，給予資助，使得書稿順利出版；同時，也要感謝學術館鄭煒明兄，從研究項目的立項到書稿的整理過程，他都給予了具體的支持和幫助，没有煒明兄的督促，不可能有書稿的完成和順利出版。另外，筆者還要衷心感謝責編李軍宏、王其寶老師，他們對稿件進行了仔細審核，校正了許多錯字，補充了許多遺漏，并對其中一些問題的解決提供了幫助。

由於筆者學識有限，加之研究資料年代久遠，未能全面顧及，疏漏在所難免，敬請各位專家賜教，有機會增補、修訂於將來。

《星島日報・俗文學》周刊目録

第一期　民國三十年(1941)一月四日　星期六

容肇祖　院本與雜劇的分別

羅　燁　醉翁談録:舌耕叙引

戴望舒　編者致語

第二期　民國三十年(1941)一月十一日　星期六

王虹　閑話"雜牌子曲"

第三期　民國三十年(1941)一月十八日　星期六

戴望舒　袁刊水滸傳之真僞

王　虹　閑話"雜牌子曲"(續上期)

第四期　民國三十年(1941)一月廿五日　星期六

孫楷第　書會與雜劇之興盛

柳存仁　雨生未刊小品

一、游仙窟作者

二、拗相公

三、金瓶梅詞話

四、唐人小説

五、郭勛

第五期　民國三十年(1941)二月一日　星期六

容肇祖　元曲家鍾嗣成傳

三、愛斯高里亞爾静院所藏中國小説戲曲

容肇祖　蔡召華的笏山記

第十一期　民國三十年(1941)三月十五日　星期六

孫楷第　論捷譏引戲

徐調孚　冤家債主校記

第十二期　民國三十年(1941)三月廿二日　星期六

孫楷第　説駕頭雜劇

敷榮(劉敷榮)　跋雪龕道人五倫鏡

出版消息一束

第十三期　民國三十年(1941)三月廿九日　星期六

温辛(戴望舒)　關於李禎的史料

勻君(葉德均)　趙輯本天寶遺事諸宫調輯逸

第十四期　民國三十年(1941)四月五日　星期六

吴曉鈴　説"罟罟"——元劇雜考之一

葉德均　關於吴騷合編和吴騷集

——致趙景深先生書

第十五期　民國三十年(1941)四月十二日　星期六

吴曉鈴　嚴廷中——雲南曲家考略之一

趙景深　關於吴騷合編和吴騷集

——答葉德均先生

出版消息

第十六期　民國三十年(1941)四月十九日　星期六

吴曉鈴　酬紅記及其作者——清代曲家考略之一

達士(戴望舒)　拍案驚奇源流考之一

孫楷第　説"開"

第十七期　民國三十年(1941)四月廿六日　星期六

楊蔭深　元曲大家關漢卿傳

第十八期　民國三十年(1941)五月三日　星期六

葉德均　“詞謔”

詞謔乃李開先作

詞謔所收的雜劇小曲之類

楊蔭深　元曲大家關漢卿傳(續完)

第十九期　民國三十年(1941)五月十日　星期六

嘿齋(吴曉鈴)　水木清華藏曲存目

小序

一、雜劇之屬

二、傳奇之屬

第二十期　民國三十年(1941)五月十七日　星期六

嘿齋(吴曉鈴)　水木清華藏曲存目(續完)

三、花部之屬

四、散曲之屬

五、劇選之屬

六、曲韵之屬

七、曲律之屬

八、宫譜之屬

九、身段譜之屬

十、曲論之屬

後記

趙景深　“讀曲小識”盧前著——商務印書館刊行

1941年5月24日星期六,啓事:《俗文學》周刊本期稿未到,暫停一期。

1941年5月31日星期六,無《俗文學》周刊。

第二十一期　民國三十年(1941)六月七日　星期六

馮沅君　南戲拾遺補

第二十二期　民國三十年(1941)六月十四日　星期六

孫楷第　跋李章武傳

馮沅君　南戲拾遺補

敷榮(劉敷榮)　聊齋志异與清傳奇

第二十三期　民國三十年(1941)六月廿一日　星期六

浦江清　談京本通俗小説

第二十四期　民國三十年(1941)六月廿八日　星期六

浦江清　談京本通俗小説(續完)

德均(葉德均)　曲目拾零

第二十五期　民國三十年(1941)七月五日　星期六

孫楷第　由高陽李氏藏百回本水滸傳推測舊本水滸傳

第二十六期　民國三十年(1941)七月十二日　星期六

孫楷第　由高陽李氏藏百回本水滸傳推測舊本水滸傳

第二十七期　民國三十年(1941)七月十九日　星期六

馮沅君　院本補説

一、貨郎孤

孫楷第　由高陽李氏藏百回本水滸傳推測舊本水滸傳

第二十八期　民國三十年(1941)七月廿六日　星期六

吴曉鈴　説“罟罟”補——元劇雜考之一

德均(葉德均)　“鄭月蓮秋夜雲窗夢”雜劇

第二十九期　民國三十年(1941)八月二日　星期六

吴曉鈴　青樓集作者姓氏考辨——元劇雜考之一

趙景深　清名家詞與清傳奇

第三十期　民國三十年(1941)八月九日　星期六

吴曉鈴　關漢卿里居考辨——元劇雜考之一

第三十一期　民國三十年(1941)八月十六日　星期六

趙景深　“秋夜月”明代傳奇選集——中國書店影印

第三十二期　民國三十年(1941)八月廿三日　星期六

吴曉鈴　蘭茂——雲南曲家考略之一

趙景深　“秋夜月”明代傳奇選集——中國書店影印

第三十三期　民國三十年(1941)八月卅日　星期六

吴曉鈴　蘭茂——雲南曲家考略之一

第三十四期　民國三十年(1941)九月六日　星期六

趙景深　九宫正始與明初傳奇

吴曉鈴　蘭茂——雲南曲家考略之一

葉德均　讀六十種曲雜記

戴望舒　最早的水滸傳

第三十五期　民國三十年(1941)九月十三日　星期六

馮沅君　院本補説

二、白牡丹

三、柳青娘

第三十六期　民國三十年(1941)九月二十日　星期六

楊蔭深　董解元輯傳

一、生平事略

二、西厢本板

三、本事來源

四、作品性質

五、文字評論

陳禹越　優語録補

第三十七期　民國三十年(1941)九月廿七日　星期六

趙景深　封神演義與武王伐紂平話

馮沅君　院本補説(補注)

1941 年 10 月 4 日星期六,啓事:俗文學稿未到,暫停一期。

1941 年 10 月 11 日星期六,無《俗文學》周刊(於 10 月 10 日刊登啓事:國慶翌日停刊)。

第三十八期　民國三十年(1941)十月十八日　星期六

馮沅君　讀金瓶梅詞話旁札

一、從金瓶梅詞話推側古"俗講"

二、金瓶梅詞話中的院本

吴曉鈴　嘿齋聞見劇曲題記

1941 年 10 月 25 日星期六,啓事:俗文學稿未到,暫停一期。

1941 年 11 月 1 日星期六,無《俗文學》周刊。

第三十九期　民國三十年(1941)十一月八日　星期六

羅莘田　北平俗曲百種提要及其押韵法

一、北平俗曲百種提要

第四十期　民國三十年(1941)十一月十五日　星期六

羅莘田　北平俗曲百種提要及其押韵法

二、北平俗曲的押韵法

第四十一期　民國三十年(1941)十一月廿二日　星期六

吴曉鈴　胡祇遹生卒考辨——元劇雜考之一

羅莘田　北平俗曲百種提要及其押韵法

陳寅恪先生來函

第四十二期　民國三十年(1941)十一月廿九日　星期六

吴曉鈴　杜仁杰生卒考辨——元劇雜考之一

羅莘田　北平俗曲百種提要及其押韵法(續完)

第四十三期　民國三十年(1941)十二月六日　星期六

吴曉鈴　杜仁杰生卒考辨——元劇雜考之一

匀君(葉德均)　小説考源

容肇祖

（1897.12.1—1994.2.3）

廣東東莞人。原名念祖，又名容祖。字元胎。其兄容庚。1921年秋畢業於廣東高等師範學校英文專業；1922年秋考入北京大學哲學系；1926年秋從北大畢業後，歷任厦門大學、中山大學、嶺南大學、輔仁大學、西南聯合大學、北京大學講師、副教授、教授。其間，曾編輯中山大學《民俗周刊》。1952年由北京大學調任北京市政府文教委員會文物組研究員，1956年後轉入中國社會科學院哲學研究所任研究員。主要著作：《迷信與傳記》（1929年）、《中國文學史大綱》（1935年）、《魏晋的自然主義》（1935年）、《韓非子考證》（1936年）、《李卓吾評傳》（1936年）、《明代思想史》（1941年）、《先秦法家》（1946年）、《李贄年譜》（1957年）、《何心隱集整理本》（1960年）、《王安石老子注輯本》（1979年）、《吴延翰集》（1984年）、《容肇祖全集》（全8册，2013年）等，撰寫和發表學術論文百餘篇。

容肇祖

院本與雜劇的分別

文學的起源,每每開頭來自民間,或出於妓女歌伶之口,由此得到文人的賞識,以及文人的仿作,因而跑上文壇。因此成一代的大文學。這種例子,在中國文學上很多。如詩,如樂府,如詞,如曲,都是這樣。

雜劇爲元代之大文學,即金代所謂院本,這是出身在妓院中,後來的文學家仿作,便不肯稱爲院本,要轉稱爲雜劇了。我們可以從院本與雜劇之分的關係,看出這雜劇的出身卑賤,以及由院本逐步到雜劇的歷史。到了文人仿作而爲雜劇時,再不稱爲院本,在我們現在看來幾乎便要把發生的痕迹抹煞過去了。

雜劇和院本的關係,元陶宗儀輟耕録卷二十五院本名目條説道:

> 唐有傳奇(案唐裴鉶傳奇,乃小説家言,和戲曲無關);宋有戲曲唱,諢詞説(望舒案,一般均讀作"宋有戲曲,唱諢,詞説",容先生之説頗新,可供吾人研究);金有院本、雜劇、諸公(當作"宫")調;院本、雜劇,其實一也。國朝院本、雜劇,始厘而二之。院本則五人:一曰副凈,古謂之參軍;一曰副末,古謂之蒼鶻,鶻能擊禽鳥,末可打副凈,故云;一曰引戲,一曰末泥,一曰孤裝,又謂之五花爨弄。……又有焰段,亦院本之意,但差簡耳,取其如火焰,易明而易滅也。其間副凈有散説,有道念,有筋斗,有科泛。教坊色長魏、武、劉三人鼎新編輯。魏長於念誦,武長於筋斗,劉長於科泛。至今樂人皆宗之。

照上面所説的話,可知院本與雜劇實在是一樣東西。到了元朝纔把院本與雜劇分而爲二。院本與雜劇的分爲二,大概是因爲文人的作品,不願再被稱爲院本的緣故。因爲金時的雜劇,都是妓院的人去編輯,故此不妨都稱爲院本。到了元代,文人也作雜劇,不能再稱爲院本了,衹有妓院的人做的纔可以稱爲院本。故此"其實一也"的東西,到了元代,不能不"厘而二之"。至院本的起源,則由於妓院裏魏、武、劉三人革新編輯,始成了雜劇的新體,這即所謂院本體。院本的解釋,太和正音譜云:"行院之本也。"王國維宋元戲曲史第六章金院本名目解説道:"初不知行院爲何語?後讀元刊張千替殺妻雜劇云:'你是良人良人宅眷,不是小末小末行院。'則行院者,大抵金元人謂倡伎所居,其所演唱之本,即謂之院本云爾。"王國維的解釋是很對的。太平樂府卷九耍孩兒曲有拘刷行院一首説道:"衆人暇日邀官舍,與你幾貫青蚨唤粉頭。休辭生受,請個有聲名旦色,迭標垜嬌羞。"又,高安道哨遍曲嗓淡行院一首説道:"……待去歌樓作樂,散悶消愁。倦游柳陌戀烟花,且向棚蘭玩俳優。賞一會妙舞清歌,瞅一會皓齒明眸,躲一會閑茶浪酒。"從這拘刷行院和嗓淡行院兩首,可以見出行院的情形,是有歌樓可以唤粉頭,又有棚闌可以看有聲名旦,玩俳優的。至輟耕録所説:"教坊色長魏、武、劉三人鼎新編輯。魏長於念誦,武長於筋斗,劉長於科泛。至今樂人皆宗之。"王國維宋元戲曲史第九章元劇之時地説道:"'教坊魏武劉三人鼎新編輯','劉'疑即'劉耍和'。金李治敬齋古今黈卷一云:'近者伶官劉子才蓄才人隱語數十卷。'疑亦此人,則其人自當在金末。"劉爲劉耍和,這是比較可信的,而劉耍和是否即劉子才,則没有别的證據。太平樂府卷九杜善夫耍孩兒曲莊家不識勾欄説道:

〔六煞〕見一個人手撑着椽做的門,高聲的叫"請請",道"遲來了的滿了無處停坐"。説道"前截兒院本調風月,背後么末敷演劉耍和"。高聲叫:"趕散易得難得的妝合。"

這真是所謂"至今樂人皆宗之"。又,太平樂府卷九高安道哨遍曲嗓淡行院説道:

〔四〕捎倈是淡破頭，喒倈是餓破口，末泥尖戲的衛勞嗽。做不得古本酸孤旦，辱末煞馳名魏武劉。剛道子世才紅粉高樓酒，没一個生斜格，打到二百個斤斗。

又尾段説道：

〔尾〕梁園中可慣經，桑園裏串的熟。似兀的武光頭、劉色長、曹娥秀，則索趕科地沿村轉疃走。

這魏、武、劉真是"樂人皆宗之"。所説的"武"即"武光頭"，"劉"即"劉色長"。至曹娥秀的名字又見於太平樂府卷九無名氏的耍孩兒曲拘刷行院裏"謊得烟迷了蘇小小夜月鶯花市，驚得雲鎖了許盼盼春風燕子樓。慌煞俺曹娥秀，抬樂器眩了眼腦，覷幅子叫破咽喉"。這曹娥秀是後來有名的旦角，在魏、武、劉三人之外的。（望舒按，元雪蓑釣隱青樓集載曹娥秀，云係京師名妓，賦性聰慧，色藝俱佳。并記其逸事一則云：一日，鮮于伯機開宴，座客皆名士。鮮于因事入内，命曹行酒，適遍。公出自内。客曰：伯機未飲。曹亦曰：伯機未飲。客笑曰：汝以伯機相呼，可爲親愛之至。鮮于佯怒曰：小鬼頭敢如此無禮？曹曰：我呼伯機便不可，衹許爾叫王羲之也。一座大笑。）這樣的魏、武、劉三人爲樂人所宗。這馳名的劉色長長於科泛的（科泛即動作）當即杜善夫孩兒曲所説的"背後么末敷演劉耍和"的劉耍和。元鍾嗣成録鬼簿卷上有高文秀所著的黑旋風敷演劉耍和劇本。這劇大約注重於科泛方面的。劉耍和是教坊色長，是革新編輯院本的人，他的女婿以編劇著名的有紅字李二及李郎二人。録鬼簿卷上説道"紅字李二，京兆人，教坊劉耍和婿"，著有"病楊雄，板踏兒黑旋風，折擔兒武松打虎"三劇。録鬼簿卷上又説道："李郎，劉耍和婿。"著有"懒慄判官釘一釘，莽張飛大鬧相府院"二劇。"李郎"，太和正音譜作"花李郎"，這教坊劉耍和，當即教坊劉色長。有這兩李作女婿，真不愧"鼎新編輯"的門風。録鬼簿卷上又記李時中"開壇闡教黄粱夢”，下注云：“第一折馬致遠，第二折李時中，第三折花李郎學士，第四折紅字李二。”據録鬼簿所記“馬致遠，大都人，號東籬。任江浙行省務官”“李時中，大都人，中書省掾，除工部主事”。這樣的文人和教坊劉色長的女婿合編的劇本，當然可以看出那時雜劇進步的原因，并可以看出元代“院本雜劇，始釐而二之”，而不再呼雜劇爲院本的緣故了。

（刊載第一期，民國三十年一月四日）

案：以原題名收入《容肇祖全集（七）・民俗學與文學卷、目録文獻學卷》，莞城圖書館編（濟南：齊魯書社，2013 年），第 3584 ~ 3588 頁。

元曲家鍾嗣成傳

鍾嗣成，字繼先，號醜齋（據朱士凱録鬼簿後序），大梁（自題云“古汴”）人。

嗣成約生在元世祖至元十八年（西曆一二八一）左右。案鍾嗣成録鬼簿卷下睢景臣傳云：“景臣後字景賢，大德七年（西曆一三零三），公自維揚來杭州，余與之識。”又，周文質傳云：“文質字仲彬，其先建德人，後居杭州，因而家焉。……余與之交二十年，未嘗跬步離也。元統二年（西曆一三三三）六月，余自吴江回，公已抱病。……十一月五日卒於正寢，嗚呼痛哉！始余編此集，公及見之，題其名姓於未死鬼之列。嘗與論及亡友，未嘗不握手痛惋，而公亦中年而歿。則余輩衰老萎憊者，又可以久於人世也歟！”假定嗣成至元十八年生，則成宗大德七年年二十三，已住在杭州，始認識睢景臣；順帝元統二年年五十三，與周文質交二十年，於周文質死時，自稱“衰老萎憊”，似相差不遠。

嗣成少師鄧文原（字善之，西曆一二五八——一三二八，元史卷一七二有傳）、曹鑒（字克明，號以齋，西曆一二七一——一三三五，元史卷一八六有傳）及劉聲之（未詳），與趙良弼、（録鬼簿卷下云：“良弼字君卿，東平人，總角時與余同里閈，同發蒙，同師鄧善之、曹克明、劉聲之三先生，又於省府同筆硯。”）陳無妄、（録鬼簿卷下云：“無妄字彦實，東平人，與余及君卿同舍。”）李齊賢、（録鬼簿卷下云：“齊賢與余同窗友，後不相聞，亦有樂府。”）劉宣子、（録鬼簿卷下云：“宣子字叔昭，與余同窗，後不相會，故不知其詳。”）屈子敬（録鬼簿卷下云：“子敬，英甫之侄，與余同窗。”）爲同舍同窗也。他的父親和宫天挺爲莫逆交，嗣成常得侍坐，因此他極羡慕宫天挺的吟咏文章以及樂章歌曲。（録鬼簿卷下云：“天挺字大用，大名開州人，歷學官，除釣臺書院山長。……卒於常州。先君與之莫逆交，故余常得侍坐，見其吟咏文章，筆力人莫能敵，樂章歌曲，特餘事耳。”）後來他著録鬼簿，記述“方今已亡名公才人余相知者，爲之作傳”，即以宫天挺爲首，并以凌波曲吊之，有云：“先生志在乾坤外，敢嫌天地窄。更文章壓倒元白。”其推服可知。

嗣成生而貌醜，因自號醜齋。三十歲時，曾自序醜齋（一枝花曲），有云：

【梁州】子爲外貌兒不中抬舉，因此内才兒不得便宜。半生未得文章力，空自胸藏錦綉，口唾珠璣。争奈灰容土貌，缺齒重頦。更兼着細眼單眉。人中短，髭鬢稀稀。那裏取陳平般冠玉精神，何晏般風流面皮？那裏取潘安般俊俏容儀？自知就裏。清晨倦把青鸞對，恨殺爺娘不争氣。有一日黄榜招收，醜陋的，准擬奪魁。

【隔尾】有時節軟烏紗抓扎起鑽天髻，乾皂靴出落着簌地衣。向晚乘閑後門立，猛可地便笑起。似一個甚的？恰似現世鍾馗謔不殺鬼。

【牧羊關】冠不正相知罪，貌不揚怨恨誰？那裏也尊瞻視貌重招威！枕上尋思，心頭怒起，空長三十歲，暗想九千回。恰便似木上節，難鎊刨，胎中疾，没藥醫。

這可見他的貌真正不揚了。

嗣成在大德七年（西曆一三零三），已寓居杭州（見録鬼簿卷下睢景臣傳），後來的幾十年，都是在杭州時候爲多。據録鬼簿卷下金仁杰傳云："仁杰字志甫，杭州人。余自幼時聞公之名，未得與之見也。公小試錢穀，給由江浙，遂一見如平生歡，交往二十年如一日，天曆元年戊辰（西曆一三二八）冬，授建康崇寧務官，明年己巳（西曆一三二九）正月，敘别。三月，其二子護柩來杭，知公氣中而卒。嗚呼惜哉！"從文宗天曆二年上溯至武宗至大元年（西曆一三零八），便是嗣成與金仁杰的交好時期，當是彼此都在杭州爲多。又，周文質傳云："文質字仲彬，其先建德人，後居杭州，因而家焉。體貌清癯，學問該博，資性工巧，文筆新奇。家世儒業，俯就路吏。善丹青，能歌舞，明曲調，諧音律。性尚豪俠，好事敬客。余與之交二十年，未嘗跬步離也。元統二年（西曆一三三三）六月，余自吴江回，公已抱病，盛暑中，止以爲癰瘍之毒而不經意也。醫足踵門，病及五月而無瞑眩之藥，十一月五日卒於正寢。嗚呼痛哉！"自順帝元統二年以前，嗣成與周文質交二十年未嘗跬步離，可知自仁宗延祐元年（西曆一三一四）以後二十年，嗣成多在杭州。大約嗣成自成宗大德中（西曆一二九七——一三零三）已移家杭州，此後都以在杭州的時候爲多，故此録鬼簿所記録他相知的名公才人，大半是杭州人及寓居杭州者。除上列睢景臣、金仁杰、周文質外，兹更列他的一些知交於下：

鄭光祖，字德輝，平陽襄陵人，以儒補杭州路吏。……病卒，葬於西湖之靈芝寺，諸吊送各有詩文。

范康，字子安，杭州人。明性理，善講解，能詞章，通音律。

曾瑞，字瑞興，大興人。自北來南，喜江浙人才之多，羡錢塘景物之盛，因而家焉。……余嘗接音容，獲承言話，勉勵之語，潤益良多。善丹青，能隱語小曲。有詩酒餘音行於世。

沈和，字和甫，杭州人。能詞翰，善談謔。天性風流，兼明音律，以南北調合腔，自和甫始。……後居江州，近年方卒。

鮑天祐，字吉甫，杭州人。……其編撰多使人感動咏嘆。余與之談論節要，至今得其良法。……竟止崑山州吏而卒。

陳以仁，字存甫，杭州人。以家務雍容，不求聞達。日與南北士大夫交游，僮僕輩以茶湯酒果爲厭，公未嘗有難色。然其名因是而愈重。

范居中，字子正，冰壺其號也，杭州人。父玉壺，前輩名儒，假卜術爲業，居杭之三元樓前。每歲元夕，必以時事題於紙燈之上，杭人聚觀，遠近皆知父子之名。……大德年間，被旨赴都，公亦北行。以才高不見遇，卒於家。有樂府及南北腔行於世。

施惠，字君美，杭州人。居吴山城隍廟前，以坐賈爲業。公巨目美髯，好談笑。余嘗與趙君卿、陳彦實、顔君常至其家，每承款接，多有高論。詩酒之暇，惟以填詞和曲爲事。有古今砌話，亦成一集，其好事也如此。

黄天澤，字德潤，杭州人，和甫沈公同母弟也。……幼年屑就簿書，先在漕司，後居省府。鬱鬱不得志。崑山聽補州吏，又不獲用，咄咄書空而已。然亦竟不歸而終。

沈珙，字珙之，杭州人。……惟不能俯仰，故不願仕。所編樂府最多，以老無後，病無所歸。存甫(陳以仁)館於家，不旬日而亡。存甫殯送之,重友誼也。

喬吉甫,字夢符,太原人。……居杭州太乙宫前,有題西湖梧葉兒百篇,名公爲之序。江湖間四十年,欲刊所作,竟無成事者。至正五年(西曆一三四五)二月,病卒於家。

吴本世,字中立,爲杭州人。……有本道齋樂府小稿及詩謎數千篇,以貧病不得志而卒。

秦簡夫,見在都下擅名,近歲來杭回。

蕭德祥,杭州人,以醫爲業,號復齋。凡古文俱隱括爲南曲,街市盛行。又有南曲戲文等。

陸登善,字仲良。祖父维揚人。江淮改浙江,其父以典掾來杭,因而家焉。

王曄,字日華,杭州人。……有與朱士凱題雙漸小卿問答,人多稱賞。

王仲元,杭州人,與余交有年所矣。

除上所録外,録鬼簿中所記當然尚有不少因寓居杭州而與鍾嗣成相知者,如廖毅,據録鬼簿卷下云:"毅字弘道,建康人。泰定三年丙寅(西曆一三二六)春,因余友周仲彬(文質)與之會,即叙平生歡。"周文質是家杭州的,故此廖毅當亦居在杭州時與嗣成相會。如朱凱,據録鬼簿卷下云:"凱字士凱,自幼孑立不俗,與人寡合。小曲極多,所編升平樂府及隱語,包羅天地謎韵,皆余作序。"又録鬼簿有朱士凱的後序,作於文宗至順元年(西曆一三三〇)九月,可見他與嗣成是很相知的。録鬼簿又記"王曄,杭州人,有與朱士凱題雙漸小卿問答,人多稱賞",疑朱士凱亦家居杭州與嗣成相知的。從這樣的推論,我很感覺着嗣成大概自大德以後,都家在杭州。此外,嗣成所曾到過的地方,據録鬼簿所記録的,元統二年(西曆一三三三)六月,曾至吴江,(見周文質傳。)又曾至姑蘇,(録鬼簿吴樸傳云:"余至姑蘇,與公相識。")又曾至慶元,(録鬼簿李顯卿傳云:"由台州經慶元會余。")又曾在順帝至元三年丁丑(西曆一三三七)秋,兩至慈谿,(邵元長録鬼簿後序云:"余僻居慈谿小縣,每嘆孤陋,側聆繼先鍾先生大名久矣,莫遂識荆。丁丑孟秋,一日邂逅於東皋精舍,匆匆東之鄮城,至中秋,復回谿上,示予以親編録鬼簿。")一至鄞(即鄮城)。這是他的行踪可知的。

嗣成在三十歲自序醜齋一枝花曲曾説道:"有一日黄榜招收,醜陋的,准擬奪魁。"可見他本來是很有意於功名的。元仁宗皇慶二年(西曆一三一三)初行科舉,這時嗣成年紀約在三十左右,自序醜齋大約作在這時。到了至順元年(西曆一三三〇)嗣成屢試不中,已近"衰老"之年。這年朱士凱録鬼簿後序説他"累試於有司,命不克遇。從吏,則有司不能辟,亦不屑就。故其胸中耿耿者借此爲喻,實爲己而發也"。嗣成在這年五月二十二日作録鬼簿自序説道:

> 余因暇日,緬懷故人,門第卑微,職位不振,高才博識,俱有可録。歲月彌久,湮没無聞,遂傳其本末,吊以樂章。復以前乎此者,叙其姓名,述其所作,冀乎初學之士,刻意詞章,使冰寒於水,青勝於藍,則亦幸矣。名之曰録鬼簿。嗟乎!余亦鬼也,使已死未死之鬼,作不死之鬼得以傳遠,余又何幸焉?若夫高尚之士,性理之學,以爲得罪於聖門者。吾黨且啖蛤蜊,别與知味者道。

他是一位樂府的作家,又是一個知音者,他的録鬼簿二卷,在戲曲史上真是不朽的大作。這書卷上所謂"前輩已死名公才人有所編傳奇行於世者",其編撰的材料是得自陸登善(字仲良),而陸登善則得自吴仁卿,(録鬼簿卷下云:"仁卿字弘道,號克齋先生,歷仕府判,致仕,有金縷新聲行於世,亦有所編傳奇。")是據有來歷的。這書卷下,則爲"方今已亡名公才人",他相知的,爲之作傳,并以凌波曲吊之,凡一十九人。另列"已死才人不相知者”十一人,“方今才人相知者,紀其姓名行實并所編”二十五人。這書在至順元年(西曆一三三零)五月著成以後,後來續有增改,如周文質死於元統二年(西曆一三三三)十一月五日,至正元年(西曆一三四一)與李顯卿會見,至正五年(西曆一三四五)二月喬吉甫之死,皆有記録,可見録鬼簿的修訂,在嗣成未死之前,仍是繼續的。

嗣成所作雜劇,有馮諼收券、詐游雲夢、錢神論、斬陳餘、章臺柳、鄭莊公、蟠桃會等(見朱士凱録鬼簿後序),今皆不傳。朱權太和正音譜卷首有云:“鍾嗣(繼)先之詞如騰空寶氣”,現今無可參證。朱士凱録鬼簿後序説道:“樂府小曲,大篇長什,傳之於人,每不遺稿,故未能就編焉。”可見嗣成的樂府小曲,在他生時亦没有編訂。今録在楊朝英太平樂府卷五中,小令有嗣成的罵玉郎帶過感皇恩采茶歌曲,四時佳興(春、夏、秋、冬)四首,四景(風、花、雪、月)四首,四福(富、貴、福、壽)四首,四情(悲、歡、離、合)四首,四别(叙别、恨别、寄别、憶别)四首。卷八套數有嗣成的一枝花自序醜齋一首。又録鬼簿卷下有凌波曲十九首。

嗣成於元順帝至正五年(西曆一三四五)二月喬吉甫之死,在録鬼簿中曾有記録,可證他這年尚是健存,這時大約已六十五歲了。他的死大約是在至正十年(西曆一三五零)以前,年約在六十五至七十間。

望舒案:元末賈仲明録鬼簿續編首記鍾繼先,其小傳云:“鍾繼先,名嗣成,古汴人,號醜齋,以明經累試於有司,數與心違,因杜門養浩然之志。著録鬼簿,實爲己而發之。其德業輝光,文行温潤,人莫能及。善音律,德隱語,有文集若干卷藏於家。所編小令、套數極多,膾炙人口。惜其傳奇皆在他處按行,故近者不知,人皆易之。後之君子讀其鬼簿,則知其爲人也。”録鬼簿續編今已成習見之書,容先生未引及,特爲録出,以供讀者參考。

(刊載第五期,民國三十年二月一日)

案:以原題名收入《容肇祖全集(七)·民俗學與文學卷、目録文獻學卷》,莞城圖書館編(濟南:齊魯書社,2013年),第3589~3596頁。

雜劇在元中統後的興盛

雜劇的體裁,是淵源於金末魏、武、劉三人鼎新編輯的院本。而雜劇的興盛,實在元代中統後,而不在滅金之初。鍾嗣成録鬼簿著録金末教坊色長劉要和婿紅字李郎及李郎的雜劇五種。又著録馬致遠、李時中、花李郎及紅字李二合作的"開壇闡教黄粱夢"。文人和教坊色長女婿合作雜劇,這當然是雜劇興盛的原因,進一步,便完全由於文人的編著了。明何元朗徐陽初《曲論》説道:"元人樂府稱馬東離、鄭德輝、關漢卿、白仁甫爲四大家。"我們可以細考馬、鄭、關、白的時代,便可知元代雜劇的興盛,在元中統後而不在滅金之初,由此而更極興盛的。

鍾嗣成録鬼簿卷上著録"前輩已死名公才人有所編傳奇行於世者",以關漢卿爲首,注云:"大都人,太醫院尹,號已齋叟。"明寧獻王朱權太和正音譜評關漢卿曲云:"觀其詞語,乃可上可下之才,蓋所以取者,初爲雜劇之始,故卓以前列。"楊維楨元宫詞云:"開國遺音樂府傳,白翎飛上十三弦。大金優諫關卿在,伊尹扶湯進劇編。"此關卿如果指關漢卿,□漢卿曾在金朝做官。明蔣一葵堯山堂外紀卷六十八云:漢卿"金末爲太醫院尹,金亡不仕"。則又不知所據?王國維宋元戲曲史第九章元曲之時地云:"據輟耕録(卷二十三),則漢卿至中統初尚存。案自金亡至元中統元年凡二十六年。果使金亡不仕,則似無於元代進雜劇之理。寧視漢卿生於金代,仕元爲太醫院尹爲稍當也。……雜劇苟爲漢卿所創,則其創作之時,必在金天興與元中統間二三十年之中,此可略得而推測者也。"王國維已知道懷疑漢卿之仕於金代爲不合,但爲雜劇始於漢卿之説明誤,故未能擺脱從前的傳説的糾紛。胡適先生以爲關漢卿有大德歌(案見楊朝英編陽春白雪卷四),大德爲元成宗年號(大德元年即西曆一二九七),距金亡(西曆一二三四)已六十四年,必非金遺民可知。這話是很對的。輟耕録卷二十三記關漢卿一事,説道:

大名王和卿,滑稽佻達,傳播四方。中統初(案元世祖忽必烈即位,故元中統,即西曆一二六〇),燕市有一蝴蝶,其大异常,王賦醉中天小令云:"撑破莊周夢,兩翅駕東風。三百處名園,一采一個空。難道風流種,諕殺尋芳蜜蜂。輕輕的飛動,賣花人搧過橋東。"由是其名益著。時有關漢卿者,亦高才風流人也。王常以譏謔加之,關雖極意還答,終不能勝。王忽坐逝,而鼻垂雙涕尺餘,人皆嘆駭。關來吊唁,詢其由,或對云:"此釋家所謂坐化也。"復問:"鼻懸何物?"又對云:"此玉箸也。"關云:"我道你不識,不是玉箸,是嗓!"咸發一笑。或戲關云:"你被王和卿輕侮半世,死後方纔還得一籌。"凡六畜勞傷,則鼻中常流膿水,謂之嗓病。又愛訐人之短者,亦謂之嗓,故云爾。

又,關漢卿大德歌當在成宗大德元年(西曆一二九七)作是無疑的,因爲前頭分咏春、夏、秋、冬,末了又説:"吹一個,彈一個,唱新行大德歌。快活休張羅,想人生能幾何?十分淡薄隨緣過,得麽陀處且麽陀。"這分明是咏新改元紀年頭的。從中統初(西曆一二六〇)到大德初(西曆一二九七),這三十八年當中,假定爲關漢卿者□的時代,則元雜劇最興盛的時期當是中統以後可知。此外雜劇的作家,據録鬼簿所載,有楊顯之,注云:“大都人,與漢卿莫逆交。凡有珠玉,與公較之。”有費君祥,注云:“大都人,唐臣父,與漢卿交,有愛女論行於世。”又有梁進之,注云:“大都人,警巡院判,除縣尹,又除大興府判,次除知和州,與漢卿世交。”這些與關漢卿交處的人,大約和他同時編著雜劇的。

鍾嗣成録鬼簿卷上著録“前輩已死名公才人有所編傳奇行於世者”,第四名便是白仁甫,注云:“文舉之子,名樸,真定人。號蘭谷先生,贈嘉議大夫,掌禮儀院太卿。”案白樸父華,字文舉,號寓齋,金樞密院判,金史卷一一四有傳。元王博文爲白樸作的天籟集序,說道:

> 元、白爲中州世契,兩家子弟每舉長慶故事,以詩文相往來。太素(白樸字)即寓齋仲子,於遺山(元好問)爲通家侄,甫七歲,遭壬辰(西曆一二三二)之難,寓齋以事遠適。明年春,京城變,遺山遂挈以北渡。自是不茹葷血。人問其故,曰:“俟見吾親則如初。”嘗罹疫,遺山晝夜抱持,凡六日,竟於臂上得汗而愈。蓋視親子侄不啻過之。讀書穎悟异常兒,日親炙遺山,謦咳談笑,悉能默記。數年,寓齋北歸,以詩謝遺山云:“顧我真成喪家狗,賴君曾護落巢兒。”居無何,父子卜築於滹陽,律賦爲專門之學,而太素有能聲,號後進之翹楚者。遺山每過之,必問爲學次第。嘗贈之詩曰:“元白通家舊,諸郎獨汝賢。”未幾,生長見聞,學問博覽。然自幼經喪亂,蒼皇失母,便有滿目山川之嘆。逮亡國,恒鬱鬱不樂,以故放浪形骸,期於適意。中統初,開府史公將以所業薦之於朝,再三遜謝,栖遲衡門,視榮利,蔑如也。

白樸在七歲時遭壬辰(西曆一二三二)之難,則他生在金哀宗正大三年(西曆一二二六)。元世祖中統初(西曆一二六〇),他不過三十六歲。他的雜劇如唐明皇秋夜梧桐雨及鴛央簡、墻頭馬上(兩劇均見元曲選),大約是中統初或以後作成的。

鍾嗣成録鬼簿記馬致遠列在白仁甫之後,這大概不是没有意義的。録鬼簿説:"馬致遠,大都人,號東籬,任江浙行省務官。"他的年紀應是比之白樸爲少。元世祖至元十三年(西曆一二七六),伯顔始入臨安,擄宋恭帝北去。馬致遠任江浙行省務官,必在至元十三年以後。至元十三年,白樸尚未死,已是五十一歲了,大概馬致遠年紀是比白樸爲少的。這樣看來,馬致遠的名劇如"破幽夢孤雁漢宮秋""江州司馬青衫泪""太華山陳摶高卧""吕洞賓三醉岳陽樓""凍吟詩踏雪尋梅""馬丹陽三度任瘋子"等,大約作於中統初(西曆一二六〇)以後,以至至元三十年(西曆一二九三)以前之間。又馬致遠曾和李時中及花李郎學士、紅字李二合作開壇闡教黄粱夢一劇,見録鬼簿卷上,這是和教坊劉耍和的兩位女婿合作,或者是他試作雜坊的開始,這時大概花李郎及紅字李二已是老年,而馬致遠正在弱年的時候,亦未可知?

馬、鄭、關、白四大家中,年輩最少的自然是鄭德輝了。鍾嗣成録鬼簿卷下,列"方今已亡名公才人余相知者"中,第二名爲鄭光祖,又爲之作傳説道:

> 光祖字德輝,平陽襄陵人。以儒補杭州路吏。爲人方直,不妄與人交,故諸公多鄙之,久則見其情厚而他人莫之及也。病卒,火葬於西湖之靈芝寺,諸吊送客爲詩文。公之所作,不待備述,名聞天下,聲振閨閣。伶倫輩稱鄭老先生,皆知其爲德輝也。惜乎所作貪於俳諧,未免多於斧鑿,此又别論焉。

鍾嗣成録鬼簿雖作於至順元年(西曆一三三〇),鄭光祖當已早爲文壇之鬼。但鍾嗣成稱爲"方今已亡名公余相知者",則鄭老先生之死,最多不過在至順元年之前十餘年。疑鄭光祖生元世祖至元十年至二十年中(西曆一二七三——二八三),而卒在仁宗皇慶、延祐之際(西曆一三一二——三二〇)。他生死在元代雜劇全盛的時代之中,他的名作如"迷青瑣倩女離魂""醉思鄉王粲登樓""㑳梅香翰林風月"(俱見元曲選)爲雜劇的翹楚。我們現在考尋關、白、馬、鄭的時代,自然是鄭爲最後,大約他們的雜劇都在元世祖中統以後所作成。則元代雜劇最發達的時期,亦爲元代最盛的時期,這可無疑的。

(附記)關漢卿曾於宋亡(西曆一二七六)之後到過杭州,太平樂府卷八有他的南呂·一枝花(杭州景)云:"普天下錦綉鄉,寰海内風流地,大元朝新附國,亡宋家舊華夷,水秀山奇,一到處堪游戲。……"這是他寫大德歌以前所做的。

(刊載第九期,民國三十年三月一日)

案:以原題名收入《容肇祖全集(七)·民俗學與文學卷、目録文獻學卷》,莞城圖書館編(濟南:齊魯書社,2013年),第3597~3601頁。

蔡召華的笏山記

清代的文壇以廣東人而擅小説家之名的,吴沃堯(號我佛山人,生一八六七,死一九一〇)便算首屈一指了。吴沃堯的"恨海"與"九命奇冤"是一種有結構有布局的新體小説。在吴沃堯以前,大家想不出廣東有什麽的小説家。我記得廣智書局曾印行過一部"笏山記"六卷,分上中下三本,那書是由張伯楨先生在前清末年拿出去印行。到了民國二十三年,張伯楨先生拿這原稿賣給東莞圖書館,這是由我介紹鄧屺望館長購買的。這稿留在我處十多年,可惜我没有工夫去校對一過,就在東莞淪陷了三年,使我有時回憶到這書。

"笏山記"在舊小説中,算是一部有結構有布局的好小説。在吴沃堯之前,數廣東人著的小説,不得不推這書。作者蔡召華,字守白,東莞縣人。他的時代約在道光、咸豐間。他的曾孫景儒在光緒末曾和家兄同在小學,不久死了,他便没有後裔了。蔡召華是前清的一位秀才,據"東莞縣志"卷七一説他"性磊砢不羈,工爲詩。嘗集'玉臺新咏'句爲律詩二百餘首。'玉臺'雜體末一卷,不能集作律詩,復依詞譜集十餘闋。名'綴玉集'。……生平固窮自守,不求人知,惟以吟咏自適。著有'愛吾盧詩鈔''草草草堂草''細字吟'"。他的"綴玉集"四卷,現今尚有留存。陳澧"綴玉集序"説道:

> 東莞陳君友珊言:"其鄉蔡君守白用'玉臺新咏'詩題,集'玉臺新咏'句爲五律二百餘首,工妙不減黄石牧'香屑集'。蔡君殁已久矣。舊有刻板,欲刷印以貽朋好。"余聞之,願先睹爲快。後數日,友珊復與蔡君之侄煦春來,以舊印本見示。余循覽一過,嘆其工巧誠如友珊之言。其中有與唐律平仄密合者。其拗調亦唐律所常有。亦有唐律不用之調,則齊梁體也。……

"愛吾盧詩鈔"六卷,東莞圖書館藏有刻本。據"東莞縣志"卷八六"藝文略"在"笏山記"六卷之外,尚列有他所著的"駐雲亭"十卷。"駐雲亭"一書,想已散佚了。

他的"笏山記"一書,是他以土府土司的生活爲背景,描寫一個山囤的小侯王,中間地方間的鬥争、結合,以至婚姻。插有女扮男裝的故事,結果爲大團圓多妻的結局。這是不能十分出脱中國舊小説的陳套的。但是作者是一位文人,他自己少年時不拘守舉子業,而有"驚才絶艷"之稱,中間描寫人情細故,辭令的小巧,尚有機警動人之處。在吴沃堯之前,我們很難找到廣東的小説作家了。這書雖然有從前廣智書局的出版,作者的時代與身世,尚未爲人所注意,故此我在這裏略説一下,以備研究中國小説史者的參考。

(刊載第十期,民國三十年三月八日)

案:以原題名收入《容肇祖全集(八)·目録文獻學卷、隨筆信劄卷》,莞城圖書館編(濟南:齊魯書社,2013 年),第 4294 ~ 4296 頁。

羅 燁

（生卒不詳）

宋末元初小説家，廬陵（江西吉安）人，生平事迹不詳。著有《醉翁談録》20卷，記載宋代戲曲、話本小説資料的筆記。

醉翁談録：舌耕叙引

宋槧本醉翁談録十集二十卷，題廬陵羅燁撰，簿録家所未載，僅明李翌戒庵老人漫筆一語引及。羅燁何人，亦不可考。書爲□□[①]發現，云傳自高麗者。湮没至今，蓋已七百餘年矣。書中市語雜出，胥近淺陋，當爲南宋坊刻，然卷首舌耕叙引，於宋代小説家數，頗有闡明。其分小説爲靈怪、烟粉、傳奇、公案、朴刀、捍棒、神仙、妖術等八類，并羅列小説名目百餘種，爲治小説學者前所未聞。另有八卷本醉翁談録，題從政郎新衡州録事參軍金盈之撰，明黄虞

① 原文此處缺兩字。後出版添加“日本長澤規矩也”“由文求堂主人以珂羅版影印行世”。

稷千頃堂書目、清阮元揅經室外集、莫友芝郘亭知見傳本書目均著録,收入張氏適園叢書、方氏碧琳琅館叢書,流傳較廣,然與前者實爲二書,惟第七卷平康巷陌記與羅書丁集卷一花衢記録,相同者凡七則,疑同據别本北里志掇拾者,不得謂相互因襲也。

望舒記

小說引子(演史講經,并可通用)

静坐閑窗對短檠,曾將往事廣搜尋,
也題流水高山句,也賦陽春白雪吟;
世上是非難入耳,人間名利不關心,
編成風月三千卷,散與知音論古今。

自古以來,分人數等:賢者清而秀,愚者濁而蒙。秀者通三綱而識五常,蒙者造五逆而犯十惡。好惡皆由性情,賢愚遂别尊卑。好人者如禾如稻,惡人者如蒿如草;使耕者之憎嫌,致六親之煩惱。如此等人,豈足共話?

世有九流者,略爲題破:

一、儒家者流,出於司徒之官,遂分六經詞賦之學。

二、道家者流,出於典史之官,遂分三境清净之教。

三、陰陽者流,出於羲和之官,遂分五行占步之術。

四、法家者流,出於理刑之官,遂分五刑胥吏之事。

五、名家者流,出於禮儀之官,遂分五音樂藝之職。

六、墨家者流,出於清廟之官,遂分百工技事之衆。

七、縱横者流,出於行人之官,遂分四方趨容之輩。

八、農家者流,出於農稷之官,遂分九府財貨之任。

九、小說者流,出於機戒之官,遂分百官記録之司。

由是有說者縱横四海,馳騁百家。以上古隱奥之文章,爲今日分明之議論。或名演史,或謂合生,或稱舌耕,或作挑閃,皆有所據，不敢謬言。言其上世之賢者，可爲師，排其近世之愚者，可爲戒。言非無根，聽之有益。

歌云：

傳自鴻荒判古初，羲農黄帝立規模，無爲少昊更顓帝，相授高辛唐及虞，位禪夏商周列國，權歸秦漢楚相誅，兩京中亂生王莽，三國争雄魏蜀吴，西晋洛陽終四世，再興建鄴復其都，宋齊梁魏分南北，陳滅周亡隋易孤，唐世末年稱五代，宋承周禪握乾符，子孫神聖膺天命，萬載升平復版圖。

太極既分，陰陽已定，書契已呈河洛，皇王肇判古初。圓而高者爲天，方而厚者爲地。其人禀五行之氣，爲萬物之靈。氣化成形，道與之貌。形乃分於妍醜，名遂别於尊卑。於是有君有臣，從此論將論相，或争權而奪位，或誅暴以勝殘。間有圖名而僥一旦尺寸之功，又有報國而建萬世長久之策。遂製舟車兵革，俾陳弓矢干戈。始因戰涿鹿之蚩尤，備見殛羽山之帝鯀。畫象之形已玩，結繩之政不施，世態紛更，民心機巧。須賴君王相神武，庶安中外以和平。所業歷歷可書，其事班班可紀。乃見典墳道藴，經籍旨深。試將便眼之流傳，略爲從頭而敷演。得其興廢，謹按史書，誇此功名，總依故事。（如有小説者，但隨意據事演説云云。）

詩曰：

破盡詩書泣鬼神，發揚義士顯忠臣。
試開戛玉敲金口，説與東西南北人。

又詩：

春濃花艷佳人膽，月黑風寒壯士心。
講論衹憑三寸舌，秤評天下淺和深。

小説開闢

夫小説者，雖爲末學，尤務多聞。非庸常淺識之流，有博覽該通之理。幼習太平廣記,長攻歷代史書。烟粉奇傳,素藴胸次之間;風月須知,衹在唇吻之上。夷堅志無有不覽,琇瑩集所載皆通;動哨中哨,莫非東山笑林;引倬底倬,須還緑窗新話;論才詞,有歐、蘇、黄、陳佳句;説古詩,是李、杜、韓、柳篇章;舉斷模,按師表規模;靠敷演,令看官清耳。衹憑三寸舌,褒貶是非,略嚫萬餘言,講論古今;説收拾,尋常有百萬套;談話頭,動輒是數千回;説重門不掩底相思,談閨閣難藏底密恨;辨草木山川之物類,分州軍縣鎮之程途;講歷代年載廢興,記歲月英雄文武。有靈怪、烟粉、傳奇、公案,兼朴刀、捍棒、妖術、神仙。自然使席上風生,不枉教坐間星拱。説楊元子、汀州記、崔智韜、李達道、紅蜘蛛、鐵瓮兒、水月仙、大槐王、妮子記、鐵車記、葫蘆兒、人虎傳、太平錢、巴蕉扇、八怪國、無鬼論:此乃是靈怪之門庭。言推車鬼、灰骨匣、呼猿洞、鬧寶録、燕子樓、賀小師、楊舜俞、青脚狼、錯還魂、側金盞、刁六十、鬥車兵、錢塘佳夢、錦莊春游、柳參軍、牛渚亭:此乃爲烟粉之總龜。論鶯鶯傳、愛愛詞、張康題壁、錢榆罵海、鴛鴦燈、夜游湖、紫香囊、徐都尉、惠娘魄偶、王魁負心、桃葉渡、牡丹記、花萼樓、章臺柳、卓文君、李亞仙、崔護覓水、唐輔采蓮:此乃爲之傳奇。言石頭孫立、姜女尋夫、憂小十、驢垛兒、大燒燈、商氏兒、三現身、火鍁籠、八角井、藥巴子、獨行虎、鐵秤槌、河沙院、戴嗣宗、大朝國寺、聖手二郎:此乃謂之公案。論這大虎頭、李從吉、楊令公、十條龍、青面獸、季鐵鈴、陶鐵僧、賴五郎、聖人虎、王沙馬海、燕四馬八:此乃爲朴刀局段。言這花和尚、武行者、飛龍記、梅大郎、鬥刀樓、攔路虎、高拔釘、徐京落章(草)、五郎爲僧、王温上邊、狄昭認父:此爲捍棒之序頭。論種叟神記、月井文、金光洞、竹葉舟、黄糧(粱)夢、粉盒兒、馬諫議、許岩、四仙鬥聖、謝溏落梅:此是神仙之套數。言西山聶隱娘、村鄰親、嚴師道、千聖姑、皮篋袋、驪山老母、貝州王則、紅綫盜印、醜女報恩:此爲妖術之事端也。説黄巢撥亂天下，也説趙正激惱京師。説征戰有劉項爭雄，論機謀有孫龐鬥智。新話説張韓劉岳，史書講晋宋齊梁。三國志，諸葛亮雄材；收西夏，説狄青大略；説國賊懷奸從佞，遣愚夫等輩生嗔；説忠臣負屈銜冤，鐵心腸也須下泪；講鬼怪令羽士心寒膽戰，論閨怨遣佳人緑慘紅愁；説人頭厮挺，令羽士快心；言兩陣對圓，使雄夫壯志。談吕相青雲得路，遣才人着意群書；演霜林白日升天，教隱士如初學道。噇發迹話，使寒門發憤；講負心底，令奸漢包羞。講論處不僀搭不絮煩，敷演處有規模有收拾；冷淡處提掇得有家數，熱鬧處敷演得越久長。曰得詞，念得詩，説得話，使得砌。言無訛舛，遣高士善口贊揚；事有源流，使才人怡神嗟訝。

詩曰：

小説紛紛皆有之，須凭實學是根基。
開天闢地通經史，博古明今歷傳奇。
藏蕴滿懷風與月，吐談萬卷曲和詩。
辨論妖怪精靈話，分别神仙達士機。
涉案槍刀并鐵騎，閨情雲雨共偷期。
世間多少無窮事，歷歷從頭説細微。

（刊載第一期，民國三十年一月四日）

案：在刊登這篇重要的研究宋元説書的文獻之前，編者加了按語，是一篇簡明扼要的短文。後改題名“跋《醉翁談録》”，收入戴望舒著，吴曉鈴編《小説戲曲論集》（北京：作家出版社，1958 年 2 月），第 56 頁。另收入戴望舒著，王文彬、金石主編《戴望舒全集・散文卷》（北京：中國青年出版社，1999 年 1 月），第 324 頁。

王　虹

（生平不詳）

閑話“雜牌子曲”

“雜牌子曲”是北方俗曲中的一種。它是用許多不同雜曲的牌子組合而成的。這種曲子因爲演唱時所用的方式不同，所以又有種種不同的名稱。一人彈弦一人彈八角鼓，僅唱類似散曲的“小令”或“套數”的，叫“岔曲”；自彈弦自唱的，叫“單弦”；一人彈弦另一人唱的，叫“牌子曲”；兩個人以上化裝彩唱的，叫“牌子戲”，又叫“拆唱八角鼓”。這種種名稱雖不同，但是，它們所用的曲牌，歌唱的腔調，并無差别，所以我統稱之爲“雜牌子曲”。

一

“雜牌子曲”的起源，向來有種種的傳説。有的説：創於寶筱槎（又作寶小岔）；有的説：創於張照；有的説：創於白蘇稚；有的説：創於阿桂。但是對於它産生的時間和地域，各家都一致的主張是起於乾隆（一七四七——一七四九）平定金川時的軍隊中，是以“鞭敲金鐙響，齊唱凱歌還”的軍歌改造而成的。劉振卿的八角鼓遺聞説：

> 阿文成將高宗御製之大有年、萬民樂、龍馬吟、飛黄詞等滿語軍歌譯漢……以擄得番苗之樂器，如勒得勒倭（金川鼓也），播切兒（大銅鐃也），打拉達（銅鈸也），大蒼格（小鑼也）等，使軍士合奏而歌之。相傳今之"群曲"即創於此。

相傳三十年前的雜要館中，當八角鼓上場的時候，先由兩個人問答，説明八角鼓的來源，然後彈起弦子，唱大有年、萬民樂、龍馬吟、飛黄詞四個"岔曲"，表示不忘本的意思。"群曲"現在還有人唱，有萬壽香等曲。

齊如山"八角鼓"引德壽山的話，主張"岔曲"創於寶筱槎。他説：

> 當乾隆間，阿桂攻取金川時，營中有寶小岔（當即前之寶筱槎）其人者，按高腔脆白製爲六字凱歌，令兵士習之。初名脆唱，嗣以創之者爲小岔，故又衍名"岔曲"。脆唱又分"岔曲""琴腔""蕩韵"三支。"蕩韵"習之甚難，今已失傳。現在所通行者，祇"琴腔""岔曲"二支而已。

"升平署岔曲引言"也采取此説。至於所謂"脆唱"的三支"蕩韵"已經失傳，我們不去説。現在所存的"琴腔"，我疑心是冒牌的僞貨，因爲現在所唱的曲子如大實話、大過會、千方百計等，都是數唱的，并無腔調，每句都用"兒"字作語尾。據金受申"八角鼓源流考"説，這種調子叫做"直梁"。李家瑞先生"北平俗曲略""琴腔"條所引大爺縱妻曲文，結構與子弟過會等同，究竟是"琴腔"還是"直梁"，尚不能確定。

齊如山"八角鼓"文中，又引了一條八角鼓的舊聞，雖對於"雜牌子曲"的本身歷史，没有什麽幫助，但是很可以供我們參考。

> 衆兵回兵以後，散防歸家，各兵弁探望自己三親六眷，談講路途景致，營中規則，打仗實迹，得勝詞曲，在京所居人等，

喜聞其言,樂聽其曲,凡遇會親聚友之日,必約阿將軍營中兵弁能唱能談講者,作一時之盛,所以走局由此爲始也。後來其道大興,言官糾參,通於上聞,言説阿桂所帶之兵,自回軍以後,不理差務,擅入百姓之家,口唱淫詞浪語,有失營規,大傷風化。聖上聞知,勃然大怒,立傳阿桂召見。將軍悉知其情,睹面口奏,言説我兵所咏者得勝詞曲,所講者打仗實迹。聖上聞之,回嗔作喜,乃曰:國家祥瑞,可以使民聞知。即刻口傳諭旨,着八旗弁兵,富豪大員之子弟,准其接續排演。恐怕遺失祥瑞,命掌儀司速做隨凱歌樂器。掌儀司遵定章程,議做手鼓一面,鼓墻八角,每角安放小鈸三扇,爲三八二十四個固山,鼓下垂杏黄鵝黄雙穗,分爲左右兩翼,又爲國朝豐收,穀生雙穗,將此鼓與龍票散放八旗,與民同樂。……

這恐怕也是藝人的誇大宣傳,想借"主子"的勢力,抬高這"玩意"的聲價。其實"主子"的威力,也祇配個來"欽定七經",至於俗曲的提倡,那需要民衆去努力,皇帝老子頒布的詞曲,也許不會有人捧場。

二

當我們讀過這種曲子以後,我們可以相信,它絶不是出於某一個人的創作;它是承繼了故舊文學的遺産,而不斷的改造,不斷的吸收新資料,加以融合而組成的東西。它的前代祖先是詩,長長短句,是散曲;明代的"時曲"與它的關係更深。沈德符説:

元人小令,行於燕、趙,後浸淫日盛。自宣、正至化、治後,中原又行瑣南枝、傍妝臺、山坡羊之屬。李崆峒先生初自慶陽徙居汴梁,聞之,以爲可繼國風之後。何大復繼至,亦酷愛之。今所傳"泥捏人"及"鞋打卦"、"熬鬏髻"三闋,爲三牌名之冠,故不虚也。自兹以後,又有耍孩兒、駐雲飛、醉太平諸曲,然不如三曲之盛。嘉、隆間,乃興鬧五更、寄生草、羅江怨、哭皇天、乾荷葉、粉紅蓮、桐城歌、銀絞絲之屬;自兩淮以至江南,漸與詞曲相遠,不過寫淫媟情態,略具抑揚而已。比年以來,又有打棗竿、挂枝兒二曲,其腔調約略相似,則不問南北,不問男女,不問老幼良賤,人人習之,亦人人喜聽之,以至刊布成帙,舉世傳誦,沁人肺腑,其譜不知從何來,真可駭嘆!又山坡羊者,李何二公所喜,今南北詞俱有此名,但北方惟盛愛數落山坡羊,其曲自宣大遼東三鎮傳來。今京師妓女慣以此充弦索北調,其語穢褻鄙淺,并桑濮之音亦離去已遠,而羈人游婿嗜之獨深,丙夜開樽,争相招致,而教坊所隸箏纂等色,及九宫十二則,皆不知爲何物矣。 見"顧曲雜言"

本來散曲也是人人喜唱、人人喜聽的東西。但是一般文人、士大夫階級參加擬作以後,用"工巧"和"古典"掩蔽了它的天然美麗。這時的散曲,已經成了貴族的樂歌、僵化的死物,不再爲民衆所歡迎了。但是,民衆是離不開文藝的,所以采用了散曲的牌子與一部分的規律,而給與新鮮的情調和生命,造成一種新的曲子。這種曲子并不能完全脱離宫調的限制,這是過渡時期的自然現象。到了嘉靖、隆慶、萬曆這一個時期,這種俗曲,在大江南北已經風行一時,劈破玉、挂枝兒、羅江怨等尤爲人所歡迎,就是一般文人也被她感動,來參加創作了。馮夢龍的搜集山歌和挂枝兒就可以作一個例。這樣一來,又把俗曲的生命斷送了。康熙年間,又有新的俗曲起來。

小曲者,别於昆弋大曲也。在南則始於挂枝兒……一變爲劈破玉,再變爲陳垂調,再變爲黄鸝調。始而字少句短,今則累數百字矣。在北則始於邊關調,蓋因明時遠戍西邊之人所唱,其辭雄邁,其調悲壯,本凉州、伊州之意。如云:"斗大黄金印,天高白玉堂。大丈夫豪氣三千丈,百萬雄兵腹内藏,要與皇家做個棟梁。男兒當自强,四海把名揚,姓名兒定標在淩烟閣上。”……再變爲呀呀優,呀呀優者,夜夜游也。或亦聲之餘韵“呀呀喲”。如倒扳槳、靛花開、跌落金錢,不一其類。　見劉廷璣“在園雜志”卷三

這時明代的俗曲,如:挂枝兒、劈破玉、駐雲飛等已逐漸没落了。“霓裳續譜”雖有些微的遺留,但已經成了强弩之末。代之而興的,是黄鸝調、邊關調、陳垂調、倒扳槳、呀呀喲、跌落金錢、靛花開等曲,這些都是“雜牌子曲”中應用到的曲牌。其中如邊關調現在仍舊演唱着,唱的調子真是悲凉雄邁,有如老杜的兵車行。到了乾隆的時候,這種曲子已經繁盛起來。李斗“揚州畫舫録”(卷十一)説:

最先有銀紐絲、四大景、倒扳槳、剪靛花、吉祥草、倒花籃諸調,以劈破玉爲最佳……又有黎殿臣者,善爲新聲,至今效之,謂之“黎調”,亦名跌落金錢。……後以下河土腔唱剪靛花,謂之“網調”。近來群尚满江紅、湘江浪,皆本調也。其京駝子、起字調、馬頭調、南京調之類,傳自四方,間亦效之。而魯斤燕削,遷地不能爲良矣。於曲中加引子、尾聲,如王大娘、鄉里親家母諸曲;又以傳奇中牡丹亭、占花魁之類,譜爲小曲者,皆土音之善者也。

這些小曲的起來,給“雜牌子曲”增加了許多的新資料,像:馬頭調、吉祥草、跌落金錢(即金錢蓮花落)、倒扳槳、起字調、剪靛花、王大娘等,使“雜牌子曲”的内容,又充實了若干,得以健全起來。

由於各種俗曲的産生,纔能促進“雜牌子曲”的發展;由於“雜牌子曲”的流傳,纔能使若干種俗曲不至完全湮没。

所以,我們要談“雜牌子曲”的歷史源流,應當從各種俗曲入手。

三

“雜牌子曲”是一種超宫調的俗曲，但是，它的結構很像“諸宫調”。如果就“岔曲”來説，那是與散套相類似。在每套曲子的開頭，有類似引子的“岔曲頭”；在曲尾有類似尾聲的“岔曲尾”。在曲頭與曲尾之間，插入兩個以上的牌子，組成一套。例如，秋景閨情：

〔岔曲頭〕中秋已過，金風入綉閣，香閨易冷恨偏多，玉人兒，怕對凄凉病兒魔。

〔南羅北鼓〕怨女悲秋，緊蹙雙娥，泪珠點點，染透香羅，孤孤另另獨自坐。

〔吹腔〕傷情無語增新恨，滿懷心事對誰説，欲待要把妝臺上，怕見花殘步懶挪。

〔孝順歌〕怕見花生寂寞，纔知美良宵。皆虚過，未多纔，占一課，未多纔，代奴占一課。欲待把金錢卜，怎奈鸚哥語話多。令禽能學語，故意把人魔。絮絮叨叨在耳邊饒舌，它還在耳邊廂饒舌。

〔岔曲尾〕奴爲郎君芳容減，倒把個有限光陰皆——皆虚錯過。這是我，自惹的凄凉，蹙損雙娥。

我們看了這套曲子，覺得文字的幽美并不下於散曲。不過一般人以爲真正的“岔曲”是以一個牌子爲限，短的在一百五十字左右，長的在二百字的外。如歐陽子秋聲賦，就是長“岔曲”。

在演唱故事的“雜牌子曲”中，有的用“岔曲”作引子，有的就略去不用。因爲“岔曲”中的情節，與整個故事并無連帶的關係，衹是爲試驗三弦的音節是否合適。那麽“岔曲”的用途，也就很小了。

在散曲中，有用同一個曲牌作兩首以上，來演一個故事的，叫作"重頭"。在"雜牌子曲"中也有這樣情形：

〔羅江怨〕紗窗兒外，漆墨兒黑，無心緒，强入羅幃，似睡不睡，我方……方——方纔睡。忽聽得外面，喊叫如雷，行無行有，去轉又回，吓的奴，雙手拉被。我蒙……蒙——蒙頭睡。　見"霓裳續譜"卷八

〔羅江怨〕青石梁一過，常山峪在眼前。鞭鞭打馬，奔路前顛，看看來到了，藍……藍——藍平縣。那一日是八月中秋，皓月高懸，光輝萬里，白晝一般，家家供月，把果……果——果子獻。官員人等，也把月光來觀。思想在家，也把月兒來圓。划拳行令，多……多——多隨便。如今到此，別一洞天，冷冷清清，可對誰談？空對明月，長……長——長吁嘆。　"雜牌子曲"鑾儀衛嘆

看了這兩隻曲子，我們可以知道，羅江怨的整個組織，是以十四句組成，每兩句一叶韵。如果唱一個較長的故事，可以用兩首連續的演唱。這隻曲子的最末一句，句法很特別。不過寫在紙上無力去表示它腔調，唱起來的時候是："看看來到了，藍唉唉藍唉藍平縣。"至於【岔曲尾】所用的兩個重疊字，如前邊所引的"倒把個有限光陰皆——皆虛錯過"，□□□□□□中間有一個轉折腔，叫作"卧牛兒"。在章衣萍標點的"霓裳續譜"，汪静之標點的《白雪遺音續選》里都弄錯了。

在"雜牌子曲"中又有一個現象與散曲相同。在散曲中有十二月帶堯民歌、醉高歌帶喜春來、雁兒落帶得勝令、沽美酒帶太平令等；"雜牌子曲"中則有平岔帶馬頭、平岔帶戲、寄生草帶尾、剪靛花帶戲等。由於這種習慣，我們也可以證明"雜牌子曲"的來源，并不是起於征伐大小金川的時候。

現在我把"雜牌子曲"中所用的曲牌，列在後面。

連珠調、倒番調、南園調、南河調、南城調、南詞彈黄調、河南

調、正調、彈黃調、馬頭調、湖廣調、楊柳調、梅花調、起字調、雲蘇調、鮮花調、靠山調、樂亭調、東城調、盤香調、玉溝調、當調、灘黃調、番調、黄鸝調、邊關調、大鼓調、利津調、獨柳調、螺絲調、西調、京調、雙黃鸝調、單黃鸝調、慢西調、雙高快書、連珠快書、怯快書、套書、硬書、子弟書、二簧腔、弦子腔、四板腔、吹腔、西腔、孝順歌、樵歌、揚州歌、秋歌、秦吹腔花柳歌、寄生草、北寄生草、南寄生草、怯音寄生草、番調寄生草、矮調寄生草、便音寄生草、垛字寄生草、岔曲、起字岔、坎字岔、數岔、慢岔、平岔、西岔、垛字單岔、岔曲尾、馬頭調尾、寄生草尾、曲尾、西岔尾、怯音寄生草尾、秦腔尾、重重續尾、黃鸝調尾、跌落金錢尾、剪靛花尾、垛字寄生草尾、番調寄生草尾、蓮花落、南跌落金錢、北跌落金錢、雙跌落金錢、石榴花、剪靛花、滿洲剪靛花、綉帶兒、耍孩兒、山歌兒、南鑼兒、金錢蓮花落、山東蓮花落、雁兒落、東落子、串鈴落子、花鼓子、垛字緊、雙頭人、粉紅蓮、老八板、刮地風、玉姑娘、柳青娘、會親娘、石玉昆書贊、什不閑、西皮、嗽唱、叠斷橋、下河南、波兒下、打新春、詩篇、小磨房、鬥蛐蛐、倒推船、玉娥郎、昭花臺、硬四平、倒搬(扳)槳、南詞、兩句半、南鑼北鼓、一江風、園林好、娘兒標、打棗竿、鋸大缸、銀紐絲、哭皇天、清江引、羅江怨、起字哨、采蓮紅、江兒水、甸花開、重重續、白話、沽美酒、玉溝調垛字、古人詞、柳葉錦、太平年、呀呀喲、山坡羊、駐雲飛、桂枝香、剪靛花便音、滿江紅、□岔小兒語、劈破玉、亂彈、雙劈破玉。

以上所列曲牌一百五十四種,其中至少有五分之三是已經失傳了。現在"雜牌子曲"中所通用的曲牌,不過三四十種而已。看了這些曲牌,我們可以瞭解"雜牌子曲"内容複雜的程度,不但是包□□□舊的各種小曲,就是皮簧戲也在被采用之例。如烏龍院及活捉三郎都用皮簧中的"四平調";高老莊用二簧原板。由這一點看來,我們可以説"雜牌子曲"是永不會没落的,因爲它可以捨去一切將要死亡的曲牌,而采用新興的時代歌曲。

四

這種俗曲的題材,差不多取於小説和戲劇。如演水滸傳故事的有烏龍院、活捉三郎、武松打虎、挑簾裁衣、開吊殺嫂、獅子樓、醉鬼回家、風流焰口、翠屏山。演三國故事的有連環記、鳳儀亭、八陣圖、草船借箭、三顧茅廬、群英會、單刀會、捉放曹、美人計、取城都、天水關、汜水關。演西游記故事的有:高老莊、收沙悟净。演隋唐故事的有:秦瓊觀陣、羅成托夢、箭攢羅成。説唐傳故事的有:摩天嶺、白袍救駕、射雁。演今古奇觀:珍珠衫、卓二娘、杜十娘、雙生貴子、蝴蝶夢、紅鸞禧、紫荆樹。演聊齋故事的有:胭脂判、小翠、魯公女、西湖主、蓮香、冤獄、杜小雷、鳳仙、考弊司、申氏、水莽草、續黄粱、端雲、細侯、勞山道士、阿玉、黄九郎。演包公案故事有:鍘包冕、奇冤報、抱妝盒。演五代殘唐故事的有:十三太保、飛虎山、打棗兒、訪賢、拷童。演楊家將故事的有:碰碑、令公顯聖。演白蛇傳故事的有:金山寺、清明祭掃、盜靈芝、斷橋、合鉢。演三下南唐故事的有:雙鎖山、劈牌。演琵琶記故事的有:掃松。演白兔記的有:磨房産子。演西厢記的有:夢榜、十里亭、請張生。

其餘演社會風土人情故事的有:當皮箱、瞎子逛燈、怯探親、怯太太進城、得鈔傲妻、大爺縱妻、逛西頂、烟酒謗勸、家庭訓、變美遭殃、打皂分家、窮逛白雲觀、窮逛萬壽寺、因果報、瞎子算命、老媽開嗙、冰燈火判、鑾儀衛嘆、卸了車兒、變羊記、百花成親、中頂會、二美争夫、情人頂嘴、妓女自嘆、百花點將、母女拌嘴、大錢托夢、熱河嘆、嘆旗詞、靈官廟、護軍嘆、餑餑名、賣雜貨、蟠桃會、冷不防成家、五聖朝天、姊妹争强、茶館許願、哈什嗎下班、神州會、韓湘子上奏、棉襖訴功、鳥槍訴功、宮花報喜、姐薩拌嘴、青草茶館、打面缸、南探親、票友托夢、白溝河、百奏賜福、百鳥朝鳳、紙牌訴功、國孝斷戲、要飯嘆、馬天榮、烟鬼嘆、大八仙、小八仙、麻雀牌、結盟重義。

以上所列的幾十種曲子,都是根據本地報紙廣告統計的,當然還有很多,并且也不免有僞誤的地方,我很希望异日有機會來改正它。

(刊載第二、三期,民國三十年一月十一日、十八日)

案:此文經修訂補充題爲"'雜牌子曲'研究"一文,刊於北平《輔仁文苑》第7輯(1941年4月),第45~53頁。之後,作者"在《宇宙風乙刊》第四三期裏,看到趙景深先生的《小說閑話》,其中'關於雜牌子曲'條談到我的《閑話'雜牌子曲'》,給我補充了三條史料。這是使我很興奮的。由於他的指示,我又找到一些很重要的資料,牌子曲起源傳說的最有力的根據",補寫了《"雜牌子曲"研究補正》一文,刊於北平《輔仁文苑》第8輯(1941年8月),第90~93頁。

戴 望 舒

(1905.11.5—1950.2.28)

生於浙江杭州，祖籍江蘇南京。原名戴丞，字朝寀，筆名有戴夢鷗、戴望舒、江恩、艾昂甫、陳禦月、陳藝圃、張白衡、達士、温辛等。1923年考入上海大學文學系，1925年秋轉入震旦大學法文班，肄業。1926年同施蟄存、杜衡創辦《瓔珞》旬刊；又與施蟄存、劉吶鷗等組織水沫社一起創辦《無軌列車》半月刊。1929年初創辦水沫書店，任編輯，同年9月又創辦《新文藝》月刊。後參加"左聯"。1932年參加施蟄存主編的《現代》雜志的編輯工作，10月初赴法留學里昂中法大學，1935年春回國。1936年10月，與卞之琳、孫大雨、梁宗岱和馮至等創辦《新詩》月刊。1938年在香港主編《星島日報·星島》副刊，負責文藝界抗協香港分會工作。1939年和艾青主編《頂點》。1941年底被捕入獄，次年出獄。1946年回到上海，先後任教新陸師範專科學校、暨南大學、上海音樂專科學校。中華人民共和國成立後，戴望舒在新聞出版總署國際新聞局從事法文編譯工作。主要論著、創作和翻譯收入《戴望舒全集》(詩歌、小説、散文三卷)以及《小説戲曲論集》，點校《石點頭》《豆棚閑話》等。

戴望舒

袁刊水滸傳之真僞

袁無涯刊一百二十回本忠義水滸全傳，首有李贄序、楊定見小引，一般都認爲是僞托李卓吾批評的。胡適之先生和孫子書先生以爲這是楊定見的改編本，魯迅先生則以爲是葉晝輩僞托的。諸專家都斷爲贋刻，鐵案如山，差不多已成爲不變之論了。

葉晝托卓吾之名評水滸傳之說，遠在明季就已有了。錢希言的"戲瑕"（一六一三）卷三贋刻條中說：

……比來盛行温陵李贄書，則有梁溪人葉開陽名晝者，刻畫摹仿，次第勒成，托於温陵之名以行。……於是有李宏父批點水滸傳……并出葉筆，何關於李？……晝，落魄不羈人也……近又輯黑旋風集行於世，以譏進賢，斯真滑稽之雄已。

清初周亮工承襲其說。在他的"書影"（一六五七）卷一中，我們可以看到這樣的話：

葉文通，名晝，無錫人。……當温陵焚、藏書盛行時，坊間種種借温陵之名以行者，如四書第一評、第二評，水滸傳、琵琶、拜月諸評，皆出文通手……

關於葉晝托龍湖之名評水滸，這是最早的記載。魯迅先生的論斷，就是根據"書影"而來的。錢希言和李卓吾以及葉開陽是同時代的人，見聞所及，其言自當可信。然而，以李卓吾批本標榜的水滸傳，至今猶存的。據孫楷第先生中國通俗小説書目，共有三種，我們怎樣就可以斷定袁無涯刊本是葉開陽的贋本呢？那三種本子是：

一、容與堂刊本李卓吾先生批評忠義水滸傳一百卷一百回。

二、袁無涯刊本李氏藏本忠義水滸全傳一百二十回。(有郁郁堂及寶翰樓複印本)

三、芥子園刊本李卓吾評忠義水滸傳一百回。

芥子園本刊於明末清初,當非"戲瑕"所指,故不論及。袁無涯刊本呢,在現存各本中均未記刊行年歲,可是在袁小修的"游居柿録"卷九中,我們却看到"袁無涯來,以新刻卓吾批點水滸傳見遺……"的話。這些話記於萬曆四十二年(一六一四),可以證明袁無涯刊本水滸傳是在這時刻成的。這樣,這個本子又非錢希言在編"戲瑕"時所能見得到的。這一個本子和芥子園刊本當時錢希言都没有看到,那麼除非有其他的版本,錢希言的話一定是指容與堂刊本的了。

容與堂刊水滸傳中土無傳本,今惟日本内閣文庫藏有一部。據孫楷第先生"日本東京所見中國小説書目提要",此本亦不載刊行年月,惟在卓吾序後,另行題云:"庚戌仲夏日虎林孫樸書於三生石畔",大概就是這個刻本的書手所記。晚明的庚戌年有兩個,一爲嘉靖二十九年(一五五〇),一爲萬曆三十八年(一六一〇)。此本刻於卓吾歿後,則這庚戌無疑是萬曆三十八年。這個本子的"述語"中還有這樣的話:

> 和尚有清風史一部……又手訂壽張縣令黑旋風集,令人絶倒。不讓世説諸書……

以及小記"本衙已精刻黑旋風集、清風集,將成矣"等語,則又與"戲瑕"中所説葉開陽"近又輯黑旋風集以譏進賢"等語恰相符合。

從這些看來,都可以明白錢希言所云僞托卓吾批評的水滸傳,正就是容與堂刊行的這一部,和袁無涯本一點關係也没有。

這一部書作僞的伎倆是相當地精到。如采用已載於"焚書"的忠義水滸傳序[胡適之先生以爲"焚書"輯於李氏死後,實誤。

按蔡弘甫在萬曆十九年(一五九一)已著“焚書辯”指斥李氏“焚書”;焦竑在萬曆二十七年序李卓吾的“藏書”,也説到:“書三種,一藏書,一焚書,一説書。焚書、説書刻於亭州。”均可證明焚書刊於龍湖在世之日],如在述語後題“小沙彌懷林記”這個已見於“焚書”卷四三大士像議的卓吾侍者的名字(褚人獲堅瓠甲集卷三卓吾侍者條記懷林,并引袁小修隨筆載其一絶),如到處都自稱“李載贄”“李禿翁”“和尚”“李和尚”,等等,用這些來造成一個此本確係宏父所爲的印象,均可見其用心之深。然而文字的惡劣,議論的可笑,就已露了馬脚,再加上書坊的宣傳廣告,作僞的原形就完全顯露出來了。

容與堂刊水滸傳是葉開陽僞托李卓吾本,已經昭然在目。現在我們就要來談到袁無涯刊本了。我們所要研究的,第一是李卓吾是否曾批評水滸傳?第二,從楊定見的小引上看看有没有楊定見和袁無涯通同作弊的踪迹?第三,楊定見和李卓吾的關係究竟怎樣?第四,袁無涯是怎樣一個人,有没有刊行贋籍的可能?

關於李卓吾是否曾評水滸傳這個問題,我們可以立刻作一個肯定的回答:他批過水滸傳。卓吾對於水滸傳推崇備至,可以在收入“焚書”的忠義水滸傳序中看出來。焚書刊於一五九零年左右,那麽至少這時候卓吾就有評水滸之意,或竟已着手批評了。在前引袁小修“游居柿録”卷九的文字下面,還這樣説:

> ……記萬曆壬辰(二十年,一五九二)夏中,李龍湖方居武昌朱邸,予往訪之,正命僧常志抄寫此書,逐字批點。常志者,乃趙瀔陽門下一書吏,後出家,禮無念爲師。龍湖悦其善書,以爲侍者,常稱其有志,數加贊嘆,鼓舞之,使抄水滸傳。……

這裏,李卓吾在哪一年、在什麽地方評水滸傳,以及是由什麽人謄録的,都有了明白的解答。因此,李卓吾曾否評水滸傳的問題,便很快地解決了。

現在我們來看一下楊定見的小引吧。在袁無涯刊本水滸傳的楊定見小引上,有着這樣的話:

……自吾游吴,訪陳無异使君,而得袁無涯氏。揖未竟,輒首問先生,私淑之誠,溢於眉宇。其胸中殆如有卓吾者。嗣是數過從語,語輒及卓老,求卓老遺言甚力,求卓老所批閲之遺書又甚力。無涯氏豈狂癖耶?吾探吾行笥,而卓吾所批定忠義水滸傳及楊升庵集二書與俱,挈以付之。無涯欣然如獲至寶,願公諸世。吾問二書孰先?無涯曰:水滸而忠義也,忠義而水滸也。知我罪我,卓老之春秋近是。其先水滸哉,其先《水滸》哉!……

從這幾句話中,我們可以看到這幾點:一、李卓吾遺稿之藏於楊定見處者,至少有水滸傳及楊升庵集二種;二、楊定見和袁無涯之相遇是偶然的,并不是挾着卓吾遺著遠迢迢從湖北趕來找出版家;三、袁無涯是因爲愛好李卓吾的著作而爲之刊出,并非爲博利。(關於這一層,我們但看袁無涯所刊各書,以及他所師事的袁中郎是對龍湖執弟子禮這些關係,就可以明白。以後當更言及。)寫小引的楊定見和刊書的袁無涯,非葉晝、容與堂所能比擬,這是很顯然的事。懷疑到袁無涯本是贋刻,實在有點不大可能。

還有兩件事可以間接説明袁刊之非僞作:第一,此書刻成時爲萬曆四十二年,則交稿時最多是萬曆四十一年。在那個時候,容與堂僞本刊行已有四年,袁無涯自無再接受另一僞本之理。第二,和水滸同時交給袁無涯的尚有楊升庵集一部。此書今尚有傳本,題"李卓吾先生讀升庵集",凡二十卷,有卓吾及焦弱侯評語,其出版日期,當不致遲過萬曆四十三年,即水滸傳刊行後一年。按焦竑歿於萬曆四十八年,則讀升庵集出時尚在世,當非僞作。由此而推及水滸傳,當亦非贋品。

楊定見是怎樣一個人呢？適之先生以爲不可考，是没有去查考之故。其實要知道楊定見，却也并不難，在最習見的袁中道的李温陵傳（珂雪齋前集卷十六）中，我們可以看到楊定見的名字：

……公（按指李卓吾）遂至麻城龍潭湖上，與僧無念、周友山、丘坦之、楊定見聚，閉門下揵，以讀書爲事。……

而在李卓吾的焚書上，楊定見鳳里的名字更數見不鮮。如卷一、卷二有致楊書四通，卷六有"喜楊鳳里到攝山"二絶句，其一云：

十年相守似兄弟，一别三年如隔世，今日還從江上來，孤雲野鶴在山寺。

而卷四"人物"篇中，説到楊定見更詳：

……如楊定見，如劉近城，非至今相隨不捨，吾猶未敢信也。直至今日，利害如一，毀謗如一，然後終不肯畔我以去，夫如是則予之廣取也固宜。設余不廣取，今日又安得有此二士乎？夫近城篤實人也，自不容有二心，楊定見有氣人也，故眼中亦常常不可一世之態。夫此二人，皆麻城人也。……

從這些記載，我們可以歸納出：楊定見，字鳳里，湖北麻城人，爲人有氣節，師事李卓吾，從之學，追隨無間。甘苦同嘗，毀譽與共，十載如一日。

此外，在馬經綸的"與當道書"（續焚書附李温陵外紀卷四）中，我們又可以看到萬曆二十九年（一六〇一）李卓吾第二次被驅於麻城時，楊定見也因而受累的情形：

……聞年丈檄令縣學，行查楊生定見。……楊生篤志向道，雅爲劉晋老、焦漪老所敬重，其人可知。人言波及，蓋恐卓吾或匿於家，未曾遠避。夫楊生亦有家室之累，亦懼池魚之殃，非但不能匿，實不敢匿。……

以一個和李卓吾關係這樣深、這樣久，身爲入室弟子，位處友朋之間的，氣節學問均爲人所敬重的人，難道會僞爲他的先師故人的書，以博蠅頭微利的嗎？可能的是他保藏着卓吾的遺稿（因爲當時禁李氏書，故没有機會刊印），可能的是他把卓吾的書設法刊出來匡正容與堂的僞本。

刊書的袁無涯是怎樣的人呢？胡適先生亦以爲不可考。據我所知道的，袁無涯名叔度，無涯是他的號，蘇州人，爲書林中之白眉。其刊書之所稱書植堂，公安袁氏三弟兄的集子，差不多都是他刊行的，而且對袁中郎執弟子禮（袁中郎錦帆集題門人袁叔度無涯校梓），當時文士，多樂於交往。在萬曆崇禎間文人的書翰中，我們常常可以見到寫給袁無涯的信札，袁小修的日記中，也記着和無涯往還的事。而在"太霞新奏"第五卷上，我們又可以看到馮夢龍的一套散曲，題爲送友訪伎，是贈無涯的，其小序云：

> 王生冬，名姝也，與余友無涯氏一見成契，將有久要，而冬迫於家累，比再訪，已鬻爲越中蘇小矣。無涯氏固多情種，察其家侯姓，并其門巷識之，刻日治裝，將訪之六橋花柳中……

均可見無涯和當時文士的關係，并不祇是書店老闆和作家的關係而已。和當代著名文士有很深切的關係的人，既何屑又何必刻贋本呢？還有，在袁小修的珂雪齋前集卷二十三中，有答無涯函一通，談到中郎和卓吾的僞本的事，説道：

> ……近日書坊贋刻，如"狂言"等，大是惡道，恨未能訂正之；李龍湖書亦被人假托攙入，可恨，可恨。比當至吴中與兄一料理也。

小修要和他共同料理袁中郎和李卓吾被人僞托的事，難道他自己反而刻卓吾的僞本？這也是不可能的事。

從這些看來，袁無涯刊本李卓吾評忠義水滸傳確爲真本這件事，大概是可信的。

但是,我們却也有一兩個可疑的地方,似乎可以證明袁刊本水滸傳中也有楊定見的筆墨在。第一,還是袁小修游居柿録卷九中的話。在見到袁無涯贈他的新刻的水滸傳以後,他説:“……今日偶見此書,諸處與昔無大异,稿有增加耳。……”所謂“昔”者,蓋指萬曆壬辰(一五九二)小修在武昌朱邸時所見卓吾的批點稿本,而這新刻本却比稿本稍有增加。那麼這增加部分,是不是楊鳳里所爲的呢?也許是的。但是卓吾在小修□後又有增加,也是很可能的事。況且小修既云“稍有增加”,當不至過多。一部放在案頭的未刊稿,作者總難免要稍加改動的,未必係楊定見所爲也。

第二是在“發凡”中有這樣的話:“記事者提要,纂言者鈎玄,傳中李逵,已有提爲壽張傳者矣……”按容與堂刊本水滸傳有“……又手訂壽張縣令黑旋風集,令人絶倒”及“本衙已精刻黑旋風集、清風史,將成矣”等語;設若“發凡”所云“壽張傳”即“黑旋風集”,那麼這就是楊定見僞托的一個明顯的證據,因爲“黑旋風集”出來的時候,李卓吾去世已有八年光景了,安能見及?然而我們又安能斷定此處所云“壽張傳”就是容與堂所刊的“黑旋風集”呢?卓吾在世之日已有人將李逵故事提爲“壽張傳”刊行,也是很可能的事。在没有更充分的證據以前,我們是很有理由説這是出於李卓吾手筆的。

至於袁刊本與以前各本不同之處、優越之點,胡適先生的“水滸傳新考”和鄭振鐸先生的“水滸傳的演化”,均已言及,不在本文範圍之内,不多贅。

(刊載第三期,民國三十年一月十八日)

案:修訂原文,添加注釋,題名“李卓吾評本水滸傳真僞考辨”,刊發《香島月報》創刊號(1945年7月),第72~75頁;後復用“一百二十回本水滸傳之真僞”標題，重刊於《學原》第 2 卷第 5 期（1948 年 9 月），第 72 ~ 75 頁。此文再次用原題目收入戴望舒著，吴曉鈴編《小説戲曲論集》（北京：作家出版社，1958 年 2 月），第 59 ~ 66 頁。另收入戴望舒著，王文彬、金石主編《戴望舒全集·散文卷》（北京：中國青年出版社，1999 年 1 月），第 327 ~ 335 頁。

蠖廬瑣記

一、《歡喜冤家》之年代

右賞心亭刊八卷本《歡喜冤家》二十四回，題西湖漁隱主人編，其山水鄰原刊本，蓋亦不可多見矣。此書爲明人著作，然長樂鄭[①]氏撰“明、清二代的平話系統表”，列之於順治康熙間，云作者與李漁輩爲同時人，而不能確定其著作年代。今按是書敘言，有“庚辰春王遇閏，瑞雪連朝”等語，查明末庚辰年以正月遇閏者，爲崇禎十三年，此書成於是年，當可無疑。

二、清平山堂所刊話本

明嘉靖間洪楩清平山堂所刊話本，今流傳者有“清平山堂話本”，存十五種；“雨窗”“欹枕”二集，存十二種；合長樂鄭氏所藏二種，共得話本二十九種。“雨窗”“欹枕”二集殘本，馬廉氏得之寧波大酉山房，爲天一閣舊藏，玉簡齋叢書無名氏“天一閣藏書目録”著録。馬氏以爲洪氏刻話本，隨刻隨出，每五篇爲一册，至“雨窗”“欹枕”等集名，則以爲或係天一閣主人所親題，而非洪氏原

① 本段文字（自標題“蠖廬瑣記”起）因原報刊脱損，據戴望舒著，吴曉鈴編《小説戲曲論集》（北京：作家出版社，1958 年 2 月，第 58 頁）補。

定。此說恐不足據。今按嘉慶己未顧修《匯刻書目初編》，載《六家小說》，有《雨窗》、《長燈》、《隨航》、《欹枕》、《解閑》、《醒夢》等[①]六集，集各十卷，"雨窗""欹枕"二集具在其中；而明嘉慶間晁氏"寶文堂分類書目"卷中子雜目，亦載"隨航集"十種。據此可知：各集題名，爲刊書者所擬，每集包涵話本十篇，分爲二册，此其一；清平山堂所刊話本至少有六集六十種，此其二。各話本最初刊行時，當係單篇，但觀各篇版式參差不一，而寶文堂及也是園目亦載各篇之名，皆可爲各篇非刻於一時之明證；合印分集，乃後來爲之耳。

三、愛斯高里亞爾静院所藏中國小説戲曲

曩游西班牙，於馬德里近郊愛斯高里亞爾静院得見三國志演義一種，爲諸家所未著録。書名"新刊案鑒漢譜三國志傳繪像足本大全"，首頁題"新刊通俗演義三國志史傳，東原羅本貫中編次，書林蒼溪葉逢春彩象"，有嘉靖二十七年鍾陵元峰子序，序中有"書林葉静子加以圖象，中郎翁葉蒼溪鎸而成之"等語。書凡十卷，二百四十段，每頁十六行，每行二十字，圖在上端，兩邊題字，古樸可愛，惜[②]缺第三第十兩卷。案三國志演義除至治刊全相平話三國志及嘉靖元年刊三國志通俗演義外，見存各本，當以此爲最早。以滯留時間不多，未遑細覽，至今引爲憾事。静院所藏，尚有嘉靖刊本"新刊耀目冠場擢奇風月錦囊正雜兩科全集"，亦係天壤間孤本，所選傳奇雜劇時曲甚富，頗多今已失傳者，當時曾鈔目

① 本段文字（自"則以爲或係天一閣主人所"起）因原報刊脱損，據戴望舒著，吴曉鈴編《小説戲曲論集》（北京：作家出版社，1958 年 2 月，第 57 頁）補。

② 本段文字（自"首頁題"起）因原報刊脱損，據戴望舒著，吴曉鈴編《小説戲曲論集》（北京：作家出版社，1958 年 2 月，第 67 頁）補。

録一份,并攝書影數頁,返國後謀將全書影出,以索價過昂未果。未幾而西班牙内戰起,愛斯高里亞爾淪爲戰場,静院所藏,未知流落何處,而余所鈔目録及書影,亦毁於八一三炮火,僅長樂鄭氏曾假鈔目録一份尚存而已,思之悵然。

(刊載第十期,民國三十年三月八日)

案:本文以三題分别刊載。

一、《〈歡喜冤家〉之年代》,復用"《歡喜冤家》著作之年代"標題,重刊於《輔仁文苑》第7輯(1941年4月),第16頁。後改題爲"跋《歡喜冤家》",收入戴望舒著,吴曉鈴編《小説戲曲論集》(北京:作家出版社,1958年2月),第58頁。另收入戴望舒著,王文彬、金石主編《戴望舒全集·散文卷》(北京:中國青年出版社,1999年1月),第326頁。

二、《清平山堂所刊話本》,用原題名重刊於《輔仁文苑》第7輯(1941年4月),第19頁。後改題爲"跋雨窗欹枕集",收入戴望舒著,吴曉鈴編《小説戲曲論集》(北京:作家出版社,1958年2月),第57頁。另收入戴望舒著,王文彬、金石主編《戴望舒全集·散文卷》(北京:中國青年出版社,1999年1月),第325頁。

三、《愛斯高里亞爾静院所藏中國小説戲曲》,後改題爲"西班牙愛斯高里亞爾静院所藏中國小説、戲曲",收入戴望舒著,吴曉鈴編《小説戲曲論集》(北京:作家出版社,1958年2月),第67~68頁。另收入戴望舒著,王文彬、金石主編《戴望舒全集·散文卷》(北京:中國青年出版社,1999年1月),第336~337頁。

關於李禎的史料

閑居讀書,凡遇有關"剪燈餘話"作者李禎之文字,輒别紙録出，積得數則，徵得編者同意，匯刊於此，以備小説史家參考，其已見於魯迅"小説舊聞鈔"者，不録。

一、明，陸容：菽園雜記（一四九三）

【卷十三】"剪燈新話"，錢唐瞿長史宗吉所作；"剪燈餘話"，江西李布政昌祺所作。皆無稽之言也。今各有刻板行世。聞都御史韓公巡撫江西時，嘗進廬陵國初以來諸名公於鄉賢祠，李公素著耿介廉慎之稱，特以作此書見黜，清議之嚴，亦可畏矣。聞近時一名公作"五倫全備"戲文印行（編者按指邱濬），不知其何所見，亦不知清議何如也。【據墨海金壺本】

二、明，葉盛：水東日記

【卷十四】廬陵李禎，字昌祺，河南左布政使，爲人耿介廉潔，自始仕至歸老，始終一致，人頗以不得柄用惜之。嘗自贊其像曰："貌雖醜而心嚴，身雖進而意止；忠孝禀乎父師，學問存乎操履；仁廟稱爲好人，周藩許其得體。不勞朋友贊詞，自有帝王恩旨。"蓋亦有爲之言也。景泰中，韓都御史雍以告之故老，進列先賢祠中，禎獨以嘗作"剪燈餘話"，不得與。禎□爲詩文尚多，有"運甓"等集行世。其"餘話"誠謬，而所謂"至正妓人行"，亦太襲前人，雖無作可耳。【據明刻清補本】

三、明，祝允明：野記（一五一一）

【卷三】李布政昌祺，爲人卓异，不同於時，才學亦贍雅，少睹其作"剪燈餘話"，雖寓言小説之□，其間多譏諷，皆有爲作也。同時諸老，多面交而心惡之，李不屑意也。其《彈琴記》有"江南舊事休重省，桃李（葉）桃根盡可傷"之句，亦别有所指。葉文莊公"水東日記"，亦稍記其行概。及韓公雍按江西，亦以公有此書，不入鄉賢祠。蓋時獨以文人,且病其怪亂,乃爾□未知此也。縱未知此,公大節高明,安得以筆墨疵戲累之?【據同治甲戌元和祝氏藏明毛文燁刊本】

四、明,李默:孤樹裒談

【卷二】(新安謡)廬陵李昌祺,永樂甲申選庶吉士,累官河南左布政,工詩文,嘗賦新安謡云:"新安野老髮垂肩,説着先朝泪泫然。洪武初年真事少,幾曾輕到縣衙前。垂老頻逢歲薄收,秋租都欠賣耕牛。縣官不暇憐饑餒,唤拽官車上陝川。當夫當匠子孫忙,田地荒蕪户有糧。昨日迤西番使過,盡驅婦女趕牛羊。"吁,以今觀之,則民之困苦,又甚於彼時也。(蓉塘詩話)【據萬曆壬辰游樸重刊本】

五、明,胡應麟,少室山房筆叢(一五八九)

【辛部,莊岳委談,下】自"花間""草堂"之流也,而極於"西厢""琵琶";自"玄怪""樹萱"之流也,而極於"剪燈""秉燭"。然"西厢""琵琶",雖詞場最下伎倆,在厥體中要爲絶到。若今所傳"新""餘"二話,則鄙陋之甚者也。二書驟讀之類村學究小知聲律者,不足當大雅一噱。夷考其人,實皆國朝名士手筆。"新話"則瞿廣文宗吉,"餘話"則李方伯昌祺也。瞿國初錢塘人,所著詩集詩話今傳,格律卑弱亡論,而才情縹渺,工語絶多,詞尤婉縟。今詩詞附見"新話"者,乃無復字句可觀。李詩律殊精詣,宣成間亶稱作手。今"皇明風雅"所選十數篇,氣骨錚錚,儕流罕及,而察見"餘話"者,亦絶不足言。昔唐人嘗以"南柯"得名,黄粱擅譽,二書律之,慚沮甚矣。(嶺南詩人孫蕡,有"朝雲集",句亦類此。)【據明刻本】

【同上】"新""餘"二話,本皆幻設,然亦有一二實者:"秋香亭記”乃宗吉自寓,見田叔禾“西湖志餘”;“至正妓人行”則昌祺目擊事,以擬樂天商婦者也。緣他多虛妄,并二事實歷廢之,李名德顯著,坐是不得入賢祠。效二書而益下者,有“秉燭”“清談”等,言之則點牙頰,而撰人周禮嘗著“綱目發明”,楊用修喜道之。【據明刻本】

【同上】始余讀李方伯近體而善之,以仝時曾子啓不能過。既復閱瞿詩詞,每疑“新”“餘”話非二君筆。及讀“孤樹裒談”得李不入鄉賢事;又“西湖志餘”云:宗吉嘗著“剪燈新話”一編,粉飾閨情,假托冥報,雖屬情妖麗,游戲翰墨之間,而勸百諷一,間有可采。“秋香亭記”乃其自寓,桂孟平有題新話歌。始知信二君作,蓋一時游戲筆端,不復經意耳。田叔禾所摘瞿語、西湖詞及妓鞋等曲,皆多工語,及和楊廉夫眉顰黛色,云:“恨從張敞毫端起,春向梁鴻案上生。”殊不滅勝國也。【據明刻本】

編者按:“孤樹裒談”記李不入鄉賢祠事,見卷三正□朝李禎録,注出“日録”。(天順日録?)實同葉盛水東日記卷十四所記,故不録。

六、明,張萱:疑耀(一六零八)

【卷五】(以詩句定人品)李布政昌祺,江西人,卓爾不群,其行概詳“水東日記”。嘗作“剪燈餘話”,詞雖近褻,而意皆有所指,故一時搢紳多有心非之者。其作“彈琴記”,有“江南舊事休重省,桃葉桃根盡可傷”之句,亦皆寓言。韓公雍按江西,即以公有此書,不祠鄉賢。因憶王荆公集四家詩,不録李白,蔡天啓問其故,荆公曰:“才高識卑,言酒色者十八九。”夫文人游戲筆墨,二李之遭王韓,亦不幸矣!【據嶺南遺書本】

七、明,焦竑:國朝獻徵録(一六一六)

【卷九十二,河南一,布政使】(河南布政使司左布政使李公禎墓碑,錢習禮)太宗文皇帝入正大統,首下明詔,搜揚側陋,思得天下材智之士,以共新治道,而尤向用儒術。永樂癸未,廷試取士四百七十二人。世稱是科得人爲最盛,河南布政使司左布政使李公昌祺其一焉。公少負才氣,志於用世。繇郡學生明經取進士,第簡入翰林,爲庶吉士。性素介特,至是益自檢飭,達官勢人,未嘗謁之私第。會修"永樂大典",禮部奉詔選中外文學士,以備纂修,公在選中。例凡經傳子史,下及稗官小説,悉在收録。同事者僻書疑事,有所未通,多質於公,推其該博。精力倍人,辰入酉出,編摩不少懈。退復以其餘力,發爲詩文。應人之求者,皆典贍非苟作。隱然聲聞館閣間,書進,被宴賚,擢爲禮部主客司郎中。部凡四司,主客視他司最煩劇,官難其人。公以明敏濟之不怠,剸治其間,庭無留事。退視其私,一室枵然無長物。俸不足以供費,泰然不以屑意。堅苦勵節,時流少與爲比。尚書吕震有巧佞才,倚被主知,狼(狠)愎自用,專以嚴憚下人,群吏莫敢仰視,慢易僚佐,少忤其意者,輒中傷之。衆皆側目,而視公特异。所有承稟,色辭俱温,始終不少衰。駕幸北京,仁宗以皇太子監國,兩命權知部事。行在吏部□奏藩憲員缺,太宗命簡兩京朝臣有才望者補之,仁宗舉公等若干人應詔,宴於禮部,予道里費。至即升爲廣西左布政使,朝野榮之。

廣西地極南徼,溪洞猺(瑶)獠,時出剽掠,邊氓苦之。公至而威望凛然,徂伏深阻,不復出爲民患,境内晏然,政務修舉。尋丁外艱去官,吏民皆追思之。服除入覲,仁宗在位,言於朝曰:"此佳士,良不易得。"在列竦聽,退而相與喜嘆不已。先是,河南連歲旱蝗,民多死徙。太宗震怒,被灾郡縣有司不以上聞者,悉逮置於法,思得人以撫安其民,改公往莅河南。被命即就道,既至,宣布主恩,疏滯舉廢,救灾恤患,憫下窮,繩豪猾,去貪殘,方岳之政所當舉者,盡心焉。質明起眠,日入方息。居數月,政化大行,聲績茂著。後丁内艱,歸服喪。

河南洊饑,本司累奏起公治之。宣宗命奪喪,乘傳赴官,爲治如初,勤勞倍之。因感風疾,不待引年,堅乞致仕,詔報可。既歸,而先廬僅蔽風雨,服食清約如寒士,伏臘不充,處之裕如。居雖密邇郡城,足迹未嘗至公府。守長於政務,有所咨決,極言無隱。因其言,民陰受其惠者居多。病間輒書不去手,吟咏自娱。遠近有求文者,應之不倦。一日疾革,遺訓二子,惟以力學修身爲言,餘無他語,翛然而逝。時蓋景泰壬申也。距生洪武丙辰,年七十有五。公諱禎,字昌祺,别號僑庵。世家金陵,宋南渡有諱義者,仕爲郎中,扈從隆祐太后南上,留居吉水之烏江。弱冠爲文,藻思溢出,蔚有老氣,不惟一時才俊若禮部侍郎曾公子棨輩,相與頡頏,名聲不相上下。鄉之老成人,亦皆駭其文識,謂必顯於世。平生所著詩文若干卷,藏於家。

嗚呼!昔之所謂大臣者,委身殉國,夙夜憂勤,以任天下之重,遑恤其私。故宋杜正獻公身至大拜,歸老無屋以居,寓於南京驛舍;范文正公晚參大政,妻子僅給衣食,至其卒也,家無以爲喪。公任牧伯,身寵家温,固其宜也,而乃俯盡厥職,空乏以終其身,所謂貴而能貧,揆之二公,夫何愧焉!□彼顧利冒耻,不爲公議之所右者,其賢不肖何如哉。【據萬曆曼山館刊本】

八、明,過庭訓:本朝分省人物考(一六二二)

【卷六十四,江西吉安府,二】(李楨)李禎,字昌祺,僑庵,白衣山人,運甓居士,其號也,廬陵人。父伯夔,力學工詩,名聞當時。禎成童,屬對賦詩,語出驚人。一時才俊若禮部侍郎曾啓輩,相與頡頏,聲名不相上下,舉永樂癸未進士翰林庶吉士。曾修"永樂大典",禮部奉詔,選中外文學之士,禎在選中。凡經傳子史,以及稗官小説,悉在收録。同事者推其該博,擢禮部主客司郎中。尚書吕震有巧佞才,狠愎自用,僚佐少忤其意,輒中傷之,而待禎特异,始終不少衰。駕幸北京,洪熙以皇太子監國,兩命權知部事。行在吏奉藩憲員缺,上命簡兩京朝臣有才望者補之,於時舉禎等若干人應召,宴於禮部,予道里費,至即升爲廣西左布政使,尋丁外艱去。先是,河南連歲旱蝗,民多死徙,上震怒,被灾郡縣有司不以上聞者,悉逮置於法,思得人以撫安其民,改禎往莅河南。既至,宣布主恩,疏滯舉賢,救灾恤患,繩豪猾,去貪殘,居數月,政化大行。丁内艱歸。河南薦饑,本司累奏起禎治之,上命奪情乘傳赴官,爲治如初,勤勞倍之,因感風疾,往往增劇,不待引年,堅乞致仕。既歸而先廬僅庇風雨,服食清約如寒士,伏臘不充,處之裕如。居雖密邇近城,足迹未嘗至公府,守長於政務,有所咨决,極言無隱。病間輒書不去手,吟咏自娱,疾革,遺訓二子以力學修身,餘無他語,翛然而逝,所著有集若干卷。【據大啓間原刻本】

九、清,張廷玉等:明史(一七三九)

【卷一百六十一,列傳第四十九】李昌祺,名禎,以字行。永樂二年進士,選庶吉士。預修"永樂大典",僻書疑事,人多就質。擢禮部郎中,遷廣西左布政使。坐事謫役,尋宥還。洪熙元年,起故官河南,與右布政使蕭省身繩豪猾,去貪殘,疏滯舉廢,救灾恤貧。數月,政化大行。憂歸,宣宗已命侍郎魏源代。而是時河南大旱,廷臣以昌祺廉潔寬厚,河南民懷之,請起昌祺,命奪喪赴官,撫恤甚至。正統改元,上書言三事,皆報可。四年,致仕家居,二十餘年,屏迹不入公府,故廬裁蔽風雨,伏臘不充。景泰二年卒。【據

殿版二十四史本】

（刊載第十三期，民國三十年三月廿九日）

案：本文署名温辛輯，温辛即戴望舒。戴望舒曾以"温辛"爲筆名刊發過《崔懷寶、薛瓊瓊的故事》一文（上海《神州日報·俗文學》周刊第2期，1946年7月12日），後收入戴望舒著，吴曉鈴編《小説戲曲論集》（北京：作家出版社，1958年2月），第76～77頁；另收入戴望舒著，王文彬、金石主編《戴望舒全集·散文卷》（北京：中國青年出版社，1999年1月），第345～347頁。

葉德均在《讀稗雜録·李禎史料補》（上海《風雨談》第10期，1944年3月，第141～143頁）一文中這樣寫道："戴望舒先生於三年前香港星島日報俗文學十三期有關李禎的史料一文，從《菽園雜記》、《水東日記》、《野記》、《孤樹裒談》、《少室山房筆叢》、《疑耀》、《國朝獻徵録》、《本朝分省人物考》、《明史》九書，輯得李禎史料十一則。"應當是指此篇文章。

拍案驚奇源流考之一

"涇林續記"不分卷，題天南逸史周玄暐著。玄暐字叔懋，一字緘吾，明萬曆丙戌進士，官雲南道御史，其祖著"涇林雜記"，此題"續記"，示不忘本也。其中記商人蘇和得鼉龍殼獲利事，爲凌濛初"拍案驚奇"第一回"轉運漢遇巧洞庭紅，波斯胡指破鼉龍殼"所本，惟改蘇和爲文若虚耳。趙景深先生作"拍案驚奇的來源"（見"小説閑話"），以爲源不可考，謹將此則録出如下，爲研究平話源流者參考：

閩廣奸商，慣習通番。每一舶推豪富者爲主，中載重貨，餘各以己資市物，往牟利，恒百餘倍。有蘇和，本微不能置貴重物，見福橘每百價五分，遂多市之。至泊處，用楪數十，各盛四橘,布舶面上,夷人登舟,競取而食,食竟後取置袖中,每摞酬銀錢一文;蘇意嫌少,夷後增一文。計所得殆萬錢,每錢重一錢餘,蓋已千金矣。舟歸遇風,泊山島下,隨衆登陸閒行,至山坳,見草叢中有龜殼如小舟,長丈餘;蘇心動,倩人舁至舶。衆大笑,謂:"安用此枯骨爲?"蘇不顧,日夕坐卧其内。及抵岸,主人出速客,置酒高會,蘇擯居末席。明晨主人發單,令諸商各疏其貨,明珠翠羽,犀象瑶珍,種種异品,炫耀奪目。蘇愧怯,遜謝曰:"貨微不足録也。"主人按單細觀畢,曰:"店有識寶胡,夜來望船中奇光燭天,意必載希世异寶。今胡寥寥乃爾? 豈諸君故秘之耶?"衆謝無有。主人詢詰再三,衆謝如初。主遂携胡同衆登舟舶,逐艙驗閱。至舟尾,得龜殼,驚曰:"此大寶也,胡埋没於此!"即命人抬至店,藏密室中,更設盛筵,延蘇置上席,且謝曰:"君懷寶不炫,致令輕褻,幸勿見罪。"向者大賈,悉列其下,衆益不測。酒闌,主請直。蘇見其鄭重,漫答曰:"一萬。"主曰:"市中無戲言,幸以實告!"蘇囁嚅。旁有黠者臾之曰:"三萬。"主視蘇尚泯没,堅詢之;漫曰:"五萬足矣!"胡商得定價,喜甚,約次日交銀,盡醉而散。凌晨,已具銀置堂中,如數交足,抬龜殼去,鼓舞不勝。衆駭异,請於主曰:"交易已成,决無悔理。第未審枯骨何异? 而酬直若斯?"胡笑曰:"爾輩不識爾。此鼉龍遺蜕,非龜殼也。背有九節,各藏一珠。小者徑寸,大者倍焉,光可照乘。每顆酬鎰萬,所酬未及一珠之半也。"衆猶未信。胡遂求良工剖其首節,得珠果如所言,衆始驚服。蘇持銀歸,坐擬陶朱,不復航海矣。

(刊載第十六期,民國三十年四月十九日)

案:本文署名達士,即戴望舒。

編者致語

一、本刊每周出版一次,以中國前代戲曲小説爲研究主要對象,承静安先生遺志,繼魯迅先生餘業,意在整理文學遺産,闡明民族形式。

二、本刊登載諸家對於戲曲小説學研究最近之心得,以及重要文獻,陳説泛論,概不列入。除函約諸專家執筆外,并歡迎各界寄稿。

三、承柳亞子先生爲本刊題字,謹此表示謝忱。

(刊載第一期,民國三十年一月四日)

案:題名"《俗文學》編者致語",收入戴望舒著,王文彬、金石主編《戴望舒全集·散文卷》(北京:中國青年出版社,1999年1月),第184頁。其中,"載《星島日報》《俗文學》第一期,一九四零年一月四日"誤,應爲"一九四一年"。

最早的水滸傳

最近,鄭振鐸先生在上海收到了一本嘉靖間刊本的水滸傳的殘本。書爲第十一卷,存第五十一至第五十五回。在現存的水滸傳各種版本之間,這是最早的一種。這個殘本和別的版本最大的不同之處,便是在每回的前面都有引詩。這便是水滸傳是從詞話演變出來的一處遺迹,而孫楷第先生的水滸傳係自詞話而出的主張(見本刊第二十四期至二十七期),因此而得到了一個有力的證據。我們希望這殘本能影印出來,使大家得以公開研究。

(刊載第三十四期,民國三十年九月六日)

案:此篇疑爲主編戴望舒撰文告之。

出版消息一束

也是園舊藏古今雜劇,自交商務印書館排印以來,爲時已久。初傳今春可以出版,但據最近消息,該書僅排版十餘種,恐最快須於秋季始能出書。

開明書店已將鄒式金編"雜劇新編"付排,今夏當可出版。(聞北平已有影印本出版,惟定價甚高。)尚有隋樹森譯、青木正兒著"元人雜劇概説"一種,日内即可出版。

中華書局將出版任訥所編"新曲苑"一書,内收曲話若干種,均爲戲曲研究之新資料。

孫楷第新著"述也是園舊藏古今雜劇"刻已印就,不日即可問世。此爲研究也是園藏古今雜劇必備之書,全書約三十萬言。

(刊載第十二期,民國三十年三月廿二日)

案:《元人雜劇概説》,題名應爲"元人雜劇序説",青木正兒著,隋樹森譯,徐調孚校補,開明書店,民國三十年(1941)。《雜劇新編》,三十四種三十四卷,(清)鄒式金輯,武進董康誦芬室,民國三十年(1941)。《述也是園舊藏古今雜劇》,孫楷第撰,圖書季刊社,民國二十九年(1940)。《新曲苑(全

12 册）》，任訥編，中華書局有限公司，民國二十九年（1940）。

出版消息

明刊本"秋夜月"刻已由上海中國書店影印出版，内有罕見傳奇零齣十餘種。售價國幣二十五元。

任訥所編"新曲苑"現已由中華書局印行，計二函十二册，定價國幣十二元。内收戲曲史料三十六種，大都係自元明清筆記中輯出者，惟未標明原書名稱版本及卷數，頗不便學者。附録曲海揚波，亦似嫌蕪排。僅程羽文曲藻一種頗爲難得。

日本内閣文庫所藏元刊全相平話四種，已於去年影印出版。

（刊載第十五期，民國三十年四月十二日）

案：出版消息兩則，疑爲主編戴望舒撰文告之。

《精選天下時尚新調秋夜月》，四卷，題明燕石居主人刊梓。明閩坊刻本。抗戰期間在上海發現，後由中國書店影印行世（具體刊印時間不詳）。

孫楷第

(1898.1—1986.6.23)

河北滄縣人。字子書,别號孫子公、鈍翁、小旋風柴進里人,室名居仁堂。1928年畢業於北平高等師範(北京師範大學)國文系,留校任助教、講師。後任中國大辭典編纂處編輯,國立北平圖書館編輯,北京大學講師、副教授。1931年9月曾東渡日本訪書。1945—1952年任北京大學、燕京大學副教授、教授,1953年後任北京大學文學研究所(後爲中國社會科學院文學研究所)研究員。主要著作有:《韓非子校正》《劉子新論校釋》《述也是園舊藏古今雜劇》《中國通俗小説書目》《日本東京大連圖書館所見中國小説書目提要》《戲曲小説書録解題》《滄州集》《小説旁證》《論中國短篇白話小説》《元曲家考略》《鏡春園筆記》《水滸傳人物考》《滄州後集》《增訂元曲家考略》《傀儡戲考原》等。

跋李章武傳

唐李景亮撰李章武傳,記章武於華州遇王姓子婦,通情好。

别八九年,復往訪之,則婦已死。因入居其室。中夜,婦之靈至,因携手話生平,嗚咽悲泣,天明始去。其文悱惻哀艷,讀之令人心動。魯迅先生唐宋傳奇集曾據太平廣記卷三百四十選録是篇。其卷末所附稗邊小綴第二分,引唐會要謂:"景亮,貞元十年詳明政術可以理人科擢第(按見會要卷七十六),餘未詳。"所述僅及撰人李景亮爲止,於李章武事則未暇深考。實則章武貞元進士,當貞元、太和之際,甚負時譽。唐人撰著,如温庭筠乾𦠆子所記,則有李章武軼事。庭筠乾𦠆子已佚(清人有輯本不全),其記章武事者,今據太平廣記卷二四一道政坊宅條引,録其文於左:

> 道政里十字街東,貞元中有小宅,怪异日見。後爲東平節度李師古買爲進奏院,是時東平君每賀冬正,常五六十人,鷹犬隨之。武將軍吏,烹炰屠宰,悉以爲常。進士李章武初及第,亦負壯氣,遂憩馬於其院。此日東平軍士悉歸,忽見堂上有傴背衣䍐緋老人臨階曝陽西軒。有一衣暗黄裙白褡襠老母荷擔,二籠皆盛亡人碎骸及驢馬等骨,似欲移徙。老人呼曰:"四娘子何爲至此?"老母應曰:"高八丈萬福,且辭八丈移去。近來此宅大蹀聒,求住不得也。"章武知音親説此宅本凶。或云:章武於此玥粉黛耳。

此條所記雖迂怪不經,然可以考見章武之事。章武貞元中登第,實賴此條知之。此條稱貞元中,東平節度李師古買道政里宅爲進奏院,章武亦憩止其院。師古進奏院,章武何以得入?據景亮章武傳,則章武曾事"東平丞相"府。考舊書德宗紀載貞元十六年六月,鄆州李師古加同平章事。唐淄青節度使,貞元四年後治鄆州。鄆州,郡名東平,則"東平丞相"即師古也。師古嗣其父納爲節度使,在貞元八年八月,其卒在元和元年六月(據舊書德宗紀、憲宗紀)。章武登第不知在貞元何年,然必不在八年以前。以據廣記所引乾𦠆子此條,師古已爲節度,章武乃初及第也。章武爲師古賓佐,亦不知在貞元何年,然必不在貞元末。以乾𦠆子稱章武貞元中登第,唐人登第後多辟使府也。景亮章武傳稱章武遇華州王氏婦在貞元三年。至十一年重往訪之,與其鬼相會,是時章武殆已成名。廣記引乾𦠆子稱章武登第後憩於東平府主進奏院。又引别説謂章武於此玥粉黛。"玥"字無義(廣韵月韵玥魚厥切調神珠),當係誤刊,或爲期之壞字。此所指當是章武與王氏亡婦相會事,與章武傳合,係同一傳説。然據傳,章武應王氏亡婦之約,與婦中夜相會,在華州王氏宅,不在上郡道政里。蓋景亮與章武同時,庭筠在其後,故不如景亮所記之切。且事本荒怪,傳聞异詞,故前後紀事不免微歧耳。

唐孟棨本事詩事感類,亦有李章武軼事。文云:

> 李章武學識好古,有名於時。太和末,敕僧尼試經若干紙,不通者勒還俗。章武時爲成都少尹,有山僧來謁云:"禪觀有年,未嘗念經。今被追試,前業弃矣,願長者宥之!"章武贈詩曰:"南宗向(向字據廣記四九六引改本事詩作尚)許通方便,何處心中更有經?好去苾蒭雲(雲字亦據廣記引改本事詩作雪)水畔,何山松柏不青青!"主者免之而去。

據此知章武太和末爲成都少尹。考太和六年至九年,西川節度成都尹爲段文昌與楊嗣復。章武所佐,非文昌即嗣復。章武貞元中登第,至太和末歷時僅四十年,始爲成都少尹,官從四品下。其仕路蹭蹬如此,且是時章武年已晚暮矣。景亮稱章武敏博,工文學,博辨誦論,研究原本。時人比晋之張華,棨稱章武好古,有名於時。則章武固才士負一時之譽者。顧沉抑下僚,官不達於當時,名不彰於後世,僅賴故書雜記小説傳其一二軼事,可謂不幸之至。抑觀其免山僧試經,意氣灑然,詩則高曠絶俗,雅可傳誦。其跌宕不羈,風流文采,雖在今日猶仿佛可想見其人也。

(刊載第二十二期,民國三十年六月十四日)

案:可參考唐代小説中所記李章武故事。

論 “折”

元曲不限四折,然以四折者爲多。今所見明刊元人雜劇總集,所收大抵是四折雜劇,以曲一套爲一折。此人所共知者也。然以元刊雜劇考之,則曲一套并不標一折。明正統本周憲王誠齋傳奇亦然。故近人有疑北曲本不分折者。然録鬼簿元人鍾嗣成撰,其注張時起賽花月秋千記云:六折;注開壇闡教黄粱夢云:第一折馬致遠,第二折李時中,第三折花李郎學士,第四折紅字李二。其汪勉之傳,又稱鮑吉甫編曹娥泣江,内有公作二折。夫劇不分折,則不得合撰。是元曲未嘗不分折也。明寧獻王權,周憲王有燉之諸父也。其撰太和正音譜,摘録元曲,備注其曲爲某人劇中之某折。是寧獻王所見元曲亦未嘗不分折也。且以余考之,周憲王自刻所爲誠齋傳奇,雖不標折數,然王之意并非謂劇不分折。其瑶池會八仙慶壽雙調新水令套内自注科範云:“辦四仙童舞唱蟠桃會第三折内青天歌一折了。”考憲王蟠桃會劇南吕一枝花套次第三,其前賓白内有仙童仙女唱青天歌共么篇爲八曲。是憲王刻所爲曲雖未明標折數,而未嘗不承認北曲有分折之實。今所見元刊雜劇不標折數,亦是省略不書,非本不分折也。今所辨者,凡録鬼簿、正音譜所謂折者,乃以北曲一套爲一折。今人所稱元曲每劇四折者,亦指曲四套言之。此是普通説法。實則北曲云折，尚有不以套論者，如元刊雜劇中任風子劇開端云：“等衆屠户上一折下。等馬（馬丹陽）上一折下。”其次爲正末扮任屠上，唱第一套仙吕點絳唇詞。衣錦還鄉開端記云：“駕上開一折，净（張士貴）上一折。外末（薛仁貴）一折。”其次爲正末同老旦上，末唱楔子端正好詞。魔合羅楔子後記云：“旦下。二外一折。”其次爲末上唱第一套仙吕點絳唇詞。此在楔子或套數之前各有若干折。所云一折是一場或一節，皆指白言之也。元刊本張鼎勘魔合羅劇黄鐘醉花陰套（第二套）内神仗兒曲後注云：“外一折了。”周憲王誠齋傳奇牡丹園劇仙吕點絳唇套（第一套）内注云：“净相見發科一折了。”又越調鬥鵪鶉套（第三套）内注云：“辣净淡净做相打擂一折了。”復落娼劇南吕一枝花套（第二套）内注云：“貼净改扮江西客上，與正旦相見説鄉談一折了。”又正宫端正好套（第三套）内注云：“辦孤上一折了。”香囊怨劇南吕一枝花套（第三套）後注云：“相争相打一折了下。”烟花夢劇雙調新水令套（第四套）内注云：“二净上告娶紅葉兒一節了。官唤紅葉。旦上云一節了。”此在套數中間或套數後各有若干折或若干節。折節意近。所云一折或一節，指科與白言之也。四時花月劇正宫端正好套（第三套）内注云：“衆仙上歌舞十七换頭一折了。”牡丹品劇仙吕點絳唇套（第一套）内注云：“簫笛旦吹簫一折了，笛一折了。”又注云：“唱旦唱一折了。舞旦舞一折了。”此在套數中間亦各有若干折。所云一折是一遍，指劇中插入之歌舞或樂曲言之也。以是言之，則北曲所謂折應有三意：一以套曲言，所謂一折等於一章。一以科白言，所謂一折等於一場或一節。一以插入之歌曲舞曲樂曲言，所謂一折等於一遍。凡後世所刻劇本，但明標樂章之折，其科白之折及插入之歌曲舞曲等折，皆不明白區劃，一一標舉（插入之曲，元曲選皆低一格書之，示與套曲分別。然他本亦有不加分别與套曲平行者），遂致劇之節次不分。此則後人刻書之失也。

凡北曲之折,舊籍所書皆是折字。明人刻曲間有書作摺者,如富春堂本敬德不伏老雜劇書折字作摺,是也。(今所見南曲刻本,亦有不稱齣而稱摺者。)所謂摺,似即經摺、紙摺之摺。元明伶人抄寫詞篇,所用小册之子謂掌記。武林舊事卷六紀小經紀他處所無者,其出賣之品有百七十餘種,中有掌記册兒,是也。(望舒云:南戲宦門弟子錯立身有"看掌記,你從頭與我再温習","你帶得掌記來敷演一番","都不招别的,祇招寫掌記的"及"我能添插更疾,一管筆如飛,真字能抄掌記,更壓着御京書會"等語,均可證當時伶倫皆以掌記録詞,以及録掌記職有專司,亦鈔亦撰,其地位固不及書會中人,然亦編劇者一流人也。)近世伶人業曲,爲便於習誦計,每將劇中諸脚色詞白各依其人分别輯出,彙爲若干册子,謂之單頭,亦謂之單脚本。北曲以旦末爲主脚,其劇非旦唱,即末唱。意當時伶人習曲,除主脚旦末唱詞應有掌記不論外,其餘貼外諸脚色念白之詞及插入之歌曲等,或亦用别紙分别疏出,如近世伶人所用單頭然。故今所見元刊雜劇及周憲王誠齋傳奇,於賓白皆分若干折。其插入之歌曲禾詞等,亦以折論。以當時所録原是若干摺也。北曲分折之事如作是解,則折字本應作摺。然余以誠齋傳奇考之,如所書"吹簫一折了""相打擂一折了",則是循例或尋常做作,可於場上自由運用,不必定出掌記者。故余疑元明演劇,其按習時雖有掌記,然其掌記未必如後世所用之繁。縱令如後世單頭,將劇中各脚賓白應念之詞一一疏出者,其所謂折亦或另有意義,未必作紙摺解。以吹簫不必旋打譜,相打亦不必有一定格範也。如折字不定作紙摺解,余之意以爲折摺同字。折者斷也,屈也,分也。取義於斷,則蹭蹬不遇,謂之折倒。取義於屈,則積累重複,謂之折疊。取義於分,則調適亭平,謂之折中。皆恒語也。北曲之折,似當以段落區劃言,凡樂章有節次,故唱詞以一套爲一折。動作言語有先後本末,故賓白科諢以一場爲一折。其插入之歌曲舞曲等,雖非正唱,亦樂章之比,故以一遍一回爲一折。然則折者段落節次之通稱,不必屬一色也。後世不知此義,乃以折專屬詞,且專於當場正唱之詞。遇曲本之目賓白爲折者,則瞿然怪之。如臧懋循元曲選序摘屠隆曇花記白終折無一曲,以爲謬之甚者。不知徵之舊本曲,但有白而無曲,亦可目爲一折。所謂一折者,不必其中定有曲也。今所見明富春堂刊本吕蒙正風雪破窑記,其第十六折白僅四行六十六字,無曲。破窑記係戲文,可見戲文言折亦不專以唱詞言。舊傳奇如明富春堂刊本香山記,其第二十七齣白衹三行,第二十八齣白衹五六行,第三十齣白十行,皆無曲。明末阮大鋮所撰春燈謎傳奇,其第二十七齣亦有白無曲,大鋮治曲有得,其用此格蓋猶是古義。而今所見明季刊本春燈謎多目此齣爲閏二十七齣。此殆坊肆刻書時所私題,以爲劇每齣必有曲,此無曲,非正也。書肆之人不知考古,狃於俗説其事可無足深責。獨怪懋循自負曲學,乃猥同流俗之説,持不根不實之論,爲褊窄訕謗之詞,欲以攻人之短,而不知反自暴其短。可謂不思不學之過也。

(刊載第九期,民國三十年三月一日)

案:收入孫楷第著《也是園古今雜劇考》一書附録第五部分(上海:上雜出版社,1953 年 11 月),改題爲"元曲新考"第一部分"折",第 371 ~ 375 頁。復修訂改題名爲"元曲新考"第一部分"折",收入孫楷第《滄州集》下册(北京:中華書局,1965 年 12 月),第 317 ~ 321 頁。

"竹　馬"

今戲場所用砌末,其屬於獸者殊少。以乘馬論,行人代步,將士出征,則但揚鞭示其磬控之狀,無所謂駿良駃騠也。然余考元明舊曲,知當時劇場,馬確有砌末。其制如何?即今之竹馬是也。今舉其例:如元刊本“蕭何追韓信”劇所記科範,第二折有正末(韓信)背劍查(踏)竹馬兒上,蕭何查(踏)竹馬兒上。第四折有竹馬兒調陣子上。元刊本“霍光鬼諫”劇第二折有正末(霍光)騎竹馬上。此元時演戲場上用竹馬之例也。明寧獻王“卓文君私奔相如”劇(此劇今有趙清常録於小穀本,在今也是園古今雜劇中)第四折有末旦騎竹馬上。周憲王“關雲長義勇辭金”劇,第三折有四探子騎竹馬上,正末(探子)騎竹馬上。第四折有末(關雲長)騎竹馬,旦徠坐車上;末(關雲長)騎竹馬唱。至周憲王“曲江池”劇,其三折,記騎竹馬之狀尤爲詳悉。其科範云:末(鄭元和)旦(李亞仙)唤六兒牽馬科,六兒將砌末上,末旦騎竹馬白,云云;末旦騎竹馬下。此明初演劇場上用竹馬之例也。不特此也,今本也是園古今雜劇中,有明息機子刊本“生金閣”劇。其劇趙琦美曾以明内本校一過,又據内本鈔穿關三頁附於後。此穿關載劇第三折正末包拯扮像,有一字巾等四項。其所用砌末有躧馬兒,即竹馬。按:趙琦美録校内本在明萬曆時,所校内本乃當時宫中承應之本。據此穿關所記,知明萬曆時内庭演劇,其砌末猶用竹馬。戲臺上竹馬之廢始自何時,余不能考。以意度之,至晚亦當在清代中葉。今人但知百戲有竹馬,而不知竹馬在往時曾用於臺上演戲,則此事之廢墜久矣。明凌濛初刊《西厢記》,其第二本楔子内科範,亦有將軍(杜確)引卒子騎竹馬調陣之文。濛初刊西厢,自謂出於周憲王本。云周王本分五本,本各四折。又云:其書悉遵周王原本,一字不易置增損(見凡例)。今按:濛初所云五本,本各四折者,必非周王原本如此。以原本西厢第二本,本是五折。濛初刻本將原本第二本第二折正宫端正好套改題楔子,始立五本,本各四折之説。今所見周憲王曲,其“曲江池”劇即是五折。周王自作劇如此,斷不改西厢第二本五折爲四折,其事固甚明也。然則濛初刊西厢,其書五本本各四折者,乃濛初泥於後世元劇每劇四折之説,私以己意釐定。其謂周王原本如此,實英雄欺人之語,不可置信。然若因此謂其本不出於舊本,則又不然。以其第二本楔子有“竹馬調陣”之文。竹馬兒調陣子已見元刊本雜劇,是當時演戲實況。又有“杜將軍引卒子上開”“卒子引惠明和尚上開”之文,開字亦見元刊本雜劇,是當時演劇用語也。(王伯良刊本西厢以劇爲折,以折爲套。五劇改稱五折,每折分四套,將第二劇之第一折、第二折合爲一套。其稱五折似與濛初异,而每折必分四套,實亦泥於元曲每劇四折之説,與濛初意正同也。但其書中竹馬調陣,杜將軍上開之文亦保存不去,知亦出舊本。)又臧懋循刻“元曲選”,雖多擅改之處,然其書本自明内府本出,間亦保存舊文。如所收元無名氏“氣英布”劇,第四折内有“正末(英布)引卒子跚馬唱”之語。跚馬,即明内府本“生金閣”穿關之躧馬,亦即元刊雜劇之踏竹馬。(按:踏躧跚當與踏蹋同字异文,其音當不出所賣他合二切。凡市井俗書無定字,無定音,其字見字書者,亦不必依本讀也。)此爲懋循所認爲不必删落者,實原文也。然則元明演劇砌末有竹馬,其事吾人由“元刊雜劇”,明初周憲王雜劇,及明内府本雜劇考得之。可信當時實有其事。明季臧懋循、凌濛初等重刊元曲,雖不得與舊本并論,以其書中猶存踏竹馬之文,可信其出於舊本。由舊本考竹馬,復因竹馬證舊本,雖劇曲薄藝,其事之微無關宏旨,亦可謂饒有趣味者矣。

(刊載第七期,民國三十年二月十五日)

案:收入孫楷第著《也是園古今雜劇考》一書附録第五部分(上海:上雜出版社,1953 年 11 月),改題爲“元曲新考”第四部分“竹馬”,第 381 ~ 383

頁。後修訂改題爲"元曲新考"第五部分"竹馬",收入孫楷第《滄州集》下册(北京:中華書局,1965年12月),第330~332頁。

説駕頭雜劇

元夏伯和"青樓集"載當時名娼,記其色藝。其記諸人所擅雜劇,且分别言之,舉其色目。中有所謂"駕頭雜劇"者,在本書中凡四見。今具引於後:

珠簾秀傳　雜劇爲當今獨步。駕頭,花旦,軟末泥等悉造其妙。

順時秀傳　雜劇閨怨最高,駕頭,諸旦本,亦得體。

南春宴傳　長於駕頭雜劇。

天然秀傳　閨怨雜劇爲當時第一手。花旦,駕頭,亦臻其妙。

馮沅君先生古劇四考注引"青樓集"南春宴條而釋之云:駕頭雜劇應與皇帝有關。其所舉例證,一爲陸游"老學庵筆記",一爲沈括"夢溪筆談"。此二書所記,今亦據馮君所引備書於後:

"老學庵筆記"卷二(馮君引作卷一,蓋排印之誤)　駕頭,舊以一老宦者抱綉兀子於馬上。高廟時猶然。今乃代以閤門官,不知自何年始也。

"夢溪筆談"卷一　正衙法座,香木爲之,加金飾,四足,墮角。其前小偃,織藤冒之(馮君所引無織字)。每車駕出,則使老内臣馬上抱之,曰駕頭。

陸游述駕頭但稱綉兀子而已,沈括則以爲正衙法座,所記較陸游爲詳。馮君據之以爲駕頭當與皇帝有關,其言甚是。顧正衙法座何以謂之駕頭?雜劇之關涉帝王者,何以謂之駕頭雜劇?馮君文以非專述駕頭雜劇，未及詳言。余今踵馮君之後，就個人所知略申論之。

何云乎正衙法座也？按：宋人言正衙本沿唐人之舊。唐以宣政殿爲前殿，謂之正衙。以紫宸殿爲便殿，謂之閤。正衙日見在京文武職事五品以上，謂之常參；朔望日見在京文武官職事九品以上，謂之大朝。或藉口朔望陵寢薦食，則於紫宸便殿唤正衙仗自東西上閤門入，百官亦隨之入，謂之入閤。自天寶亂後不復御宣政，而正衙立仗之禮廢。宋因唐制，以文德殿爲前殿。以朔望御文德殿視朝，謂之正衙視朝。如沈括所言，則駕頭本是正衙法座；車駕出幸，則載之以行，爲儀衛中法物之一。顧正衙法座在儀衛中何以謂之駕頭乎？此不可不究明者也。

"宋史"卷一四八(儀衛六)云：

> 駕頭，一名寶床。("困學紀聞"卷十五引國史輿服志作七寶床。疑宋史脱七字。)正衙法座也。香木爲之，四足瑑山以龍卷之。坐面用藤織雲龍，四圍錯采繪走龍，形微曲。上加緋羅綉褥，裹以緋羅綉帕。每車駕出幸，則使老内臣馬上擁之，爲前驅焉。不設，則以朱匣韜之。

又云：

> 扇筤：緋羅綉扇二，緋羅綉曲蓋一。并内臣馬上執之。駕頭在細仗前，扇筤在乘輿後。大駕，法駕，鑾駕(按即小駕)常出，并用之。

據此知駕頭爲車駕之前驅。又"宋史"卷一四四(儀衛二)云：

> 仁宗康定元年，參知政事宋庠言：車駕行幸，非郊廟大禮具陳鹵簿外；其當日導從，唯前有駕頭，後擁繖扇而已。殊無禮典所載公卿奉引之盛。步輦之後，但以親事官百餘人執撾以殿，謂之禁衛。諸班勁騎，頗與乘輿相遠。……

 此引宋庠奏言，謂駕頭在乘輿之前，繖扇在乘輿之後。與卷一四八所記合。由是知宋時正衙法座謂之駕頭者,乃因車駕行幸時此法座常在乘輿前之故。以其在乘輿前,故車駕行幸,臣寮見駕頭至,則知乘輿將至。迎駕起居,宜於此際戒備行之也。“東京夢華録”卷六載正月十四日車駕幸五岳觀事云:

駕將至,則圍子數重外有一人捧月樣兀子,錦覆於馬上。天武官十餘人簇擁扶策,喝曰:“看駕頭!”

“武林舊事”卷一載四孟駕出儀衛頭次云:

車駕所經,諸司百官皆結彩門迎駕起居。俟駕頭將至,知班行門喝,班到,排立!次喝:躬身,拜!再拜!(原注云駕回不拜,值雨免拜。)班首奏聖躬萬福,唱喏,直身立。

由此二條觀之,知駕頭在儀衛中最爲尊嚴。以駕頭本正衙法座,爲舉行盛禮時所御;車駕行幸,則以駕頭導駕,在乘輿之前,最近至尊也。正衙法座名爲駕頭之故,其事既明。今再言抱駕頭及扶駕頭之事。抱駕頭之人,初爲老内侍。“宋史”卷九十八、卷一四八及“夢溪筆談”所記皆然。陸游謂高宗時猶以宦者抱駕頭。後乃代以閤門官,不知自何年始。余按周密“武林舊事”所記朝廷禮儀,多是乾淳舊事。其卷一記四孟駕出,注駕頭云:閤門祗候乘騎捧駕。是以閤門官易内侍,其事當始於乾道淳熙之際。宋陳世崇身事理度兩朝,其撰“隨隱漫録”在元初。其書卷三記孟享駕出,亦云閤門宣贊(按即宣贊舍人)捧駕頭於馬上。則以閤門官捧駕頭,自乾淳以還迄於宋末不改也。又駕頭尚有扶翼之人,其事蓋始於宋仁宗時。“宋史”卷九十八載嘉祐六年幸睦親宅,内侍捧駕頭,墮馬,駕頭壞,御史中丞韓絳奏請嚴儀衛。事下閤門太常禮院議,遂合奏:車駕出,請以閤門祗候及内侍各二員扶駕頭左右(卷一四四所記同)。“宋史”卷一四六載政和大駕鹵簿有天武駕頭下一十二人。卷一四七載紹興鹵簿駕頭下天武官二十二人。孝宗省爲十七人。按:天武,禁軍之名,其軍隸殿前司。天武官乃環衛官。此所記以天武官置駕頭下,與"夢華録"所記駕頭有天武官十餘人簇擁扶策之言合。蓋扶駕頭初用閤門官及内侍,其後悉易以天武官。自徽宗政和以還迄於南渡,扶駕頭例用天武官,其事亦不改也。至駕頭所始,"困學紀聞"卷十五引江休復"雜志"云:"駕頭初即祚所坐。王原叔(王洙)曰:此坐傳四世矣。"翁元圻注引葉大慶"愛日齋叢抄"云:"舊制駕頭,未詳所始。相傳更一朝即加覆黄帽一重。"又引孔氏"談苑"云:"駕頭者,祖宗即位時所坐也。相傳寶之。"諸書所記,或云初即祚所坐,或云祖宗即位時所坐,微异。"隨隱漫録"三則云:"駕頭乃太祖即位所坐。"蓋太祖即位時曾御之。自此相傳,凡新君即位,必御此坐。凡朔望日正衙視朝,亦御此坐。凡車駕出幸,必以此座導駕在乘輿之前。蓋珍重之示不忘祖宗耳。宋遭靖康之禍,法物盡亡。而南渡後仍有此坐者,蓋肖承平時駕頭舊制爲之。必非太祖即位時所御座,至南宋時猶保存未失也。

駕頭本正衙法座,乃至尊所御。故唯車駕行幸時儀衛有之。若皇太后皇后皇太子俱非至尊之比,故其鹵簿無駕頭。"東京夢華録"卷四皇后出乘輿條云:

> 皇太后皇后出乘者謂之輿,比檐子稍增廣,花樣皆龍。儀仗與駕出相似而少,仍無駕頭警蹕耳。

"夢華録"此條,本記皇后車輿之制。故其文涉及駕頭,但以皇太后皇后鹵簿與皇帝鹵簿比較,而不及皇太子。實則皇太子鹵簿亦無駕頭,皇太子妃鹵簿,其制更殺於皇太后皇后,故亦無駕頭。宋之駕頭,惟一人鹵簿有之。非一人則不得有也。

由上所舉諸條徵之,知駕頭本爲御座。以是太祖即位時所御,故列朝重之。其出則載之以行,以車駕出幸時此坐(座)在乘輿之前,故通稱曰駕頭。又駕頭唯至尊儀衛有之,皇太后皇后皇太子儀衛皆不得有。由此知駕頭雜劇信與皇帝有關,馮君之言可謂得其實矣。然劇演帝王事何以必謂之駕頭雜劇?按:元人雜劇,凡脚色之扮帝王者,例稱爲駕。幼主則稱小駕(太子亦稱小駕)。劇演帝王事而稱駕頭雜劇,蓋指車駕出幸時儀衛言之。如"漢宫秋"第三折,所扮爲駕出灞陵橋餞明妃事。"梧桐雨"第三折,所扮爲駕幸蜀事。此在場上當别有鋪張,皆可謂之駕頭雜劇。反是,劇所演雖涉帝王事,而中無車駕行幸關目,則不得謂之駕頭雜劇。駕頭是法座。元之演帝王劇,果真如宋事在駕未上之前,先扮一老内臣或閤門祇候騎竹馬抱一小兀子上,更有天武官若干人左右翼衛之,以示車駕之將至否?此事在今日已難質言。蓋古今演劇,其事有繁簡之异;且同在一時代,其場上所用砌末,亦因事制宜,可繁可簡,不必一律也。元之砌末有竹馬,而今無之。此古今演劇之不同也。元之□庭�戚唤劇,其承應劇之行頭砌末,未必與市井勾欄同。此因演劇之地不同,其事亦可不同也。以意揣之,元劇演帝王事,既有駕頭雜劇之目;則當時場上,未必無扮内官或閤門官抱駕頭之事。以駕頭雜劇之稱,甚非偶然。其得名似即因所扮儀衛有駕頭。駕頭爲皇帝儀衛所獨有,故取以爲演帝王行幸事之雜劇名目。揆之事理,自應如此。然則元之駕頭雜劇,其砌末本應有駕頭。唯村戲及小勾欄,其場上排當,或事略見意;其扮駕頭雜劇,不敢謂定有駕頭耳。宋之抱駕頭者,初爲内侍後爲閤門祇候,宋之閤門祇候司贊謁之事,爲武臣清選。其天武官之扶駕頭者,亦是武臣。持是而言戲劇,則在駕未上前,有内侍及武臣上爲前驅;縱令所扮無内侍或閤門官抱駕頭之事,而内侍武臣固皆爲駕頭下之人,則以事言,亦不妨權稱爲駕頭雜劇也。又以余所考,元之儀衛已無駕頭之名。"元史"卷七十九"輿服志""儀仗篇"有杌子。釋云:四脚小床,銀飾之,塗以黄金。"崇天鹵簿篇"載控鶴第二隊,有捧金杌子一人。卷八十"進發册寶篇"記儀仗亦有金杌。其"儀仗篇"釋杌子雖與宋之駕頭略同,然不出駕頭之名,知非所重。唯“金史”“儀衛志”仍有駕頭。其書卷四十一載天眷三年熙宗幸燕法駕,有抱駕頭官一人,駕頭天武官一十二人。天德五年海陵遷都於燕,用黄麾杖,分八節。其第六節有駕頭下抱駕頭内侍一人,廣武官十二人(駕頭下原注云御床也)。卷四十二載世宗大定十一年有事南郊,增損黄麾杖爲大駕鹵簿,仍分八節。其第六節駕頭一十五人。與宋事全同。蓋仿宋制爲之。元無駕頭之稱,而劇之演帝王事者,世猶謂之駕頭雜劇。蓋優人扮戲習慣猶沿宋金之舊耳。

(刊載第十二期,民國三十年三月廿二日)

案:後修訂改題名爲“元曲新考”第六部分“駕頭雜劇”,收入孫楷第《滄州集》下册(北京:中華書局,1965年12月),第332~338頁。

説 “開”

今所見“元刊雜劇”,記脚色登場,每用“開”字。明周憲王“誠齋傳奇”亦多用之,明息機子“元人雜劇選”亦然。此“開”字宜作何解?數年前,友人魏君建功曾舉以質余。余倉卒無以對。後思其義,乃知“開”者,脚色初上場時開端之語也。按:開者,事之始。“後漢書”馮衍傳:“開歲發春兮,百卉含英。”李賢注:“開,發,皆始也。”凡僧人開始講某經,謂之“開演”,謂之“開講”。開始誦某經,謂之“開經”(講經亦曰“開經”),謂之“開讀”。講經前先釋題目,謂之“開題”。累見於前人著述。其在俳優雜伎,則初陳百戲,謂之“開伎巧”(見宋王得臣“麈史”卷下都城相國寺條)。說唱詞話,引首數語謂之“開話”(見百回本“水滸”五十一回“插翅虎打白秀英”篇)。此皆以始爲義也。戲曲脚色登場通白,其事本在講誦之間,故脚色初上場語亦謂之“開”。“元刊雜劇”“開”字最多。今取所收一一按之,其義例猶可見。有數脚色同在一場面而皆謂之“開”者:如“看錢奴”劇第一折(元本本不標折數,今循他本例稱之),先記凈,賈弘義上開,做睡科。次説聖帝一行上,開了。問凈云了。尊子(謂神,即聖帝)云了。凈云了。次記正末披秉扮增福神上,開。云云。此處凈,聖帝(不出色,按當是外末)正末同在一場,而皆謂之“開”。以不同人也。有同一脚色在一劇中上場數次,而皆謂之“開”者:如“蕭何追韓信”劇第一折,末背劍冒雪上開。第二折正末背劍查竹馬兒上開。第三折正末上開。此“正末扮韓信”,在三折内言“開”者三次。“霍光鬼諫”劇,第一折正末扮霍光帶劍上開。第二折正末騎竹馬上開。第三折正末作暴病扶主(字疑誤)開。第四折正末扮魂子上開。此劇正末扮霍光在四折内言“開”者四次。前後上場同是一人,而皆謂之“開”。以出現不在一折中也。凡“開”或指念,或指白。其指念者下文爲詩。如周憲王“群仙慶壽蟠桃會”劇第一折(憲王劇原不標折數,今循他書例稱之)外辦二仙女上開云。下文即“華堂今日玳筵排”七律一首。息機子本“陳摶高卧”第一折,冲末趙大舍上開。下文即“志量恢弘納百川”一絶,是也。其指白者,下文爲通姓名述本末之語。如周憲王“群仙慶壽蟠桃會”劇第一折,金母引隊子上開云“妾乃九靈太妙龜山金母之后。即今瑶池蟠桃熟,請群仙赴此會”云云。是也。後人刻曲,不知“開”字之意,於舊本某人上開,其意指開念詩句者,一律改爲某人上詩云。於舊本某人上開,其意指開白者,一律改爲某人上云。雖誦詩通姓名不誤,而浸失開始之意。此不可不辨者也。又戲曲言“開”尚有贊導意。此例唯周憲王劇有之。如“天香圃牡丹品”劇第四折,演藩府賞牡丹合樂事。先是徠合樂上;次付末念“滿庭芳”訖。次色長開云:

某某之曲。則衆合樂唱。如是循環往復,至第十五曲樂住。此十五曲在劇中爲插附樂章。所云色長開者,乃是贊導,與他處開爲本人誦詩通姓名末者异。要亦開始意之引申也。

（刊載第十六期,民國三十年四月十九日）

案:改題爲“元曲新考”第三部分“開”,收入孫楷第著《也是園古今雜劇考》一書附録第五部分(上海:上雜出版社,1953 年 11 月),第 379 ~ 381 頁。後又題爲“元曲新考”第四部分“開”,收入孫楷第《滄州集》下册(北京:中華書局,1965 年 12 月),第 328 ~ 329 頁。

論捷譏引戲

明寧獻王“太和正音譜”卷上記雜劇院本脚色凡七色(按:原文所記爲九色,其中鴇與猱非脚色之名,實衹七色),中有捷譏。注云:“古謂之滑稽,院本中便捷譏謔者是也。俳優稱爲樂官。”王静安先生“古劇脚色考”云:

> “太和正音譜”脚色中有捷譏。此名亦始於宋。“武林舊事”卷六諸色伎藝人商謎條,有捷機和尚。捷機即捷譏。蓋便給有口之謂。明周憲王“吕洞賓花月神仙會”雜劇所載古院本猶有捷譏色。所扮者爲藍采和,自號樂官。即“正音譜”所謂“俳優獨(稱)爲樂官”者是也。

先生解釋捷譏之義與“正音譜”同。其引周憲王“吕洞賓花月神仙會”所載院本,謂院本中捷譏扮藍采和,自號樂官。考憲王此劇,藍采和白但云吕洞賓邀采和辦樂官,與韓湘、張果、李岳四人過張行首家飲酒。其下文做院本之净、捷譏、付末、末泥四色,即采和等四人所化。采和等四人何人辦何色,書中無明文。且據憲王此劇,是采和等做院本辦捷譏諸色,非院本中捷譏辦采和。其采和白自稱辦樂官,猶言辦作伶人。劇載院本做場訖,末雙生(吕洞賓所化)云"深謝四位伶官"可證。則憲王"花月神仙會"劇所載做院本之捷譏,雖即"正音譜"所記脚色中之捷譏,而憲王"花月神仙會"劇藍采和白自稱辦樂官一語,却與"正音譜"捷譏"俳優稱爲樂官"之義無涉。捷譏之名,果取義於便給有口如王先生所説否?又俳優對於捷譏,何以稱之爲樂官?其事尚須重加解釋也。明時捷譏之稱,以余考之,實有二義:其一,官吏謂之捷譏,明周憲王"宣平巷劉金復落娼"雜劇及"李妙清花裏悟真如"雜劇中并有其例。今引其文於後:

"復落娼"第四折:

【正旦辦茶三婆上云】老身是這富樂院(妓院名)門前賣茶的白婆兒,開着這茶房。往來舍人、捷譏、郎君、子弟每來此歇馬。

"悟真如"第一折:

【混江龍】若是要世人知重,祗除是漏花名脱離了綺羅叢。赤緊的長官每不分貧富,捷譏每不辯秋冬。他則待刮馬般祗承常不歇,每日家竹節似官身不曾空。

第一例捷譏與舍人郎君子弟并稱。按:舍人本官名。宋元之際,民間通以爲貴介子弟之稱。唐以來縉紳子弟謂之子弟,尊之,亦謂之郎君。此以捷譏與舍人郎君子弟并列,則捷譏必非平人可知也。第二例捷譏與長官對舉。長官捷譏皆常唤官身,妓女苦於承應不暇,則捷譏當爲官吏之屬又可知也。其二,優人當場扮官員者謂之捷譏,亦見周憲王"宣平巷劉金復落娼"劇。其第一折混江龍曲云:"捷譏的辦官員,穿靴戴帽;付净的取歡笑,抹土搽灰。"是也。以是言之,則明初言捷譏,有屬於戲曲者,有不屬於戲曲者。

其屬於戲曲者,優人辦官員謂之捷譏;此假官也。其不屬於戲曲者,直以爲官吏之稱;是真官也。以意度之,當時官吏既有捷譏之稱,則優伶之稱捷譏必緣所扮官是捷譏得名。然則捷譏在官吏中是何等色目人? 此不可以不加説明者。余謂捷譏者,節級之訛。節級者,唐宋時軍中小校之稱也。按:節級二字之見於史,似以“舊唐書”(卷十九上)“懿宗紀”所記爲最早。紀載咸通十年九月制云:“徐寇竊弄干戈,擅攻州鎮。今既平寧,四面行營將士,宜令次第放歸本道。如行營人,并免差科色役。如本厢本將今後有節級員闕,且以行營軍健量材差置,用酬征伐之勤。”此爲龐勛亂平後處分諸州鎮將士所降詔。則當時諸追兵中已有節級之名。至“宋史”兵志所載,則厢兵、鄉兵,皆有節級之目。其屬厢兵者,如“宋史”卷一四二載大中祥符元年詔云:“厢軍軍頭以下至長行,准敕犯流免配役并徒三年上定斷,衹委逐處決訖。節級以上,配别指揮長行上名長行決訖,配别指揮下名收管。”是其例。其屬鄉兵者,則諸路多有其例。如卷一四三河北河東强壯條,卷一四四荆湖路義軍條,嘉祐中補涪州賓化縣夷人爲義軍條,邕欽溪洞條,所載鄉兵軍校之名并有節級。熙寧中王安石改義勇軍爲保甲,於鄉兵軍校舊稱亦尚存而不廢。宋之鄉兵將校階級,史書所載,有以指揮使、正副都頭、節級爲三階者,有自正副都指揮使以下至節級爲七階者,有自正副指揮使以下至左右節級甲頭爲八階者,殊不一致。至節使所轄軍士人數,史書所載,有節級在十將之下所轄不及十人者。有以三十人爲一甲置節級者,亦殊不一致。以“宋史”卷一四九所載慶曆五年真定府定州路都總管司奏:“舊例軍中選節級,以挽强引滿爲勝。”熙寧六年十月詔“軍士選爲節級,取兩常有功者。功等以先後,又等以重輕,又等以傷多者爲上”等語考之,知當時節級由軍士選補,實小校也。按:宋之厢軍,本以供役使,不用於征戰;在京諸司及京外諸州諸務雜役,并有其額。故諸書所載多有節級。如"三朝北盟會編"卷二十引"宣和乙巳奉使行程録",記賀金使隨行三節人從八十人中有節級二人。是奉使人隨從有節級也。"武林舊事"卷一登門肆赦條,記宣赦時麗正門樓下排立次第,有三院罪囚及獄級。獄級即獄節級者稱,是獄吏以節級充之也。("東京夢華録"卷十紀宣德門肆赦作獄吏。)以是推之,則諸司局諸州府給役之人以厢軍充之者,其軍員當皆有節級。周憲王"復落娼"劇第四折,"悟真如"劇第一折所出捷譏,實即節級。蓋指京内外諸司、諸長官、諸藩府之衹應人言之。此等人非長官,而"悟真如"劇妓女以捷譏與長官并稱。蓋其差撥出使,其威實不下於長官。伎女對此等人,自當小心應承,不敢違其意也。又宋時殿内侍從,往往補節級。教坊伶人亦有帶節級銜者。蓋是貴禄,如明之嬖幸侍臣多補衛官之例。如"宋史"卷一四九載至和三年詔親從官入殿滿八年者,補節級。"武林舊事"卷四乾淳教坊樂部條所載伶人,如陳嘉祥,孫子昌(副末),吴興祖(拍板色),魏國忠(嵇琴色),宋世寧(笙色),仇彦、王恩(并觱篥色),張守忠,楊勝、王喜(并笛色),高宣(杖鼓色),并是節級。時世俊(拍板色),李祥(觱篥色),趙俊(笛色),孟文叔(杖鼓色),并是守闕節級。則當時伶官補節級者甚多。伶官既多爲節級,後世相承因以節級入劇,爲扮官者之稱。此"正音譜"注捷譏所以云"俳優稱爲樂官"之故也。或曰:子之論節級,其言繁矣。但"正音譜"周憲王"花月神仙會"雜劇皆書作捷譏,不作節級。今以捷譏爲節級,亦有證乎?曰:有!今所見明萬曆本"金瓶梅詞話"第三十一回,載西門慶生子得官,其宴客時有教坊司俳優所扮笑樂院本一本。笑樂院本者,以滑稽嗶笑爲主,乃院本之一種。明沈德符"野獲編"補遺卷一禁中演戲條稱:"内庭諸戲劇隸鐘鼓司,習相傳院本,其事與教坊相通。又有所稱過錦之戲,聞之官中,必須濃淡相間,雅俗并陳,全在結局有趣,如人説笑話,衹要末語令人解頤。

蓋即教坊所稱耍樂院本意也。耍樂院本即笑樂院本。"據此條,似笑樂院本乃明時教坊之語。然百回本"水滸傳"第五十一回載雷橫入勾欄,看戲臺上却做笑樂院本。"水滸傳"乃元人筆,是笑樂院本之稱,其來已久,不始於明。"詞話"載此院本凡七百餘字。其脚色有外(外末)扮節級,有副末(原作傅末)扮節級所轄樂匠,有净扮秀才冒充唐王勃,當場三人。以校周憲王"花月神仙會"所載院本,脚色僅少末泥一色,餘悉與憲王引本同。今録此本一節,以證明吾説。

外扮節級上開:

法正天心順,官清民自安;妻賢夫禍少,子孝父心寬。小人不是别人,乃上廳節級是也,手下管着許多長行樂俑匠。昨日市上買了一架圍屏,上寫着滕王閣的詩,請問人。説是唐朝身不滿三尺王勃殿試所作。祇(原誤自)説此人下筆成章,廣有學問,乃是個才子。我如今叫傅末抓尋着請得他來,見他一見。有何不可?傅末的在那裏?【末云】堂上一呼,階下百諾。禀復節級,有何命令?【外云】我昨日見那圍屏上寫的滕王閣詩甚好。聞説乃是唐朝身不滿三尺王勃殿試所作。我如今□□(原脱二字,疑是"給你"二字)這個樣板去。限(原誤恨)即時就替我請去。請得來,一錢賞賜。請不得來,二十麻杖,决打不饒。【末云】小人理會了。【轉下去】節級糊塗。那王勃殿試從唐朝到如今,何止千百餘年!教我那裏去抓尋他去?不免來來去去,到於文廟門首。遠遠望見一位飽學秀士過來。不免動問他一聲。先生,你是做滕王閣詩的身不滿三尺王勃殿試麽?【净扮秀才笑云】王勃殿試乃唐朝人物。今時那裏有?試哄他一哄?我就是那王勃殿試!……

此做院本之節級,即周憲王"花月神仙會"所載做院本之捷譏無疑。則捷譏即節級不得一確證乎？按："大明會典"卷一零五（禮部六十二）載教坊司"額設奉鑾一員，左右韶舞二員，左右司樂二員：共五員。遇缺以次遞補。又有協同官十員，實授俳長四名，協同俳長辦事色長十二名，及抄案執燈色長等。亦以次遞補"。無節級之名。明之武職，亦無節級之名。此"詞話"所載笑樂院本有節級一色，必是俳優扮戲相沿如此。又據"詞話"所載院本，其發科打諢者爲净，而節級實爲發端指使之人。與宋吴自牧"夢粱録"卷二十妓樂條所稱"雜劇中末泥爲長"，做雜劇"末泥色主張"者意相合。"夢粱録"末泥，"武林舊事"卷四雜劇三甲條作戲頭，似戲頭以末泥色充之。"詞話"節級其本色爲外末。外末與末雖有正次之分，其實則一。然則明院本之以外末扮節級，亦猶宋雜劇之以末爲戲頭也。明湯舜民"筆花集"中有贊教坊新建勾欄哨遍"聖遍飛龍"一套，其二煞云："捷譏每善滑稽，能設戲。"（今天一閣本誤倒作戲設）設戲即主張之謂。是節級職務在於鋪關串目，當場導引啓發以成笑柄。"正音譜"所謂"捷譏是院本中便捷譏謔者"，其言亦不盡誤。唯捷譏之得名，自當於優人扮節級。書者不知其義，但取同音字以捷譏當之，遂訛作捷譏。其始捷譏二字，僅施於優人扮假官者。後乃真官員之稱節級者，亦書作捷譏。捷譏之義遂愈不能明矣。觀"詞話"所載院本，節級上場開白，明言"小人是上廳節級，手下管着許多長行樂匠"，則捷譏之本應爲節級，實毫無疑義。今日言捷譏，固不得依"正音譜"立說，近於牽强傅會也。

元陶宗儀"輟耕録"卷二十五云："金有院本、雜劇，其實一也。國朝院本、雜劇，始厘而二之。院本則五人：一曰副净，一曰副末，一曰引戲，一曰末泥，一曰裝孤。"王静安先生"宋元戲曲史"第十三章述元院本，節録"輟耕録"此條。其下録周憲王"花月神仙會"所載院本全文。釋云："此中脚色，末泥、付末、付净三色，與

'輟耕録'所載院本脚色同。唯有捷譏而無引戲。按上文説唱,皆捷譏在前,則捷譏或即引戲。"按:先生之説非也。"正音譜"記脚色,有捷譏,又有引戲。明非一色。"筆花集"哨遍"聖遍飛龍"套二煞所咏脚色凡八,其一爲捷譏(原誤捷劇),其二爲引戲。其贊引戲云:"引戲每叶宫商,知禮儀。"是引戲職務爲看節次,掌儀範;與捷譏之以滑稽設戲見長者不同,不可混而爲一也。凡朝廷宴饗,諸般樂使并陳,其事既繁,須有節次。殿陛尊嚴,尤慮訛誤。故樂有領樂,舞有引舞。樂作止則有持麾之人;伎進退則有勾放之事。其關於科範者,如"武林舊事"(卷四)所載,且有專掌儀範之人。"大明會典"(卷一〇五)所載有看次色長。皆所以慎重其事。院本中之引戲,蓋在做院本場中爲導引或贊相之人。"夢粱録"卷二十妓樂條述雜劇所謂"引戲色吩咐",其意當指此也。周憲王"花月神仙會"所載院本無引戲。"金瓶梅詞話"所載笑樂院本,亦無引戲。此或臨文省略,或私宴承應省此一色,要不足爲明時院本無引戲之證。至"正音譜"釋引戲云:"院本中旦也。"其意不可曉。按:"武林舊事"卷四雜劇三甲條,載扮雜劇人有戲頭,有引戲。戲頭,《夢粱録》卷二十妓樂條作末泥,似戲頭以末爲之,引戲本色無考。然"武林舊事"所載引戲潘浪賢,據上文雜劇色名單,其人乃以引兼末者。疑引戲色亦以末爲之。元時演戲,凡男優不裝旦色,而女優於裝旦外則兼扮諸色。意當時元明院本引戲多以女優充之,"正音譜"因謂引戲爲院本中之旦。其所謂旦者,乃女優通稱,不專指旦色。又考杜善夫"莊家不識勾欄"套曲(太平樂府卷九引),其"四煞""三煞"寫莊家初入勾欄時所見臺上情狀云:"一個女孩兒轉了幾遭,不多時引出一火。中間裹一個央(殃)人貨。裹着枚皂頭巾,頂門上插一管筆,滿臉石灰更着些黑道兒抹。知他是如何過。渾身上下則穿領花布直裰。"(以上四煞)"念了回詩共詞,説了會賦與歌。無差錯唇天口地,無高下巧語花言記許多。臨絶末,到了抵頭撮。却爨罷將么撥。”(以上三煞)按:此所謂拴焰爨也。莊家所見一火人中,一人皂巾簪筆穿花布直裰者,即拴焰爨之人。(據此文滿臉石灰兼抹黑道,其本色當爲付浄。)拴焰爨乃院本之前段。其下文寫莊家所見臺上情形,乃演張太公謀取年少婦女被賺事。蓋即本套上文“六煞”所謂院本“調風月”也。據善夫此詞所寫,勾欄做院本之前,有拴焰爨;即院本之艷段。做艷段之前有一女孩子轉了幾遭,蓋即所謂踏場者。今解院本引戲,如認爲兼有導引贊相二義,則此女孩兒踏場實引戲也。以是言之,則元時演戲,實有以旦引戲之事。“正音譜”云“引戲即院本中之旦”,其故當以此。又院本引戲乃執事之稱,非脚色。亦如節級之稱,乃以所扮員吏是節級;節級實非脚色之名。節級本色,以“詞話”所載院本考之,知爲外末。引戲據“正音譜”所説,其本色是旦。余疑引戲不必限於旦色,即末亦可爲之也。

(刊載第十一期,民國三十年三月十五日)

案:收入孫楷第著《也是園古今雜劇考》一書附録第五部分(上海:上雜出版社,1953 年 11 月),改題爲“元曲新考”第七部分“捷譏引戲”,第 395 ~ 404 頁。又經修訂題爲“元曲新考”第八部分“捷譏引戲”,收入孫楷第《滄州集》下册(北京:中華書局,1965 年 12 月),第 341 ~ 348 頁。

書會與雜劇之興盛

宋元間文人結社,有所謂書會者,乃當時民間社會之一。其社雖亦以較論文藝爲宗旨,而其講求範圍不外談諧歌唱之詞,所尚者風流而非風雅,故與詩社文社异。今所見舊本戲曲有爲書會所編者:如南戲"小孫屠",題"古杭書會編撰";南戲"宦門子弟錯立身"題"古杭才人新編"。南戲"張協狀元"雖不題書會編,其戲中末念詞有"這番書會要奪魁名"、生唱有"九山書會近日翻騰"(燭影搖紅曲)之語,則亦屬書會所編。宋元南戲今存本多無。然以諸書所稱引者考之,其目尚不下數十種。此"小孫屠"等三種戲文既皆爲書會所編,則其他戲文必尚有爲書會所編者可知也。其戲詞涉及書會者,如"藍采和"劇末唱詞云:"甚雜劇請恩官望着心愛的選。這的是才人書會剗新編。"(第一折油葫蘆曲)又云:"但去處奪利争名,依着這書會社恩官求些好本令。"(第二折梁州曲)藍采和係北曲,劇所演即扮雜劇事。劇所稱伶人爲衣食名譽計,必須依賴書會中人,向之求本令;則北曲雜劇必多爲書會所編又可知也。宋周密"武林舊事"卷六"諸色伎藝人"條載當時書會之著者凡六人。其李霜涯下注云:"作賺絶倫。"據此知書會所編尚不止劇本,即散詞令章亦多有之。則宋元時書會與詞之關係可謂至密切也。然當時書會所編,尚不止詞曲而已。以余所知,則詞曲之外尚有隱語;隱語之外尚有詞話。書會編製隱語事,見周密"齊東野語"卷二十"隱語"條。今録其文如左:

> 古之所謂廋詞,即今隱語,而俗所謂謎。雜説所載,間有可喜。有以今人名藏古人名者,云:"人人皆戴子瞻帽。"(原注云仲長統)"路公身上不曾寒。"(原注云温彦博)此近俗矣。若今書會所謂謎者,尤無謂也。

密,宋遺民。"齊東野語"成於元世祖至元中。其記書會編隱語事,雖泛云近事,亦可視爲元時事實。元鍾嗣成所撰"録鬼簿"(按:嗣成録鬼簿序作於至順元年。而書中記事有元統年間事。知其書續有輯補,非成於一時),載當時曲家多長隱語,且有編次成集者。明初某氏所撰"録鬼簿續編"記諸家才藝,尤多以隱語爲言。知當時隱語與曲并重。凡曲家未有不能隱語者。書會中既多製曲之人,則隱語多自書會出,其事實不足异也。書會編詞話事,見"水滸傳"小說。今所見百回本"水滸傳"第九十四回(編者按:一百二十回本在一百十四回)記宋江復秀州、盧俊義復湖州、柴進做間諜等事,附以按語云:

看官聽説,這回事都是散沙一般。先人書會流傳,一個個都要説到,衹是難做一時説,慢慢敷衍關目,下來便見。看官衹牢記關目頭行,便知衷曲奥妙。

據此則"水滸傳"乃書會所編。今行百回本"水滸傳"是散文小説。然原本實爲詞話。此本第四十八回"宋公明三打祝家莊"篇有詩贊一首。此贊爲七言詞,共十八句,實是説話人所念詞偈可證。(余别有文述之。)宋元詞話,造作頻繁,其風行實不下於曲。"水滸傳"詞話既爲書會所編,則其他詞話亦必多爲書會所編。然則宋元書會,除編詞曲外,又爲隱語詞話發源之處。此事世人或不盡知之也。按:隱語謂之詩禪,通謂之謎。當元明之際,雖盛極當時,而後世士夫不甚重之,爲之者殊少。今人亦無承認隱語有文學價值者。至詞話爲通俗小説所自出,亦爲白話文學之先河,在吾國文學史上本占重要地位。惟宋元詞話,今存者無多。吾人在今日欲究悉宋元詞話,已絶少援據。書會編演詞話,其事雖爲吾人所不可忘者,今亦可勿論。獨元人所撰雜劇,今存者尚有百餘種之多。自明以來,士夫咸知重其本。迄於今代,元曲儼然爲專門之學。其劇既多爲書會所編,則當時書會所給予戲曲之影響如何,誠不可不一述也。

元雜劇造作之盛,爲古今所無。其詞之高妙,亦爲古今所無。此事近人皆知之。至元雜劇所以獨盛之故,則自明至今,尚無定論。明李開先張小山小令序云:

元人作曲者,如關漢卿乃太醫院尹。馬致遠爲浙江行省屬。鄭德輝杭州小吏。宫大用鈞臺山長。其他屈在簿書老於布素者，不可勝數。當時省臺元臣、郡邑正官，及雄要之職，盡其國人爲之。中州人每沉抑下僚，志不獲展，宜其歌曲多不平之鳴。元詞所由盛，元治所由衰也。

開先意以爲中州人多沉抑下僚，志不獲展，寄憤於曲，乃元所以盛之由。其言近是。然元曲亦多閑情適意之作，非盡作不平鳴者。今若因開先言謂元人撰曲完全由於作者志不獲展，發憤著書，似亦非平允篤實之論。且元之上臺大僚，如胡祗遹、劉秉忠輩皆中州人，未嘗不撰曲。（元大僚多作散曲，作雜劇者不多。）則亦何解於沉抑下僚之説也。王静安先生之言曰：

元科舉唯太宗九年八月一舉行。後廢而不舉者七十八年。至仁宗延祐元年八月，始復以科目取士。遂爲定制。沈德符萬曆野獲編，臧懋循元曲選序謂蒙古曾以詞曲取士，其説固誕妄不足道；余則謂元初之廢科目，却爲雜劇發達之因。蓋自唐宋以來，士之競於科目者已非一朝一夕之事。此種人一旦失所業，固不能爲學問上事；而高文典册，又非其素習。適雜劇之新體出，遂多從事於此。而又有一二天才出於其間，充其才力。而元劇之作，遂爲千古獨絶之文字。（以上王先生説，見宋元戲曲史第九章元劇之時地）

余按：王先生之論善矣。然但可語於延祐之前，而不可語於延祐元年以後。蓋自延祐元年八月復科舉，以後相承不廢，至順帝至正二十六年三月廷試進士，其時爲五十三年。（又二年而元亡。）今以"録鬼簿""録鬼簿續編"所録諸人考之，"録鬼簿"下卷所録，大抵爲延祐至正間人。（録鬼簿下卷所記已亡之人，如趙君卿卒於天曆元年。金志甫、廖宏道卒於天曆二年。周仲彬卒於元統二年，去延祐元年僅十五六年，固亦可謂元貞大德間人。若喬夢符卒於至正五年，已不得徑謂之元貞大德時人。其餘存者，自當爲延祐至正間人也。）"續編"所録，皆至正間人。其時朝廷方以時舉行科舉,此諸人者顧不爲舉業,而依然怠荒,從事於曲,爲之不已。此又何說也?夫"録鬼簿"下卷所録諸人,固多爲無名宦之人;"録鬼簿續編"所録諸人,除一二人外,亦多爲無名宦之人。此輩功名不遂,無他計消遣,謂其應舉不第逃於曲則可;如先生言,謂因元初廢科舉失所業則不可。故先生之言雖卓,而於當時事理僅得其半。尚未可適用於有元一代。然則元代雜劇之盛,究以何原因而致此乎?余謂一代文章藝術之發達,自當與政治有關。而其所以能普遍能久遠者,必真得社會人擁護,其學藝本身有爲人愛惜之理由,斷不全恃乎政治。以元雜劇言,元初科舉之廢,蒙古色目人之特被優遇,漢人南人入仕較難,因而從事於曲,如李開先及王静安先生所説,皆屬於政治範圍者;此固不可完全否認。然尚有一事焉,爲二先生所未注意,即元之宫廷特尚北曲是也。元時北曲,在民間本與南戲并行。禁中所重唯是北音。(元人詩有"禁中皆是北方音"之句,余一時忘爲何人之詩。)禁中既尚雜劇,則教坊伶人之選試,劇本之編進,其事必稠叠。此於雜劇人才之培養及戲曲研究上,自當有種種裨益。且以宫廷習尚之故,而影響於臣民。則元雜劇之發展,亦未嘗不藉政治之力。唯此等政治力量所給與戲曲者,終有一定限度。蓋以理言,苟北曲不爲人好者,則雖至尊所嗜下則而效之,其事亦不能普遍不能維持永久也。故今言元雜劇發達之因,與其求之於政治,毋寧於雜劇本身及社會方面求之。按:元之雜劇即金院本之變體。金院本即宋之雜劇,亦即唐之參軍戲。其來歷本至久遠。然考其體不過滑稽小戲,以發科打諢爲主。其劇情聲音皆至簡質。此等劇積久不變,自不能滿足人對於藝術之要求。至元而適有雜劇發生。其事唱做白三者并重,而所重尤在曲。其體每劇數折,每折用一宫調,每宫調曲多至十曲以上。其劇情排場以及聲容之妙,皆遠非院本所能及。(王静安宋元戲曲史第八章元雜劇之淵源,述元劇進步之事甚詳。)此爲新興之劇,自爲當時人所愛好。而其時適有書會爲編摩詞曲之所。社會文人之嗜曲者,與俳優密切合作,爲之撰曲,使舞臺之上常有新劇本出現。舞臺上新劇本之出現愈多,則愈引起觀者之興味。劇之按行者愈多,則作者興味亦愈感無窮。如是劇場因新劇本之發生,而時時有其新生命;作者因導演之成功與戲場之須要,亦自然努力於新創作。元代戲曲之盛與劇本之多,其故當以此。然則以劇論,雜劇之盛於元,乃其劇本身適合乎時代之要求,有必然興起之理由。以社會論,書會乃元雜劇之研究推行機關,書會中人乃以戲曲研究人而兼戲曲運動人者也。夫場上戲曲之所以能始終維持繁榮者,必時時有新劇本出演。蓋劇雖佳,積久則生厭。技雖佳,蹈故常則減色,而伶人非盡能文。故戲曲之行,必得文人學士之扶翼贊助,而後可以久持不衰。然編劇本,達官貴人無此暇,下士無此才。唯文人之風流跌宕不得志於時者,乃優爲之。以此等人既有此暇又有此才也。而元之書會中人則恰合此資格。蓋其人大抵風塵倦游,或以一藝自隱,既非達宦,又异師儒,在學與不學有名與無名之間。(明初賈仲明"對玉梳"第一折天下樂曲云:俺娘見了那名公丈夫士書會先生每來呵,嫌的是張秀才李秀才。見那公子舍人上門呵,愛的是王舍人李舍人。他那些喬殷勤佯動問。按元鍾嗣成撰"録鬼簿",稱有位者爲名公,無位者爲才人。以書會先生每爲名公,乃妓女眼中所見如此。然因此知書會中人甚爲當時俳優所尊崇。此文據"元明雜劇"本引。"元曲選"本删書會先生四字,蓋懋循於書會已茫然不得其解矣。)以此等人挾其長與俳優合作,爲之導達鼓舞,乃使元劇盛於一代。而劇本之屢出不窮,亦即由此等人與俳優合作之故。故謂元劇之發達,完全由於書會之力,亦非過言。元之書會組織情形,求之諸書,率無記載。其書會中人,又非如後世之復社等,有姓名可稽。故書會在元時雖有導達戲曲之功,而吾人在今日言書會,則苦不能詳。

然亦非毫無可述者。如今所見天一閣本"録鬼簿",凡簿中諸人鍾嗣成未作吊詞者,皆有賈仲明所補吊詞。其吊李時中詞云:"元貞書會李時中、馬致遠、花李郎、紅字公(即紅字李二),四高賢合捻黄粱夢。"時中、致遠皆大都人。時中中書省掾,除工部主事。致遠官止江浙行省務官提舉。花李郎、紅字李二皆教坊伶人。據仲明此詞,則李時中、馬致遠、花李郎、紅字李二皆大都書會中人也。其吊蕭德祥詞云:"武林書會展雄才。"德祥杭州人,業醫。據仲明此詞,則蕭德祥乃武林書會中人也。明周憲王"香囊怨"劇第一折白云:"玉盒記是新近老書會先生做的,十分好關目。""玉盒記"乃明初楊文奎曲,見"太和正音譜"。"正音譜"不言文奎里貫,今不知爲何許人。然據憲王此曲,知楊文奎亦爲書會中人。以上所舉三例。李時中、馬致遠等四人,乃元貞大德時人;蕭德祥乃至正時人;楊文奎乃元末明初人。可代表三時期。余疑"録鬼簿""録鬼簿續編"所録諸曲家,泰半爲書會中人。如余所疑不誤,則元代諸戲曲作家,一面撰曲,一面即爲努力倡導戲曲之人。今人詫元劇之盛,亟欲推求其原因。不知元劇之盛,其原因即在諸戲作曲家,不在他人也。

(刊載第四期,民國三十年一月廿五日)

案:收入孫楷第著《也是園古今雜劇考》一書附録第五部分(上海:上雜出版社,1953年11月),訂正改題爲"元曲新考"第六部分"書會",第388~395頁。又經修訂題爲"元曲新考"第九部分"書會",收入孫楷第《滄州集》下册(北京:中華書局,1965年12月),第349~355頁。

由高陽李氏藏百回本水滸傳推測舊本水滸傳

高陽李玄伯先生,曾得明刊本忠義水滸傳一百回。其書雕刻甚精。正文半葉十行,行二十二字。卷首有圖五十葉。記刻工姓名,或曰“新安黄誠之刻”,或曰“新安劉啓先刻”;知是書非刊於徽州,即延徽州刻工刊是書。其序署“大滌餘人識”;大滌洞在杭州,則出貲刊書者或爲杭州人。其板至清初猶存,故李漁芥子園所印李卓吾評忠義水滸傳,即是書板片,前亦載大滌餘人序。憶民國二十年頃,余於先生齋中見是書,爲之動心駭目。是時友人方集貲印小説,屬余請於先生,欲借是本景印,先生亦欣然見許。乃未幾先生以事隱去,其本不出,集貲印行小説事,旋亦中輟。大滌餘人序本忠義水滸傳,今人所閲者,唯是玄伯先生民國十四年排印本。且此排印本今廛市間亦絶不可見。則書之隱顯靡常,其得流通與否豈不信有數哉?

水滸傳自明以來,行世者有數本:一叙事詳。其所演有征遼而無征田虎、王慶事,今所見百回本是。一文字極略,即從百回本節出,其所演於征遼外更增入征田虎、王慶事,今所見百十五回、百十回諸本是。一即百回本增加二十回,此二十回演田虎、王慶事雖據百十五回等本,而文加藻飾,頓异舊文。今所見袁無涯刊本百二十回本是。一爲删定本,即金聖嘆七十回本。此四本中,要以百回本爲近古。以百回本似出於郭勛刊本,勛刊書在嘉靖時,在諸本中最爲先出也。百回本水滸傳,余所見亦有數本:如日本則有容與堂刊李卓吾評本,其書百卷百回;有鍾伯敬評本,其書亦百卷百回。以此二本與大滌餘民(人)序本較,雖評語不同或間有出入,而内容文字實無大异同,不妨視爲一本。故百回本水滸傳,吾國所存雖衹有高陽李氏藏之大滌餘人序本及自大滌餘人序本出之芥子園本,實則無傷。以諸百回本文字大致相同實出一源也。百回本水滸傳在諸本中既爲近古之本,則嘉靖前舊本水滸傳雖不可見,試以今百回本文字考之,或亦可約略窺知舊本水滸傳之事。余嘗即高陽李氏本反覆尋求,其文之關涉舊本者有四事可知。余略述之。

一

舊本水滸傳應爲分卷之本。按:百回本水滸傳,日本所存李卓吾鍾伯敬評本皆百卷百回,此以一回爲一卷也。今高陽李氏藏本不分卷。然余於李氏藏本第四十五回中,却發見此本所據底本確爲分卷之本。此回記潘巧雲爲其先夫作道場事,於叙事中着議論云:

> 爲何説這句話?且如俗人出家人,都是一般父母所生。……這上三卷書中所説"潘□鄧小閑",唯有和尚家第一閑。

今按"潘□鄧小閑"一語,見李氏藏本第二十四回。此引其語,云係上三卷書中所説,則李氏藏本第一回至二十四回之文,在所據底本中應是第一卷至第三卷之文也。李氏藏本第一至第二十四回,在舊本中既爲第一卷至第三卷,則舊本分卷决不與李卓吾鍾伯敬評本同作百卷甚明。然則李氏藏本其書不分卷,固與舊本乖异;日本所存李卓吾鍾伯敬評本以一回爲一卷合作百卷者,亦非舊本本來面目也。舊本分卷既不作百卷,其書應是若干卷?此問題甚重要。然非今日所能推測。因舊本分卷,若以李氏本八回當舊本一卷計之,則今李氏本百回,在舊本當羸十卷。然舊本内容未必與今所見百回本同。今百回本所記如征遼等事,皆有後增之嫌。則居今日推測舊本卷數,固不得以今百回本爲據。其可據者,唯李氏藏百回本第四十五回引上三卷書中之語,是舊本原文,此可證舊本原爲分卷之本,其事彰然明白無可疑耳。

二

舊本水滸傳應爲詞話。詞話之稱始見於元史刑法志,而明人習稱之。今所見前人説唱之本,其詞有爲偈贊之詞者:如唐五代變文及後世之鼓兒詞、彈詞是。有爲詞調之詞者:如宋趙德麟之以商調蝶戀花詞演會真傳是。有爲南北曲詞者:如金董解元西厢記及明之莊子嘆骷髏詞是。此等所唱之詞,雖其體格聲調不同,而其爲唱詞則一。故兼説白與唱詞言,通謂之詞話。詞話爲通俗小説之先河。凡吾國舊本通俗小説,皆自詞話出。凡後世文人所撰通俗小説供案頭賞覽者,其唱詞雖有存有不存,要之皆係擬詞話之體。水滸傳故事演説,源於宋時。其修正編刊,盛於明代。其前身應是詞話無疑。顧水滸傳之爲詞話前人未有言之者。近人言水滸者亦未見及此,何也?以水滸傳詞話今無其本也。夫論事貴有證據。水滸傳詞話今無其本,固不得輕言水滸傳爲詞話。然余於李氏藏百回本水滸傳第四十八回,却發見一證:即此回文中所載有唱詞一段,其詞確爲偈贊之詞是也。凡通俗小説之本爲詞話者,其本舊時刊行,多刊落其詞。此一段詞爲刊落未净者。今引其詞并摘録其前後相關之文如左:

> 且説宋江親自要去做先鋒,攻打頭陣。引着四個頭領,一百五十騎馬軍,一千步軍,直殺奔祝家莊來。於路着人探路,直來到獨龍岡前。宋江勒馬看那祝家莊時,果然雄壯。有篇詩贊便見祝家莊氣象:
>
> 獨龍山前獨龍岡,獨龍岡上祝家莊。
> 繞岡一帶長流水,周遭環匝皆垂楊。
> 墻外森森羅劍戟,門前密密排刀槍。
> 對敵盡皆雄壯士,當鋒都是少年郎。

祝龍出陣真難敵,祝虎交鋒莫可當。
更有祝彪多武藝,咤叱喑嗚皆"霸王"。
朝奉祝公謀略廣,金銀羅綺有千箱。
白旗一對門前立,上面明書字兩行:
"填平水泊擒晁蓋,踏破梁山捉宋江。"

當下宋江在馬上看了祝家莊那兩面旗,心中大怒,設誓道:我若打不得祝家莊,永不回梁山泊。衆頭領看了,一齊都怒起來。

此一段詞,余斷爲舊本説白中所着唱詞。請以二事明之。此詞前一段説白,有引下語云:"有篇詩贊便見祝家莊氣象。"今按此一段詞可勉稱爲贊,而尚非一般人所謂長篇歌行。何以言之?唐之俗講,其説白中間例着偈贊。其偈贊之短者略如律絶;長者亦略似歌行。是則俗講本中之偈贊與文人之詩,語其旨趣,本不甚相遠。唯施用有别,故體格亦微异。易言之,俗講本中之偈贊,其詞之佳者,亦雅近歌行;文人所撰歌行,其詞不能工,反有類乎俗講本中之偈贊者。至於後世詞話,其造句措詞,大抵不以琢煉爲工,且似有一定之格。其與歌行异體,可一望而知。如此一段詞,其煞尾突然而止,全不照應。其意態詞氣,大似今之鼓兒詞,與他處之泛着詩篇云"有詩爲證"者异。明此一段詞爲説話人所唱之詞。此其一。凡話本説白中所着唱詞,其作用有二:一爲重複咏嘆。此類詞但將上一段白所説之事編爲歌詞,約略重述之。此以聲論雖亦屬不可少,以文論則可有可無。設有人欲易詞話爲散文小説,於此類詞可徑去之。以詞與白所述皆是一事,弃之固無妨也。一爲叙事。此類詞非重述上文,乃承上一段白之後而别有所述,其下一段白即承此一段詞言之。此於咏歌之中兼有叙事作用。以聲論固屬不可少,以文論尤屬不可少。設有人欲易詞話爲散文小説,必須將此類詞譯爲散文,始與上下文密合無間,否則詞意不相屬。以其承上啓下,無此詞則文不貫穿也。以李氏藏本水滸言,此一段詞,其上一段白説宋江引兵打祝家莊,至祝家莊前觀看光景。其宋江眼中所見,如門前竪旗一對,旗上書字兩行事,皆在此一段詞中。其下一段白説宋江見旗上所書字大怒云云,乃承此詞而言,不承此詞上一段白而言。設無此詞,則宋江大怒之言爲無根。由此知此一段詞定是舊本原文無疑。此其二。水滸傳舊本之爲詞話,可以是明之。其詞話本今雖不存,得此一證,世之治水滸者於水滸傳本爲詞話之事,或可釋然不復致疑也。

三

水滸傳詞話,在百回本水滸傳前爲百回本水滸傳所自出者,其本應是元書會編本。余爲此説,自謂無大誤。唯今欲説明此事,須先約略説明宋以來水滸傳詞話之編唱情形,(按宋元詞話演梁山濼事者,其話本未必即名水滸傳詞話,今權稱之。)以及今百回本水滸傳與元人水滸傳詞話之關係。今略述其事如下。按:梁山濼故事編唱,至少起於南宋之時。此可以宣和遺事載梁山濼事及三十六人姓名,周密癸辛雜識載三十六人姓名,云“其事見於街談巷語”證之。其北朝之金,當亦有梁山濼故事流行編唱。此雖無顯證,然關漢卿緋衣夢演汴京故事,其末折調笑令曲,即有“比及拿王矮虎,先纏住一丈青”一語。漢卿由金入元,此劇不知作於何時。然觀其曲用梁山濼掌故似以王矮虎一丈青爲夫婦,與今水滸傳同;是梁山濼故事流傳已久,故漢卿習而用之。則梁山濼事在金,固應早流傳編唱矣。如余所説不誤,則水滸故事當宋金之際,實盛傳於南北。南有宋之水滸故事,北有金之水滸故事。其伎藝人之所敷演,雖不必盡同,然必不至全异其趣。以梁山濼故事本發生於北方;南人所説,與北同源;且其時南北雖劃爲二國,而交通往還,平時本無間阻,其伎藝人奏伎亦往往相通也。及元平金宋,南北混同。其時梁山濼故事之在南北,當亦因政治之統一而漸成混合之象。南人説梁山濼故事,可受北人影響。北人説梁山濼故事,亦可受南人影響。故水滸故事,源於北宋,分演於南宋金源,而集大成於元。以本論,水滸傳詞話不唯有宋本,且有金本。至元乃更有元本。元時所行水滸傳詞話,當不衹一本。其諸本内容,亦不必盡同。唯此諸本(宋金本在元時重刊者除外)其文應較宋金本爲繁。以其説承宋金之後,當奄有宋金之長;且水滸故事續演於元百年之間,其事除沿襲宋金者外,仍當遞有增飾也。元本水滸傳詞話,今無一存者。然明嘉靖前舊本水滸傳,其本必自元詞話出。明嘉靖前舊本水滸傳今亦不可見。然今行百回本水滸傳,其本應自嘉靖本出。由元本水滸傳詞話至今行百回本水滸傳,其中間當有幾許變化。然今行百回本水滸傳,除删去若干唱詞不論外,其叙事白文中當有不少元本詞話原文,則可斷言也。讀者如疑吾言爲不可信,請引李氏藏百回本水滸傳證之。此本第二十二回記宋江事云:

> 且説宋江他是個莊農之家,如何有這地窨子?原來故宋時爲官容易,做吏最難。爲甚做吏最難?那時做押司的但犯罪責,輕則刺配遠惡軍州,重則抄扎家産,結果了性命。以此預先安排下這般去處躲身。又恐連累父母,教爹娘告了忤逆,出了册籍,各户另居,官給執憑公文存照,不相來往。却做家私在屋裏。宋時多有這般算的。

此釋宋人作吏事,稱宋爲故宋。明是元人語。其證一。第三十八回記宋江配江州與戴宗相見事云:

> 説話的,那人是誰?便是吴學究所薦的江州兩院押牢節級戴院長戴宗。那時故宋時金陵一路節級,都稱呼家長。湖南一路節級,都稱呼院長。

此釋院長二字,稱宋爲故宋。明是元人語。其證二。又此本第八

回記林冲事,云林冲刺配滄州,其防送公人爲薛霸。薛霸登程前,在家有酒保來云:

董端公,有一位官人在小人店中請説話。

釋云:"原來宋時的公人都稱呼端公。"此但言宋,不言故宋。然玩其詞意與他處故宋者同,可斷爲元人語。其證三。以此三事推之,知今百回本水滸傳,其文雖踳駁不純,然其中猶有不少元詞話原文。其祖本爲元人詞話實無可疑也。

何以知元人詞話爲書會所編也?按:書會二字,在今李氏藏本百回水滸傳凡兩見。其一在第四十六回。此回記石秀殺奸僧事,云僧死後蘇州好事子弟做成一調嘲之。其詞爲"叵耐秃囚無狀"云云。此調後更附一詞。此詞前有白文一行記撰曲始末,則云:

後來書會們備知了這件事,拿起筆來,又做了這隻臨江仙詞。

其詞爲"淫行沙門招殺報"云云。此處載詞二首,云其一爲好事子弟所編,其二爲書會所編。實則二詞如出一手,如第二首爲書會所編,則第一首亦必爲書會所編。書會製詞,乃本書中記事之語,因不足以爲是書出書會之證。然叙事而及書會,其暗示吾人者則爲:方書會先生編是回書時,兼製此詞,則不覺將書會二字入文也。其二在第九十四回。此回記宋江討方臘復秀州,盧俊義復湖州,柴進做間諜等事。其頭緒甚繁。説話人於此處提醒觀衆,作疏解語云:

看官聽説,這回話都是散沙一般,先人書會流傳,一個個都要説到。衹是難做一時説,慢慢敷演,關目下來便見。看官衹牢記關目頭行,便知衷曲奥妙。

此一段話與第四十九回"解珍解寶越獄"篇篇首所附疏解語同:

說話的,却是甚麽計策?下來便見。看官牢記,這段話頭原來和宋公明初打祝家莊時一同事發。却難這邊說一句,那邊說一回。因此權記下這兩打祝家莊的話頭,却先說那一回來投入夥的人。"乘機會"的話(吴用語),下來接着關目。

此皆說話人當場繳代語也。說話人當場繳清關目,而云其話是先人書會流傳。則其所據話本出於書會,實毫無可疑。水滸傳詞話之本爲書會編本,於此豈不得一明證乎?

四

余謂水滸傳詞話爲百回本水滸傳祖本者,其本是元時書會所編。其言似非無據。

唯當下有一事應問:即元百年之間,書會所編詞話當不衹一本。此水滸傳詞話爲明刊百回本水滸傳祖本者,應是何時書會所編之本乎?又有一事應問:即元時書會遍於諸路,當時南北當各有詞話演梁山濼故事。此水滸傳詞話爲明刊百回本水滸傳祖本者,應是何處書會所編之本乎?此二事甚重要,不可不講求明白。余今更據個人所見述其梗概如左:

元水滸傳詞話爲明百回本水滸傳祖本者,余疑其本係元末南方書會所編。何以明之?余前言水滸詞話宋有宋本,金有金本,元有元本。宋本所演與金本必不盡合,以國异也。元本所演與宋本金本亦必不盡合,以時异也。同一元本,其所演事亦不必盡合。以元本有自金本出者,有自宋本出者,其系統不同;且百年之間遞有演變,其事當增於舊也。宋本與金本如何不合,今無可考。元本與宋本不合,可以今所見元人雜劇演水滸故事者,與宣和遺事比較而知之。元本與元本不盡合,可以今百回本水滸傳所載梁山泊頭領事其文疑似原文者,與元人所演水滸故事劇比較而知之。今舉晁蓋宋江事爲例:

孫楷第

元人演水滸故事之劇,其本易得易見者今有五劇:曰高文秀黑旋風雙獻功,曰李文蔚燕青博魚,曰康進之李逵負荊,曰李致遠還牢末,曰無名氏争報恩。争報恩宋江白無實事,今不取。其雙獻功、燕青博魚、李逵負荊、還牢末四劇,宋江上白皆述行迹。宋江與晁蓋事,在此諸白中約略可見。今録其文於左:

雙獻功第一折

(宋江上云)某姓宋名江,字公明,綽號及時雨。幼年曾爲鄆州鄆城縣把筆司吏。因帶酒殺了閻婆惜,被告到官,脊杖六十,迭配江州牢城。因打此梁山經過,有我八拜交的哥哥晁蓋知某有難,領僂儸下山,將解人打死,救某上山。就讓我第二把交椅坐。哥哥晁蓋三打祝家莊身亡。衆兄弟拜某爲頭領。……寨名水滸,泊號梁山。①

燕青博魚第一折楔子

(宋江上云)某姓宋名江,字公明,綽號順天呼保義。曾爲濟州鄆城縣把筆司吏。因帶酒殺了閻婆惜,一脚踢翻燭臺,燒了官房;被官拿某到官,脊杖了六十,迭配江州牢城軍營。因打梁山經過,遇着晁蓋哥哥,打開枷鎖,救某上山。就讓第二把交椅坐了。不幸哥哥晁蓋三打祝家莊中箭身亡,衆兄弟就推某爲首。②

李逵負荊第一折

(宋江上云)某姓宋名江,字公明,綽號順天呼保義。曾

① 本段文字(自“的哥哥晁蓋知某有難”起)因原報刊脱損,據孙楷第《水滸傳舊本考——由高陽李氏藏本百回本水滸傳推測舊本水滸傳》(《圖書季刊》第3卷第3~4期,1941年12月,第199頁)補。

② 本段文字(自“姓宋名江”起)因原報刊脱損,據孙楷第《水滸傳舊本考——由高陽李氏藏本百回本水滸傳推測舊本水滸傳》(《圖書季刊》第3卷第3~4期,1941年12月,第199~200頁)補。

爲鄆州鄆城縣把筆司吏。因帶酒殺了閻婆惜,迭配江州牢城。路經這梁山過,遇見晁蓋哥哥救某上山。後來哥哥三打祝家莊身亡,衆兄弟推某爲頭領。①

還牢末第一折楔子

(宋江上云)我乃宋江是也,山東鄆城縣人,紡年爲把筆司吏。因帶酒殺了娼妓閻婆惜,迭配江州牢城。路打梁②山泊經過,有我結義哥哥晁蓋知我平日度量寬洪,讓我坐第二把交椅。哥哥三打祝家莊身亡之後,衆兄弟讓我爲頭領。

此四劇所載宋江白、江上場自述個人經歷以及與晁蓋關係,其語皆同。知此四劇宋江白所言宋江晁蓋事,乃當時人習聞共知之事。其事口耳相傳,已成定論。故高文秀四人撰劇,於此皆不敢違异。(此説胡適之先生水滸傳考證已先發之。)按:曲家演梁山濼事,可任意拈一事,乃不成系統者。説話人説梁山濼事,當具始末,乃成系統者。然則此高文秀等四劇所引宋江晁蓋事,當出於詞話無疑也。

此四劇作者,高文秀、康進之、李文蔚皆見録鬼簿上卷。凡録鬼簿上卷所録,大抵爲延祐以前人。其每人所值時代,今雖不能一一詳考,然如高文秀,録鬼簿稱其人"在都下號小漢卿",則文秀於關漢卿爲後輩,當是元貞大德間人。(漢卿入元甚久,胡適之先生有考證。)李致遠名見楊朝英選朝野新聲、太平樂府及正音譜。今太平樂府前有至正辛卯鄧子晋序,辛卯乃至正十一年。知李致

① 本段文字(自"姓宋名江"起)因原報刊脱損,據孙楷第《水滸傳舊本考——由高陽李氏藏本百回本水滸傳推測舊本水滸傳》(《圖書季刊》第3卷第3~4期,1941年12月,第200頁)補。

② 本段文字(自"我乃宋江是也"起)因原報刊脱損,據孙楷第《水滸傳舊本考——由高陽李氏藏本百回本水滸傳推測舊本水滸傳》(《圖書季刊》第3卷第3~4期,1941年12月,第200頁)補。

遠至少當生於至正以前,或竟是元中葉之人。然則此四人劇引宋江晁蓋事,其所據詞話當是元中葉傳唱本,似亦無可疑也。

以元劇引宋江晁蓋事勘宣和遺事。遺事稱宋江爲鄆城縣押司,其舊相識妓閻婆惜與吴偉打暖,不睬宋江。江忿而殺之。鄆城縣巡檢領弓手去宋公莊上捉江,而江已逃匿九天玄女廟中,根捕不獲。與元劇稱"江殺婆惜燒官房,被捕到官,脊杖六十,配江州牢城"者不同。遺事又稱江逃避後旋糾合朱同、雷横、李逵、戴宗、李海(即他書之李俊)等九人,投梁山濼尋晁蓋。及至梁山,晁蓋已死。時吴加亮、李進義(即他書之盧俊義)方爲首領。江至,以得天書事告。加亮等乃共推江爲首領。云云。與元劇稱"江配江州,路經梁山。晁蓋知其事,因劫殺公人救江上山。江入夥坐第二把交椅。其後晁蓋三打祝家莊,中箭身亡。衆兄弟乃共推江爲首領"者又不同。此元中葉水滸詞話與南宋詞話之不同也。

以元劇所載宋江、晁蓋事勘今百回本水滸傳。今百回本水滸傳稱:江殺婆惜後,畏罪逃之滄州,依柴進。旋赴白虎山,依孔太公。又赴清風寨,依花榮。其抵清風寨前,則有遇燕順之事。抵清風寨後,則有鬧青州降秦明、黄信之事,又有對影山收吕方、郭盛之事。與俱投梁山。中路,江潛返鄉,爲軍校偵知,緝捕到官。脊杖二十,配江州牢城。云云。江殺婆惜後配江州前,其間有許多事端,此皆元中葉詞話所無者。以元劇載江事,但云江殺婆惜,燒官房,被捕到官,決杖六十,配江州牢城;無江殺婆惜後逃走,復潛還家被捕之事。其語直截明白,固非記江州事有所省略也。又稱:江配江州,路經梁山,晁蓋等勸之入夥,不許,竟之戍所。在江未抵江州前,有逢李俊、穆弘、穆春及張横之事。抵江州後,有逢戴宗、李逵、張順之事。又有吟反詩、劫法場、白龍廟小聚會之事。此等事亦爲元中葉詞話所無。以元劇記江事,但云江配江州,路經梁山,晁蓋劫殺公人迎江入山,使坐第二把交椅;無江赴江州之事。其語明白，亦非有所省略也。又稱：江在江州遇救後，上梁山。還家迎其父，又爲軍校偵知。江匿九天玄女廟中得免。晁蓋等來迎江，擊退士兵。自是江入山始爲頭領。江匿九天玄女廟中事雖見宣和遺事，然元中葉所唱①詞話似無其事。以元劇記江殺婆惜後即被捕，不得更着江匿九天玄女廟中事也。

按：以上所舉宋江事，見今百回本水滸傳者，疑皆舊本詞話原文。請以三事證之。今百回本水滸傳記江事有極不合理者：如記江大鬧青州後，忽接家書回鄉；大鬧江州後，又親回鄉迎其父。江雖悍，亦不肯出此。此殆編者采衆本而爲書，欲記江游清風寨前後諸事，則不得不云江亡命江湖。欲記江配江州諸事，則不得不使江還鄉受縛。不肯捨舊説江匿九天玄女廟中事，則又不得不使江還鄉被迫逃匿。此緣編輯時不暇潤色，故文不周密如此。然今百回本水滸傳記江事，唯此等爲疵眚。其餘諸事，大抵詳密可觀，文筆亦勝。尤以記江配江州始末一段（自第三十六回逢李俊起，至四十一回取無爲軍止），最爲勝文，絶非明中葉人所能措手者。明此諸回爲詞話原文。其證一。宋元人演唱詞話，每説一事皆因事立題，所謂話題也。話題於開話時道出，亦於臨了時道出。今百回本水滸傳第十六回記晁蓋等劫生辰綱事了，釋云："這個唤做智取生辰綱。"此繳代題目也。第四十回記梁山濼諸頭領劫法場後，擁宋江至白龍廟，釋云："這個唤做白龍廟小聚會。"小聚會與忠義堂受天文大聚會相映。此亦繳代題目也。余所見明本小秦王詞話，其諸回中記事亦有臨了繳清題目之例。知今百回本水滸傳着此等語，實是舊本詞話應有之體。明爲詞話原文。其證二。

---

① 本段文字（自"也。以元劇所載宋江、晁蓋事勘今百回本水滸傳"起）因原報刊脱損，據孙楷第《水滸傳舊本考——由高陽李氏藏本百回本水滸傳推測舊本水滸傳》（《圖書季刊》第3卷第3～4期，1941年12月，第201頁）補。

余前云今百回本水滸傳中,間保存元人口吻,曾舉三例證之。其第一例在第二十二回,所演乃宋江殺閻婆惜畏罪逃避事。第二例在第三十八回,所演乃宋江配江州後與戴宗相會事。明江殺閻婆惜後亡命及配江州等事,乃元人詞話原文。其證三。據此三證,可知今百回本水滸傳所記宋江事,自殺閻婆惜起至取無爲軍止,其中間諸事大抵爲元人詞話原文。顧以元劇所記江事核之,其差別乃至巨。此元本詞話與元本詞話之不同也。

更以晁蓋事考之。元劇記晁蓋事,云晁蓋三打祝家莊中箭身亡。據百回本水滸傳,晁蓋乃未參加祝家莊之役,晁蓋實於打祝家莊後若干時因打曾頭市中箭身亡。同爲中箭身亡,而其事乃大异。按:宣和遺事云,宋江殺閻婆惜,逃之梁山尋晁蓋,其時晁蓋已亡。此記晁蓋亡時最先。元劇言江上梁山時,晁蓋尚儼然爲首領,以副座俾江。其後三打祝家莊始中箭身亡。此記晁蓋亡已移後。今百回本水滸傳則言江三打祝家莊時,晁蓋尚未亡。其後打曾頭市,始中箭身亡。其記晁蓋亡更移後。由此知晁蓋之亡,自宋以還其時逐漸移後。其可悟話本産生之時不同,其記事亦不同。然果如今百回本水滸之説,則以晁蓋之儼然爲梁山濼主,自四十二回宋江上山至五十九回鬧西岳華山,此十九回中乃毫無晁蓋事迹,甚不合理。(金聖嘆批宋江權詐竊晁蓋之柄説即由是而起。)倘依元劇晁蓋説,姑承認今百回本水滸傳所記宋江打祝家莊始末即元中葉所傳晁蓋打祝家莊始末;則晁蓋打祝家莊,其事由楊雄、石秀之亡命,燒祝家莊房舍;楊、石之亡命,由於在薊州殺人。自四十四回楊雄遇石秀起,至五十回三打祝家莊止,此一段事迹皆涉晁蓋,以晁蓋爲主。則宋江上山後不久,即有晁蓋打祝家莊之事。蓋死而江代之,故祝家莊以後事皆涉宋江,以宋江爲主。如此紀事,不唯鬧江州後晁蓋不寂寞,且亦深得事理也。况詞話後出之本,其本如非節本,其所演故事大抵視舊本爲繁。以其事增於前，故內容因而豐富；以其貪多騖廣，不暇持擇，故文字亦不免齟齬。水滸傳之着晁蓋打曾頭市故事，其一例也。然今百回本水滸傳晁蓋打曾頭市一節，其文似尚非明中葉人所爲。且晁蓋打曾頭市身亡後，即有吴用賺盧俊義，張順水上報冤，時遷燒翠雲樓等事。俊義上梁山，副宋江，旋即立功，爲晁蓋報冤。其事與晁蓋相關涉。今百回本水滸傳所載吴用賺盧俊義等事，審其文斷非明中葉人所爲；則今百回本水滸傳所載晁蓋打曾頭市事，疑亦舊本詞話原文。顧以元劇所記晁蓋事核之，其事之相乖异乃如此。斯又元本詞話與元本詞話之不同也。

高文秀等撰雜劇所引宋江晁蓋事，余斷定出於元中葉所傳水滸詞話。以所引核今行百回本水滸傳，其事大异。以詞話後出本多事增於舊例之，則今百回本水滸傳所祖詞話①，疑是元末編本。余爲此説，其所持理論似非不可通者。唯今百回本水滸傳所載宋江事，與元劇所引江事相去太遠。自元中葉至末造，數十年間，而宋江故事繁興如此，雖非不可能，但推究其故完全以爲由於時代之演進，恐尚不足以饜人意。余意元末水滸故事之繁興，除時代關係外，應尚有地方關係。其地方關係爲何？即今百回本水滸傳所祖詞話，應是元末南方書會編本；其本應從南宋本出，在元時則是南本也。何以知之？以宣和遺事所載宋江事，與元劇所引宋江事距離較遠；與今百回本水滸傳所載宋江事距離較近知之。遺事載宋江殺閻婆惜後，匿九天玄女廟中，得天書。帶領朱同、雷横、李逵、戴宗、李海等九人直奔梁山濼。此謂宋江逃走曾糾集多人入山。元劇則謂江配江州，路經梁山，爲晁蓋所救。此大不合。

① 本段文字（自"滸傳所載吴用賺盧俊義等事"起）因原報刊脱損，據孙楷第《水滸傳舊本考——由高陽李氏藏本百回本水滸傳推測舊本水滸傳》（《圖書季刊》第3卷第3～4期，1941年12月，第202～203頁）補。

今百回本水滸傳有江殺婆惜逃走事，亦有配江州事，似調停舊本异説。然元劇載江配江州，實未抵其地。今百回本水滸傳，則謂江實至江州；且因配江州之故，得結識若干英雄。如在揭陽嶺所逢李俊，即遺事之李海。在江州所識李逵、戴宗，與遺事所載人名正同。此三人於鬧江州後皆隨江上梁山。此可謂與遺事大致相合。則百回本水滸傳所祖詞話，應從南宋本出。緣其本與南宋本同一系統，故其記宋江此事尚與遺事大致相合。緣元末去南宋已遠，故其記他人他事與遺事不能一一全合。然由其合者觀之，則知其與宋人所説近，與元中葉人所説遠。其本應是元末南本，淵源於宋人詞話，實無可疑也。至高文秀四人劇引宋江事所據詞話，余疑爲元中葉所傳北本詞話。余所持理由甚簡單：以録鬼簿載高文秀爲東平人，李文蔚爲真定人，康進之爲棣州人，皆北人。其所據詞話應是北本。北本水滸詞話應從金本出，與宋本詞話不同系統，故所説與今百回本水滸所祖南本詞話异也。余前謂元混一南北，南人所唱詞話亦可受北人影響。今百回本水滸傳所祖詞話是南本。其所演水滸事，亦有采自北本者否？曰：有！其事爲何？余疑即三打祝家莊事是也。晁蓋三打祝家莊身亡事，見於元劇稱引。遺事謂宋江上梁山尋晁蓋，晁蓋已死。明宋人詞話無三打祝家莊事。今百回本水滸傳有三打祝家莊事，然其事屬宋江，不屬晁蓋。蓋所祖南本詞話，本有晁蓋打曾頭市身亡之説，後據北本增祝家莊事，兩事并存，則打祝家莊事不可屬晁蓋，故以宋江易之。其以宋江易晁蓋雖與北本异，而其事出於北本實無可疑。至今百回本水滸傳中載楊雄、石秀事，本爲打祝家莊先聲，則楊雄、石秀事或亦出於北本也。以是言之，則今百回本水滸傳所祖詞話，以宣和遺事所載宋江事徵之，知爲南本。以元曲引晁蓋事徵之，知爲兼采北本。語其編纂之時，則應在元末。其編纂之人，明人所傳有羅貫中與施耐庵説。貫中太原人，曾客浙江。施耐庵或以爲即施惠。惠錢塘人。此二人皆元末人,以水滸詞話編纂之時言之,固可謂相當。然求之於百回本水滸傳,其昭示吾人者,僅爲“先人書會流傳”一語。故以水滸傳本文論,祇能認爲書會所編。水滸詞話如與施、羅真有關係者,亦緣施、羅曾加入書會,刻書者因徑題施、羅之名。實則書會乃文社。施、羅如與水滸詞話有關,亦不過以社員資格從事編纂,不得獨擅其名也。

今百回本水滸傳所祖詞話,余以水滸傳本文與宋元傳來之晁蓋、宋江事參互比較,知爲元末南本。其説如上。抑此詞話之爲南本,不唯徵之於故事而已,即以語言論,亦有可徵者焉。凡詞話小説編纂,雖例用通行常語,然其爲北人所編者,則其中不免有北方方言;其本爲南人所編者,則不免着南方方言。曹霑北人,嘗至江南。而其編石頭記,其吐詞則純是北京語。文康北人,嘗官江南。而其編兒女英雄傳,其吐詞亦全是北京語。此小説地方性之不可否認者也。吴承恩之爲山陽人,則西游記多着淮安方言。吴敬梓之爲全椒人,則儒林外史多着滁州方言。此又小説地方性之不可否認者也。以今本水滸傳言,其行文所用語言,雖是宋元間習語,其描摹北人雖亦肖其口吻,然而細察之,其中實摻雜不少南方俚語歌謡。且此等俚語歌謡,以今考之,確帶有地方性,非可通用於北方者。故余疑舊本水滸傳詞話爲今百回本所遥自出者,其本應編於南方,决非北方人揣摹肄習之本。請以今百回本水滸傳證之。李氏藏本第二十五回載鄆哥嘲武大事云:

> 鄆哥道:我前日要糴些麥稃,人都道你屋裏有。武大道:我屋裏又不養鵝鴨,那裏有這麥稃?鄆哥道:你説没麥稃,怎地餞得肥胮胮地,便顛倒提起你來也不妨,煮你在鍋裏也没氣!武大道:我的老婆又不偷漢子,我如何是鴨?

據此知鴨是惡語。婦不貞,則譏其夫爲鴨。其爲是語,定方言也。顧以鴨喻人之帷簿不修者,是何處方言?魯迅先生曾據宋莊綽鷄

肋編釋爲兩浙方言。原文當民國十三四年頃曾載語絲(忘是第幾期)。余於魯迅先生文已不能記憶,今但引綽言於左:

> 浙人以鴨兒爲大諱。北人但知鴨作羹,雖甚熱亦無氣。後至南方,乃知鴨若祇一雄則雖合而無卵,須二三始有子。其以爲諱者蓋爲是耳,不在於無氣也。(鷄肋編卷中)

據此知諱鴨是浙俗。今百回本水滸傳所載武松殺嫂、十字坡、快活林、鴛鴦樓等事,定是詞話原文。據小説,松兄弟是北人;以上所舉松遭遇之事亦無一不在北方。詞話説北事而忽着浙語,其編纂必在南方可知也。然今百回本水滸傳之着南方語,尚不祇此一處。以余所知,他篇尚有其例。如第一回記高俅事云:

> 高俅無計奈何,祇得來淮西臨淮州,投奔一個開賭坊的閑漢柳大郎,名唤柳世權。他平生專好惜客養閑人,招納四方乾隔澇漢子。

漢子是賤稱,見陸游老學庵筆記(卷二)。"乾隔澇"三字費解。余按清光緒二年鄞縣志卷七十三方言篇有瘑疕,釋云:

> 集韵:瘑疕,疥病。蜀語:疥瘡曰瘑疕。音果老。土音作格澇。

鄞志所云土音,即寧波土音。然此語實不限於寧波。余詢之浙人,知杭州紹興皆有之。蓋是浙中通行語。又鄞志所引蜀語,當是李實蜀語。今蜀人謂疥曰乾瘡,又曰乾格澇。然則格澇、乾格澇,均是方言目疥之詞。此作疥解之乾格澇,必即水滸傳之"乾格澇"。蓋以疥喻小人,謂其行爲不檢如疥之不潔也。此乾格澇一詞,北方無之。知是南方語。水滸傳高俅遭際端王一段,據清王士禎考,是高俅實事。今審其文,亦確是詞話原文。其云高俅未發迹時,曾依柳世權於臨淮州,不知是實事否?然即如其所説,宋之臨淮在今安徽北境,地亦近北方。詞話記北人北事,而忽用南方語。此又詞話編於南方之證也。又如第二十四回載王婆對西門慶語云：

老身爲頭是做媒，又會做牙婆，也會抱腰，也會收小的，也會説風情，也會做馬泊六。

今按馬泊六乃吴語。清褚人穫堅瓠集廣集卷六馬泊六條云：

俗呼撮合者曰馬泊六，不解其義。偶見群碎録，北地馬群每一牡將十餘牝而行，牝皆隨牡，不入他群。故稱婦曰媽媽。愚合計之，亦每百牝馬用牡馬六匹，故稱馬泊六耶？一説：馬交必人舉其腎納於牝馬陰中，故云馬泊六。蟻亦不入他群，故曰馬蟻。

人穫釋馬泊六得名之由甚附會。但馬泊六爲吴語目撮合人之稱，可由人穫此條知之。以人穫長洲人，所稱俗語，定是吴語也。今百回本水滸傳不唯有吴語，尚有吴歌。如第六回記魯智深遇道人丘小乙事，載小乙嘲歌云：

你在東時我在西，你無男子我無妻，我無妻時猶閑可，你無夫時好孤凄！

此歌載褚人穫堅瓠集癸集卷三吴歌條。其言曰：

吴歌惟蘇州爲佳，往往得詩人之體。如"月子彎彎"之歌，瞿宗吉采以爲詞，葉文莊載之水東日記。他如"送郎八月到揚州，長夜孤眠在畫樓；女子拆開不成好，秋心合著却成愁"。此賦體也。而黄山谷之詞先有之。又"約郎約到月上時，看看等到月蹉西；不知奴處山低月出早，還是郎處山高月下遲?"此詞雖屬淫奔，然怨而不怒，愈於鄭風狂童之訕。又"你在東時我在西，你無男子我無妻；我無妻時猶閑可，你無男子好孤凄！"此賦體也。

人穫引"你在東時我在西"一歌，非采自水滸，乃據當時流行吴歌書之甚明。水滸王婆説風情一段，其事雖褻，而其文最勝，定是詞話原文。魯智深遇丘小乙一段，亦不似明中葉人筆墨，疑亦詞話原文。且據小說，此二事發生俱在北方。詞話說北人北事而忽着吴語吴歌，此又詞話編於南方之證也。

今百回本水滸傳，其文拟是詞話原文者；中有吴越土話，余取以爲舊本水滸詞話編於南方之證。聞者或疑吾言之未的，曰：此亦可云北人編唱詞話偶着南方語，何以必云詞話編於南方乎？余曰：不然。北人編詞話，固將向北人演説者。如詞話所說爲南人事，或可戲肖其語。余所舉水滸諸條，所記皆北人北事。設此諸條其文本爲北人所編者，殊無故意用南方語之必要。唯其編於南方，故說北事往往於無意中用南方語。且亦不虞聽者之不易曉也。按：水滸故事，當宋金時代，當分演於南北。其行於北朝者，自當用北語，今勿論。其行於南朝者，以臨安論，其時中原士夫雲集行在，即百工伎藝亦往往渡江而南，於行在覓生理。臨安之說水滸故事者，有北人，當亦有南人。北人說水滸，其始當用北語。久之，亦雜以南語。南人說水滸，其說北人北事，或亦間效其口吻，如其風俗；然其叙說，無意中必雜以南語。如是水滸詞話之在南朝，當因北人寓南及南北人雜處之故，積漸成爲南北語言混合之文學。不唯語言也，即描寫居處習尚，亦兼南北而爲言。今之水滸傳可徵也。及元之混一宇内，南本水滸詞話，當承宋本詞話而遞有發展。其故事當增於舊而屢變其面目。其兼采南北語以及兼采南北風俗習尚而爲書，當與宋同。以時勢雖异，其爲南人所說則一也。以是言之，則今百回本水滸傳，其文之着吴語、越語者，居今日而言，固不能指爲何時所加，謂其語沿宋本詞話之舊也可（宣和遺事記梁山濼事一段，係從詞話節出者，故其事粗具崖略，其文亦不繕完。其所載但可代表南宋時流行梁山濼故事，而不能代表南宋時梁山濼詞話）；謂其語係元時南本詞話新增者，亦可。要之，今百回本水滸傳既有着吴語、越語之例，可斷其所祖詞話係南本而非北本。今行百回本水滸傳，以文論非純粹南方文學,亦非純粹北方文學。其書底本固不可謂純屬北客寓南者所作;亦不可云純屬南人所作,乃自南宋以來南方書會遞相傳授肄習之本。其最後成書,當在元末。其易詞話本爲説散本,似在明化、治之後正、嘉之前。今行百回本水滸傳,當自明嘉靖時郭勛本出。郭本當自嘉靖前舊本出,此舊本似已非詞話。余爲此説,不敢云一一盡是。然去事實或不甚遠也。

水滸本子,自宋金至元末爲詞話時期。自明中葉以還迄於明季,爲説散本通俗演義時期。今明其始末,更爲一表如左:

宋本—元南本—┐元末南本—明嘉靖前説散本—明
金本—元北本—┘郭勛本—今行諸百回本

(刊載第二十五、二十六、二十七期,民國三十年七月五、十二、十九日)

案:經訂正,改題名"水滸傳舊本考——由高陽李氏藏本百回本水滸傳推測舊本水滸傳",刊載《圖書季刊》第 3 卷第 3 ~ 4 期,1941 年 12 月,第 193 ~ 207 頁。後題"水滸傳舊本考——由明新安刊大滌餘人序本百回本水滸傳推測舊本水滸傳",收入孫楷第《滄州集》上册(北京:中華書局,1965 年 12 月),第 121 ~ 143 頁。

柳 存 仁

（1917.8.12—2009.8.13）

初名存仁，字雨生。曾用名柳雨生。筆名雨生。生於北京。1939年畢業於北京大學國文系，獲文學士學位；曾獲倫敦大學榮譽文學士、哲學博士及文學博士學位。任澳大利亞人文科學院首届院士、英國及北愛爾蘭皇家亞洲學會會員。曾任澳大利亞國立大學中文講座教授、亞洲研究學院院長，退休後被選爲名譽教授及大學研究員。1966年至1989年間擔任哈佛燕京學社、哥倫比亞大學、夏威夷大學、巴黎大學、香港中文大學中國文化研究所、馬來亞大學、早稻田大學、新加坡大學、新西蘭渥克蘭大學的訪問教授。中文著述主要有《和風堂文集》、《和風堂新文集》、《中國文學史》（臺灣1982年2月初版）、《道教史探源》等；英文著述主要有：*Buddhist and Taoist Influence on Chinese Novels*, *Chinese Popular Fiction in Two London Libraries*, *Selected Papers from the Hall of Harmonious Wind*, *New Excursions from the Hall of Harmonious Wind*。參見《古今》雜志第10期（1942年11月）柳存仁《談自傳》，文後附録“作者略傳”。

雨生未刊小品

一、游仙窟作者

張文成傳見新唐書卷一六一及舊唐書卷一四九張薦傳内,然不甚詳。宋桂萬榮棠陰比事卷下,文成括書條云:“唐張鷟爲河陽尉,有吕元詐作倉督馮忱書盗糶倉粟。忱不認,而元執之堅。張乃取元告牒括兩頭,惟留一字,問是汝書?元曰:非。去括即是元牒,先决五十。又括詐爲馮忱書内二字以問之,乃曰是。及去括,即詐書也。元於是服罪。”張鷟搜鞍條云:“唐張鷟字文成,爲河陽縣尉。有客驢繮斷,并鞍失之。捕急,盗乃夜放驢出而藏其鞍。尉遂令客勿秣驢,夜放之,驢尋向喂飼處去。乃令搜其家,於積草下得之,人服其智。”頗可補史傳之闕。兩唐書劉子玄傳載武后革命,濫授人官,部下有車載斗量之諺,惟泛言之。諺亦鷟所爲,見容齋四筆卷十一。

二、拗相公

繆筱珊烟畫東堂小品有京本通俗小説七種,拗相公爲卷第十四,記王荆公以使相判江寧府,其新政青苗保甲助役保馬均輸大不便民,道路皆有題壁,民間呼爲拗相公。案,桯史卷九金陵無名詩云:“熙寧七年四月,王荆公罷相,鎮金陵。是秋,江左大蝗。有無名子題詩賞心亭曰:‘青苗免役兩妨農,天下嗷嗷怨相公。惟有蝗蟲感恩德,又隨鈞旆過江東。’荆公一日餞客至亭上。覽之不悦。命左右物色,竟莫知其爲何人也。”其時與事正相仿佛。陳文東曰:“或傳是劉貢父題其行李中枕屏。”亦足備一説。

三、金瓶梅詞話

金瓶梅詞話第十八回記李瓶兒改嫁事,不□熱孝録。案,熱孝一辭宋時習俗已有之,周輝清波雜志卷三云:“士大夫欲永保富貴,動有禁忌,尤諱言死。獨溺於聲色,一切無所顧避。聞人家姬侍有惠麗者,伺其主翁屬纊之際,已設計賄牙儈俟其放出以售之,雖俗有熱孝之嫌不恤也。”此與西門慶事相合。

四、唐人小説

唐人小説,宋時多已稱道不置。如洪邁容齋隨筆卷十五,唐詩人有名不顯者條云:“大率唐人多工詩,雖小説戲劇,鬼物假托,莫不宛轉有思致,不必顓門名家而後可稱也。”近人章太炎五朝學原注云:“唐人荒淫,累代獨絶,播在記載,文不可誣。又其浮競慕勢,尤南朝所未有。南朝疵點,專在帝室,唐乃延及士民。就其細者觀之,太平廣記所引南朝小説,奇而近雅,怪不至繆,又無淫佟之言,獨拾遺記爲不類。然本亦興於北土。隋經籍志雜史篇有拾遺録二卷,題僞秦姚萇、方士王子年撰。又王子年拾遺記十卷,題蕭綺撰。是綺特集録其書,竟於南朝無與也。唐人小説半皆妖蠱,文既無法,歆羡榮遇之情,驕淫矜夸之態,溢於楮墨。”固亦别更隻眼者。

五、郭勛

王静安觀堂别集跋雍熙樂府云:“日本毛利侯草月樓書目有雍熙樂府十六卷,明郭勛編。案,勛明武定侯郭英曾孫,正德初嗣侯。”今案,明史卷一百三十郭英傳,英生子鎮等十二人,鎮生珍,珍生昌,昌生良,良生勛。是郭勛非英曾孫,英是勛五世祖可見,且明史有嘉靖十八年勛請以“五世祖英傳事太廟”明文。

（刊載第四期，民國三十年一月廿五日）

案：文中“一、游仙窟作者”部分，修訂本改題“張鷟”，作爲《人物雜談》中一則，收入柳存仁《人物譚》（香港，大公書局，1952年），第203～204頁。

讀“李逵負荆”雜劇

關於李逵的故事，一般的人因爲受了水滸傳小説的影響，幾乎没有一個不能够想像出黑旋風的風采來的。可是，在元曲裏面的李逵，却是活像一個頗有書卷氣息的人。

元代的雜劇用李逵作描寫題材的對象的，根據録鬼簿的紀載，至少有十二本之多。最著名的作家像高文秀，他的關於黑旋風的故事的雜劇，就有八種之多；現在遺存下來的却祇有雙獻功一種。雙獻功的描寫并不十分高妙，不很能够表達出李逵的個性；比較好的則是康進之的李逵負荆。事實上，這兩個雜劇都尚見於臧晋叔的元曲選，并且是現在所存留的僅有的關於李逵的雜劇。

李逵負荆的“本事”，大概許多人早就知道了。大概的情形是，宋剛和魯智恩冒了那梁山泊上的好漢宋江和魯智深的威名，把酒家王林的小姐滿堂嬌給搶劫了。王林很畏懼他們的强暴，却并不知道這兩個是冒牌的好漢。後來，王林得了機會訴説給李逵聽，李逵一聽，當然是義憤填膺的趕回大寨去理論，斫倒了杏黄旗、大鬧了忠義堂的趣劇，就此發生了。這齣劇的關鍵在於錯誤，錯誤本來是任何文學家所喜歡描寫的一種手法，對於人生的關係之重要,也就不言可喻。有的時候,錯誤的結果可以是喜劇式的收場,中國的戲曲多半是采用這種方法的,像本劇和關漢卿的拜月亭,馬致遠的薦福碑,都可以說是這一類的代表。

結果呢,當然負荆請罪又變了大結束的唯一的圈套了。

然而這個雜劇是好的,除了第四折外,前三折都有很有趣味的語句。像第一折開端時的幾曲:

(仙吕宫　混江龍)可正是清明時候,却言風雨替花愁。和風漸起,莫雨初收,俺則見楊柳半藏沽酒市,桃花深映釣魚舟。更和這碧粼粼春水波紋皺,有往來社燕,遠近沙鷗。

這樣的文字當然是容易明瞭的。莫雨,即暮雨,社燕者,以燕春社來,秋社去,故名,此處當和春燕的意思相仿佛。"社"和"社日""春社"意義相關,春社通常約在春三月三日左右,周美成詞所謂"聞知社日停針綫",大家可以作一番春游了。這裏即借作春字解。

(醉中天)俺這裏霧鎖著青山秀,烟罩定緑楊洲。他道是輕薄桃花逐水流,恰便是粉襯的這胭脂透。早來到這草橋店,垂楊的渡口。待不吃呵,又被這酒旗兒將我來相迤逗,他他他舞東風在曲律杆頭。

迤逗,迤即引,含招逗意。酒旗懸挂高竿,杆頭却是彎彎曲曲的,故曰曲律。今日北平口語狀彎曲之物如～～形者,輒曰:曲律拐彎的。曲律拐彎即"曲"字之引長。案,有許多名辭的收尾常加一來母字音,如葫之爲葫蘆,曲之爲曲律均是一類。霧鎖著青山秀,却非南邊人不懂。

(油葫蘆)往常時酒債尋常行處有,十欠着九。則你這杏花莊壓倒他謝家樓。你與我便熟油般造下春醅酒,你與我花糕般煮下肥羊肉。一壁厢肉又熟,一壁厢酒正篘,抵多少錦封未折香先透,我則待乘興飲兩三甌。

花糕般煮了肥羊肉，已有粗鹵脾氣，但究不若水滸小說的手掄板斧的熱鬧淋漓①。"酒債尋常行處有，人生七十古來稀"，本來是杜少陵的詩句，用在這裏倒也算恰當。酒正篘，篘是竹製的濾酒器，篩酒時候用的。杏花莊對了個謝家樓，所謂謝家樓，大約和唐代的名妓謝秋娘的典故無關罷？我以爲李太白登謝朓②樓，"對此可以酣高樓"，用在這裏倒有點兒意思。

再看，李逵聽得了王林的訴求，以爲滿堂嬌果然是被宋江和魯智深所搶，一怒而奔回梁山水泊的描寫。在這個時候，李逵的性格是有充分的流露的，豪邁、鬱悶和憤怒：

> （正宮端正好）抖搜着黑精神，札煞開黄髭髩，則今番不許收拾。俺可也磨拳擦掌，行行裏按不住莽撞心頭氣。

抖搜，搜，宜作擻字。黑精神真是最有趣的傳神語，非黑旋風不能用。札煞，散開也。宋代禪家語録常有"寒毛卓豎""□□沙沙"之語，却是一辭。今日北方方言，尚有頭髮札煞着之語，并非死的語言。行行，行行□行行之意。

> （滚綉球）宋江唻！這是甚所爲，甚道理？不知他主着何意？激的我怒氣如雷！可不道他是誰，我是誰，俺兩個半生來豈有些嫌隙？到今日倒做了日月交食。不争幾句閑言語，我則怕惡識多年舊面皮，展轉猜疑。

> （滚綉球）俺哥哥要娶妻，這秃厮會做媒。原來個梁山泊有天無日。就恨不斫倒這一面黄旗。你道我忒心快，忒心直，還待要獻勤出力，則不如做個會六親慶喜的筵席。走不了你個撮合山師父唐三藏，更和這新女婿郎君，哎，你個柳盗跖，看那個便宜！

---

① 原刊無"漓"字，據上下文義補。

② 原刊此處爲"△"，據上下文義，改爲"朓"字。

再看第二折的叨叨令一段,其天然的語調和俗詞之美,簡直是"前無古人":

> (叨叨令)那老兒一會家便哭啼啼在那茅店裏,他這般急張拘諸的立。那老兒一會家便怒吽吽在那柴門外,他這乞留曲律的氣。那老兒一會家便悶沉沉在那酒甕邊,他這般迷留没亂的醉。那老兒拖着一片席頭便慢騰騰放在土坑上,他這般壹留兀渌的睡。似這般過不得也麽哥,似這般過不得也麽哥,他道俺梁山泊水不甜,人不義。

一會家,一會兒也。急張拘諸,獨立成一辭,急也。這個語辭大概本不是"急張",再附加上其雙聲字"拘諸"而成,因爲急,拘都是見母字,張、諸都是照母字,容易變合。乞留曲律即是氣,迷留没亂即是迷亂,也可不言而喻。土坑,坑字一作炕或匟,是北方屋裏用土砌築的床,坑底可以安放火爐,説出來大概南方人也不容易想像。壹留兀渌,卧也,此四字自成一辭,這辭的形成,很像今日北方話裏的"稀里葫蘆"。過不得也麽哥,我疑心和詞裏面的鷓鴣的聲音行不得也哥哥相像。過字和行字是一樣的,哥哥衹是代表一種聲音,哥、個、價、家均音近。

到了這個時候,宋江衹好帶了魯智深下山,叫王林當面指認。一面又和李逵立下了軍狀,交給軍師吴學究(用),大家用性命來打賭,而李逵的率真處、鹵莽處,也於下面一段黄鐘尾可見。這已是第二折收尾時的曲辭了。

> (黄鐘尾)那怕你指天劃地能瞞鬼,步綫行針待哄誰?又不是不精細,又不是不伶俐。下山寨,到那里,李山兒,共質對,認的真,覷的實,割你頭,塞你嘴。非鐵牛,敢無禮,既賭賽,怎翻悔?莫説這三十六英雄俱是弟兄輩,便跳出你那七代先靈,也將我勸不得?

 指天劃地,大概是指的軍師吴用,笑道士步罡弄鬼也。步綫行針,是譬喻布置周密的意思。李山兒這個名字,僅在曲子裏看到,水滸傳裏没有。

第三折是轉變劇情的樞紐。我們且看李逵怎樣叫宋公明和鎮關西静候着王林的指認,"俺那無情板斧肯擔饒!"尤足見其聲色:

(醋葫蘆么篇)你則合低頭就坐來,誰着你睁眼先去瞧?則你個宋公明威勢怎生豪,剛一瞅早將他魂靈嚇掉了。這便是你替天行道,則俺那無情板斧肯擔饒!

怎生豪,疑當作恁生豪。在元曲選裏,怎、恁、您三字,常易相混淆。

(么篇)誰不知你是鎮關西魯智深,離五臺,纔落草?便在黑影中摸索,也應著。衹被你暴雷一聲,先諕倒。那呆老子怕不知名號,衹見他摇頭側腦費量度。

到後來,像一聲晴天裏霹靂似的,李逵纔知道他的宋大哥和魯智深并不是劫搶那位滿堂嬌的强盜時,他所唱的曲調立刻也改變了驚急的情緒:

(後庭花)打這老子没肚皮,攬瀉藥,偏不的我敦胡蘆,摔馬杓。哥哥道備馬來山寨,羞的您兄弟恰便似牽驢上板橋。惱的我怒難消,踹匾了盛漿鐵落,轆轤上截井索,芭棚下瀽副槽。擲碎了舀酒瓢,砍折了切菜刀。

攬瀉藥之意,猶如包攬,不當管而强出頭。

(雙雁兒)就恨不一把火刮刮撈撈燒了你這草團。瓢將人來險衝倒,氣得咱一似那鯽魚跳。可不道家有老敬老,家有小敬小。

撈,火燒猛烈也。水滸傳林教頭風雪山神廟一回,有"刮刮雜雜",其意正同。

最後的一折是用負荆請罪來做結束和團圓的,這個時候的李

山兒,已經豪氣消磨殆盡了,且看下面一段:

(沉醉東風)呼保義哥哥見責,我李山兒情願餐柴。第一來看着咱兄弟情,第二來少欠他膿血債。休道您兄弟不伏燒埋,由你便直打到梨花月上來。若不打,這頑皮不改。

餐柴,吃棒挨打也,此語□以來已有。不伏燒埋,即不聽處分意。

康進之在元雜劇的作者裏,可以算是第一期的作家。其樸質率真的作風,我覺得李逵負荊這一劇很有提倡欣賞的價值。因爲我不是專門治曲學的人,上面我隨手注的幾條解釋,還更希望讀者們指正。

(刊載第七期,民國三十年二月十五日)

李　若

（生卒不詳）

拍案驚奇源流考之一

明陸粲的"庚巳編"卷二裏有一條"還金童子"故事,是寫一個命運惡劣的童子,因爲不利於主家而被逐,後來因爲他作了一件拾金不昧的善舉,所以"脱胎换骨",由不祥之人一變而成有福之人,承襲了他義父的三品武官。這個故事的情節與"拍案驚奇"卷二十一"袁尚寶相術動名卿,鄭舍人陰功叨世爵"大致相同。恐怕是它的底本。"庚巳編"原文如下:

袁尚寶忠徹居鄉時,其友人家一童子,姿貌韶秀,且性機警,尚寶相之,以爲不利於主,使逐焉。友雖素神其術,然意不忍也。數言之,不得已而聽之。童既去,無所歸,往來食寄於人。一夕宿古廟中,久不寐,見墻角一破衲,中裹黄白約數百兩,欲取之;忽自嘆曰:"我以命薄不得主意,横被遣逐。今更掩有此物,則是不義,天益不容矣。當守之以待失主。"至旦,遂住廟中不去。已而聞哭聲,見一婦人掩涕而來,四顧彷徨。問之。答曰:"吾夫軍也。以事繫獄應死,指揮某者當治之。妾賣家産及假貸遂得金銀若干,將以獻彼。因裹着破衲中,挈之過廟,少憩,不覺遺下。今追尋無得,吾夫分死矣。”童歷問其錠數多少皆合,即舉以還之。婦感激,欲分以謝。不受。遂携去,夫因得釋,念童之德,遍以語人。指揮者聞而异焉。令人訪致之,育於家,年老無子,悦其美慧遂子之。又數年,致仕,此子遂襲職。歸而告拜故主,主嘆曰:“袁君之術,乃疏如此乎?”留之,遲袁至,使仍故服茶而出。袁見之驚起曰:“此故某人耶? 何以至是?”主謬云:“逐出無歸,今又來矣!”袁笑曰:“君無戲我,今非君僕矣,三品一武官也。形神頓异疇昔,豈嘗有善事以致兹乎?”此子爲備述前故,友乃嘆袁術之神焉。

(刊載第五期,民國三十年二月一日)

案:此文以原題曾刊發北平《輔仁文苑》第5輯(1940年11月),第66頁。

趙景深

(1902.4.25—1985.1.7)

出生於浙江麗水,祖籍四川宜賓。字旭初,幼名阿諾,筆名景深、鄒嘯、蔔朦朧、冷眼、露明、陶明志、露明女士、博董等。1922年天津棉業專門學校畢業後,進入天津《新民意報》社,任文學副刊《朝霞》主編。組織緑波社,任社長,編輯《緑波》等。次年加入文學研究會。在湖南第一師範學校教書。1925年到上海,任教於上海大學,兼任立達學園、景賢女子中學教師。主編過《文學周報》第五、六、七卷。先後任教於紹興第五中學、廣東海豐中學。1927年進開明書店任編輯,同時執教於上海藝術大學。1930年起任復旦大學教授至終。同時兼任北新書局總編輯至1951年。先後主編過《文學周報》、《現代文學》、《戲曲》、"滬字號"《俗文學》等刊物與副刊。主要著作《文壇憶舊》《海上集》《中國文學史新編》《小説閑話》《讀曲隨筆》《小説戲曲新考》《文學概論講話》《銀字集》《中國小説叢考》《觀劇札記》《元明南戲考略》《彈詞考證》《讀曲小記》《曲論初探》《明清曲談》《中國戲曲叢談》《〈中國小説史略〉旁證》《民間文學叢談》《元人雜劇鈎沈》《鼓詞選》《明清傳奇選》等,以及論文五百餘篇。

關於吴騷合編和吴騷集——答葉德均先生

德均兄:

你來信説到互校吴騷合編和吴騷集的結果,發現許多亂題作者姓名之處。或者目次與正文姓名不同,或者二書姓名不同,真是荒謬極了。我因此想到,輯曲爲集子是一件頗不容易的工作。元人散曲,已有陳乃乾的元人小令集。鄭振鐸有全元曲的雄圖,惜未實現。明代散曲,最易購得的總集,是任訥的散曲叢刊和盧前的飲虹簃叢書。此外别集是不大容易買到的,也有根本失傳的。陸侃如、馮沅君曾在"南戲拾遺"上説起,他們倆曾輯過"明人散曲十種",惜未刊行。盧前在河南大學教書時,他的學生們也曾輯過"元明散曲七種",已有刻本,惟流傳極少。你現在互校吴騷合編和吴騷集,正也是這種工作的開始。我們自然希望凡失傳的元明散曲都有輯本出現。但如經濟力不够的話,也不妨像你這封通信似的,把目録發表出來吧,像索引那樣的工作,不過使讀者費力一點;但這有何法可想呢!我們既不能使"全元曲""全明曲"的計劃實現,便也衹好自安於索引式的目録了。你既用了兩天工夫,我也陪着你稍作追踪呢。

我把鄭振鐸所印的"南九宫詞"(三徑草堂本)與吴騷集互校,發現二書相同的頗多,大約是吴騷集采用"南九宫詞"的了。因爲"南九宫詞"不録嘉、隆以後的散曲,可説是一部最早的明散曲總集。你説金絡索,初題梁少白,合題常樓居,但南九宫詞(以下簡作南)却題祝枝山。你説畫眉序,吴騷集卷四題古調,合題虞竹西,但南却題劉東生。

其他的不同按照吴騷集的次序如下：六犯宫詞（初：文衡山，南：李日華），二犯桂枝香（初：文衡山，南：秦憲副），以上卷一。好事近（初：沈青門，南：陳大聲），以上卷三。惟南九宫詞多不題姓名，僅作“舊詞”“新詞”“樂府”者也不少。後二者不去管他。所謂新詞，必在嘉、隆以前，至少該是元末明初人的作品了。例如卷二桂枝香作吴崑麓，卷三四塊玉作李東陽，畫眉序作祝枝山，卷四絳都春作王渼陂，梁州序作祝枝山，這五套南九宫詞均作舊詞。

你説吴騷集卷二香遍滿“因他消瘦”作唐伯虎，合編作陳鐸。似以合編作陳鐸爲是。六如居士全集亦收有此套。但全集排歌後附注云：“趙元度啓云：因他消瘦一套，□□見其爲古詞，元末國初人作，非唐先生者。”此話甚是。南九宫詞常采雍熙樂府，可見前者較後者爲晚出。後者此套見卷十六，僅作“幽思”，不題姓名。詞林摘艷亦收有此套。南宫詞紀亦題陳鐸。盧前所刻秋碧樂府，亦收有此套。

説到唐寅，趁便就檢查六如居士全集所收的散套。“因他消瘦”已知應歸陳鐸。其他還有誤收。針綫箱“自别來杳無音信”，初作古調，南作舊詞，可見非唐寅作。榴花泣“折梅逢使”，初作梅禹金。月來高“烟鎖垂陽院”南作古詞。凡此，都至少是可疑的。

吴騷合編中也有六如居士全集所未收的散曲四套：（一）梁州新郎“飛瓊伴侣”。（二）亭前柳“瓶墜寶簪折”。（三）畫眉著皂袍“扶病倚南樓”。（四）新水令“水沈消盡瑞爐烟”。初采（三）作失名。南采（四）作南北詞。

弟，景深。

（刊載第十五期，民國三十年四月十二日）

案：用原題名（删去副標題）收入趙景深《明清曲談》（上海：古典文學出

版社,1957年8月),第146～148頁。

九宫正始與明初傳奇

明初傳奇,今所見者不少,但徐渭的"南詞叙録"中却著録了四十八種。這些種名目,有些固然有刊本流傳,有些就極爲罕見,連名字也不大聽見過了。

前幾年北平發現了鈕少雅的"九宫正始"。陸侃如和馮沅君根據這部書寫了一部"南戲拾遺";我也根據這部書寫了一篇"九宫正始與宋元戲文"。但我們三個人的輯録工作,其著眼點衹在宋元戲文上面,根本不曾對明初傳奇做過一番搜討的工夫。現在我就來補做這一部工作,把"九宫正始"再從頭翻檢一遍。

翻檢的結果,頗有所獲,其中最重要的就是"南詞叙録"中所著録的明初傳奇,竟被我找到四種,那就是:"鄒知縣"、"綉鞋記"、"龍泉記"以及"商輅三元記"。至於"高文舉"和"綱常記"(即"五倫全備"),雖然也有《南詞叙録》的著録,因爲前者有文林閣刊本,後者有世德堂刊本,所以就没有什麽稀罕了。現在把這四種的殘文列在下面。

(一)鄒知縣　卷一録有滴滴金云:"空思煉石補天缺,何用横戈探虎穴?宏開綺席排佳宴,對清秋娱令節。後民怨結。仙寰洞府天地别,不覺時序催迭。"

(二)綉鞋記　卷九録有梁州令云:"雨漆雲膠情意密。記那日分離,這情懷惟有老天知。俺這一個心腸,都做了泪珠兒。""南詞新譜"卷七録有"紅綉鞋傳奇",不知是否即"綉鞋記"。其太平賺云:"風景堪酬,山水畫圖妝就。不飲空歸,桃花笑我還愁。休拖逗。不妨藉草把金杯泛,放開眉皺。一觴一咏,又何須弦管歌謳,另般清溜?”

(三)龍泉記　卷十六有小重山云:“日出旋霄散曙烟,蓬萊宫闕啓,九重天。兩階冠蓋儼如仙。廷試後,還擬聽臚傳。”據“曲品”云:“龍泉”乃沈壽卿作。“曲海總目提要”卷十録有吴大震的“龍劍記”,卷十八録有明本“全忠孝”,又名“龍泉劍”,疑均非是。

(四)商輅　“三元記”有兩種:一種是“馮京三元記”,今存“六十種曲”中,極易得;一種是“商輅三元記”,全本至今不曾發現。鄭振鐸“插圖本中國文學史”云:“‘商輅三元記’有幾齣見於‘摘錦奇音’‘玉谷調簧’諸書,有云‘會同張三李四,去送商家小兒’(雪梅吊孝)。”(P1057)“九宫正始”卷六存黄鶯兒云:“非是我無情,室女何曾善啓唇?爲他衹把心兒悶,柔腸痛疼,泪珠暗零。撲簌簌偷把香羅揾。辦虔誠,焚香告神,願他斗轉移星。”新近影印出版的“秋夜月”也録有“商輅三元記”二齣,卷二是憶子得捷,卷三是愛玉成婚。

此外還有一些種雖不見著録,也不常見,摘録如下:

(五)浙江亭　卷一有歸朝歡云:“離家久,離家久,望得眼穿,是則是山長水遠。親和婦,親和婦,有誰見憐?怕衹怕緣慳分淺,見書備知都康健。斑衣早遂平生願,寶鏡重磨月再圓。”

(六)蝴蝶夢　這當然不是清代莊子妻劈棺故事的蝴蝶夢。在卷二有破鶯陣云:“塵鏡羞鸞,寶釵分鳳,困花愁柳。拍塞悶懷,先自是多憂多病,那更遭着深秋。寒雁來時書難就,縱書就叫他何處投?凝眸處對斜陽衰草,離恨悠悠。”又卷五有梁州錦序云:“將無作有,心不如口,閃得我有國難投,後來剔透。不似這場落後。堪笑我似痴猫,他却戀楚館秦樓。自窨約,這的是惺惺上下場頭落的機構。”所謂“他却戀楚館秦樓”,明寫男子戀妓,爲妻或情人所怨,這是清人蝴蝶夢中所絶對没有的情節。

(七)托妻寄子　卷三有光光乍云:“屈己卑身敬賢交,疏財仗義重英豪。此外優閑無他惱，良辰好景同歡笑。”

（八）周子隆　不是“周瑞隆尋親記”，我已經把“尋親記”翻檢過了。卷三有二犯月兒高云：“金井琉璃現，銀床轆轤轉。水向冰盆注，月浸瑶池淺。玉兔銀蟾，分明掌中現。佳人對着嫦娥面，試問嬋娟，默默悄無言，驀地裏被風顛。”

（九）張員外　卷三有醉扶歸云：“半路半路遭磨折，心事心事對誰説？看那鶯鶯燕燕效頏頡，穿柳徑，迷花謝，教人見了白攧屑，兩泪空流血！”

（十）磨刀諫父　“九宫正始”卷四雖未説出是傳奇還是散曲，但這名稱與“托妻寄子”類似，當爲傳奇無疑，僅存撲燈蛾殘句云：“樂人戲都呈遍，醺醺醉也。”

（十一）蘇儩儩　卷四有古輪臺云：“薰風，細細南來降長空。輕颺起十里清香，一鈎新月，倒影簾光，隱隱魚游葉底，試把花來比西子，淡妝濃抹總相宜，風流絶美。”

（十二）織錦回文　疑即蘇蕙事。卷五有解連環云：“慢飲一杯，不須再三推避。邊塞上之肴缺味。常言道正是他鄉遇故知，一似久旱逢甘雨。”

（十三）金華娘子　共有六曲。卷六有字字錦云：“華堂集俊豪，羅綺香風悄。亭臺粉黛妝，笑把闌干靠，雲翹。看那十二金釵，金釵擺列，珠圍翠繞，妖嬈。豐姿比并，真個花香粉嬌，銀筝慢撥，慢撥長生調。正是王母獻蟠桃。見傳書青鳥，聽風敲玉佩，玲玲琅琅，半空裏飄飄緲緲，歡歡笑笑，一霎駕鶴來到。”又滿園春及其换頭云：“頃刻芳絶盡開了，韓湘子逞奇妙。笊籬丈喜仙姑桃。看洞賓成道，看洞賓成道。飛龍劍斬魔妖。（合）魚鼓骨鼕鼕也麽敲，簡子兒圪楂楂也麽敲。野鹿銜花，野鹿銜花，更猿猴獻果，一杯杯滿勸香醪。”“鍾離醉，鐵拐倒，許由仙不見了椰瓢。跌到采和泥兩跨，那果老好笑，那果老好笑，騎驢去渡溪橋。（合前）”卷七有浪淘沙及其换頭云:"南極壽星高,昨夜光摇,紅雲紫霧瑞香飄。綠柳亭前花似綺,駿馬嘶驕。""扭紅袖,舞蠻腰,一派笙簫。春風人醉紫葡萄。歸去不知時候晚,見月上花梢。"卷九有二郎賺云:"歡笑酶酶,好放心情樂此朝,寬懷抱。那樽中有酒俎佳肴,謾逍遥。何必長安市解貂?醉教花影月陰高。閑事都撇調,静聽唱個八仙傳道。"此曲當在滿園春及其换頭以前,用韵亦同。滿園春二支便是所唱的"八仙傳道"了。

(十四)劉孝女　卷十有五團花云:"心中凄慘,不由人不泪珠垂。尋思使我無依倚。我便孤身匹配,父親和妹妹,幾時得見你?除非是再生重會日,此事非容易。"

(十五)綈袍記　卷十有燒夜香云:"黄封御酒緑如波,翠釜雕盤復味多。罨畫堂高衹見捲絳羅,捲絳羅。莫管桂子梢頭,殘日又墮。""曲海總目提要"卷十五録有綈袍記云:"未詳誰作。記范睢受須賈綈袍事。睢妻蘇瓊瓊,妾蘇簡簡,史無其人。按白居易樂府有云:'蘇家小女名簡簡,芙蓉花腮柳葉眼。'此蓋借用其姓名也。"如果蘇簡簡即蘇僩僩的話,那麽,蘇僩僩應該就是綈袍記了。

(十六)减竈記　當爲孫龐鬥智事。卷十有兩頭蠻云:"興兵拔寨,直走韓都休自在。把韓圍,駭得他城門不敢開。禁樵柴,衹待三月工夫見析骸。俘囚納款來,全師聽奏凱,那時節心方快,教人稱將材,教人稱將材,我是普天下都元帥。"

(十七)昇鸞記　卷五有一江風云:"嘆韶光寂寞花飄蕩,人遠難親傍。細思量,水漲藍橋,路阻桃源,愁悶如天樣。嬌姿在那厢,香囊在我行,睹物添惆悵。"

(十八)四節記　曲海總目提要卷十七説:"明初舊本,未知作者何人。共作春夏秋冬四景,凡四卷,名爲四節。以杜甫、謝安、蘇軾、陶穀,各占一景。"卷一有神仗兒云:"拾遺補過,責歸賢佐。蘇子不安分,頓使一官遷左。辭瑣闥,出鑾坡;辭瑣闥,出鑾坡。"

這似爲第三卷蘇軾赤壁記中的曲子。卷五有金錢花云:"熱烘烘汗流滿面,戰兢兢眼花繚亂。説起晋兵腸也斷,百萬兵死多半,生者須知也顏汗。"這當爲卷二謝安東山記的曲子。沈采也作有四節,此二曲或爲沈采作。鄭振鐸"中國文學史"云:"四節記惜不存。"(P1052)我們現在總算能够看到兩支殘文了。"南詞叙録"中有"文林四景",不知是否即"四節記"的异名。

(十九)紫香囊　卷一有滴溜子殘句云:"期取功名勒鼎鐘。"新近影印的宋本"醉翁談録"録有宋人評話"紫香囊"的名目,在傳奇類内。

"九宫正始"還録有"玄皇帝"。卷七有"玄皇帝",題作"明傳奇";卷八又有"玄皇帝"二支。案題作"咏楊妃明敬套"。當認爲散套纔對。因爲這是翻譯白居易"長恨歌"的。

以上十九種佚曲,大部分是連劇名也不曾聽見過的,"曲品""曲録""今樂考證"以及所有的中國文學史和中國戲劇史當然都不會有這些劇名的記載。希望這一篇短文能够供給這方面專家的采擇。

(刊載第三十四期,民國三十年九月六日)

案:此文先以原題刊《正言文藝》第1卷第3期(上海,1941年5月15日),第26~29頁;後以原題名重刊於上海《中央日報·俗文學》周刊第88期(原刊題87期)(1949年1月20日);經過補充材料修改,題名"九宫正始與明初南戲",又收入趙景深《元明南戲考略》(北京:作家出版社,1958年3月),第117~123頁,以及(北京:人民文學出版社,1990年10月)第114~120頁。又收入趙景深《趙景深文存》("復旦中文先哲"叢書)(上海:上海古籍出版社,2016年11月),第139~146頁。

趙景深

因"醉翁談録"的發現重估話本的時代

最近看到廬陵羅燁"醉翁談録"十集廿卷的影印本。適園叢書内雖也有題作金盈之的"醉翁談録",該書衹有卷七八"平康巷陌記"即最後兩卷是與羅燁本丁集卷一"花衢實録"相同的,字句間略有异同。這部書的發現可以使我們重估話本的時代。因爲這書卷一有一百零七種話本目録,分屬於八類,現在略加排列,加寫號碼,録在下面:

(甲)靈怪

(一)楊元子(二)汀州記(三)崔智韜(四)李達道(五)紅蜘蛛(六)鐵瓮兒(七)水月仙(八)大槐王(九)妮子記(十)鐵車記(十一)葫蘆兒(十二)人虎傳(十三)太平錢(十四)巴焦扇(十五)八怪國(十六)無鬼論

(乙)烟粉

(十七)推車鬼(十八)灰骨匣(十九)呼猿洞(二十)鬧寶録(二一)燕子樓(二二)賀小師(二三)楊舜俞(二四)青脚狼(二五)錯還魂(二六)側金盞(二七)刁六十(二八)鬥車兵(二九)錢塘佳夢(三十)錦莊春游(三一)柳參軍(三二)牛渚亭

(丙)傳奇

(三三)鶯鶯傳(三四)愛愛詞(三五)張康題壁(三六)錢榆罵海(三七)鴛鴦燈(三八)夜游湖(三九)紫香囊(四十)徐都尉(四一)惠娘魄偶(四二)王魁負心(四三)桃葉渡(四四)牡丹記(四五)花萼樓(四六)章臺柳(四七)卓文君(四八)李亞仙(四九)崔護覓水(五十)唐輔采蓮

(丁)公案

(五一)石頭孫立(五二)姜女尋夫(五三)憂小十(五四)驢垛

兒(五五)大燒燈(五六)商氏兒(五七)三現身(五八)火鍬籠(五九)八角井(六十)藥巴子(六一)獨行虎(六二)鐵秤槌(六三)河沙院(六四)戴嗣宗(六五)大朝(疑相字之誤)國寺(六六)聖手二郎

(戊)朴刀

(六七)大虎頭(六八)李從吉(六九)楊令公(七十)十條龍(七一)青面獸(七二)季鐵鈴(七三)陶鐵僧(七四)賴五郎(七五)聖人虎(七六)王沙馬海(七七)燕四馬八(望舒按:王沙、馬海、燕四、馬八應分爲四種)

(己)捍棒

(七八)花和尚(七九)武行者(八十)飛龍記(八一)梅大郎(八二)鬥刀樓(八三)攔路虎(八四)高拔釘(八五)徐京落章(疑草字之誤)(八六)五郎爲僧(八七)王温上邊(八八)狄昭認父

(庚)神仙

(八九)種叟神記(九十)月井文(九一)金光洞(九二)竹葉舟(九三)黄糧(粱)夢(九四)粉合兒(九五)馬諫議(九六)許岩(九七)四仙鬥聖(九八)謝溏落梅

(辛)妖術

(九九)西山聶隱娘(一百)村鄰親(一〇一)嚴師道(一〇二)千聖姑(一〇三)皮篋袋(一〇四)驪山老母(一〇五)貝州王則(一〇六)紅綫盗印(一〇七)醜女報恩

從上面這個表裏,最重要的一點可以看出的就是話本時代的重估。“醉翁談録”據説是宋版,至少是宋末元初。一位版本學者説:“甲集第二頁第十四行云:‘宋承周禪握乾符。子孫神聖膺天命,萬載升平復版圖。’丙集‘致妾不可不察’云:‘昔日東京南街林三娘者。’丁集‘序平康巷陌諸曲’云:‘平康里者,乃東京諸妓所居之地也。’乙集卷二‘姑蘇錢氏歸鄉壁記於道’末云:‘紹興甲戌中秋後三日姑蘇錢氏記。’前面又説:‘宋理宗即位之二十二年。’”從這些話以及所用的俗字略字斷定這“醉翁談録”是宋末元初的。鄭振鐸和周貽白衹相信這是元本。即使是元本也好,已經是一個了不起的發現了。下面這些篇孫楷第的“通俗小説書目”都認爲是明清小説,名稱與“醉翁談録”所説的相同;那末,現在該把年代提早,説這些話本的時代該是宋末元初,至少也該是元朝的了:

録(五)紅蜘蛛　目(面一一五)紅白蜘蛛記

録(十一)葫蘆兒　目(面一一五)葫蘆鬼

録(二一)燕子樓　目(面一二四)警世通言(十)錢舍人題詩燕子樓

録(二九)錢塘佳夢　目(面一二〇)錢塘夢

録(三三)鶯鶯傳　目(面一〇七)宿香亭記(?)

録(三四)愛愛詞　目(面一二四)警世通言(三〇)金明池吴清逢愛愛

録(四八)李亞仙　目(面一〇八)李亞仙記

録(五二)姜女尋夫　目(面一一六)孟姜女集(望舒按:此集非話本,孫氏誤記)

録(五七)三現身　目(面一二四)警世通言(十三)三現身包龍圖斷冤

録(八二)鬥刀樓　目(面一一〇)鬥刀樓記

録(八三)攔路虎　目(面一〇二)楊温攔路虎傳

録(九二)竹葉舟　目(面一一二)陳季卿悟道竹葉舟傳

録(九三)黄糧(粱)夢　目(面一一一)黄粱夢

以上十三篇“通俗小説書目”衹敢斷定是明清的話本,現在可以斷定是宋元的話本了,至少宋元是有這樣相同題材的話本的。“警世通言”的三篇當然是現存的。“楊温攔路虎傳”見存於影刊的

“清平山堂話本”。紅白蜘蛛記即醒世恒言三十一“鄭節使立功神臂弓”,亦存。

其次,其中有許多水滸、楊家將、平妖傳、西游記之類的故事,如(五一)“石頭孫立”、(七一)“青面獸”、(七八)“花和尚”、(七九)“武行者”均爲水滸,(六九)“楊令公”、(八六)“五郎爲僧”都是楊家將,“貝州王則”是平妖傳,“巴焦扇”“驪山老母”是西游記。這也是重要而又有趣的發現。可惜這些話本都已失傳,否則倒是這些著名小說的最早的形式,足爲中國小說史放一异彩。

復次,元代南戲和雜劇都很盛行,取材與這一百零七篇相同的當亦不少。衹要取“録鬼簿”“曲録”“今樂考證”“宋元南戲百一録”“南戲拾遺”等書仔細與上表作一比較就行了。此處不再贅舉,衹是隨便把比較稍晦的略加説明:(八)大槐王疑即取材唐人小説“南柯太守傳”(李公佐),(十二)人虎傳亦與唐人小説同名,(九十四)粉合兒當即王月英月夜留鞋記,亦即太平廣記中的“買粉兒”。(望舒案:汀州記疑即夷堅乙志卷七之汀州山魈,崔智韜疑即太平廣記卷四三三之崔韜,水月仙疑即夷堅丙志卷十四之水月大師符,柳參軍疑即唐人常沂之柳參軍,種叟神記疑即太平廣記卷十六之張老。)

甲集卷二以次,也有些可作南戲參考的。我在“宋元戲文本事”中録有“吕星哥”一曲,本事不詳,現在可在醉翁談録甲集卷二“張氏夜奔吕星哥”中看到詳細的情節。關於南戲“張資鴛鴦燈”、“宋元南戲百一録”和“南戲拾遺”都輯有逸曲,後者因本事不詳,遂誤解曲文,揣測的話都錯了,一看“醉翁談録”壬集卷一“紅綃密約張生員李氏娘”便焕然冰釋;再看逸曲,一切疑團都可以迎刃而解。

明李翊戒庵漫筆所引,實乃斷章取義:“小説……或名演史,或謂合生,或稱舌耕,或作挑閃。”下面却漏了緊接着的一句:“皆有所據,不敢謬言。”連貫起來讀,可知仍是“各有門庭”,并非“小說另有幾個名稱,又叫做演史,又叫做合生,又叫做舌耕,又叫做挑閃”,而是:“有的叫演史,有的叫合生……”

(刊載第六期,民國三十年二月八日)

案:題名“重估話本的時代”,收入趙景深《銀字集》(上海:永祥印書館,1946年3月初版,1948年3月再版),第15~22頁,趙景深《中國小說論集》(上海:永祥印書館,1950年),第15~22頁。經過補訂,收入趙景深《中國小說叢考》(濟南:齊魯書社,1980年10月),第80~84頁。又收入趙景深《趙景深文存》(“復旦中文先哲”叢書)(上海:上海古籍出版社,2016年11月),第707~711頁。

封神演義與武王伐紂平話

十年前顧頡剛先生就想爲亞東圖書館的新式標點封神演義寫一篇序;他爲了審慎起見,大約參考了很多的道藏釋典,因此至今未曾寫好。我當然不敢有這個雄大的企圖,祇好把題目局限到“封神演義”與“全相武王伐紂平話”的比較上,庶幾可稍稍藏拙。

武王伐紂平話是元朝建安虞氏的刊本,此書現已有影印本,蝴蝶裝,上面三分之一是圖,下面三分之二是字,每頁均有圖,與商務影印的元至治本三國志平話款式完全相同。此書之於封神演義,也猶之三國志平話之於三國演義,關係非常密切,遠勝過“大唐三藏取經詩話”之於西游記,“大宋宣和遺事”之於水滸傳。因爲前二者猶之血肉之於人身,後二者不過是衣服之於人身罷了。詳細一點說,西游記之於大唐三藏取經詩話,因襲的成分較少,我們無法逐回比較;水滸傳之於大宋宣和遺事,更祇取了幾節故事,大部分都還另有來源。但封神和三國可就不然了,它們祇是把平話的故事放大而且加上瑣細的描寫罷了,其間互相吻合的痕迹是一看就知道的。因此我們要把武王伐紂平話和封神逐回比較,極爲方便。平話没有回目,但畫題也可以代替回目,現在我把二者的比較寫在下面:

武王伐紂平話	封神演義
(上)一 湯王祝網……	一 紂王女媧宮進香
二 紂王夢玉女授玉帶	
三 九尾狐換妲己神魂	三 姬昌解圍進妲己
四 紂王納妲己	四 恩州驛狐狸死妲己
五 寶劍驚妲己	五 雲中子進劍除妖
六 文王遇雷震子	十 姬伯燕山收雷震
七 八伯諸侯修臺閣	二五 蘇妲己請妖赴宴(一)
八 西伯諫紂王	一一 羑里城囚西伯侯(一)
九 西伯寶釧驚妲己	
十 摘星樓推殺姜皇后	七 費仲計廢姜皇后
一一 酒池蠆盆	一七 蘇妲己置造蠆盆
一二 炮烙銅柱	六 紂王無道造炮烙
一三 太子金盞打妲己	八 方弼方相反朝歌 九 商容九間殿死節
一四 胡嵩劫法場救太子	
一五 殷交夢神賜破紂斧	
(中)一六 刳剔孕婦	八九 紂王敲骨破孕婦(一)
一七 紂王敲脛	

（續表）

武王伐紂平話	封神演義
一八 皂雕爪妲己	二八 西伯兵伐崇侯虎
一九 文王囚羑里城	一一 羑里城囚西伯侯(二)
二十 賜西伯子肉醬	一九 伯邑考進貢贖罪
二一 西伯吐子肉成兔子	二二 西柏侯文王吐子
二二 雷震破鼓三將	二一 文王誇官逃五關
二三 紂王賜黄飛虎妻肉	三十 周紀激反武成王
二四 太公捉黄飛虎	
二五 飛廉費孟追太公	
二六 比干射九尾狐狸	二五 蘇妲己請妖赴宴(二)
二七 剖比干之心	二六 妲己設計害比干
二八 剪箕子髮	八九 紂王敲骨剖孕婦(二)
二九 太公弃妻	一八 子牙諫主隱蟠溪
三十 文王夢飛熊	二三 文王夜夢飛熊兆
(下)三一 文王求太公	二四 渭水文王聘子牙
三二 太公下山	
三三 武王拜太公爲將	二九 斬侯虎文王托孤
三四 南宫列殺費達	
三五 離婁師曠戰高祁二將	九十 子牙捉神荼鬱壘
三六 伯夷叔齊諫武王	六八 首陽山夷齊阻兵
三七 太公燒荆索谷破烏文畫	九一 蟠龍嶺燒鄔文化
三八 太公水淹五將	

（續表）

武王伐紂平話	封神演義
三九 太公破紂兵	
四十 八伯諸候會孟津	（八八）武王白魚躍龍舟
四一 烹費仲	三九 姜子牙冰凍岐山
四二 武王斬紂王妲己	九六 子牙發柬擒妲己
	九七 摘星樓紂王自焚

注：原刊不是表格形式，爲比較之清楚方便，編者將其改爲表格形式。

從上表看來，可知封神演義從開頭直到第三十回，除哪吒出世的第十二、三、四回外，幾乎完全根據平話來擴大改編。從第三十一回起，便放開手寫去，完全弃掉平話，專寫神怪的部分了；中間衹把“烹費仲”和“伯夷叔齊諫武王”插在裏面，這兩小節算是平話裏所有的。作者直寫到第八十七回孟津會師，方纔想到平話上還有材料不曾用進去，這纔再用平話裏的材料，如敲骨破孕婦、千里眼與順風耳、火燒郿文化等。

封神演義是一部神怪小說，其中的許多習俗和信仰，在民俗學看來，都有研究的價值。鄭振鐸先生研究其中的“呼名落馬”曾作有一篇很有興趣而且精緻的論文。書中的佛道截三教的神鬼仙佛不知凡幾。在這殷周大戰之役死掉的，總有一句套語說：“一道靈魂，往封神臺上去了。”最後便是姜子牙封神。史記封禪書已云：“始皇遂東游海上行禮，祠名山大川及八神，求仙人羡門之屬，八神將自古而有之，或曰：太公以來作之。”太公金匱也說：“武王伐紂，都洛邑。明年陰寒，雨雪十餘日。甲子平旦，五大夫乘馬車，從兩騎，止王門外。尚父曰：四海之神與河伯風伯雨師耳，使謁者各以其名召之，五神皆驚。”像這樣封神的話在平話裏也可以找到兩節：

費仲曰：教崇侯虎爲大將。教薛延沱爲副將，此人封爲白虎神；尉遲桓，此人封爲青龍神；要來攻，此人封爲來住神；申屠豹，此人封爲豹尾神；戌庚，此人封爲太歲神。（太公水淹五將）

太公教建法場，劊子蒙令斬了崇侯虎，獻首級，武王封爲夜靈神也。（太公破紂兵）

武王封神，尤與太公金匱吻合。

封神上擺陣也極多，如第四十五回的十絶陣，第四十六回的金光陣，第四十九回的紅沙陣，第五十回的黄河陣，第七十八回的誅仙陣，第八十回的瘟瘟陣，第八十二回的萬仙陣等。這在平話上不是没有，也有所謂六甲陣（頁三六）、五武陣（頁三九）、八卦陣（頁三九）等，不過并無仙助陣以及種種妖術罷了。

平話或許是説書人的底本，其中是否有節略之處或者節略極多，已不可知。現在我祇能就書論書，他非所問。大約演義改平話之處，除了增加瑣細描寫之外，還增加人物。一個奸臣費仲不够，再添上尤渾；兩個還不够，就又加上飛簾（此人平話中亦有之，似是武將）和惡來。殷郊（即平話裏的殷交）不够，就添一個弟弟殷洪。黄飛虎添上兒子天化和天祥。封神中活躍的人物如托塔天王、哪吒、楊戩、楊任、聞太師、土行孫、鄧九公及其女蟬玉，哼哈二將鄭倫和陳奇，魔家四弟兄等，也都是平話裏所没有的人物。趙公明在平話裏也不重要，祇是水淹五將中的一個，與姚文亮和劉公遠同因劫營而喪生。那個專門搬弄是非的申公豹，在平話裏也不見影子，祇有一個紂營中被南宫适活捉去申屠豹。

平話雖與演義題材相同者甚多，却也有小异之處，例如：（一）平話説許文素進劍除妖，演義却説是雲中子。（二）平話説“摘星樓推殺姜皇后”，演義却説是剜目烙手而死。（三）平話説“胡嵩劫法場救太子”,演義却説是仙人救去的。(四)平話説黄飛虎妻做了肉醬,演義却説是跳下摘星樓而死的。其餘不同之處還多,有了前面的對照表,讀者自己檢查,極爲方便,不再繁敘。至於平話第三十七頁的烏文畫就是演義第九十一回的鄔文化,音同字不同,此種例三國平話與演義尤多,例如朱葛是諸葛,玄得是玄德,馬大是馬岱,梅竹梅芳是糜竺糜芳之類。

平話最荒唐的要算是把知音的師曠算作順風耳,明眼的離婁算作千里眼,把先賢比作妖怪,未免褻尊。演義改作神荼鬱壘,至爲允當。姜太公怎樣破這兩將呢?請看下列二節的比證:

吾不知難捉二人。吾既知,看吾别計,使教捉了二人。恐二人聽得覷見,遂出陣中,多用幔子遮了。……陣上擂起鑼鼓,動五百面銅鑼,令師曠不聞此事。次從用三千面綉旗遮了陣面,令離婁不見。(平話三十五　離婁師曠戰高祁二將)

楊戩執定令旗下帳,把後隊大紅旗令二千桿,令三軍麾旗,又令一千名軍士擂鼓鳴金,恍然有驚天動地之勢。……用旗招展不住,使千里眼不能觀看;鑼鼓齊鳴,使順風耳不能聽察。(演義九十　子牙捉神荼鬱壘)

平話中洛陽城的徐蓋及其子徐昇徐變,封神演義第七十六回則作汜水關的韓榮及其子韓昇韓變。平話勸降歸周的是潼關姜顯,演義則是崇城的崇黑虎。

平話講到信仰和傳説之處約有三點:

(一)曲柄傘“纔待渡河,忽起大風,吹得太公傘柄曲了。自後號爲曲柄傘。”(頁三八)

(二)千里眼順風耳“忽於法場上不見二人。……左右依令跟尋到俠(陝)府東,約四五里地,見軒轅皇帝廟門前兩壁廂有千里眼順風耳。”(頁五三)

(三)方相“方相身長一丈,使畫戟。……武王見方相順

降,大喜言曰:免爾罪。立封爲開路引駕大將軍。”(頁三九)

柳存仁先生的西星集云:封神考證新得材料二條:第一條爲摘星樓乃賈似道築於揚州,封神演義謂黄飛虎妻賈氏“從摘星樓上跳下自盡”是本地風光(他假定作者陸西星是揚州人);現在得見平話,知道元代已有摘星樓之説,演義是因襲平話的,并非因本地風光而牽入,那末這新材料第一條是不可靠的了。

第二條是“我本將心托明月,誰知明月照溝渠”。見封神演義第十九回,乃妲己因愛伯邑考,爲所拒絶,故發此言。照一作滿。此二句詞乃創作,受宗子相集中詞的影響。其實這衹是兩句普通的諺語,我已引明代傳奇數種作證。最近我看見元代的琵琶記第三十一齣“幾言諫父”中也有此二語。因此這新材料第二條也可以不必深論了。

柳氏最重要的證據還是曲海總目提要卷三十九“順天時”條下所云:“封神傳係元時道士陸長庚所作,未知的否。”元時乃明時之誤,長庚乃陸西星之字。究竟封神乃陸西星作,還是許仲琳作?似乎還待新材料的發現方能決定;但封神演義的作者衹是一個改作者,不是創作者,從我這篇比較文字看來,可説是確定的了。

(刊載第三十七期,民國三十年九月廿七日)

案:用原題名刊《萬象》第1卷第3期(上海,1941年9月),第81~84頁;後又以原題名收入趙景深《銀字集》(上海:永祥印書館,1946年3月初版,1948年3月再版),第36~45頁,趙景深《中國小説論集》(上海:永祥印書館,1950年),第36~45頁。復訂正題爲“《武王伐紂平話》與《封神演義》”,收入趙景深《中國小説叢考》(濟南:齊魯書社,1980年10月),第97~103頁。又收入趙景深《趙景深文存》(“復旦中文先哲”叢書)(上海:上海古籍出版社,2016年11月),第723~728頁。

趙景深

曲　話

一、未有傳本的鈔本曲譜

“圖書季刊”三卷二號上有一篇吴曉鈴的“國立中央研究院歷史語言研究所善本劇曲目録”，其中著録鈔本“清内府承應戲”極多，也有傳奇的鈔本。他叙張大復的“如是觀”云：“此曲向無傳本，僅曲海總目提要卷十一載其内容。今存宗澤殉國、岳母刺字二齣，文詞警拔，不愧名手，雖吉光片羽，亦自可珍也。”其實此劇已收入“昆曲粹存”并附工尺，即“交印”“刺字”二齣，仙霓社亦能演唱。其他有“草地”“敗金”“翠樓”等，雖真僞不可知，但所存却比史語所所藏的爲多。詳細的辯正見“中國近世戲曲史”。

吴氏又叙清佚名的“還金鐲”云：“此曲未見著録，罕見。内衍王裕與高女姻緣故事，僅存‘説親’、‘失盗’、‘覆盤’及‘還鐲’四齣。”其實這種傳奇并見“六也曲譜”，不過所存不大同，是“分鐲”“訴魁”“天打”三齣。“訴魁”一作“哭魁”，所用曲牌與“刺虎”相近，現今沈省吾、張之方等都會唱，可説是比較流行的。

“十五貫”也是仙霓社的戲，史語所也有藏本。

因此想起，“集成曲譜”“六也曲譜”“遏雲閣曲譜”“昆曲大全”“與衆曲譜”“春雪閣曲譜”“昆曲粹存”等書中，或許有一小部分是從伶工那兒得來，一向不爲戲曲史家所注意的，略加搜輯，或許可以補“曲録”“今樂考證”等書之遺吧。

調孚常與我説起，希望仙霓社一部分罕見的曲譜，能够刊印出來，十五貫亦爲其中之一。其他如古城記古城會，金貂記北詐，金印記歸第，連環記三戰、回軍、送冠，西川圖交令，驚鴻記吟詩、脱靴，鳴鳳記丐辱、醉二，義俠記游街，雁鈴甲盗甲，西樓記痴池，翡翠園切脚、恩放、自首、副審、游街，釵釧記考試、釋罪，綉襦記扶頭、賣興、當巾，雷峰塔下山、收青、賣符、吊打、端陽、盜草、煎草，金鎖記探監，艷雲亭放惜、詐瘋，永團圓奸叙、請宴、鬧賓館、納銀、投江、堂配、舟會、團圓，百順記召歸、榮登，等等，大部分雖在曲文流傳，都絶對没有曲譜流傳過。小戲借靴、花鼓、借妻亦然。

至於王小二、打扛子、梁山伯、桂花亭、昆山記之類，别説曲譜，連曲文也是不大看見的。武班戲如狀元印、雅觀樓、割髮代首、芙蓉嶺、玉麒麟、十字坡、祥梅寺、快活林、四平山、蜈蚣嶺之類，也都没有曲譜。

聽説葛緝甫的“可讀廬曲譜”稿本(手鈔，未刊)裏面也有許多外間没有曲譜流傳的。他如平聲曲社所唱的百順記賞菊，仙霓社所唱的長生殿重圓，亦極罕見。

二、元代戲文張資鴛鴦燈本事

元代戲文“張資鴛鴦燈”，有殘曲六支，見錢南揚“宋元南戲百一録”，又有殘曲十五支，見陸侃如、馮沅君的“南戲拾遺”。此劇本事，錢氏僅録“歲時廣記”卷十二所引的“蕙畝拾英集”云:“近世有鴛鴦燈傳略云:‘天聖二年元夕，有貴家出游，停車慈孝寺側，一美婦人降車登殿，抽懷間紅綃帕裹一香囊，持於香上嘿祝久之，出門登車，擲之於地。有張生者，美丈夫，貴公子也，偶游得之。見帕上有細字書詩三章，末云:有情者得此，物如不相忘，願與妾面;請來年上元夜於相藍後相待，車前有鴛鴦燈者是也。’翌歲，如所約，因獲遇乾明寺，婦人乃貴人李公偏室，故皆不載其名也。”

但“蕙畝拾英集”所叙，不過是這故事的開端，後面還有不少的情節，這在發現了“醉翁談録”以後，纔被我們知道。陸、馮二氏以前不曾見過這書，自然是不會知道的;因此推測就有錯誤的地方。又因“醉翁談録”裏的本事較詳，所以二十一支佚曲中的句子,也有好多更容易明瞭了。

陸、馮説:"戲文情節,似與歲時廣記有出入,女主角似是個有見識的風塵中人,男主角則是個流落的文人。"我現在却説:"戲文情節與歲時廣記并無出入。風塵中人是配角,不是女主角。男主角也不是一直做流落的文人,先富後貧,後來又生活安定起來。差不多經過好幾個變遷或波折。"爲什麽呢? 讓我把"歲時廣記"未寫出的本事照"醉翁談録"所録節述下來,就明白了:

美婦乃李氏娘,原爲貴家,乃節度使李公之妾,化裝爲尼,與張生會於乾明寺(佚曲云"誰想道僧房重會",即指此),後乃約宵遁,携去金珠數萬。張生得金後,悉揮霍之於賭博,"纔經三載,家自零替,生計蕭然,漸至困窶"。因聞其父知秀州,遂往尋;後其母知之,戒勿往,恐逢父怒也。生在旅邸中,乏資回來見李氏,方困頓。有妓越英者慕之,願以裝奩數萬貫充下妾,張生乃諱李氏事,與越英備六禮成親。(大環著二曲即此時唱,前曲越英唱,次曲張生唱,首句"一身在羈旅方流落,謝伊家眷録",即指此。所以"似均李妾唱"是不對的。)李氏恐張生困於旅邸,乃求乞往尋。適過一家,甚華貴,方開門飲宴,李氏前往省視,男似其夫,"遂駡張生辜恩負義,停妻取妾。既爲士人,豈不識法,後告官,判李氏爲妻,越英爲妾,三人團圓,喜劇結束"。

"九宫正始"第五册的五曲,陸、馮説"似均係李妾唱"。其實應作"李妻所唱",乃在張生尋父後,李氏獨居□念張生所唱。這時張生早與越英過着享福的生活了。這情形一面悲愁,一面歡樂,甚至連關目,都很像"琵琶記"。

第八册的七曲,陸、馮説"似李妾與張所唱",應作"乃越英與張所唱",時間與大環著差不多同時,僅稍前一點。陸、馮衹知道這故事有一個女角李氏,却不知還有一個女角越英。

第九册的一曲，陸、馮説“未詳誰唱”，我想“大概是李氏去尋丈夫張生，在途上所唱的”。

至於，錢南揚所録的三支，第一支玩仙燈，似開端第二年元夕唱。第二、三支乃“僧房重會”時所唱，這三支都是張李初戀時所唱的曲子。

（刊載第八期，民國三十年二月廿二日）

案：此文第一部分原題名用作《關於唱曲用的曲譜》一文第二部分，收入趙景深《讀曲小記》（上海，中華書局，1959 年 7 月），第 182 ~ 184 頁；又收入趙景深《趙景深文存》（“復旦中文先哲”叢書）（上海：上海古籍出版社，2016 年 11 月），第 538 ~ 539 頁。此文第二部分，修訂本改題爲“張資鴛鴦燈”，刊於《大晚報·通俗文學》第 92 期，1948 年 8 月 9 日；後又收入趙景深《元明南戲考略》（北京：作家出版社，1958 年 3 月），第 80 ~ 83 頁，以及（北京：人民文學出版社，1990 年 10 月）第 78 ~ 81 頁；又收入趙景深《趙景深文存》（“復旦中文先哲”叢書）（上海：上海古籍出版社，2016 年 11 月），第 83 ~ 86 頁。

本文提及吴曉鈴《國立中央研究院歷史語言研究所善本劇曲目録》刊《圖書季刊》第 3 卷第 3 期（1940 年 9 月），第 392 ~ 415 頁。

“讀曲小識”盧前著——商務印書館刊行

最近盧前的“讀曲小識”在商務出版了。此書記商務所購懷寧曹氏所藏鈔本戲曲七十種中的四十種。分爲四卷，每卷十種。其餘三十種，則因其爲“亂彈與南北曲相混合者，或純爲亂彈，爲戲文别體者，概不闌入”。這四十種戲曲提要，曾有第一至第十四種先在暨南學報二卷二號上刊登過，題作“曹氏藏鈔本戲曲叙録”。但這些戲曲曾先經邵茗生過目。他曾在劇學月刊上寫過一篇"岑齋讀曲記"。其中如"正昭陽""萬倍利""萬年觴""錦衣歸""渾儀鏡""生辰綱""名花榜""定風珠""寶藏"等九種也是盧前所記録過的,可以參看。但另有"玉鴛鴦""福星照""三義節""天星聚""游龍傳""六美圖""祥麟鏡""陰陽鐘"等八種却是盧前不曾著録的,就是未收的三十種中的八種。"天星聚"每齣詳注昆亂,計昆腔九齣,亂彈二十七齣,共三十六齣。"游龍傳"則爲昆腔四十八齣,亂彈六齣,共五十四齣。"六美圖"則"全劇皆係亂彈"。"祥麟鏡",亦注作"亂彈本"。這四種盧前未收,正與體例相合。惟其餘四種,邵氏未有説明,僅於"福星照"篇中云:"每齣皆附注工尺板眼。""陰陽鐘"篇中云:"填注板眼。"想來也都是附有亂彈的。惟"玉鴛鴦"乃周坦綸作,似非亂彈,或係同名的别本。

玉霜簃所藏鈔本戲曲也有與商務相同的,如"未央天""紫瓊瑶""萬倍利""琉璃塔""後尋親"等。"琉璃塔"商務僅有四齣,玉霜簃則有二册,想來齣數至少要多好幾倍。"後尋親"則商務較完全,有廿九齣;玉霜簃祇有上册,缺下册。玉霜簃又藏有"四大慶",商務僅有其中的一慶即"寶藏",又名"福星臨"。

鄭振鐸《佝僂集》載"鈔本百種傳奇的發現",其中如"崖山烈""琉璃塔""未央天""躍鯉記""幻緣箱"均與商務所收同。"中央研究院歷史語言研究所善本戲曲目録"(吴曉鈴作,載圖書季刊二卷三期)有"通仙枕"與商務所收同。

小識面七的"四面觀音",劇學月刊也曾刊過曲詞和工尺譜,題材相同,内容或牌調完全不同。後者即鄭之珍的"目連救母行孝戲文"第六十一折"過黑松林"。前者不知所出。

"琉璃塔"就是有名的"千鍾禄"。昆曲粹存録有九齣。但商務所存的三齣似在這九齣之前,却是不易見到的。劇學月刊昆曲專號有"琉璃塔"戲單發表。上書"七齣,潛奔;八齣,御極;九齣,慘睹;十齣,刼裝;十一齣,廟遇;十二齣,雙忠"。旁書"貳段",因知“壹段”當爲一至六齣。七齣,潛奔疑即商務所藏的第二齣“燒宫”,盧前提要云:“建文亟披剃逃出。”八齣御極疑即商務的第三齣“藎諫”,盧前提要云:“成祖入城後衆争迎駕。”

盧氏於情節外,兼録齣目及曲牌聯套名,是其勝過“曲海總目提要”處。但他考證出處過略,似不及“曲海總目提要”。他專致力於散曲,戲曲已較次注重,小説似不甚注意。但小説與戲曲的關係極爲密切,常有互相取材與影響之處,戲曲取材於小説者尤多,於此似亦宜加考察。據我所知,卷一的“情中幻”乃據唐人小説沈既濟的“任氏傳”而作。“陰陽二氣山”則據“後西游記”。“通仙枕”乃據拍案驚奇卷二十“李克讓竟達空函,劉元普雙生貴子”而作者。“萬倍利”則據醒世恒言卷三十五“徐老僕義憤成家”。“享千秋”情節完全與“西游記”中的“南游記”相同,是寫華光的神怪故事的。凡上所舉,如唐人小説,醒世恒言,警世通言,南游記,後西游記等,即最簡單的“中國小説史略”中也都著録的。

盧氏對於各劇作者,也常有失考之處。例如“紫瓊瑶”,“曲海總目提要”雖云不知誰人作,“曲録”則云爲張大復作。“崖山烈”乃朱九經作。“琉璃塔”乃李玄玉作。又,“雪梅教子”恐即“商輅三元記”。此劇與“躍鯉記”均明初傳奇,最值得我們注意。商務藏“躍鯉”僅七齣,振鐸所藏想來較多。

(刊載第二十期,民國三十年五月十七日)

案:此文爲趙景深書評,後用原題(删掉“盧前著”三字)收入趙景深《讀曲小記》(上海,中華書局,1959 年 7 月),第 102 ~ 104 頁。

盧前著《讀曲小識》(長沙:商務印書館,1940 年 10 月),爲作者歷時半年整理涵芬樓所藏懷寧曹氏舊藏鈔本戲曲的札記。部分曾以“讀曲小識”題名刊發於上海《藝文》第 1 卷第 1 期(1936 年 4 月),第 166 ~ 177 頁;第 1 卷第2期(1936年5月),第135~138頁;第1卷第3期(1936年6月),第94~97頁;第1卷第5期(1936年10月),第104~105頁;第1卷第6期(1936年),第107~110頁。後改題名爲"曹氏藏鈔本戲曲叙録",收十四種,《暨南學報》第2卷第2期(1937年6月),第221~276頁。

"秋夜月"明代傳奇選集——中國書店影印

一

"秋夜月"共四册,是明代傳奇的選本。原本似爲兩部,每部兩册,或一書而分兩次刊行。大約首二册分爲上下卷,扉頁名叫"秋夜月",又有小字"燕石居梓"。小題目是"天下時尚南北新調"。第一頁題"豫章、饒安殷啓聖彙輯,閩建書林熊稔寰綉梓"。次二册也分爲上下卷,惟缺扉頁,不知叫做什麽名字,僅有小題目爲"天下時尚南北徽池雅調"。第一頁題"閩建書林熊稔寰彙輯,潭水燕石居主人刊梓"。兩書版式相同,都是分爲三欄九行;上欄每行十字,下欄十四字,均選傳奇;中欄三字則選笑話,酒令或劈破玉歌。仿佛是夾心餅乾或麵包。次二册的總名既已遺失,我們便索性總稱這兩部書爲"秋夜月"了。這書所收罕見的傳奇極多,所附的歌謡也很有價值。聽説此書初被發現時,鄭振鐸用藍曬圖紙曬了一份,阿英抄去了其中全部的劈破玉歌,足見重要。後來此書爲餐秀簃程氏所得,便托中國書店影印了出來。

像"秋夜月"這樣的選本,明萬曆間刊行了不少,據今所知,至少已有下列各種:

一、新刻京板青陽時調詞林一枝四卷　萬曆元年福建葉志元刊本,九行,黄文華選輯。上欄九字,下欄十五字,中欄四字。

二、鼎雕昆池新調樂府八能奏錦六卷　萬曆元年蔡正河愛日堂刊本,黄文華選輯。十行,上欄十字,下欄十六字,中欄爲明代散曲,字數未詳。

三、鼎刻時興滚調歌令玉谷新簧五卷　萬曆三十八年書林劉次泉刊本。十行,上欄九字,下欄十五字,中欄四字。

四、新刊徽板合像滚調樂府官腔摘錦奇音六卷　萬曆三十九年敦睦堂張三懷刊本,龔正我選輯。僅二欄,上欄載小曲、酒令、燈謎等,下欄戲曲,占十分之七强。

五、鼎鍥徽池雅調南北官腔樂府點板曲響大明春六卷　萬曆間福建唐金魁刊本,朱鼎臣等選輯。十行,上欄九字,下欄十五字,中欄四字。

以上五種,除第四種外,都是每頁九行,或十行,分爲三欄的,上欄總是九字或十字,中欄總是四字,下欄總是十五六個字,情形與秋夜月相似。第五種亦作"徽池雅調"又與秋夜月相同。秋夜月雖不知爲何時的刊本,但看其所選各種傳奇,都是萬曆以前的作品,湯顯祖的四夢和沈璟及其門弟子的作品一種也不曾入選,可見秋夜月的刊行年代當與上列五種時代相近,最遲不會在萬曆以後。所謂徽池雅調,據湯顯祖宜黄縣戲神清源師廟記云:"江以西弋陽,其節以鼓,其調喧。至嘉靖而弋陽之調絶,變爲樂平,爲徽、青陽。"按青陽屬安徽池州府,徽、池乃餘姚腔的流行地,秋夜月可説是餘姚腔的選本;但他是從弋陽腔變來的,所以和弋陽腔也有關係。

英國牛津也藏有同類的"新鍥梨园摘錦樂府菁華"一種,僅分上下二欄,均爲傳奇。萬曆二十八年書林王會雲梓,豫章劉君錫輯。秋夜月似與此書關係尤爲密切,(參看向達的瀛涯瑣志,載北平圖書館館刊十卷五號。)不僅所選傳奇相同者甚多,即齣名相同者也很多,有下列十三種:

香囊記:憶子平胡　　琵琶記:伯喈中秋賞月
鸚哥記:潘葛思妻　　和戎記:冷宫自嘆
投筆記:班超别母求榮
　　　班超夷地賞月　　拜月亭:曠野奇逢
妝盒記:陳琳妝盒匿主　　躍鯉記:安安送米
織絹記:槐陰分别　　金貂記:桑園戲節
金印記:周氏當釵　　護國記:點化陽明
鳴鳳記:繼盛修本

秋夜月共選傳奇五十四種,與上述六種取材相同者不少。現在即以秋夜月爲主,將其與詞林一枝(簡稱詞)、八能奏錦(八)、玉谷新簧(玉)、摘錦奇音(摘)、樂府菁華(樂)五種比較如下:(大明春因未知全目,故不計。表中西廂代表北西廂和南西廂二種。)

	秋	詞	八	玉	摘	樂		秋	詞	八	玉	摘	樂
紅葉	三	○	○	○	○	○	★金臺	二					
妝盒	四	○	○	○		○	○寶劍	一					
○香山	二						△紅拂	二	○				
陽春	二					○	△浣紗	一					
同窗	三				○		卧冰	二					
升仙	二	○	○				★雙璧	三					
★蟠桃	一						△琵琶	五	○				○
△玉簪	四					○	△西廂	三					○
★三桂	三						○易鞋	三	○				○
織錦	一		○			○	△荆釵	四	○		○	○	○
藏珠	一		○				五桂	一	○	○			○
四節	二	○	○			○	洛陽	一	○	○	○		○

（續表）

		秋	詞	八	玉	摘	樂			秋	詞	八	玉	摘	樂
羅帕	三			○				四德	一			○	○		○
△灌園	一		○					長城	一		○			○	
△香囊	一						○	○十義	一						
△曇花	一		○					△千金	一		○				
白雁	一							○古城	三		○				
○金貂	一		○					投筆	四		○				
鸚哥	一						○	三元	二		○	○			○
△拜月	二		○				○	烈女	一		○				○
○金印	三		○				○	○青袍	二						
△白兔	三		○					○和戎	二		○				○
○紅梅	一							○葵花	一						
○破窑	一		○				○	△鳴鳳	一						○
煉丹	一					○		○胭脂	一						○
救母	一						○	△尋親	一						
播間	一	★													

注:原刊不是表格形式,爲比較之清楚方便,編者將其改爲表格形式。

重複者:二四　一一　五　五　二四

從上表看來,可知“紅葉”“妝盒”“五桂”“四節”“洛陽”“四德”“三元”等記,當時都很流行,但現在連完全的脚本都不容易看到了。(詞林一枝的紅葉記作題紅記,拜月亭作奇逢記;八能奏錦的三元記作教子記;樂府菁華的陽春記作護國記;救母記做目連記。)我曾統計過弋腔,知道妝盒記在清初尚極盛行。他如鸚哥記

(尤其是潘葛思妻)、長城記、古城記等都是弋腔中最膾炙人口的。上表中有星號★的五種(即金臺、雙璧、蟠桃、三桂、播間等記)最爲可貴,不僅從未見過刊本,即是選本中也從來不曾有過零齣。"蟠桃記"或許是巧立名目,衹是開場戲的慶壽之類。有△的十四種均有六十種曲刊本。有○的十三種雖有傳本,大部分不甚易得,兹據松嵓室"現存雜劇傳奇版本記"一文摘録如次:

香山記　富春堂刊本,北平圖書館及商務藏。

十義記　富春堂刊本,法國國家圖書館及日本藏。

古城記　富春堂、文林閣刊本、内府鈔本、武進陶蘭泉及北平圖書館藏。

金印記　蘇復之作,暖紅室刊本最易得,此書刊本較多。

青袍記　富春堂刊本,北平圖書館藏。

和戎記　富春堂刊本,北平圖書館及故吴梅藏。

紅梅記　周朝俊作,刊本較多。

葵花記　紀振倫撰,廣慶堂刊本,吴梅藏,又日本藏本。

破窑記　富春堂刊本,北平圖書館藏。

胭脂記　明刊本,略如文林閣板式,有圖,許守白、馬隅卿舊藏,今歸北京大學。

易鞋記　陸采作,文林閣刊本,北平圖書館、北京大學、杜穎陶藏。

寶劍記　嘉靖李氏原刊黑口本,周越然藏,日本亦有藏本。

金貂記　富春堂刊本,北平圖書館、北京大學藏。

投筆記已有世界文庫的排印本,目連救母傳又有馬啓新書局的石印本,都成了易得的書。其他不及一一詳考,大部分都是没有全本的。同類性質的選本還有一種"萬錦清音",所選的采桑記(即烈女記)的桑園戲婦和賣身記(即織錦記)的槐陰分别,與秋夜月正同。

二

秋夜月中最使我注意的就是元代的南戲——卧冰記二齣，長城記一齣和白雁記一齣。

卷一録有卧冰記的“卧冰求鯉”，卷四録有卧冰記的“推車自嘆”。宋元戲文本事、宋元南戲百一録、南戲拾遺等書所録都是斷簡殘篇，現在能够看見帶有説白的兩全折真是幸運的事。不過，仔細地考察以後，又很失望，原來另是一本，大約是弋腔或餘姚腔的本子。這其間或者可以看出因襲的痕迹，却不是一齣，比較一節如次：

卧冰記　卧冰求鯉

(小)哥，論行孝誰似你！母親命你買江魚，又誰知你卧冰取。怕祇怕天寒凍殺了你。忙解帶脱下衣，請哥起來穿衣袂，待王覽替着哥哥卧魚回。

(生)賢弟呵！你年紀小，氣力微，骨头嫩，身子嬌，休教凍壞小兒曹。若還娘親聞知道，這場打罵如何了，這場打罵非輕小。

(尾聲)冰輪如雷破鼓催，忽然跳出一雙鯉。賢弟呵，拿上岸，忙將柳條穿將起，拿回去，娘見喜，病安然，謝天地！感神明，謝天地！

王祥卧冰戲文

(緑襴衫)(小)兄因甚脱衣袂，跌倒在河裏？身上冷如水，寒冰凍殺了你！

(生)買魚無見，漁翁隱藏魚，特來卧冰取。

(三字令)(小)論孝情，果無比。請起來，小兄弟情願替着你。

(生)聽說與,伊年未;肌膚怯,難當冷濕氣。可我當寧取!

(小)教我寸心碎,撲簌簌,泪雙垂。

(生)聽響聲,似轟雷。試看時,猶如震天地。

但"推車自嘆"却與"雍熙樂府"中所收的"王祥出外"極少差异,衹是前者多了"玩仙燈"一支和説白十行。再比較唱句如下:

卧冰記　推车自嘆

(下山虎)今日裏最關情處,路遠迢遥,多勞苦,幾回首望不見家鄉雲杳。先推着一個絹車兒,經過山坳,嬌怯怯怎生熬。盼不到,路兒遥。推得我手兒酸,脚兒軟,眼兒花,渾身遍體盡緦麻,事母竭力當行孝。衹得順母顔情,怎敢辭勞。

(鬥寶蟾)潑奶子你朝夕裏使着計謀,把言語搬鬥。我母親心焦,娘,任你們常打駡,恨怎消。衹得含怒包藏笑裏刀,娘,你把嫡親王覽愛惜如珍宝,把我繼子王祥輕如糞草。

(風綫住)舉目荒郊,地慘天昏雲飄渺。霎時間幾陣狂風到,唬得我膽喪魂消。撲簌簌雨如籃漏,嗶喇喇霹靂聲高。渾身上下恰如水澆,這①裏滑路好似油澆;河邊走滑蹉了,險些兒撞倒,行不止悶懷多少。不能够挣扶車兒走,險些兒閃跌一交,把車郎撞倒。

雍熙樂府　王祥出外

(小桃紅)我今日最關情處,路遠迢遥。急回首望家鄉杳也,未曾脱白。今日挂緑袍。推着輛車兒過山遥,嬌怯怯的

① 原文此處爲"衹",誤。現據文義改爲"這"。

怎生熬！路途遥，手兒又疼，腿兒又酸，脚兒又痛也，順父母的言情，教我怎憚勞。我今日路遠迢遥。（九宫大成譜，文字稍异）

（鬥寶蟾）都是這潑奶子，潑奶子，朝夕裏暗使機謀，他把這言語去急調，唆的俺母親心焦，暗藏着把笑裏刀。他把他親兒愛惜，猶如异寶；將一個异子王祥，輕如糞草。

（綉停針）極目荒郊，地慘天昏雲縹渺。忽律律起陣狂風，膽喪魂消。撲簌簌雨又落，明晃晃電光照，濕浸浸渾身上猶如水澆，滑漉漉滿地似油澆。

（江頭送別）軟兀剌，軟兀剌，險些兒蹌倒。行不上，行不上，悶懷多少！何能得闌闠的車兒走，平白的暗閃我一交。

卧冰記缺"尾聲"，中有夾白；雍熙樂府有"尾聲"而無夾白。前者大約是以後者爲底本，改調歌唱的。

卷二録有白雁記的"蘇武牧羊"，即牧羊記的"寄雁"齣，今作"告雁"，納書楹曲譜、綴白裘和集成曲譜均有之。前半白雁記是"新水令"，牧羊記却是"宜春令"二支和"大聖樂"；後半白雁記是"一封書"，《牧羊記》却是"下山虎"、"亭前柳"、"蠻牌令"、"一盆花"、"勝葫蘆"和尾聲。"下山虎"與"一封書"的前半相同，僅字句稍异，其餘則大异，但仍可看出因襲之處，仍比較如次：

白雁記　蘇武牧羊

（一封書）微臣蘇武刺血傳情。一自離朝後，陷入在胡庭，不想單于逼勒，去臣官職，貶臣在北海關上牧羊群。飢充草芥子，相伴是猩猩。啮雪餐毡，苟延此生。叫天天不應。終日望南歸，望日瞻天近，不敢恁貪榮。雁，望你與我傳書達聖君。風寒暫宿蓼花汀，月白之上無人處，渴飲飢餐恁須要小心。但願你此去眼兒明，翅兒輕，急早飛入漢朝九重城；你去哀哀叫幾聲,料想吾王也慘情。再重逢,報你恩,一紙封章抵萬金,一紙封章達聖君。(最後數語極近平劇和彈詞的七字唱。)

牧羊記　告雁

(下山虎)微臣蘇武,刺血陳情。一自離朝後,投入虜庭;不想衛律奸臣,便来强挺。苦逼我歸降不從順。無奈自思量,待引刀鋒拚一命殞。自此單于怒發,入於陷阱,啮雪餐毡,苟延此生。

(亭前柳)去北海牧羊群,待羝乳放回程。充飢皆草子,相親是猩猩。告天,天不應,好傷情,怎禁兩泪盈盈。……

(一盆花)仗你一封達聽,望天庭金闕,旺氣騰騰。月冷暫栖蓼花汀,天寒暫宿無人境,願你翅兒又輕,眼兒又明,把音書達上,更莫留停。

(尾聲)賀升平,邊疆靖,丹书竹帛定留名。雁兒聽,望你堅心達帝京!

卷二選録有長城記的"姜女送衣",因佚文中未收此節,故無從比較。因此其重要性也在前舉二種之上。原書具在,恕不繁引。

三

秋夜月,表中有△的十五種,雖爲"六十種曲"所有,也不可輕輕放過,其中新增的齣目甚多,并且可以使我們看出一個通例,就是在每支牌子中增加説白以代解釋,這可以看出演劇者的苦心。我們現今聽平劇唱句都不容易懂,更不用説昆曲弋腔,因爲同是一句話,唱起來每每增加了許多的拖音或其他聲音。演唱者顧慮到這一點,便把整個的牌子給切斷,唱兩句就要加上幾句説白,這

樣,即便不聽唱也可以完全瞭解,或者由説白使得我們可以多少聽懂唱句一點。現在把這十五種的增改情形臚列於次:

(一)北西厢"鶯鶯長亭話别"全折缺白,末缺耍孩兒,五煞及尾共七支。"張君瑞泥金捷報"全折缺白,首缺賞花時末缺六曲。

(二)尋親記"周維翰禁中别妻"與六十種曲本第十三齣發配後半的吊場全同。略增説白。

(三)琵琶記"蔡伯喈中秋賞月"即第二十八齣中秋望月,缺首二曲及白,增白作解釋。

★"趙五娘描畫真容"即取第二十九齣"乞丐尋夫"大加增改。

"趙五娘往京自嘆"即第三十二齣"路途勞頓",增解。

★"鬧饑荒",新增。

★"托夢",新增。

(四)荆釵記

★"十朋母官亭遇雪"與第二十八齣哭鞋完全不同。

"錢玉蓮綉房議婚"即第九齣綉房,缺首曲戀芳春及白。

"承局送書"即第二十二齣獲報,缺末吊場。增解。

★"孫汝權假裝賣花",書在第二十一齣"套書"後。新增。

(五)白兔記

★"夫妻磨坊相會"與第三十一齣私會完全不同。

★"汲水遇兔"與第二十七齣汲水完全不同。

★"小將軍打獵遇母",原書明作"新增"。以上三齣白兔記與富春堂本亦不同。

(六)拜月亭"蔣世隆曠野奇逢"即第十七齣,增解。

★"誤接絲鞭",新增。

(七)千金記"咸陽夜宴",即第十四齣,缺首段白。

(八)香囊記

★“憶子平胡”,與第九齣憶子完全不同。

(九)浣紗記“送别越王”即第十八齣得赦,缺首二曲及白。

(十)灌園記“灌園授衣”即第十六齣君后授衣,全同。

(十一)紅拂記“仗劍過江”即第二齣仗策渡江,缺首瑞鶴仙及白。

“紅拂私奔”即第十齣使女私奔,缺白。

(十二)曇花記“真君顯聖”即第二十三齣,缺首瑞鶴仙及白。

(十三)鳴鳳記“繼盛修本”即第十四齣燈前修本,大部分均已删削。

(十四)南西厢“月下佳期”即第二十七齣,全同。與近日流行昆曲不同。

(十五)玉簪記

★“嬌蓮女空門思母”,新增。

“潘必正姑阻佳期”,即第二十一齣。

★“陳妙常拜月憶人”,新增。

以上共二十九齣,有★的十二齣都是新增或改作的,值得注意。“增解”的則有琵琶記中秋賞月和往京自嘆,荆釵記的承局送書,以及拜月亭的曠野奇逢。爲易於明瞭起見,舉琵琶記的往京自嘆爲例,以見一斑:

琵琶記　路途勞頓

路途多勞倦,行行甚時近?未到洛陽城,盤纏多使盡。回首孤墳,空教奴望孤影。天哪,他那裏,誰倸采;俺這裏,誰投奔?正是西出陽關無故人,須信道家貧不是貧。

秋夜月　趙五娘往京自嘆

路途多勞倦,(勞倦不堪言,心中愁萬千。回首望孤墳,家鄉漸漸遠。)行行甚時近?(那日起程之際,多蒙太公賜我盤纏。祇説到京儘勾,誰知道途中日久,費用甚多。)未到洛陽城,盤纏多使盡。(離家一月餘,行來没了期。回首望孤墳,孤墳在那裏?)回首望孤墳,(祇見青山不見墳,回頭祇見影隨身。)空教奴望孤墳,你那裏不偢采,俺這裏無投奔。(看往來人似蟻,不見故鄉人。舉目人不識,這苦向誰論?)西出陽關無故人。(路遠甚艱難,水宿與風餐。在家千日好,出路半朝難。)須信道家貧不是貧。

其餘大多類此,有原書可按,不再臚舉。

李笠翁閑情偶寄云:曾聽弋腔北西廂。可見至清初北西廂尚能用弋腔來唱,那末秋夜月中有兩齣北西廂也就不足爲奇了。

秋夜月的出現是中國戲劇史材料的重要提供,其中保存了紅葉、金臺、妝盒、同窗、卧冰、升仙、雙璧、蟠桃、三桂、五桂、織錦、藏珠、四節、洛陽、羅帕、四德、長城、三元、烈女、煉丹、播間等二十餘種罕見的明代傳奇,真是值得我們慶幸的。從"徽池雅調"的小題目和文句粗野俚俗各點看來,這秋夜月是餘姚腔的結果,也是地方戲的重要提供。

(刊載第三十一、三十二期,民國三十年八月十六日、廿三日)

案:此文修訂後題名"秋夜月",重刊於《新中華》復刊第4卷第20期(1946年10月),第35~38頁;後又補充資料修改,收入趙景深《元明南戲考略》(北京:作家出版社,1958年3月),第124~135頁。另見重印本《元明南戲考略》(北京:人民文學出版社,1990年10月),第121~132頁。再收入趙景深《趙景深文存》("復旦中文先哲"叢書)(上海:上海古籍出版社,2016年11月),第147~157頁。

清名家詞與清傳奇

（刊載第二十九期，民國三十年八月二日）

案：歷經數次波折，報紙損壞，原文缺失。

譚 正 璧

(1901.11.26—1991.12.19)

江蘇嘉定黄渡鄉(今屬上海市)人。字仲圭,筆名譚雯、佩冰、璧廠、趙璧、易璧、譚嘉定等。1919年就讀江蘇省立第二師範學校,1923年一度入上海大學中文系。之後,在上海神州女校、上海中學鄉村師範部、上海民立女子中學等校任教。1933年獲私立正風文學院文學士學位。其後在上海民立中學、務本女子中學、上海美術專科學校、華光戲曲專科學校、震旦大學和中國藝術學院任教員、教授等職。抗戰勝利,任職於中國書報編譯所,并爲大東書局、廣益書局、中華書局編輯。中華人民共和國成立後,任蘇南黄渡師範學校校務委員兼師範部主任、齊魯大學教授、山東大學教授、上海棠棣出版社總編輯、華東師範大學教授、中華書局上海編輯所特約編輯等。編著有《中國文學史大綱》、《國學概論講話》、《文學概論講話》、《新編中國文學史》、《中國小説發達史》、《中國文學家大辭典》、《説唱文學文獻集》、《彈詞叙録》、《木魚歌·潮州歌叙録》、《曲通蠡測》、《古本稀見小説匯考》、《評彈通考》、《譚正璧學術著作集》(全十三册)等。

無聲戲與十二樓

凡是對於中國舊小説略有研究的人,大概都知道李笠翁曾經做過兩部通俗短篇小説集——“無聲戲”與“十二樓”。但“十二樓”很流行,而“無聲戲”絶少傳本,僅日本東京尊經閣藏有清初刊本。經孫楷第的考證,知道這部清初刊本“無聲戲”也不一定便是原本。因爲“無聲戲”原有前後二集,都經杜濬評次,後來杜濬又把它們合爲一書,名爲“無聲戲合集”。馬隅卿曾藏有“合集”的殘本,可惜僅存第一第二兩篇,就是全書目録也已缺去。僅賴卷首插圖十二頁,孫楷第據以與大連圖書館所藏抄本“連城璧全集”對勘,内容完全相同,於是他假定“連城璧”就是“無聲戲”後身。但把抄本“連城璧”和清初刊本“無聲戲”對勘,發現“無聲戲”十二篇同於“連城璧正集”者凡八篇,其餘都同外編。(“連城璧全集”計正集十二篇,外編四篇。)所以清初刊本“無聲戲”即使不是原本,其爲笠翁所作“無聲戲”各種版本之一,則可無疑義。

據馬氏藏“無聲戲合集”殘本第一篇第三頁版心上有“無聲戲一集”字樣,可知抄本“連城璧全集”即爲“無聲戲一集”或“前集”,而清初刊本“無聲戲”之是否爲原本,確是成了問題。但“連城璧外編”四卷(據日本“舶載書目”當有六卷)是否就是“無聲戲二集”或“後集”的殘本,或者“二集”或“後集”另有其書,這問題却大家都不曾注意過。今夏我因編輯“歷代文選”,在選録清人小説之際,把“十二樓”全部細讀了一遍,從作者原文及杜濬的評語中,偶然發現了所謂“無聲戲二集”或“後集”者,原來遠在天邊,近在眼前,却就是這部流行很廣的“十二樓”。

“十二樓”是集合十二篇都用樓名來作篇名的短篇小説而成,

每篇回數不一,少者一回(如"奪錦樓"),多者有六回(如"拂雲樓")。它的次序各本也不一致,我曾在舊書坊裏看到一種舊石印本改名叫做"巧合奇緣"的,却把普通本第十二篇"聞過樓"放在卷首。普通本書名都題"覺世名言十二樓",署名是"覺世稗官編次""睡鄉祭酒批評"。卷首有順治戊戌(十五年)的杜濬序。殘本"無聲戲合集"的署名與此書全同,而卷首亦有杜濬序。覺世稗官當然是李笠翁的筆名,而睡鄉祭酒即爲杜濬。濬字于皇,號茶村,湖北黄岡人,明季諸生,入清隱居金陵不出,詩文有"變雅堂集"。笠翁也曾久寓金陵,可見他們二人的相與必非偶然。而杜氏既爲笠翁的"無聲戲"前後集批評作序於前,又復爲合編"無聲戲合集"於後,二人的交誼的不同平常,也由此可見。

普通本第六篇爲"萃雅樓",它的回目如下:

第一回　賣花郎不賣後庭花　買貨人慣買無錢貨

第二回　保後件失去前件　結恩人遇着仇人

第三回　權貴失便宜弃頭顱而换卵　閹人圖報復遺尿溺以酬涎

篇後杜氏的評語開首云:

凡作龍陽者:本以身爲妾婦,則所存之人道,原屬贅瘤,割而去之,誠爲便事,但須此童自發其心,如初集之尤瑞郎則可。……

這裏所云"初集之尤瑞郎",我起初疑心"十二樓"或有初二集之分,但一查孫楷第"日本東京大連圖書館所見中國小説書目提要",知尤瑞郎事出於清初刊本"無聲戲"第六回"男孟母教合三遷",亦即"連城壁外編"之卷三。杜氏既稱"無聲戲"爲初集,則"十二樓"當爲"無聲戲"的二集或續集可知。而且因爲尤瑞郎事在"連城壁"中却不在正集而在外编中,那麽馬氏所藏"無聲戲合集"的十二篇目是否就是"無聲戲"初集的篇目,以及因爲"十二樓”是十二篇,它的初集“無聲戲”應該也是十二篇,而“連城壁”共有十六篇,爲什麽却多出了四篇,都又成爲問題。所以孫楷第在“連城壁全集”提要中所云:

> “連城壁”書名雖僞,其全集外編之分殆非偶然;今存“合集”第一篇第三頁板心上尚存“無聲戲一集”字樣,(其餘諸頁皆祇存“無聲戲”三字)言一集,則必有二集可知。“一集”既與“連城壁全集”相當,則“二集”亦不與“連城壁外編”相當。然則杜序所謂合兩者而一之者,殆是彙刻而非合并,合刻後前後二集仍各自爲書,一依原書之舊。“合集”之“一集”爲單行本“無聲戲前集”之文,在“連城壁”則爲“全集”;“合集”之“二集”爲單行本“無聲戲後集”之文,在“連城壁”則爲“外編”。此種推測或與事實相去不遠。……

這一段推測,在“無聲戲二集”或“續集”——“十二楼”——未經發現以前,確有相當的價值,但在既發現之後,却變爲毫無意義了。我爲什麽竟敢十二分地確定“十二樓”的原名是“無聲戲二集”或“續集”呢?那麽還有一個最靠得住的證據須得舉出來告訴大家,原來作者自己在“十二樓”第七篇“拂雲樓”第四回的結末寫道:

> 此番相見,定有好戲做出,不但把私事訂了,連韋小姐的頭籌却被他占了去也未可知。各洗尊眸,看演這本無聲戲。

這個作者自己筆下寫下的鐵證,不勝過於别的旁證萬倍嗎?而且作者名小説爲“無聲戲”,由此可見作者的文學態度。作者本是一位有名戲劇家,他的“十種曲”傳世之廣,也不亞於“十二樓”。而他的文字的流利詼諧,内容的光怪陸離,無論戲劇小説都是一樣。而且篇篇是喜劇,篇篇富趣味,無論對文學有無修養的人誰都愛讀,這便是他的偉大的成功。他既目小説爲“無聲戲”,那麽後世都以戲劇家稱他,適中了作者自己的心願。相傳小説“肉蒲團”也是他所作,那麽是真是假,也可以視爲不必要的確定了。

但在本文結束之際,衹解決了文中所提出問題的一半,就是“無聲戲二集”或“續集”或“後集”,就是現在還很流行的“十二樓”,并未逸失。至於“無聲戲初集”或“一集”或“前集”的原本,究竟怎樣,那麽還須再待新的發現來解決,在本文裏这是一個未決的懸案。

(刊載第六期,民國三十年二月八日)

案:經修訂後,用原題收入譚正璧《話本與古劇》(上海:古典文學出版社,1956年6月),第145~149頁。復用原題收入譚正璧著,譚埧、譚篪編《譚正璧學術著作集·話本與古劇》(上海:上海古籍出版社,2012年5月),第159~165頁。

劉思慧

（生卒不詳）

“豆棚閑話”裏的一個故事

偶讀徐復祚的“花當閣叢談”，卷四中孝丐一條，與“豆棚閑話”第五則“小乞兒真心孝義”的情節極相似，大概是它的藍本。現在我把它鈔下來作參考。

> 吴門有貴人，月夜過橋，聞其下有歌唱聲，覷之則丐兒也。坐一老嫗塊上，以所丐得酒，捧缶而跪進焉；仍曼聲歌唱以侑之。貴人訝詰其故。丐兒曰：“儂有母，以儂窶不得歡，聊歌唱以發其一粲耳。”貴人嗟嘆良久，歸，轉相傳語稱异。復時時偵之，見其所以娱母也不一，自是諸貴人每宴輒置餘豆間，曰：“以待孝丐兒。”

（《平話小説考源二則》題一，刊載第七期，民國三十年二月十五日）

案:曾以原題刊於《輔仁文苑》第5輯(1940年11月),第4頁。作者另寫過《"小乞兒真心孝義"的另一個來源》,《輔仁文苑》第7輯(1941年4月),第30頁。

關 關

（生卒不詳）

拍案驚奇源流考之一

宋郭彖“暌車志”裏有劉唐卿一段故事，就是“拍案驚奇”卷二十二“喬兑换胡子宣淫”的入話的祖本，今具録於後：

龍舒人劉觀任平江許浦監税，其子堯舉字唐卿，因就嘉禾流寓試，僦舟以行。舟人有女，堯舉調之，舟人防閑甚密，無由得間。既引試，舟人以其重扃棘闈，無己慮也。日出市貿易。而試題適唐卿私課，既得意，出院甚早，比兩場皆然，遂與舟女得諧私約。觀夫婦，一夕夢黄衣二人，馳至報榜云：“郎君首薦。”觀前欲視其榜，旁一人忽掣去云：“劉堯舉近作欺心事，天符殿一舉矣。”覺言其夢而協，頗驚异。俄而拆卷，堯舉以雜犯見黜，主文皆嘆惜其文。既歸，觀以夢語之，且詰其近作何事，匿不敢言。次舉首薦於舒，然至今未第也。

（《平話小説考源二則》題二，刊載第七期，民國三十年二月十五日）

案:曾以原題刊於《輔仁文苑》第5輯(1940年11月),第10頁。另補充寫《劉堯舉故事的另一個來源》,《輔仁文苑》第7輯(1941年4月),第89頁。

童丕繩

（1908.5.26—1968.1.8）

童丕繩即童書業（“丕繩”是其字），生於安徽蕪湖，原籍浙江鄞縣（今寧波市鄞州區）。字丕繩、族武（或爲別號），號庸安，別名馮鴻或馮洪、馮梅、馮友梅、吴流、章卷益、卷益、訥齋、童疑。童年入私塾，13歲讀畢“十三經”。1925年入上海聖舫濟英文專修學校學習英語，一年半退學，專攻繪畫。1928年至1930年曾任國民政府財政部書記官，業餘開始研究古史。1935年發表《版本述》，任浙江省立圖書館校對。後任顧頡剛研究助理、禹貢學會編輯。歷任上海光華大學等校講師，以及宜興、常州等地中學教員。抗戰之後，任上海市立博物館幹事、歷史部主任，兼任無錫國專、光華大學歷史系教授等職，1949年後擔任山東大學歷史系教授。著有《春秋史》、《中國疆域沿革略》、《古代東方史綱要》、《中國古代地理考證論文集》、《唐宋繪畫談叢》、《童書業著作集》（全書7卷）等。

童丕繩

野叟曝言略考

前清光緒八年纔完全出版的野叟曝言小説,據舊説是康熙年間江陰繆某所作的。蔣瑞藻的花朝生筆記上面記説:繆某這人很有才學,非常自負,但是終身不能得志,晚年時纔作這部書,用以抒泄不平的憤恨。書中的文素臣就是暗表作者自己,匡無外是暗射一姓王的,余雙人是暗射一位姓徐的,王、徐二人都是作者的至友。乾隆帝南巡時,繆某把這書繕寫了一部,裝潢得很是精緻,外面加上包袱,預備在"迎鑾"的時候進獻給皇帝,以表示他的才情,希博皇帝的賞識。不料他有一位女兒,頗通文墨,而且很聰明,懂得世故人情,知道這部書如果真的進呈了,必致釀成人禍。她又精度□的父親性情堅執,是無法勸止他的計畫的。於是她就和她父親的一個學生商議了,秘密用白紙照式裝釘了一部,把原書偷換了。到繆某將要去迎駕的時候,打開包袱,拿出書來檢看,已變成了白紙一部。他抱頭痛哭出聲,認爲是見忌於造物,書已羽化登天了。他的女兒就向他勸解道:"書既爲造物所忌,就是不進獻也好。現在的皇帝性情猜忌,你老人家的書又多有不檢點的地方,塞翁失馬,安知非福——近代的文字獄是這樣的多,你老人家難道不曾聽到嗎?"繆某無可奈何,衹得鬱鬱而罷。到繆某死去後,他的女兒因爲這部書乃是她父親一生心血之所寄,不肯就叫它失傳,便將原書潤飾一過,將穢褻的話大略都删除了。然後付印於世,這就是近日流傳的本子。案:這段記載,完全不足信的!第一,野叟曝言小説實是江陰夏二銘作,見於江陰藝文志凡例。魯迅先生已考證得很清楚了。决非繆某所作。第二,夏二銘,著有綱目舉正一書,有他的兒子祖耀的案語,説:"是書既成,携入閩中,祈故友福建撫軍富公綱奏呈,未果。歸,遇乾隆丙午出巡,赴蘇迎鑾,擬躬進獻,又有所阻。"可見夏氏所要進獻的,乃是綱目舉正正經書,并不是野叟曝言小説。所以種種附會之説,都是皮之不存,毛將焉附的。第三,現今流傳的野叟曝言小説,穢褻的地方觸目皆是,有些地方實遠駕金瓶梅之上。可見所謂"穢褻之語删除略盡"(花朝生筆記原文)也非事實! 第四,這書初次出版是在光緒初年,决非康熙時繆某的女兒所印,不過魯迅先生的考據雖然精密,但仍疏忽了一點,便是該書决非繆某所作,但也决非全部出於夏二銘之手,這書實在至少有一部分是時代很晚的人寫的,大家如不相信,請看我下面舉的證據:

單有宋素卿一人,是其(木秀)腹心,雖居中將之任,實未統兵。(第一百三十四回,下同。)

東京城中

幸有寬吉母族藤峽種臣……受木秀陸軍少將之職。

已抵……東京港外。

直入東京。

文恩因問明東京幾座寺院。

東京這許多寺院。

帶歸東京。

自此東京單留文龍文恩……

東京安堵無事。

案:日本江户定名爲東京,乃明治元年七月的事情(遷都東京爲明治四年事),當中國前清同治七年,夏二銘怎能知道"東京"的名詞?"中將"和"陸軍少將"等名詞也决非康熙乾隆年間人所能悉。這些乃是今本野叟曝言晚出的實證! 此外還有兩位狂生的説話:

古時學宫,春夏教以禮樂,秋冬教以詩書,别無制義之目。今雖兼課經義治事,而仍以制義相參,使學者有用之心思,消磨無用之帖括。兼使精神俱瞀,智識皆昏。一旦臨民,茫然無主,坐如木偶,全憑綫索提牽;行若紙棺,一任模糊葬送。欲望老太師奏聞皇上,廢去制科,將坊間一切刻版,世上一切時文,俱付之祖龍一炬。(第一百五十二回,下同。)

這種話很像是康長素、梁啓超的前身説的。(案李鴻章已言:"論者咸知時文試帖之無用,又不敢倡言廢科舉。"可見時文試帖之無用在同、光間已是常識了。所以本書中曾借狂生之口來大罵八股。)書中説這話的人也是兩位狂生:吴江秀和卞特立。康、梁的意見被當時的"正人君子"和大臣們斥爲"邪説",吴卞兩人的話也被文素臣斥爲"安石之邪論":

制義本無益於學者,而使暢發聖賢之精義,辨析經傳之疑藴,較唐、宋、元取士之制,或雕琢其心思,或縱横其意見,或俳優其興趣者,得失判然矣。况爲太祖所特制,爲臣子者可貿貿然去之乎?

祖宗法度有必當更改者,有可以不更改者,若不問其當改不當改而肆意改之,以爲責難於君,此安石之邪論也!安石變法而行雇役,民既安之矣;温公并議改除,蘇軾猶以爲言,况祖宗法度,百餘年所安者耶?本朝由制義出身者,忠如方、景諸公,直如鍾、戴諸公,蘇尚書之理學,李祭酒之氣節,于少保之功勳,彭相國之經濟,麟麟炳炳,史册可稽。即現在閣臣如劉、謝,六卿如王、馬、劉、戴諸君子,樹立卓然,何一非制科出身,而必欲變祖宗之法度乎?……利不什不變法,害不什不變法,正無庸明與祖制爲難,而輕議革除也。

"太祖所特制,爲臣子者可貿貿然去之乎?"就是所謂"祖宗成法,爲臣子者豈可忍心改變"(清末某人奏疏中語)?"正無庸明與祖制爲難,而輕議革除",也很像清末頑固派的話,雖然這位文素臣已開通得知道"制義本無益於學者"了。(歷舉由制義出身的名臣,以反對廢除八股,也很像清末某某等人的説話。)

這兩位狂生來見文素臣,結果是被匡無外撒酒風嚇走的。他們走了之後,文素臣的朋友中就有人説:

> 這兩醉生語雖亂道,却頗有些見解,非鄙生腐儒也。
>
> 彼自負爲顔淵復生,若没無外這一嚇,將來便爲禰衡之續矣!

廢除八股雖是"亂道",但也被承認爲"頗有些見解",這正是清末人的説話。作者固爲怕這"自負爲顔淵復生"的人。"爲禰衡之續",所以叫匡無外去把他們嚇走,多見此□藴心腸了!

以上這些證據已足證明野叟曝言小説即使不是康、梁同時人所作,也至少有一部分是康、梁稍前的人所增加。我們且再看看這書的序文:

> 康熙中,先五世祖韜叟宦游江浙間,獲交江陰夏先生。先生以名諸生貢於成均,既不得志,乃應大人先生之聘,輒祭酒帷幕中,遍歷燕晉秦隴……所歷既富,於是發爲文章,益有奇氣。先生亦自負不凡,然首已斑矣。先五世祖以官事過禾中,邂逅水次,一見傾倒。旋吴之後,文宴過從,殆無虚日。先生亦幸訂交於先祖,屏絶進取,壹意著書。閲數載,出野叟曝言二十卷,以示先祖,始識先生之底藴,於學無所不精,亟請付梓。先生辭曰:"……言多不祥,非所以鳴盛也。"先祖頷之,因請爲之評注,先生許可;乃乘便繕副本,藏諸篋中,先生不知也。先生既没,先祖解組歸蜀……嘗謂曾祖光禄公曰:爾曹識之,承夏先生之志,慎勿刻也。自是什襲者,又百有餘年矣。乃今夏六月,余友程子自海上購得此書,以予好讀奇書,持以相贈,不覺大詫。余友爲述刻書之用,始知是書成於吴中書賈,而出之者,夏先生之後人也。然已缺失十一,不若吾家副本之全。余惟夏先生之爲人,著述震海内,傳世之文

當非一種。是書抒寫憤懣,寄托深遠,誠不得志於時者之言,故深自秘靳而不欲問世。今則去先生之世已遠,無所忌諱,其後嗣既出其書矣,徒以兵燹剥蝕,使海内才人皆有抱殘守缺之憾。則將以是書知先生而不足以盡知先生,并無以知余祖與先生之交,及當日慎重勿刊之意矣。夫後世不以是知先生,先生亦不以是書見知,均之已矣。既以是知而仍無异乎勿知,則亦非吾祖之所樂也。爰出全書以付余友,達諸海上之刊是書者,亟謀開雕,俾讀者快睹其全,并述藏書之由,以告夏先生之達人,證二百年前之交契云。光緒八年,歲次壬午,九月,西岷山樵謹識。

著了一部百五十四回眩才的大書,而竟情願秘藏,不以問世,這已竟出乎人情之外了。知交繕了副本而"先生"竟"不知",又是很使人奇怪的一件事。這部大書藏了"百有餘年",忽然出現,而出於作者後人的本子已有缺矣,知交所藏的副本反能獨全。種種疑竇實在可疑。這書的來歷既是這樣的暗昧,而書中又露出許多馬脚,則具有一部分出於僞作,是可以斷定的了!(案魯迅小説史略已説:"一本獨全,疑他人補足之。")

(刊載第八期,民國三十年二月廿二日)

案:查閲童書業著《春秋史》(北京:商務印書館,2010 年 12 月)中《知非簡譜》《童書業著述目録》,1941 年間均無此條目著録。

吴曉鈴

(1914.3.9—1995.2.7)

吴曉鈴,祖籍遼寧綏中。又名英甫,筆名嘿齋。1933年於燕京大學理學院醫學預科系學習,1935年轉入北京大學中國語言文學系學習,1937年畢業留校任教,并兼任北京神學院和燕京大學中文系助教、講師。1938—1942年在昆明西南聯合大學中國語言文學系任教。1942年8月至1946年底,應邀去印度國際大學中國學院任教,同時研究印度古典戲曲。1946年底回到北京,在法國巴黎大學北京漢學研究所任編纂主任,并兼任北京大學、清華大學、輔仁大學等校教授。1951年在中國科學院語言研究所任研究員,1957年轉到中國科學院文學研究所任研究員。1985年,任美國加州大學伯克利分校亨利·盧斯講座教授。1989年任加拿大多倫多大學客座教授。1989年獲法國巴黎大學榮譽哲學博士稱號。1990年獲印度國際大學榮譽文學博士稱號。主要著作《六十種曲》校點、《古本戲曲叢刊》編校、《西厢記》校注、《關漢卿戲曲集》編校、《大戲劇家關漢卿杰作集》、《吴曉鈴集》(共五卷)等,以及發表論文數百篇。主要譯著有《小泥車》《龍喜記》等。

吴曉鈴

杜仁杰生卒考辨——元劇雜考之一

元末雪蓑漁隱夏伯和著了一部青樓集，卷專有邾經的序，中云：

我皇元初并海宇，而金之遺民，若杜散人、白蘭谷、關已齋輩，皆不屑仕進；乃嘲風弄月，流連光景，庸俗易之，用世者嗤之，三君子心固難識也。

按：杜散人即杜善夫，白蘭谷就是以寫唐明皇秋夜梧桐雨而享盛名的白仁甫，録鬼簿説他"號蘭谷先生"。關已齋爲關漢卿。據近世治曲學者的考證結果，白蘭谷和關漢卿都已够不上作金代遺民的資格（注一），剩下來的衹有這位杜散人了。

杜散人的事迹不詳，生卒舊無可考。録鬼簿卷上"前輩已死名公有樂府行於世者"（注二），部中著録"杜善夫散人"在第四，我們纔知道散人唤做善夫，但却不詳是名是字。鍾氏稱善夫是"前輩已死"的人，而録鬼簿序作於至順元年（公元一三三〇），大約杜氏逝於一三〇〇之前，是十三世紀間的人。

對於杜氏生平首加注意的是王静庵（安）先生。他的録鬼簿校注於"杜善夫散人"下注曰：

杜仁杰，字仲梁，又字善夫（注三）。濟南長清人。

按：杜氏本傳具見金詩選卷首名字爵里録；金文雅卷首金文雅作者考；元詩紀事卷三；濟南府志卷四十八人物；長清縣志卷十一人物、徵辟；靈岩志卷二人物、隱逸諸書，叙述不同，繁簡各异；而記載得最詳細的，要算是元詩選三集了：

善夫先生杜仁杰：仁杰字仲梁，先稱善夫，濟南長清人。金正大中，嘗偕麻革信之、張澄仲經隱内鄉山中，以詩篇倡和,名聲相埒。元至元中屢徵不起。子元素仕元,任福建閩海道廉訪使。仁杰以子貴,贈翰林承旨,資善大夫,謚文穆。仲梁性善謔,才宏學博,氣鋭而筆健,業專而心精。生平與李獻能欽叔、冀禹錫京父二人爲友善。遺山元好問送仲梁出山詩有云:“平生得意欽與京,青眼高歌望君久。”其相契之深可知也。

此文頗有遺漏和晦澀的地方,兹特分别指出:

按杜氏又號止軒,靈岩志卷二云:“杜仁杰,字仲梁,號止軒。”胡祗遹紫山大全集卷六有贈杜止軒七律一首,卷六有挽杜止軒七律一首。王惲秋澗大全集卷十六有挽杜止軒七律一首,卷十七有挽杜止軒七律一首,卷十七有挽杜止軒七律二首,均可爲證。而此文未載。又元詩選説杜氏“先稱善夫”,元詩紀事卷三云“又字善夫”;則善夫是杜氏“先稱”之字。那麽杜氏“先稱”之名是什麽?諸書均無考。我根據在山東長清縣郊所發現的杜忱墓碑(注四),知道杜氏原名之元,“之元”“善夫”蓋據易乾卦文言“元者,善之長也”而名。

晦澀之處是年代問題:文中説杜氏金亡不仕,“元至元中屢徵不起”。又他的兒子元素仕元,任福建閩海道廉訪使,因而他也得蒙封贈的。年代均未詳考,這兩個問題可以合在一起討論。所謂“至元”蓋指元世祖至元而言,有濟南府志卷三十九“杜仁杰……世祖時,以才宏學博累徵不起”可證。然而在至元之前,杜氏也曾被徵過的。元好問曾有癸巳歲寄中書耶律公書(注五)舉薦他和王賁、商挺、楊果、麻革等數十人,略云:“……竊見南中大夫士歸河朔者,在所有之:聖者之後如衍聖孔公,耆舊如馮内翰叔獻,梁都運斗南……時輩如平陽王狀元綱……濟南杜仁杰……凡此諸人,雖其學業操行,參差不齊,要之皆夫民之秀,有用於世者也。”癸巳是金哀宗天興二年(公元一二三三年),也就是元太宗即位的第二年，耶律楚材正作中書，所以遺山上書把這些可以聘用的人材介紹給他。大約不久朝廷就下諭徵辟，杜氏表辭不就。元蔣子正(注六)山房隨筆卷二載其謝表二聯曰："俾獻言於乞言之際，敢盡其忠；若求仕於致仕之年，恐無此理，不能爲白居易，漫法香山居士之名；惟願學陸龜蒙，拜賜江湖散人之號。"蔣氏是宋人入元者，所以我們推知杜氏最先的幾次"屢徵不起"，大約要在世祖至元初，不過後來他的兒子却仕元做到高官，而且使善夫得到"翰林承旨，資善大夫"的封贈和"杜文穆公"的謚號，在這位老而不易其志的善夫看來，恐怕也要詫爲一件出乎意表的事情罷！所以我覺得當善夫得到這些榮耀的時候，他一定早已死去，否則他必是弃之若敝屣的。按：靈岩志卷二人物杜氏本傳云：

……元世祖聞其賢，與大臣議以翰林承旨授公，累徵不就，乃優游於靈岩五峰兩名勝而終焉。武宗追謚文穆。

此文頗可證成我在前面所定的假設，至元是世祖的年號已無可疑；既云"武宗追謚"，則不惟可證杜氏死後得蒙封贈，即其卒年亦可以限制在武宗至大(公元一三〇八——三一一)之前，而元素的登仕則一定是在武宗朝了。

我把杜氏的生卒，假定如下：

杜仁杰　生於金章宗泰和元年(公元一二〇一年)頃，卒於元世祖至元二十年(公元一二八三年)頃。享年約八十餘歲。

這個假定是有根據的。我曾經搜集杜氏及其朋輩的事迹，又從各種詩文選本中輯出杜氏的作品若干篇，寫成一個年表，將杜氏事迹之可考者繫之以年，於是得到上面的假定。現在將這年表寫出，杜氏的生卒事迹，也就"略可考見"了。

金章宗泰和元年辛酉(公元一二〇一)，杜仁杰約生於此年。

按：宋理宗端平二年乙未(公元一二三五)仁杰與元好問同游

濟南。時爲金亡後一年,元氏四十六歲。以年齒論,杜氏當較元氏爲少,然二人行輩相同,交誼又最深,相差當亦不會甚多。姑且假定杜氏游濟南時年三十五,則溯其生辰恰當此年左右。

考胡祗遹死於元世祖至元三十年(公元一二九三),而紫山大全集卷六有挽杜止軒七律一首;杜氏又嘗於至元二十年(公元一二八三)撰谷山寺碑(説見後)。是杜氏之逝當在至元二十年至三十年之間。紫山挽詩有云:"八十康强談笑了,一襟收我泪沾巾。"知杜氏在世八十餘年,姑定杜氏逝於至元二十年,回溯至此年,適爲八十二歲,去事實或不甚遠。

金哀宗正大二年乙酉(公元一二二五),杜仁杰與元好問相識。

按:元氏去歲君遠游詩題爲"送杜仲梁出山",有"憶初識子梁王臺"句,即指此年二人在汴相會之事。

金哀宗正大四年丁亥(公元一二二七),杜仁杰隱於内鄉,時元好問爲内鄉令。

按:元氏長慶新泉記云:"鄧之西百里而遠,是爲内鄉。内鄉東鄙有山焉。……正大丁卯,余承乏是邑。"元詩紀事卷三引遺山先生文集"麻信之、杜仲梁、張仲經、正大中,同隱内鄉山中,以作詩爲業。"元氏張仲經詩集序云:"及予官西南,偕杜仲梁就予内鄉。"而元詩自携卷一載元氏西齋夜宴詩七律一首,注云:"時爲内鄉令……叔能、信之、張、杜諸人皆至,而麟之獨不來。"張、杜即指仲經及善夫而言。

金哀宗天興元年壬辰(公元一二三二),杜仁杰於此年北渡。

按:此年金元兵戈沸擾,杜氏乃北渡暫避。或即卜居北平,亦未可知。有病中憶坦夫兄云:"共脱壬辰亂,他鄉見愈親。"可證。又杜氏於至元二年撰東平張宣慰登泰山碑云:"予自壬辰北渡,三十餘年。"亦指此年而言。

金哀宗天興二年癸巳(公元一二三三),元好問上書耶律楚材推薦杜仁杰等數十人爲元用,大約當時就有徵辟之諭,仁杰不受命。

按:遺山先生文集卷三十九有癸巳歲寄中書耶律公書,推薦杜氏諸人,時耶律楚材佐元太宗任中書官。次年三月,金亡。

元太宗四年乙未(公元一二三五),杜仁杰與元好問同游濟南。

按:此年爲宋理宗端平二年,亦即金亡次年。元好問遺山先生文集卷三十四濟南行記云:"初至齊河,約杜仲梁俱東……"又云:"乙未秋七月,予來河朔者三年矣。始以故人李君輔之之故而得一至焉。"此外又有泛舟大明湖(待杜子不至)詩及濟南雜詩十首,記其游踪。時元氏年四十六,杜氏約三十五歲。

元定宗二年丁未(公元一二四七),杜仁杰撰真静崔先生傳。

按:崔真静諱道演,字元甫,修真於五峰山而得道。化去年代不詳,然知其俗壽爲八十一。而杜氏所撰傳記末稱"碑刻於丁未上元,爲定宗二年,距真静之化,已二十七年矣"。則真人當化於金宣宗興定五年也。此傳本文載長清縣志卷十三,金文最卷五十七,及道藏本甘水仙源録中。其碑在五峰山洞真觀,今存。山左金石志、山左訪碑録、金石彙目分編俱著録。

元憲宗二年己酉(公元一二四九),杜仁杰從嚴忠濟至曲阜,謁孔子林廟。

按:曲阜孔廟有重修文宣王廟碑,據山左金石志云:係立於承安二年,而碑陰銘刻有"歲在己酉,率諸將佐恭拜林廟,周覽聖迹,留三日而去。二月四日東平嚴忠濟謹題",後又有"東平王玉汝、燕山畢英、范陽盧武祥、清亭杜仁杰從行臺公拜奠祠林。歲舍己酉立秋日上谷劉詡謹識"。行臺公殆指嚴忠濟而言,然則杜氏之從游則在秋季,不與將佐同也。

元世祖中統元年庚申(公元一二六〇),杜仁杰從嚴忠範游徂徠山。

按:泰安縣志卷十一金石志補遺載"長清杜仁杰與嚴忠範游徂徠,觀水於白鶴灣松崖,臨壑難量□□鶴回翔。時中統元年七月也"。金石彙目分編卷十亦著録。

元世祖中統五年甲子(公元一二六四),杜仁杰撰泰山天門銘。

按:此文載於金文最卷十中,三字成句,凡四十六句。銘前有短序云:"泰山天門無室宇尚矣,張鍊師爲之經構,累歲乃成,可謂破天荒者也。"泰安縣志卷十一云:"天門銘,中統五年正月杜仁杰撰,嚴忠範正書,張汝霖勒石,在泰山南天門下西石崖。書法端嚴,類顔真卿。今爲工人所碎。"岱覽云:"今即其地築臺,是碑遂隕且瘞矣。"山左訪碑録及金石彙目分編俱著録。

元世祖至元二年乙丑(公元一二六五),杜仁杰撰東平張宣慰泰山碑。

按:此文載金文最卷四十二,未詳年月。首稱:"皇帝中統元載,擢用宿儒,宣撫十道,公首與其選。……越四年,上復命公爲東平宣慰使。……以至元重九前三日辦嚴以行。……噫,予自壬辰北渡三十餘年……"考其文謂中統元載(公元一二六〇)朝廷擢用宿儒,越四年,張氏"以至元重九前辦嚴以行",則泰山之游當在至元二年(公元一二六五)無疑。以至元二年上溯至金開興元年(公元一二三二)壬辰之亂爲三十三年,恰與"予自壬辰北渡三十餘年"句合。後讀泰安縣志、山左金石志、山左訪碑録、金石彙目分編,均有此碑見載。而泰安縣志卷十一金石志於文末附"至元二年二月杜仁杰撰"字樣,故知余説之不誤矣。

又按:碑稱宣慰張公,不詳名字里居,以史考之,即張德輝也。元史卷百六十三稱德輝字輝卿,冀寧交城人。世祖即位,起爲河東南北路宣撫使,尋遷東平路宣慰使。春旱,禱泰山而雨。至元三年秋,參議中書省事,皆與碑文合。惟世祖以字呼之,傳叙於世祖未即位以前,碑則叙於河東報最之後,爲不同耳。

元世祖至元四年丁卯(公元一二六七),杜仁杰撰王氏葬親碑。

按:由山左金石志、山左訪碑録及金石彙目分編均著録。文佚,以碑在五峰山洞真觀,故疑所稱王氏,或是王獨庵,未詳考。云"大朝至元四年重九日",以意度之,當在世祖至元四年,其時未定國號,故猶稱大朝也。

元世祖至元八年辛未(公元一二七一),杜仁杰撰崇真觀碑。

按:金石分域編云:"崇真觀碑,杜仁杰撰,劉謙正書,侯□篆額。"末署:"至元八年望月撰。"

《長垣縣志》云:"右碑在縣城内崇真觀。高七尺,寬三尺一寸,正書二十行,字徑一寸。碑文云:'開創之初升縣爲州。'又云:'復屬保垣州。'……云云。是元初曾升縣爲保垣州。元史地理志不載,或升州未久,仍改爲縣歟!"

附:仲子祠堂碑

金石分域編云:"杜仁杰撰。明弘治八年知縣杜啓重立石城東三里仲子墓。"此碑未載年月,當與崇真觀時代相同也。

元世祖至元十六年己卯(公元一二七九),杜仁杰撰故宣差千户保靖軍節度使李侯神道碑。

按:長清縣志卷十見載此文。末署"至元十六年"。李氏名順,字服之,與杜氏同里,生於金承安二年,歿於元中統二年,此碑之撰成,當在氏逝後十八年也。

元世祖至元二十年癸未(公元一二八三),杜仁杰撰谷山寺碑。

按:泰安縣志卷七載閻復七佛閣碑記文,略云:"謹公上人……赴京師杖錫踵門,請爲是閣作記。……經始於至元十七年春,落成於今年之秋……時至元癸未十一月二日也。"又云:"上人,魚台人。俗姓蔡氏。……行業爲衆所推……與當世名士杜徵君仲梁輩從游甚款。"此碑撰於至元二十一年,時谷山寺經始已成。閻氏碑陰有杜氏谷山寺碑,又閻復募疏文。募疏文居首,谷山寺碑後之。閻文寫於至元十七年頃,杜文則在至元二十年也。

此後事迹無考,胡紫山挽杜氏詩云"八十康强談笑了",則杜氏勢必年逾八十。而胡氏逝於至元三十年,杜氏於至元二十年尚爲谷山寺碑文,是杜氏之逝去,當在此十年(公元一二八三——一二九三)間。前設杜氏生於金章宗泰和元年(公元一二〇一),是杜氏卒年或去至元二十年未遠也。

又按:諸書多稱杜氏"以子貴,贈資善大夫,翰林承旨,謚文穆"。濟南府志稱:"其子元素,以聞望辟官。"任福建閩海道廉訪使。然予遍查元史、福建通志、廣東通志之職官門,於金元二代俱無元素之名,未審何故。然元史稱福建廣東道之改爲閩海道,在至元二十年,而提刑按察司改稱肅政廉訪使,則在至元二十八年。設元素居仕之説不謬,則雖不見載記,但必在至元二十八年之後。靈岩志謂武宗朝善夫追謚文穆,則元素於武宗至大間(公元一三〇八——三一一)當仍在職也。

以上的年表寫得很簡單,還有許多材料未能放到裏面去,希望將來能再補正缺訛,使杜氏的平生得以昭然大顯於世人。

善夫專爲散曲,不作雜劇,作品流傳的也很少,我曾從各種散曲選集——如朝野新聲、太平樂府、中原音韵、雍熙樂府、詞林摘艷等書——中輯出來雙調太平令、帶過得勝令,咏美色小令一闋,散套般涉調耍孩兒套、莊家不識勾闌及喻情,商調集賢賓咏七夕(注七)三套,明寧憲王的太和正音譜中保存了雙調喬牌兒和金娥神曲,這本來都是套曲,現在却僅僅剩下了兩闋。此外我還輯得杜氏的文章十篇，斷句一篇，存目四篇；詩二十八首，詞二闋；似乎大可編成一個比較完備的杜善夫先生集，但是，據王惲的挽杜止軒詩裏面説："一代文人杜止軒，海翻鯨掣見詩仙；細吟風雅三千首，獨擅才名四十年。"則他的作品差不多已竟是全部散佚了。

附注：

（注一）胡適之師有關漢卿不是金遺民一文，其結論稱"我們必須承認關漢卿是死在十四世紀初期的人，上距金亡已七八十年，他决不是金源遺老，也决不是大金優諫。"顧羨季師之關漢卿不是金遺民後記中兼及白朴，謂金亡時氏方九歲，似無仕金之理也。

（注二）此據暖紅室刻本，天一閣藏明鈔本作"前輩名公樂章傳於世者"，無"已死"二字。

（注三）善夫一作善甫。永樂大典所載宦門子弟錯立身戲文有"課牙不比杜善甫"句可證。

（注四）予據長清縣志卷十祠祀知杜仁杰墓在城東北八里，時家五叔岳亭先生在濟南，乃函請代爲調查，濟南距長清可二百里，吾叔往訪數次，竟得其地，地在長清東北王宿鋪西里許，龜趺敗裂，翁仲倒仆，僅存石門，上書"杜徵君神道"。吾叔亦好古成癖者，乃糾工將斷仆碑石之一重新翻立，即杜忱墓碑是。按杜忱爲善夫父，濟南府志卷四七有傳，中云："杜忱，字信卿，長清人。姿美行潔，以詞賦雄東州，試爲益都路魁。登進士，授京兆録事判官，以疾旋里。初兵亂中，行仁布德，全活數萬人命。後以疾終於家。"吾叔嘗將杜忱碑文鈔寄，予以呈胡適之師，後值事變，其稿遂失，然猶憶其碑文爲衍聖公書，嚴忠濟撰者。篆額爲"故金京兆府尹杜公墓表"。文中有"貞祐丙子公歿於泗上"，則杜忱當歿於金宣宗貞祐四年也。又有"高祖文，曾祖實，祖淵"等字，是善夫之世系已歷歷可考矣。聞吾叔稱此外尚有二碑,惜均破碎,未遑詳考。其一有"知建昌路總管府事男質立"等字。頗疑此碑是元素爲善夫所立者;元素或爲字,而質則其名也,若能詳考此碑,則善夫之生卒,當有更新之解釋,而無須此文之辭廢矣。

(注五)見遺山先生文集卷三十九,金文雅卷七。

(注六)蔣氏生卒不詳,山房隨筆所記多宋末元初之事。"杜善夫"條且有"余分教溧陽"語,知常爲溧陽學官,又有"穆陵在御"語,故知是宋人之入元者也。

(注七)此曲是南北合套,見詞林摘艷中,惟其書選録蕪雜,校刻未精,又多妄肆增減之處,實非可據之善本;而南北合套據録鬼簿稱係創自沈合甫,沈氏傳略在"方今已亡名公才人余相知者"部中,則與醜齋同時,是其行輩年代均在善夫之後,故此曲是否善夫所作,尚待詳考也。

(刊載第四十二、四十三期,民国三十年十一月廿九日、十二月六日)

案:此篇文章是杜仁杰生平研究諸文中材料較爲詳盡、考證嚴謹的一篇。後經修訂,題"杜仁杰生卒新考",收入吴曉鈴著《吴曉鈴集》第5卷(石家莊:河北教育出版社,2006年1月),第8~18頁。

胡祇遹生卒考辨——元劇雜考之一

天一閣藏明藍格鈔本録鬼簿卷上於"前輩名公樂章傳於世者"部中載有:

胡紫山宣慰(注一)

你是治曲學者不應忽視而忽視了的一位行輩頗早的散曲作家。吴瞿安先生在他所著的元劇 ABC(注二)上説:

胡紫山,名未詳,又號少凱。官至宣慰使。正音譜評其詞"如秋潭孤月",詞不多見。殁後,宋梅洞遠挽之云:"搏虎鬼猶泣,屠龍地亦沈,無兄寧有昔,有弟必無今。鐘鼎他人手,舟車過客心,不堪回首處,殘月墮花陰。"可略見其生平也。

此文所寫的,非祇是"生卒不考",抑且是"名氏未詳"。鄭西諦師在插圖本中國文學史第四十九章"散曲作家們"一節於胡氏的名下,也祇寫了"胡紫山,名祇遹,官至宣慰使。所作短曲,頗饒逸趣"幾個字。其實,元史中就有胡氏本傳,玆爲介紹這位沉晦已久的老作家的生平起見,我把全文鈔録如後:

胡祇遹,字紹開,磁州武安人。少孤,既長讀書,見知於名流。中統初,張文謙宣撫大名,辟員外郎;明年入爲中書詳定官。至元元年,授應奉翰林文字,尋兼太常博士,調户部員外郎,轉右司員外郎,尋兼左司。時阿合馬當國,進用群下,官冗事繁,祇遹建言"省官莫如省吏,省吏莫如省事"。以是忤權奸,出爲太原路治,兼提舉本路鐵冶,將以歲賦不辦責之。及其蒞職,乃以最聞,改河東山西道提刑按察副使。宋平,爲荆湖北道宣慰副使。有佃民訴其田主謀爲不軌者,祇遹察其冤,坐告者。十九年,爲濟寧路總管,上八事於樞府,言軍政,曰役重,曰逃户,曰貧難,曰正身入役,曰僞署文牒,曰官吏保結,曰有名無實,曰合并偏頗。樞府是之,以其言著爲定法。濟寧移治鉅野縣,自國初經兵戈,其廢已久,民居未集,風俗樸野。祇遹選郡子弟,擇師教之,親爲講論,期變其俗,久之,治效以最稱。升山東東西道提刑按察使,所至抑豪右,扶寡弱,以敦教化,以厲士風。民有父子兄弟相訟者,必懇切諭以天倫之重，不獲已，則繩以法。召拜翰林學士，不赴；改江南浙西道提刑按察使，未幾以疾歸。二十九年朝廷徵耆德者十人，祗遹爲之首，以疾辭。三十年卒。年六十七。延祐五年，贈禮部尚書，謚文靖。子持，太常博士。

文見元史卷一百七十，列傳五十七；柯劭忞的新元史卷一百七十四，列傳七十一，也載有胡氏本傳。文辭略有增衍，此外，濟南府志卷三十四宦迹、彰德府志卷十三人物、武安縣志卷十五人物，也都有傳。兹不具引。

本文祇是討論胡祇遹的生卒年代問題。

據元史上的記載，胡氏卒於至元二十年（公元一二九三），年六十七歲。那麼，他一定是生於金正大四年，即宋寶慶三年（公元一二二七）。我們以後若是談到胡祇遹的生卒，應該這樣説纔對：

胡祇遹（公元一二二七——一二九三）。

但是問題就來了。胡適之師在北京大學印行的中國近世文學史選例中有他的“本家”所作最爲後人稱道的沉醉東風——贈歌者珠簾秀小令一闋（注三），前面綴以小文：

胡祇遹，字紹開，號紫山，磁州武安人。有紫山大全集（注四）。元史本傳説他死在一二九三，年六十七，依王惲的紫山易直解序，他死在一二九六年。

適之師在這裏把胡祇遹的卒年，又向後推了三年。據此，似乎有得到兩種結論的可能：一種是胡祇遹氏的年歲，應該是七十歲纔和“死在一二九六”年相符，一種是年歲依“六十七”之舊，而其生年則必須推後三年到正大七年（公元一二三〇）。這兩種可能的結論，到底要以何者爲是呢？我們且觀察一下他所根據的紫山易直解序是怎麼説的。這篇文章載在秋澗大全集卷四十三：

……初不知其有著，公没之三載，嗣子伯馳携所著易解懸題其端，公與僕自弱冠定交，氣義契合，互爲知己，今雖衰懶,撫其遺書,忍無一言發越潛輝!……大德二年冬十月八日謹序。

適之師的意思是:王惲在大德二年(公元一二九八)寫易直解序的時候,就是序中所云的"公没之三載",往前推回三年,所以胡祗遹的卒年應該在元貞二年(公元一二九六)。這個推算可以説是不錯,不過,必須有一個先決條件,就是易直解序中的"公没之三載"與大德二年,必須同爲一年,這個結論纔靠得住。

秋澗大全集卷四十又載有故翰林學士紫山胡公祠堂記一文,中有這樣的話語:

紫山胡公捐館之三載,彰德監尹脱里不花暨廉訪使完閭與郡士民詢謀僉同,乃像公於治城西郭别墅之讀易堂。於之揭虔妥靈,致歲時香火之奠。諗不肖交款,知平生詳,請書其事於石……大德五年歲次辛丑清明前一日記。

此文開首就説"紫山胡公捐館之三載",文末却是"大德五年歲次辛丑",若是應用適之師的推算法則,那麽胡祗遹氏又應當卒於大德二年(公元一二九八),享年七十二歲了。

適之師根據的"公没之三載"是大德二年,所以胡祗遹死於元貞二年,我根據大德五年即是"紫山胡公捐館之三載",而考出胡祗遹的卒年是大德二年。這個矛盾不是顯見了麽?所以我覺得所引這兩篇文章中的"大德五年"和"大德二年"與胡祗遹的"没之三載"都没有關係,他既不卒於元貞二年(公元一二九六)也不卒於大德二年(公元一二九八),所以他的卒年還懸當另考。然而他的年齡則不能逾過七十歲的,因爲秋澗大全集卷四十三另有一篇紫山胡公哀挽詩集小序説:

紫山起諸生,進擢館閣,揚歷省臺官至三品,壽幾七秩。

這篇文章也是作於大德五年的,於是我們在前面假設的胡祗遹氏享年七十歲或七十二歲,便都不能成立了。

紫山大全集卷首有他的門生劉賡在"延祐二年重九日"所寫的序略云:

> 二十九年制詔以耆儒碩德徵,凡十人,公在第一。辭以疾不起,時年甫耳順矣,卒年六十又七。

此文未言胡氏逝於何年,但是肯定了胡氏卒時的年齡。後面又說:

> 公薨二十年,賡以事道過彰德。其子太常博士持將鋟梓以壽其傳,懇以序引爲請;賡以不敏辭,迨四五年,而請益堅。

從作序的延祐二年(公元一三一五)前溯到至元二十九年(公元一二九二),共是二十三年,與序中所云"公薨二十年……迨四五年"之意差不多相符。不過,劉賡所說的年代都不十分確定,未足全據。但是却可以看得出來胡祗遹氏是決不會死於元貞二年或大德二年那樣遲的。

胡氏究竟逝於何年呢?

我以爲還應該根據元史的記載:"至元三十年卒。"元史雖然疵謬甚多,這點却是不誤。

紫山大全集卷七有"丁亥元日門貼子"七絶二首。第一首是:

> 白髮蕭蕭覆領巾,今年六十一年人,日高坐受鄉賢賀,隨例門開萬象春。

丁亥是至元二十四年(公元一二八七)。胡祗遹氏又肯定地自稱"今年六十一年人",那麽他既享年六十七歲,當然是卒於至元三十年(公元一二九三)癸巳了。

(注一)按暖紅室校刻尤珍(貞)起鈔本録鬼簿於卷上"前輩已死名公有樂府行於世者"類中著録胡氏,名下多"少凱"二字。楝亭十二種本録鬼簿與之相同。孟稱舜刊酹江集後附録鬼簿"宣慰"作"平章",王静庵(安)校注本案曰:宣慰名祗遹,元史有傳。

（注二）有世界書局刊行ABC叢書本，惟下册至今未見出版。

（注三）按元夏雪蓑所撰青樓集於“珠簾秀”條載：“姓朱氏，行第四。雜劇爲當今獨步，駕頭、花旦、軟末泥等悉造其妙。胡紫山宣慰嘗以沉醉春風曲贈云：‘錦織江邊翠竹，絨穿海上明珠。月淡時，風清處，都隔斷落紅塵土。一片閑情任捲舒，挂盡朝雲暮雨。’”

（注四）紫山大全集二十六卷，乃紫山逝後經其子持編輯而成者，久佚，清四庫開館始據永樂大典所載裒集成書，天禄璽皮，世間鮮睹。民（國）十三年，張鳳臺氏始據四庫本重梓於河南官書局，傳本亦稀，民（國）二十四年春，胡適之師於廠肆購得一部。又二年，余有搜輯元代曲家傳記資料之意，師以此本見假，盛情至堪銘感，師又嘗以此書刻板函詢河南大學文學院長蕭一山先生，據云：原板雖存，然紋裂過多，複印恐不可能矣。

（刊載第四十一期，民国三十年十一月廿二日）

案：另題名“胡祗遹生卒新考”，刊《國立北京大學研究院文科研究所油印論文》之十四（雲南昆明，1942年7月）；後經修訂，收入吴曉鈴著《吴曉鈴集》第5卷（石家莊：河北教育出版社，2006年1月），第19～23頁。

説“罟罟”——元劇雜考之一

在“讀書雙周刊”第一百十一期上讀了姚從吾先生的“説葉刊本元朝秘史中的固姑冠”之後，覺得很是高興——這篇文章把我引到回憶之谷裏面去了——

二十五年至二十六年之間，我正在讀元人雜劇，當時特別對於雜劇的"題目正名"感覺興趣。一次,翻閲影印本的影抄天一閣藏的明抄本"録鬼簿",在續編後面的"諸公傳奇失載名氏并附於此"裏面發現了這樣一個名目:

風雪當站兀刺赤

括罟旦

像生番語括罟旦

"永樂大典"卷二零七四二雜劇五也著録了這本戲,但是漏掉了"總名"和"題目",把"正名"又寫做:

像生番語罟罟旦

"太和正音譜"、"詞林摘艷"和"北詞廣正譜"也都作"罟罟旦",可見"罟罟"和"括罟"是一個東西,不過寫法不同罷了。這本雜劇全本久佚,衹在"太和正音譜"中保存了正宫調一闋,"詞林摘艷"與"盛世新聲"中保存了中吕粉蝶兒一套,"北詞廣正譜"中保存了正宫調一闋,中吕調二闋,"九宫大成南北詞宫譜"中保存了中吕調二闋。趙景深先生在"元人雜劇輯逸"中衹據"北詞廣正譜"與"九宫大成南北詞宫譜"輯出中吕:窮河西、播海令和占竹馬三闋,這是不够的。顧羨季(隨)師的"元明雜劇輯佚八種"中收得算是最完備了,却也衹有一套中吕粉蝶兒,計共粉蝶兒、醉春風、紅綉鞋、窮河西、播海令、么篇和占竹馬等七闋。"太和正音譜"與"北詞廣正譜"中所收的正宫窮河西一闋,實際應屬中吕調;而"太和正音譜"所收的一闋,雖然名曰窮河西,其實乃是拿窮河西二句、播海令末一句、占竹馬首二句胡凑成功的,李玄玉在"北詞廣正譜"中已經駡朱權做"句法俱謬,可恨"了,所以都不能算數。

罟罟旦的全文看不到,佚文又少得可憐,而且裏面□净是些"宣差""旗婆""帳房""站車""鋪馬""虎頭牌"等元代驛站制度的專門術語和"騰忔""取曲""撒因""那顔""兀剌""咬兒"等蒙古方言,許多字義都解釋不出,所以這本雜劇的故事情節便很難推測——現在固然知道了那是演的蒙古貴族中一個有虎頭牌的千户的婦人萬里尋夫的故事,可是當時却被那一大串"番語"朦混住了。我衹曉得那本雜劇的主唱角是裝旦色,至於"旦"字上面爲什麼要"罟罟"二字,却是説不出個究竟來。當時,我去請教我的蒙文顧問札齊斯芹——他是蒙古人,我們在中學同班,到大學又同年——他告訴我説,"罟罟"是蒙古女人頭上的一種裝飾品,衹有貴族婦女纔能頂戴。"罟罟"有一個細長直立的頂,那頂是用木棍和藤條做成的,外面包以錦綉繒彩,飾以珠翠羽翎,頂端則稍向前彎曲。五色相間已經十分綺麗了,但當她們走起路來,或是在大漠馳馬,氈帳曼舞的時候,"罟罟"會微微地顫動着,那就更加摇曳生姿了。札齊斯芹這話講得不錯,按宋代趙珙的蒙韃備録中"婦女"條云:

凡諸酋之妻則有顧姑冠。用鐵絲結成,形如竹夫人,長三尺許,用紅青錦綉或珠玉飾之。其上又有杖一枝,用紅青絨飾之。

元代李志常的"長春真人西游記"中説:

婦女冠以樺皮,高二尺許,往往以皂褐籠之,富者以紅絹。其末如鵝鴨,名曰"故故"。大忌人觸,出入廬帳須低徊。

宋代彭大雅的"黑韃事略"中也説:

其冠被髮而椎髻,冬帽而夏笠。婦人頂故姑。

"椎髻"當即婦人所頂的"故姑",元史順帝紀中説:"宫女十一人,練椎髻,勒帕常服。""練椎髻"與"椎髻"一定都是"故姑"的雅稱,以"故姑"的形狀而得名的。又徐霆爲彭大雅的"黑韃事略"作疏證説:

霆見其故姑之製:用畫木爲骨,包以紅絹金帛,頂之上用四五尺長柳枝,或鐵打成枝,包以青氈。其向上人則用我朝

(宋)翠花或五采帛飾之,令其飛動;以下人則用野鷄毛。

胡敬的“南薰殿圖像考”下“永樂大典”服字韵載蒙古冠服引“析津志”説得更加清楚:

罟罟以大紅羅幔之,胎以竹,凉胎者輕,上等大,次中,次小。用大珠穿結龍鳳樓臺之屬飾於其前,復以珠綴長條緣飾方弦掩絡其縫,又以小小花朵插帶,又以金累事件裝嵌極貴寶石塔形在其上。頂有十字,用安翎筒,以帶鷄尾冠。出五臺山,今真定人家養此鷄以取其尾,甚貴。罟罟後,上插朵朵翎兒,染以五色,如飛扇樣。

從上面所引的這些文字裏看來,我們知道“罟罟”可以寫做“括罟”、“顧姑”、“故故”與“故姑”;這是譯名的异文,倒没有什麽關係。我們又可以證明札齊斯芹所講的話之確實性:“罟罟”是蒙古女人頭髮上的一種裝飾品,這,還有一個確證,便是北平故宫博物院照像影印本的“南薰殿歷史帝王后妃圖像”中元代后妃的頭上都頂着一個“高二尺許”的“罟罟”。

不過,在這兒却發生了三個問題:

第一個問題是:“罟罟”的高度。徐霆給“黑韃事略”中的“故姑”作疏證説是“四五尺長”,“蒙韃備録”説是“長三尺許”,“長春真人西游記”説是“高二尺許”,鐵崖先生“復古詩集”説是“高一尺”(全文容後引),諸家紀載很不一致,到底誰是誰非,應以何者爲準呢?我的意見是大家説的都不錯,這衹須應用進化的觀念去申説便可以明白:大約起初蒙古舊俗中的“罟罟”是很高的,依照“析津志”中的描寫:“罟罟”上面有石塔形,頂上又有十字以安翎筒,翎筒中再插羽毛,那真會有徐霆在“黑韃事略”中疏證上所説的“四五尺長”了。這樣,美麗是美麗了,但是却大不方便,試想一個人的“五尺之軀”再加上“四五尺長”的“罟罟”豈不成了丈二金剛,無怪“長春真人西游記”中要説“出入廬帳須低徊”了。爲了適應環境起見,“罟罟”的高度纔由“四五尺”逐漸減短到“三尺許”“二尺許”“一尺許”。徐霆和趙珙是南宋人,邱處機是元代人,時代相差不多,都比較地早,所以他們見到蒙古婦女的“罟罟”長“四五尺”“三尺許”;所以李志常記邱處機西游所見的“罟罟”衹“高尺二許”;楊維楨是元末人,他的時代最晚,所以他見到的“罟罟”衹“高一尺”了。可是,這裏的高度衹是單指“罟罟”本身而言;“罟罟”的高度雖然逐漸減短,上面却仍然要“帶鷄尾冠”,後面也還要“插朵朵翎兒”的,那些羽翎都是用以裝飾“罟罟”的,所以不能減去。據此,倒是王静安先生在“黑韃事略”中故姑條下的按語“此所云故姑之製,乃蒙古舊俗,至元末則上下通插雉尾。見楊允孚‘灤京雜咏詩’”與姚從吾先生在“説葉刊本元朝秘史中的固姑冠”所説“在元末罟罟冠已由藤條改爲羽色”的話便都錯了。按楊允孚“灤京雜咏”的“香車七寶固姑袍,旋摘修翎付女曹”句下注云:

凡車中戴固姑,其上羽毛又尺許,拔付女侍手持對坐,雖后妃馭象亦然。

注中説是“戴固姑”,可見藤條或鐵絲或竹片結成的“罟罟”并未取消;“其上羽毛又尺許”則恰恰可以做“析津志”中“頂有十字,用安翎,以戴鷄冠尾”的注脚,意思是説在“罟罟”上的雉尾又有尺許高,并不是講用雉尾代替了“罟罟”。我們必須認清元代婦女這種裝飾是以“罟罟”爲主,而羽翎則是“罟罟”的附屬裝飾品,那麽便不會誤解“灤京雜咏”的注文了。“罟罟”漸漸縮短到一尺,雉尾又可以旋摘旋插,這樣,既無損於美觀,又不妨碍行動,所以出入廬帳也就無須低徊了。

第二個問題是:“罟罟”與髮髻的關係。根據前面的徵引,似乎“罟罟”衹是戴在頭上的冠,并不與髮髻相連;但是楊維楨的“鐵崖先生復古詩集”卷五“香奩八首”的“金盆沐髮”詩却説:

華清春晝賜温泉，綰脱青絲撒一編，翠盤□滿添香露，玉女盆輕拾翠鈿，攏得雲鬟高一尺，罟冠新上玉臺前。

明史玄的“舊京遺事”則説：

高皇帝驅逐故元，首禁元服元語。今帝京元時輦轂所都，斯風未殄；軍中所帶火帽既襲元舊，而小兒悉綰髮如姑姑冠。

所以，我以爲“罟罟”并不是與髮髻毫無關連的外包以錦綉繒彩的樺皮藤條之屬，而是支持“攏得雲鬟高一尺”的，或綰髮的一種器具。反之，以常識來判斷，一二尺高的“罟罟”若是不用髮髻繫住，恐怕也是不容易在頭上立得牢的。現在的蒙古婦女所梳的髻子雖然并不高聳，但是髮辮裏面却還裝有木竹之類的長片爲骨；蒙古女孩子所梳的辮子，雖然下垂在肩上，但是那辮子的中間一部分却套在竹筒子的裏面，竹筒子刻着花紋，挂着珠翠。這大約還都是“罟罟”的餘緒。清朝①時代旗籍婦女所梳的高髻叫做“兩把頭”——舞臺上演的皮簧戲“四郎探母”中的鐵鏡公主就是這樣梳妝——也是内實竹篾，外攏烏絲的；現在東北三省婦女所梳的“萬年收”（俗名“香蕉頭”）則與“罟罟”的樣式更爲相近。“禮失而求諸野”，我雖然不敢説這些頭式就和“罟罟”相同，但我却主張“罟罟”與髮髻有不可分性，“罟罟”并不是“冠”，而是構成高髻的主要用具。至於那些紅絹、珠翠、羽翎、花朵之類的東西，雖然附在“罟罟”上，却衹是髮髻的裝飾品罷了。

第三個問題是：“罟罟”得名的由來。姚從吾先生説“罟罟”的蒙文原作“孛黑塔”，“孛黑塔”衹是蒙文的音譯，原義應當是什麽？“罟罟”是不是義譯？我們都不曉得。記得札齊斯芹告訴我説“罟罟”是一種鳥的名子，而且“罟罟冠”的形狀也最象徵着鳥

① 原文此處爲“滿清”，據出版規範，改爲“清朝”。

在展翼欲飛的樣式;蒙古貴族婦女的梳“罟罟”髻,恰同於古代的官員與武士要在衣裳上綉刺龍虎的形狀一樣。這話聽來頗合情理,但却没有較爲具體的證據,他也不曾說究竟是什麽鳥。我鄉有一種鳥叫做“姑姑”,就是“布穀”,但又不十分像。“戴勝鳥”的頭部倒是有一個被羽的長冠,可是人們又從來不曾叫它做“姑姑”過。在没有辦法解决這個問題的時候,我想起姚從吾先生那篇文章的緒論中的幾句話了:“‘固姑’不是‘孛黑塔’的譯音,明初翻譯蒙文元朝秘史,旁譯‘孛黑塔’爲‘固姑冠’或者是當時漢地對這種樣子的稱謂,和插鷄尾與帽子的形狀很有關係。”這話講得很好,我們且從語原上找一找證據:“罟罟”有“突出”的意義,又具有“圓形凸出”的意義。所以青蛙的幼蟲叫做“科斗”,俗語則叫做“蛤蟆姑都”;含苞未放的花蕾叫做“花姑朵”;墳頭的“一抔土”叫做“墳姑都”,皮膚被蚊蟲吮食之後的突起則叫做“胳達”,這都是原自一個語根的。河北省天津市的俗語稱婦女乳房的乳頭爲“個個頭”。楚國的令尹子文字“鬥穀於菟”。左傳宣公五年有一段解釋說:“楚人謂乳,穀,虎,於菟,故命之曰:鬥穀於菟。”“穀”與“個個”是一聲之轉,都是從乳房的形狀而得名的。我的鄉中有一種鷄的頭部冠頂突出得很高,上面又被滿了柔軟的羽毛,人們把這種鷄叫做“固固頭鷄”,這不惟“温暖新剥鷄頭肉”的乳頭,爲什麽叫做“個個頭”可以解釋了,并且乳頭之所以叫做“鷄頭”也可以明白了。同時,蒙古婦女頭上的“畫木爲骨,包以紅絹金帛,頂之上用四五尺長柳枝,或鐵打成枝,包以青氈”,其頂插以“野鷄毛”“鷄冠尾”,“其末如鵝鴨”,其後“插朵朵翎兒”的“孛黑塔”,所以被漢人義譯爲“罟罟”的原因也就可以不言而喻了。

後記:我在(民國)廿六年的春天開始注意到這個名詞意義的考求,學友札齊斯芹兄告訴了我許多與“罟罟”有關的寶貴知識。

廿八年,姚從吾先生在讀書雙周刊發表了“説葉刊本元朝秘史中的固姑冠”,我寫了一封短信寄給他談這個問題。現在這篇文章就是那封短信的三易稿,裏面有許多材料都是學友楊佩之(志玖)兄告訴我的,并且還借給我可供參考的書籍。我在這裏要謝謝他!

(刊載第十四期,民國三十年四月五日)

案:經訂正,以原題“説‘罟罟’”删掉副題名,收入吴曉鈴著《吴曉鈴集》第5卷(石家莊:河北教育出版社,2006年1月),第90~95頁。

説“罟罟”補——元劇雜考之一

我在“説‘罟罟’”文中講過這樣一段話:

> 記得札齊斯芹告訴我説“罟罟”是一種鳥的名子,而且“罟罟冠”的形狀也是象徵着鳥在展翼欲飛的樣式;蒙古貴族婦女的梳“罟罟”髻,恰同於古代的官員與武士要在衣裳上綉成龍虎的形狀一樣。這話聽來頗合情理,但却没有較爲具體的證據;他也不曾説究竟是什麼鳥。我鄉有一種鳥叫做“姑姑”,就是“布穀”,但又不十分像;“戴勝鳥”的頭部倒是有一個被羽的長冠,可是人們又從來不曾叫它過“姑姑”過。①

這話錯了。“布穀”實際就是“戴勝鳥”,“戴勝鳥”當然可以叫做“姑姑”。師曠禽經(見説郛卷十五)紀載着説:

> 鳲鳩,戴勝,布穀也。亦曰鵠鵴,亦曰穫穀,春耕候也。

① 此段文字與《説“罟罟”》文中的略有出入。

> 揚雄曰:鳴鳩生樹穴中,不巢生。爾雅曰:鵖鴔戴鵀。鵀,即首上勝也。頭上尾起,故曰戴勝;而農事方起,此鳥飛鳴於桑間,云"五穀可布種"也,故曰布穀。月令曰:戴勝降於桑,一名桑鳩,仲春鷹所化也。鳴自呼"鵖鴔"。江東呼爲穫穀,見揚雄方言。云此鳥鳴時,耕事方作,農人以爲候。

這不但可以糾正我的錯誤,并且讓我們知道了"姑姑"的許多古名,可見弄文學真不能離開民俗學。此外,全唐詩第五函第五册中王建的詩裏有一首"戴勝詞"更可以證成師曠禽經的話之正確性,兹特鈔在下面:

> 戴勝誰與爾爲名?木中作巢墻上鳴。聲聲催我急種穀,人家向田不歸宿。紫冠采采褐羽斑,銜得蜻蜓飛過屋。可憐白鷺滿緑池,不如戴勝知天時。

以上所引的兩條更正了我在前面那篇文章的説法,同時又給我對於"罟罟"得名的由來之意見以一個絶大的旁證,真非始料所及。

現在,我想再提出第四個問題來,就是"罟罟"髻這種裝飾的來源。

宋林屋山人俞琬的席上腐談(寶顔堂秘笈本)卷上説:

> 向見官妓舞柘枝,戴一紅物,體長而頭尖,儼如靴形,想即是今之"罟姑"也。

他這話説得不太清楚:所謂"向",不知道指的是北宋還是南宋,此其一。所謂,體長而頭尖儼如靴形的"紅物"是不是"罟罟"也不敢確定,此其二。所以這條材料頗成問題。不過,我們姑且不管它的時代,宋代婦女的梳"罟罟"髻却并不是不可能,理由有兩個:一個是中原人的裝飾常常模仿胡俗——這在唐代表現得尤其明顯——争奇鬥艷以相炫示。一個是官伎們在歌舞的時候,爲了博取觀者的驚怪而故意裝成非漢族人的樣子——這,在舊説解釋"菩薩蠻"、"婆羅門舞"和"五花爨弄"等名詞時都執此論,似乎也有相當的道理——以爲笑樂，但是，我們衹能説這是“罟罟”的“流衍”，而不是“罟罟”的“來源”。

談到“罟罟”的來源，明葉子奇在草木子上倒是提了一句：

元朝后妃及大臣之妻（另本作“正室”）皆戴“姑姑”——高圓二尺許，用紅羅——蓋唐金步摇冠之遺制。

他説“罟罟”是“唐金步摇冠之遺制”，好像是找出了“罟罟”的娘家，其實，“罟罟”是髻式，“步摇”是頭飾，他的話衹能説明“罟罟”上插的錦綉、珠玉、金銀絲的飾物，却不足以概括“罟罟”的全體。况且，“步摇”也不是自唐代纔有的，遁園居士的客座贅語卷五中説到“建業風俗記”有一段講得很詳細：

又今留都婦女之飾在首者，翟冠七品，命婦服之，古謂之副，又曰步摇；其常服戴於髮者，或以金銀絲，或馬尾，或以紗。帽之有冠，有丫髻，有雲髻，俗或曰假髻。制始於漢晋之大手髻，鄭玄之所謂假紒，唐人之所謂義髻也。以鐵絲織爲圜，外編以髮，高視髻之半，罩於髻而以簪綰之，名曰鼓，在漢曰剪牦𦽳，疑類於周禮之所謂編也。

可見：高髻是古已有之的，髻上多插飾物也是古已有之的。舊籍中關於有似於“罟罟”式的高髻的紀載很多，讓我隨便來舉幾條：

北齊書·幼主紀：

河清末……又婦人多剪剔以著假髻，而危邪之狀如飛鳥，至於南面，則髻心正西，始自宫中爲之，被於四遠。

宋江鄰幾，雜志：

錢明逸知開封府時，都下婦人白角冠闊四尺，梳一尺餘。諫官上書禁之，重其罰，告者有賞。

杜陽編：

寶應二年，浙東貢舞女二人：一曰飛鸞，二曰輕風。修眉黟首，蘭氣融洽。冬不纊衣，夏不汗體，所食多荔枝、榧實、金屑、龍腦之類。帶輕金之冠,衣輕羅之衣,無縫而成,輕金冠以金絲結之,爲鶴之狀,仍飾以五采細珠,玲瓏相續,可高一尺,稱之無二三分。

從北齊書與杜陽編所紀載的事實看來,高髻不是异族的裝飾,便是邊人的裝飾。雜志中雖然不曾説明"梳一尺餘,闊四尺"的"白角冠"的來歷,但是從當時的禁例之嚴看來,也可以知道它决不會是所謂"中國本位文化"的裝飾。所以,我們大可不必説"罟罟"髻是源自唐代的"步摇",或是宋代的"白角冠",而我們衹要認清楚這種"危邪之狀,如飛鳥"的高髻在任何時代中似乎都流行過。可是,這種裝飾却非漢族婦女"故老相沿"下來的固有的裝飾——雖然漢族婦女也很喜歡把頭髮梳成"罟罟"髻的樣式——而是一種"胡俗"。因此,我想到了鄭西諦師的"民間故事的巧合與轉變"(見佝僂集卷上頁五六三)那篇文章,他提出了"所羅門王與包拯"判斷兩個婦人争奪兒子的故事,又提出了"羅馬人的行迹"中的真友誼與蕭德祥的"楊氏女殺狗勸夫"的故事(其實,"忘恩之獸"的故事也可以算做一個例子),并且懷疑着不敢確定是"巧合"還是"轉變"。我以爲,如果把一種母題相同的故事的材料搜集得相當完備,同時又能够找出各個故事彼此間的相互關係來,"故事的阿利安來源説"倒不是全無理由。"轉變"是頗可能的。若是談到裝飾的問題,我覺得與其説"轉變"却不如説"影響"來得恰當一點,而且,有的時候(例如:各時代的高髻與"罟罟"的問題)乾脆就應當説是"巧合"。這裏所説的"巧合"是有限制的,我要解釋一下:我以爲,同時异地,同地异時,或是异時异地的人們(尤其是婦女)的裝束和裝飾就原則來論(例如:臉上塗粉,髻上簪花……等是)大體都差不太多。這種"巧合"是基於人類的愛美心理之相似的緣故——我不是讀心理學的,請恕我衹能講到這兒,——我們對於"罟罟"髻的來源也應"作如是觀",知道這種裝飾是“胡俗”就算够了。

此外,我又查出幾首講到“罟罟”的詩,現在附在後面以供讀者諸君的參考,其中有能證成或補充我在上篇和這篇文章的意見的材料也就不便另加標注,因爲那是很容易看得出的。

元張憲,玉笥集卷三和睦州雜詩·南國香:

南國香,誰家女?容貌如花絶代嫩。嫁郎西去久不歸,今日相逢在軍壘。宫妝不着嫁衣裳,三尺罟罟包髻子。

明朱有燉,元宫詞:

侍從皮帽總姑麻,罟罟高冠勝六珈。進得女真千户妹,十三嬌小唤茶茶。(廿六)

十五胡姬玉雪姿,深冬校獵出郊時。海青帽暖無風冷,鬢髮偏宜打練椎。(五十八)

騎來駿馬響金鈴,蘇合薰衣透體馨。罟罟珠冠高尺五,暖風輕裊鶡鷄翼。(七十四)

河西女子年十八,寬着長裳左掩衣。前向擺頭高一尺,入宫先被衆人譏。(八十一)

寶殿遥聞佩玉珊,侍朝常是奉宸歡。要知各位恩深淺,衹看珍珠罟罟冠。(九十七)

明聶碧窗,胡婦詩:

雙柳垂鬟别樣梳,醉來馬上倩人扶。江南有眼何曾見,争捲珠簾看固姑。

最使我感謝的是戴望舒先生從香港寄來一條材料給我,那是明代胡侍的真珠船卷七中的“顧姑”條:

蒙韃備録:凡諸酋之妻,則有顧姑冠,用鐵絲結成,如竹夫人,長三尺許,用紅青錦綉或珠玉飾之。草木子:元朝后妃及大臣之正室皆帶姑姑——高圓二尺許,用紅色羅——蓋唐金步摇冠遺制。南村輟耕録:翰林學士阿目茄八剌,帶罟罟娘子十五人。聶碧窗胡婦詩云:雙柳垂鬟别樣梳,醉來馬上倩人扶。江南有眼何曾見,争捲珠簾看固姑。顧姑、姑姑、罟罟、固姑實一物,夷禁之音,無正字也。

所謂"夷禁之音無正字"説得很對,胡氏所引的其他各條,我也都自原書中找過,而且引用過了,就是漏了輟耕録的一條,那是在原書卷二十二,題名叫做"司馬善諫"。他説:

御史大夫也先帖木兒與夫人不睦,已數年矣。翰林學士承旨阿目茄八剌死,大夫遣司馬明里往唁之,及歸,問其所以,明里曰:"承旨帶罟罟娘子十有五人,皆務争奪家財,全無哀戚之情,惟正室坐守靈幃,哭泣不已。"大夫默然,是夜遂與夫人同寢,歡愛如初。若司馬者,可謂善於寓諫者矣。

可見"罟罟"髻是蒙古貴族或上等社會的婦女纔能頂戴裝梳的。

民國三十年五月二十二日在滇南龍泉鎮的寶台山居。

(刊載第二十八期,民國三十年七月廿六日)

案:經訂正,以原題"説'罟罟'補"删掉副題名,收入吴曉鈴著《吴曉鈴集》第5卷(石家莊:河北教育出版社,2006年1月),第96~101頁。

青樓集作者姓氏考辨——元劇雜考之一

青樓集這部小書,讓一般的讀者看了,是不會感覺到它的重要性的;至多也不過是把它拿來和唐代孫棨的北里志及崔令欽的教坊記、清代余懷的板橋雜記及捧花生的秦淮畫舫録算做一類的東西罷了;然而,它裏面所記載的元代行院中妓女的生活和逸事却又比不上前面幾種書籍中的詳贍而生動。

但是,專門研治中國戲曲史的朋友們却不能不對於這部小書特加注意:這裏面保存下許多的元代演劇的活材料,蘊藏不少的尚待論定的大問題。

這部小書雖然衹有短短的七十則紀事,可是裏面倒保存下來一百十七個妓女——就是當時的女伶——和三十四個倡夫——就是當時的男伶——的生活實録。這些妓女中如珠簾秀、天然秀、般般醜、宋六嫂等都是那時花臺上最馳名的歌者;倡夫中的唱社元壽之(李心心條),觱篥工張觜兒(宋六嫂條),末尼度豐年(朱錦綉條),副净玳瑁斂(事事宜條)等也都是那時勾闌邊棚中的戾家的能手。集中紀載着這些人們所擅長的諸般雜技有:雜劇(例如,順時秀條"姓郭氏,字順卿,行第二,人稱之曰郭二姐。姿態閑雅,雜劇爲閨怨最高,駕頭諸旦本亦得體。……"此外尚有二十九條論及雜劇的)、院本(例如,朱錦綉條"侯要俏之妻也。……侯又善院本。……")、南戲(例如,龍樓景丹墀秀條"皆金門高之女也,俱有姿色,專工南戲。……")、諸宫調(例如,秦玉蓮秦小蓮條"善唱諸宫調,藝絶一時,後無繼之者")、慢詞(例如,解語花條"姓劉氏,尤長於慢詞。……"此外尚有四條)、小唱(例如,小娥秀條"姓邳氏,世傳邳三姐是也。善小唱。……"此外尚有三條)、彈唱(例如,陳婆惜條"善彈唱,聲遏行雲。……")、謳唱(例如,楊買奴條"楊駒兒之女也,美姿容,善謳唱。……")、合唱(例如,于四姐條之"琵琶合唱",金鶯兒條之"搊箏合唱")、樂藝(例如,燕山景條的"田眼睛光妻也,夫婦樂藝皆妙")、音律(例如,般般醜條"姓馬,字素卿。善詞翰,達音律。……")、歌舞(例如,王巧兒條"歌舞顔色,稱於京師。……"此外尚有十條)、談諧(例如,樊香歌條"金陵名姝也。妙歌舞,善談諧。……")及小説(例如,時小童條"善調話(當是詞話之誤),即世所謂小説者。……")等十四種;可見她們的能事很多,無怪乎其能"聲價日重",而爲當時有些騷人墨客、達官顯貴所"甚加愛賞"了。這部小書裏所著録的當代名士有五十五人:元初的有元遺山、商正叔等,元末的有鍾繼先、倪元鎮等,散曲作家有王元鼎、貫酸齋、滕玉霄、盧疏齋等,劇曲作家有白仁甫、喬夢符等,名公有胡紫山、嚴忠濟、趙松雪等,才人有劉士昌、程繼善、劉廷信等,蒙古人中則有太師伯顏、平章貫只哥,華亭縣長哈剌不花等。它簡直好像是有元一代的士宦伎倡列傳。我説的"活材料"便指此而言。至於"尚待論定的大問題"呢? 那多得很! 例如,"鴛頭雜劇"的含義,"軟末尼"的解釋,倡妓"樂名"命取的分析,諸般伎藝之"師傅"或"家傳"系統的推求,"小唱"與"慢詞"之關係的研討,"合唱"、"彈唱"及"謳唱"的异同,還都很少有人着手考索,而這些問題在中國戲劇史方面則是亟需有一個明確而痛快的解决的。

現在,我所要讨论的不是这些問題,而是這部小書作者的姓氏。

談到這部小書的作者,大約人人都知道是"黄雪蓑"。各家書目上這樣著録,士人在文章上徵引也是"玆豈洪公小名録耶? 抑豈黄氏青樓集耶"(見汪度的秦淮畫舫録序)的,似乎從來就没有人懷疑過。所以,浙江瞿氏清吟閣書目中在青樓集下寫了"元夏伯和撰"五個字,葉德輝便在郎園讀書志卷六中大加辯駁了:

> 青樓集一卷,鈔本。題解云:從湘潭袁氏卧雪廬過録。作者以别號自稱,題雪蓑漁隱。浙江瞿氏清吟閣書目載是書,云夏伯和撰,不知所據云何? 然朱序明稱作者姓黄不姓夏,則瞿目似不足憑云。

《青樓集》的作者祇題"雪蓑漁隱"而不署姓氏的確是事實,葉氏所稱"朱序明稱作者姓黄不姓夏"也是事實。"朱序"就是青樓集卷首所載郍經在至正二十四年甲辰(公元一三六四)所寫的序文,原文是這樣的:

君子之於斯世也，孰不欲才加諸人，行足諸己，其肯甘於自弃乎哉！蓋時有否泰，分有窮達，故才或不羈，行或不掩焉。當其泰而達也，園林鐘鼓，樂且未央，君子宜之。當其否而窮也，江湖詩酒，迷而不復，君子非獲己者焉。我皇元初并海宇，而金之遺民若杜散人、白蘭谷、關己齋輩，皆不屑仕進，乃嘲風弄月，流連光景。庸俗易之，用世者嗤之，三君之心固難識也。百年未幾，世運中否，士失其業，志則鬱矣。酤酒載嚴，詩禍叵測，何以紓其愁乎？小軒居寂，維夢是觀。商顔黄公之裔孫曰雪蓑者携青樓集示余，且徵序引。其志言讀之蓋已詳矣，余奚庸贅。竊惟雪蓑在承平時，嘗蒙富貴餘澤，豈若杜樊川贏得薄幸之名乎！然樊川自負奇節，不爲齪齪小謹，至論列大事如罪言，原十六衛，戰、守二論，與時宰論兵，論江賊書，達古今，審成敗，觀昔之平安杜書記爲何如耶！惜乎，天慭將相之權，弗使究其設施，回翔紫薇，文空言耳。揚州舊夢，尚奚憶哉！今雪蓑之爲是集也，殆亦夢之覺也，不然歷歷青樓歌舞之妓，而成一代之艶史傳之也。雪蓑於行，不下時候，顧屑爲此！余恐世以青樓而疑雪蓑，且不白其志也，故并樊川而論之。噫！優伶則賤藝，樂則靡焉，文墨之間，每傳好事。其湮没無聞者，亦已多矣。黄四娘托老杜而名存，獨何幸也。覽是集者，尚感士之不遇時。

序中先説"商顔黄公之裔孫曰雪蓑者携青樓集示余"，後來又説"今雪蓑之爲是集也"，可見青樓集的作者毫無疑問的是黄雪蓑了——因爲邾經和雪蓑相識，又熟知雪蓑的家世，并且還爲青樓集寫了序文，當然不會弄錯的。但是，像浙江瞿氏那樣有名的藏書家，似乎在其藏書目録上也不會隨便亂注作者姓氏的，何况青樓集的作者又是人所共知的黄雪蓑呢？清吟閣書目説青樓集是"元夏伯和撰"，一定有所根據，不過葉氏和我們"不知所據云何"

而已。

其實青樓集的作者確是夏伯和,説是黄雪蓑的都錯了。郎園讀書志的話纔是真的“不足憑”。明鈔本的録鬼簿續編上有夏伯和的傳,説:

夏伯和,號雪蓑釣(疑脱“隱”字),松江人。喬木故家,一生黄金買笑。風流蘊藉,文章妍麗。樂府、隱語極多。有青樓集行於世。楊廉夫先生其西賓也,世以孔北海、陳孟公擬之。

這話是可靠的。夏伯和是元末明初的人,録鬼簿續編作者的時代和他十分相近,當然在爲夏氏列傳的時候有所根據。同時,我們拿録鬼簿續編的夏氏本傳和邾經的青樓集序相互比勘一下,也可以證實黄雪蓑就是夏伯和。例如:青樓集序説“今雪蓑之爲是集(指青樓集而言)也”,録鬼簿續編説夏伯和“有青樓集行於世”,這是撰著的相同。青樓集序説“雪蓑在承平時,嘗蒙富貴餘澤”,録鬼簿續編説夏伯和是“喬木故家,一生黄金買笑”,這是身世的相同。青樓集序説是“商顔黄公之裔孫曰雪蓑者”,録鬼簿續編説是“夏伯和,號雪蓑釣隱”。這是别號的相同。至於爲什麽賢如葉德輝氏都把夏伯和誤會做姓“黄”了呢,我以爲原因十分簡單,不過是上了邾經的當。邾經説雪蓑是“商顔黄公之裔孫”,所謂“商顔黄公”乃是徵引故實,本指漢代商山四皓之一的夏黄公而言。也就爲了看破這一點,我們纔更加放心地説青樓集的作者姓夏不姓黄。

我們還不曾充分搜集有關夏伯和事迹的材料,這篇小文祇能算是一個打破障碍的開始。最有趣味的是,學津討源(原)本的封氏聞見記卷末竟隱藏着夏伯和的一段跋語,那是——

予素有藏書之癖,凡親友見借者,暇日多手鈔之;此書乃十五年前所鈔者。至正丙申歲,不幸遭時艱難,烽火四起。

煨燼之餘,尚存殘書數百卷。今僻處深村,無以爲遣,旦夕賴此以自適,亦不負愛書之癖矣。至正辛丑上元日重觀於泗北疑夢軒,雲間夏庭芝伯和父謹志。

這不惟堅固了我們説青樓集的作者姓夏不姓黄的信念,并且,讓我們知道了"伯和"原來衹是夏氏的字,"庭芝"纔是他的名子。同時,又讓我們知道了夏氏不衹是像録鬼簿續編上所説的"風流蘊藉,文章妍麗",而又是一位"有藏書之癖"的博雅醇古的學者。

夏庭芝的生卒很不容易决定。陶宗儀在南村輟耕録卷二十二的"西域奇數"條和二十三的"猴盗"條提到"夏雪蓑",他們兩個人似乎是很要好的朋友,但是却都不著供給我們推測年代的綫索。《南村輟耕録》卷三十的"書畫樓"條説"松江自來無大火災。至正丙戌閏十月二十九日夜,普照寺西業製帽民不謹於火,延燎五千餘家。重門,邃館,靈宫,梵宇,悉爲煨燼,而夏愛閑氏收藏古法書名畫樓巋然獨存。豈有神物護之也耶? 抑亦數耶?"這也説的是夏庭芝。至正丙戌是至正六年(公元一三四六)。再從另一個角度看來,邾經的青樓集序是在至正二十四年甲辰(公元一三六四)寫的,夏邦彦的青樓集跋是在至正二十六年丙午(公元一三六六)寫的,可見夏庭芝最早於至正二十六年還一定在世,他必定和陶宗儀一樣地在明初依舊生存。同時,他在至正二十一年辛丑(公元一三六一)寫封氏聞見録跋尾的時候説"此書乃十五年前所鈔者",我們從至正二十一年辛丑向前推上十五年是至正六年丙戌(公元一三四六),松江大火延燎五千餘家,而他的書畫樓却未殃及的那一年。(誰料到仍舊不能逃避至正十六年丙申的紅巾之劫!)以常理來判斷,這時夏氏的年齡至少也要有三十歲,所以他的生年最遲也要在元仁宗延祐五年戊午(公元一三一八)。我們又相信他曾經入明,而且應當卒於他的西賓楊廉夫之後,那麽,青樓集作者的生卒的最審慎的假定就可以列出來了。

（刊載第二十九期,民國三十年八月二日）

案:此文發表後,很有影響,陳寅恪先生讀後致《星島日報·俗文學》副刊主編戴望舒函云:"貴刊第29期吴曉鈴先生《青樓集作者姓氏考辨》,論據精確,欽服至極。鄙意《青樓集·序》中所謂'商顔黄公之裔孫'其實即指夏氏而言,蓋'商山四皓'中有夏黄公一人,夏伯和自可目之爲'商顔黄公之裔孫'也。……"經陳寅恪先生指明,則雪蓑姓夏不姓黄,昭然而明,不再有疑問了。陳乃吴之師長輩,這也可以看到當時學界尊師愛友、自由切磋的好風氣。

後以題"青樓集作者姓氏考辨——元劇雜考之一"重刊於《華北日報·俗文學》周刊第35期(北平,1948年2月27日)。另經修改原文,題"青樓集撰人姓名考辨",删掉副題名,刊載《河北師範學院學報(哲學社會科學版)》1988年第3期,第53~56頁;復收入吴曉鈴著《吴曉鈴集》第5卷(石家莊:河北教育出版社,2006年1月),第44~50頁。

嚴廷中——雲南曲家考略之一

清代的雲南曲家大約衹有一個嚴廷中,他所撰作的劇曲之傳世者也衹有一部"秋聲譜"。"秋聲譜"中包含着三個短劇:"武則天風流案卷"(又名判艷)一齣,"沈媚娘秋窗情話"(一名譜秋)一齣,"洛神殿無雙艷福"則有囑試、諢場、盼榜、圓花四齣,要算是這三劇之中最長的了。這部劇曲未見諸家著録,傳本也很難得,據我所知道的,清華大學圖書館藏有一部,入善本書類,聽説去年在北涪燒掉了;我自己有一部原刻初印本,序跋很多;後來又得到一部後印本,結果讓給鄭因百先生了;鄭西諦師也藏有一部後印本,他把它收到“清人雜劇初集”裏面影印行世，并且寫了一篇短跋附在後面：

“秋聲譜”雜劇三種，宜良嚴廷中撰。廷中字秋槎，生平事迹無可考，似奔走四方以作幕爲生。嘗與周樂清文泉交往甚得，樂清爲“補天石”傳奇作者，此“秋聲譜”雜劇即爲樂清付之手民者。……

廷中的生平事迹并不是“無可考”的，“宜良縣志”卷九，人物志—文苑中就有他的傳記：

嚴廷中，號秋槎，烺子。性嗜詩，入庠後即弃舉子業，專精於吟咏，十三歲詩詞便傳誦於京華。嗣後援例爲丞，所過名山大川，皆有題咏。在揚州開春草詩社，大江南北屬和者千百人。詩餘尤冠一時，明湖四客詞，選爲第一家。告歸里，主講雉山書院，以紅葉詩四首訂交於學使葉棣如，葉公稱爲嚴紅葉，因贈以聯曰：“人是青蓮抱仙骨，詩題紅葉艷秋心。”其所著之“紅蕉吟館詩存”“拈花一笑録”“懷人小草”“瘦紅集”“漁鼓詞”“試帖詩”“藥欄詩話”，皆膾炙人口。尚有“兩間草堂古文”“岩泉山人四選詩”未梓。

他不祇是當時的一個有名的文人，而且是一個能吏。同書同卷“宦績”中説：

嚴廷中，由邑丞援例爲東萊姜山丞，甫下車，見其文教不興，即建立官學。捐廉爲諸生膏火，按課校文，所拔識者類多佳士，西南文風爲之大振。道光乙未萊陽大饑，是冬，公乞歸，以囊中千數百金分給姜山貧民，并設局育嬰，全活甚衆。以是乏歸里資，全家流滯揚州、江寧閲二年不得行。又兩署福山，一署文登。初次至福，修文廟，興學校，勸農桑，清獄訟，簿書稍暇，與諸生講詩文之學，多所成就。去任時，紳民祖道，二十里酒筵不絶，諸耆老攀轅卧轍者幾千人，留鞋供奉以志感戴。再至則一切如前,邑人懸"再見青天"匾額。仕文登僅十六日,清理積案數十起,民情大悦,爲懸"甘棠留蔭"額。瀕行,居民罷市走送數十里區,并供給道途車馬飲食。其署萊陽、諸城、蓬萊等縣,皆勤政惠民,而尤以講學訓士爲第一義,故及門中如蕭錫召太史、王芷庭太史、蕭壽田選士,名重一時者,皆其所裁成者也。

這裏記叙嚴氏的事迹較爲詳盡,但却不詳生卒年代。按"岩泉山人詩四選存稿"中有"六十初度,鏡波蔻裳置酒爲壽,各酬一詩"七絶二首,這部詩集是編年的:此詩之前有"己酉元旦"七律一首,後有"懷楊石訪(澤闓)大令"五律一首,注云:"癸丑春自德平任引疾歸湖南,寄書話别。"己酉是道光二十九年(公元一八四九),癸丑是咸豐三年(公元一八五三),所以嚴氏六十歲的時候一定是道光三十年(公元一八五〇)至咸豐二年(公元一八五二)的三年之間;他大約生在乾隆五十六年(公元一七九一)至五十八年(公元一七九三)之間。一直到同治二年(公元一八六三)他還客居萊陽,所以他至少活了七十一歲。我現在姑且把他的生卒定爲:公元一七九二——一八六三,等將來獲有直接的材料時再加修正。

嚴氏祖籍江陰,"拈花一笑録"有詩"儂家原近莫愁湖,十里長堤入畫圖"句及"蘭陵風景近如何?回首鄉關感慨多"句可證。但是他的高祖應昌,曾祖端,祖民欽,父烺都是宜良人,可見移居雲南已經很久了。不過,廷中自己在雲南留居的時間倒不太多,鄭西諦師説他"奔走四方"是不錯的。他的父親嚴匡山(烺)中了乾隆五十八年癸丑科,爲翰林院庶吉士,散館改吏部考功司主事,升文選司員外郎、浙江道監察御史、户科給事中;嘉慶十二年丁卯(公元一八〇七)除甘肅蘭州道,洊升甘肅布政使司。廷中恐怕根本就是生在外省的,所以一直跟隨着父親不曾回過雲南。他在甘肅的時候,不過十三四歲左右,便很擅詩名了,縣志上説他"十三歲詩詞便傳誦於京華"。後來匡山在湖北臬司任上"以勤勞過度卒於官","蓋棺之日,宦囊蕭索,幾無治喪資,賴諸同寅協力助賻,始得全家扶櫬回籍"。這纔是廷中的第一次還鄉,大約在嘉慶十六七年(公元一八一一—一八一二),他二十歲左右的光景。他這次居鄉的時期相當長,恐怕要有二十年;在宜良他刊行了兩部詩集:"拈花一笑録"二卷刊於嘉慶二十年(公元一八一五),又在二十二年(公元一八一七)刊成"懷人小草"一卷,此外就無可考見了。道光十四年(公元一八三四)他在山東萊陽爲縣丞,這就是縣志上所説的"援例爲丞"了。又一年(公元一八三五),"萊陽大饑,是冬,公乞歸,以囊中千數百金分給姜山貧民,并設局育嬰",結果是萊陽人民因之"全活甚衆",而他却"乏歸里資"以至於"全家流滯揚州、江寧閲二年不得行"。他於道光十六年到的揚州,住了一年。縣志文苑傳中所謂"在揚州開春草詩社,大江南北屬和者千百人"便是這個時候,趙國華編的明湖四客詞中以廷中的麝塵詞"選爲第一家"也在這個時候;同時,廷中也把自己從嘉慶十三年到道光十六年的二十九年間所作的詩刊印出來,那就是"紅蕉吟館詩存"。道光十七年(公元一八三七)廷中從揚州到了江寧,住在秦淮河畔的碧雲水榭,與上元孫雨邨訂交,爲雨邨的"雙紅豆閣詞"寫序説:"道光丁酉與余遇於白門,予既落魄江湖,而君亦垂垂老矣,嗟乎! 男兒負七尺軀,既不能致身金馬石渠,潤色鴻業;又不能操尺寸柄,一抒其平生所學;顧乃抱數卷書以自寄其骯髒抑鬱。當酒後耳熱,一燈照壁,應亦百端交集矣!"文中大有借他人酒杯澆自己塊壘的意味,并且可以看出廷中雖然在當時的文壇上得到相當的地位,但他對此并不十分在意,倒是在政治方面抱有野心;可惜"時不我與",衹好以"沉鬱下僚"終其身。這時他不過四十五六歲的樣子,却已經是"忽忽寡歡"(秋聲譜序)、"自嘆其蹉跎”(雙紅豆閣詞序)了。廷中的“紅蕉吟館試帖詩存”於道光二十年(公元一八四零)梓成,自序上説“歸田後忽忽三年矣”,於是我們知道他在江寧僅僅住了一年,於道光十八年(公元一八三八)又回到雲南去,這是廷中第二次還鄉。第二次鄉居較暫,約有十年左右,縣志講他“告歸里,主講雉山書院”,雉山書院就在他的故里宜良。“紅蕉吟館試帖詩存”自序云:“庚子歲,楊生九、陸少逸兩明府先後延主宜良雉山講席。”庚子是道光二十年,此時葉覲儀任雲南學使,因與之相識,縣志上説的“以紅葉詩四首訂交於學使葉棣如”。“秋聲譜”卷首葉氏的題辭:“拂衣一笑謝風塵,紅葉詩題錦字新,底事宫商翻樂府,弦歌曾現宰相身。”都指二人相識的因緣而言。至於他在什麽時候又回到山東去的,我還不能考出來。不過,從咸豐二年(公元一八五二)一直到同治二年(公元一八六三)他都在山東,縣志上説“兩署福山,一署文登”及“署萊陽、諸城、蓬萊等縣”大約都在此時,他已經七十多歲了。

秋聲譜寫成於道光十九年(公元一八三九),正是廷中第二次鄉居的時候。他在道光己亥的自序上説:“故山歸來,忽忽寡歡,斜月在門,遠風生水,秋聲從落葉中來,如怨竹哀絲,助人淒惻。秋以聲爲譜,吾且以秋爲譜;若賞音無人,則歌與寒蟲古樹聽之。”咸豐甲寅又有序云:“昔里居偶製秋聲譜傳奇,羽謬宫乖,未敢出以問世。”可證。寫成秋聲譜之後,一直過了十五年,他又回到萊陽去,纔寄給周樂清看,時在咸豐二年(公元一八五二)。周氏爲之序,又替他刊刻成書,印成之日已經是咸豐四年了。廷中自序紀載這事説:“壬子冬在萊陽,寄正於周文泉刺史。甲寅秋以事赴萊州,則文翁已付之手民矣。”綜計“秋聲譜”從起稿到刊成,一共經過了十六年。

廷中所作的劇曲除掉“秋聲譜”之外,還寫過一部“鉛山夢”。“拈花一笑録”有道光二十年謝瓊的題辭,説“秋槎著有鉛山夢”。

同書卷下的“雨夜煮茗陪儕嶠年伯閑話”詩六首中的第三首云:“自愧才如畫足蛇,鉛山清夢落誰家。新詩一幅傳幽怨,春到毫端盡是花。”自注説:“中以舊作鉛山夢曲本呈訓,蒙賜詩二首。”都可爲證。“秋聲譜”之躋入清人戲曲史中,不過近幾年的事情,至於鉛山夢一則更是我們從來所不曾聽過的一個陌生的名子,可惜我們現在找不到原書一讀其究竟了。我在雲南讀到廷中所著的書籍計有:“麝塵詞”(明湖四客詞本),“紅蕉吟館詞存”(道光十六年刊本),“拈花一笑録”(嘉慶二十年刊本),“懷人小草”(嘉慶二十二年刊本),“紅蕉吟館試帖詩存”(道光二十年刊本),“欒欄詩話”(雲南叢書本),“岩泉山人四選詩存稿”(雲南叢書本);廷中所作,未見的有:“兩間草堂古文”、“瘦紅集”和“漁鼓詞”。(漁鼓是雲南民間唱的一種俗曲,和唱道情差不多,内容是叙述故事的,抒情的成分較少。這,應該歸到散曲的系統下的。)而他的兩部曲集倒不曾在他的故鄉見過,這真是一件奇怪的事。

後記:這篇文章創稿於(民國)廿五年,第一次寫成在(民國)廿八年十一月廿六日,那是我離開北平的周年,現在想寫“雲南曲家考略”一文,所以重新又删改了一遍,并且將説明“秋聲譜”内容的一段抽出,預備叫它獨立成一篇文章——在那篇文章裏,我也有一點自己的意見。最近我又托一位雲南朋友向宜良嚴家去找直接的材料看,希望將來能够把我在這篇文章裏對於廷中生年的假設給予一些修正。

民國三十年萬愚節在滇南龍泉鎮的寶台山居。

(刊載第十五期,民國三十年四月十二日)

案:本文曾以“嚴廷中與秋聲譜:雲南曲家考略之一”爲題,刊《中央日報》(昆明,1940年2月24日)。後又重刊於《經世日報·經世副刊》第34

期(1946年9月14日)、第35期(1946年9月16日)、第36期(1946年9月17日)。之後,修訂本將原題目删掉副題名,同時删掉後記,收入吴曉鈴著《吴曉鈴集》第5卷(石家莊:河北教育出版社,2006年1月),第135~139頁。

酬紅記及其作者——清代曲家考略之一

"酬紅記"傳奇一卷,寫的是四川女子杜鵑紅的故事,本事一共有八齣:

蝶宴　鵑啼　川氛　驛怨　會剿　公車　訊紅　徵和

但是,"蝶宴"之前有一齣"勘譜","徵和"之後復有一齣"賞歌",實在講起來,應該説是十齣。不過,"勘譜"寫的是�瓢道人撰著"酬紅記"的經過情形,"賞歌"寫的是"酬紅記"第一次演出的熱鬧景況。這,頗有同於歐西歌劇的"序幕"和南曲戲文的"開場",與劇中主要的故事并没有多大的關係。

這本傳奇的内容大約説的是:有一個四川的女孩子叫做杜鵑紅的,她在幼年間便死掉了父親,家裏很是貧窮,鎮日地和寡母相依爲命。雖然父親已經替她訂了婚,然而,因爲家境的關係却一直不曾成禮。在這種困苦及煩悶的雙重壓迫之下,她的日子便在"善病"和"苦吟"中慢慢地拖延過去。過了幾年,她終於和那個男人結婚了,自己期望着從此可以過些較爲愉快點的日子,却不料白蓮教匪鬧了起來,祇好抛弃了一切的家私去逃難。逃來逃去的結果,和母親相失了,丈夫也不知去向。正在束手無策、進退不得的時候,突然遇到一個也是逃難的親戚。這親戚很同情她的境遇,於是帶了她一同跑到薊北(現在的河北省北部),路上在富莊的旅店裏住了幾天,這時她真是"窮愁無聊,百感交集":想到過去,覺得像是做了一場噩夢;想到將來,又覺得心中那些對於未來的憧憬也都成了泡影,煩閑的情緒總像一條鐵鏈在絆繫着她的軀殼和靈魂,無論如何也擺脱不開。她知道自己的生命將不能延續下去,便在旅店的墻壁上題了一首詩,詩的後面還附有一段小序紀叙她的身世和經歷,小序的末一句説"郵亭信宿,便入江南,當是薄命人斷送處也",可見她的心理是如何的委婉了。後來,清廷飛檄各路,總兵合軍會剿教匪,不多幾天便相繼傳來捷報,不但地方安靖了,并且元凶也被擒正法。這時,有一個别號浮槎山樵的官人,因公路過富莊,住在杜鵑紅曾經住過的那個旅店,還在壁上發現了鵑紅所題的詩文,讀過之後很受感動,便和了一首寫在墻上;又向旅店中人詢問鵑紅的下落,却没有一個人能够回答得出。浮槎山樵衹好裝着一腔悵惘買舟歸去。他把鵑紅的詩抄了許多分贈給朋友,告訴他們:天地間竟有這樣一個"情慘境悲"的孤苦女子,希望他們寄予同情,撰著詩文來歌咏這樁事。浮槎山樵有一個叫做紅橋夢客的朋友也接到徵求和詩的信,這時他正從福建取道浙江回到安徽去,途中與撑船的女子閑談,却打聽出來鵑紅病死在蘇州的消息,不由得十分惋嘆,於是寫信報告給浮槎山樵。浮槎山樵接到這封信的當兒,正是收到許多朋友倡和的詩章和笑園主人、霞心居士商議彙刻成書的時候,當然不免有一番傷感。他便去請了�瓢道人來把鵑紅的恨史和邀請朋友們和詩的逸事寫成一個劇本以流傳久遠。�瓢道人所寫的劇本就是這部"酬紅記"。

"酬紅記"的故事很簡單:情節既不曲折,也没有熱鬧的穿插,這種題材在明代曲家的眼中看來是值不得寫的。然而,清代的曲家却以此專擅,大部分清代的傳奇與雜劇的内容都是抒情重於叙事;叙事是他們的手段,抒情却是目的。這種轉變的原因當然是劇曲的寫作由平民的手裏跑到文人的手裏所致——也就是"場上之曲”變爲“案頭之曲”。也許有人要拿明代的曲家也是文人的話來駁正我這種説法,不過,明代曲家所寫的劇曲衹不過是文字較爲綺麗——另一方面却失掉了“自然”和“生動”——其内容仍未能脱去才子佳人、登第團圓的俗套。這,一方面固然是受了時代的影響:明代劇曲全盛的時代正是世紀末人們奢侈淫綺、競爲“聲色之娱”的時期,在那個時期中不容你不寫帶有浪漫色彩的劇本,否則便没有人讀,也没有人看。另一方面,則因爲明代劇曲的發展恰巧是由元代的“場上之曲”變到清代的“案頭之曲”的過渡時期。在這時期中,元代的遺風没有消滅盡,清代劇曲所特有的風格還不曾産生,所以它衹是一個“兩不像”,或者説是“兩都像”。就内容講:元代劇曲的粗糙,明代的荒誕,清代的簡潔;就文字講:元代的俚俗,明代的穠艷,清代的秀雋。這都不足爲病,我們不能“是此而非彼”,用研究文學史的眼光看來,這正是一種文體變化的正常路徑。明代劇曲是以“破壞”——例如雜劇分折的自由——和“改革”——例如賓白之用駢儷——爲主,所以不免駁雜,清代的劇曲却是“建設”。用戲劇史的觀點來衡量清代的劇曲,恐怕及格的很少。用戲曲史的眼光來給清代的劇曲打分數,對於“酬紅記”的評價便應當很高了。“酬紅記”的作者能够把一個題材枯窘的故事寫得感動得讀者會落下泪來,這是清代曲家的長處。吴梅邨的“通天臺”如此,桂未谷的“後四聲猿”如此,楊笠湖的“吟風閣雜劇”三十三種也應該作如是觀。

可是,我們要問“酬紅記”的作者是誰了。刊本上刻的是“野航填詞”,這連作者姓什麽都叫人猜不出。孫子書(楷第)師在“國立北平圖書館戲曲音樂展覽會書目”中著録了“酬紅記”,他説是“女史趙野航”撰。這話對了一半,野航的確姓趙,但却不是“女史”——也許孫先生根據劇中寫的故事以女人爲主,而卷首的題辭又多出諸女人的手筆而立論吧!——我們衹消翻開原劇的首齣"勘譜"一看,就會知道作曲的是�瓢道人,筠瓢道人當然不是"女史"。我主張"酬紅記"的作者是趙對澂,對澂的字叫做野航,安徽合肥人,合肥縣志與廬州府志都有他的傳記。手邊找不到原書,不能徵引原文,大約他的事迹是這樣的:"道光廩貢,歷官亳州知州、池州學官,補廣德學正,咸豐十年擢知縣未行。是年冬,捻匪陷城,殉難死。後得恤雲騎尉世職。"(據我所寫的"清代劇曲提要八種"原文,刊燕京大學文學年報第五期。)從這兒我們知道了對澂死在咸豐十年。對澂的姐姐景淑有延秋閣剩稿一書傳世,對澂寫的序上説:"景淑長對澂一載,卒於道光元年辛巳,得年二十五歲。"那麽對澂在道光元年一定是廿四歲,從道光元年再向前推廿三年是嘉慶三年戊午,對澂就生在這年,他的生卒應該是:公元一七九八至一八六零,他活了六十三歲。

對澂的撰著很多,我所知道的有:小羅浮館詩集八卷,詞集七卷,雜曲一卷,别録十卷,這都有刻本流行。又有春江夢影行、薊北送春集和野航十三種却都不見傳本了。酬紅記的板心上刻有"野航十三種之一",那麽野航十三種大約是對澂的曲集,可惜我們衹能見到酬紅記一種,但是即以這一種而論,對澂寫曲子的天才就應當説是很高的。酬紅記有嘉慶二十五年刊本(這時對澂不過二十三歲,他的姐姐景淑還不曾死去),是一部很難得的書籍,我衹知道鄭西諦(振鐸)師藏有一部;民國間上海掃葉山房石印過一次,但不曉得他們是根據誰的藏書,小羅浮館詞集和雜曲中都保存了對澂所作的散曲不少,我曾經爲之輯出,别爲一卷,就叫它做"小羅浮館散曲",輯本藏在故都,所以在這裏也不能徵引。

小羅浮館詩集卷四有"富莊驛和題壁女史鵑紅韵七絶"六首,最末一首説的是:

銀毫欲拈怕銷魂,窗底殷勤費曉昏。從此花箋抄稿去,江南各處泪雙痕。

同卷又有"重過富莊驛有感"七絶一首云：

壁上新詩未蝕磨，挑燈重讀奈愁何！秋風一例同捐弃，紅粉青衫泪孰多。

從這兒我們知道了酬紅記中所寫的情節乃是實有其事，對瀓曾經兩過富莊驛，而且都有題詩。那麽不惟可證譜曲的筠瓢道人是對瀓，就是"公車路次富莊，鈔詩徵和"的浮槎山樵也是對瀓的化身。酬紅記卷首附載的題詞有四十三家之多，這恐怕就是所謂徵和之詩，但是我們已經不能指出哪首是紅橋夢客，哪首是笑園主人，哪首是霞心居士所作的了。

中華民國三十年革命先烈紀念節寫於滇南龍泉鎮的寶台山居。

（刊載第十六期，民國三十年四月十九日）

案：以原題"酬紅記及其作者"而删掉副題名，收入吴曉鈴著《吴曉鈴集》第5卷（石家莊：河北教育出版社，2006年1月），第140～143頁。

嘿齋聞見劇曲題記

鼎鐫陳眉公先生批評西厢記二卷

吴興周氏藏明萬曆間蕭慶雲刊六合同春本。元大都王德信撰，明華亭陳繼儒評。

德信字實甫，大都人，元初曲家，與關漢卿同時。作劇凡十四種，今惟存此劇及四丞相高宴麗春堂、吕蒙正風雪破窑記三本，暨蘇小卿夜月販茶船、韓采雲絲竹芙蓉亭殘曲數支而已。氏所編纂以此劇最爲盛傳於世，蓋會真故事本爲人所艷稱，而德信又以洋灑采筆寫成十七折之特殊體制故耳。劇衍張珙崔鶯鶯故事,文辭雖多本董曲,然自抒新意之處尤夥。太和正音譜評之“如花間美人”,實非偏譽,故仍不失爲上上之作也。其弊則在排場冷寂,不宜□習;全劇又係北詞,未諧南耳,是以明李景雲之改本南西厢盛行歌場,而此詞遂微。然李作鄙俚,衹便場上,案頭誦讀固仍以王作爲佳也。眉公嘗評琵琶、幽閨、玉簪、紅拂、綉襦及西厢六劇,命曰六合同春,雖持論浮泛,無關考據,而刊本則甚稀睹;故馬隅卿先生藏有其書全帙,極可珍。北平圖書館善本乙庫之一部,則清乾隆間修文堂重刊者。此雖殘零,要是原刊,故可寶也。

兩紗附挑燈劇

吴興周氏藏明倘湖小築刊本。明蕭山來集之撰。

此劇卷首署倘湖樵人撰,倘湖樵人即來集之别號,氏又號元成子,蕭山人,崇正間進士,大學士宗道之子。兩紗即碧紗籠及女紅紗是。前者衍唐王播於揚州惠昭寺壁題詩事,本王保定摭言。劇凡木蘭花發院新修、慚愧闍黎飯後鐘、樹老無花僧白頭、而今始得碧紗籠四折,題目均依所傳王氏原詩,頗見作者機杼。清海寧張韜續四聲猿雜劇有王節使重續木蘭詩一種亦衍此事,詞華雋秀,足與集之相頡頏也。女紅紗衍玉帝敕二仙女監察棘闈,以紅紗罩試官目,察其明暗,即以紅紗覆奏,默行賞罰,果得試官名胡涂者枉法録取白丁臭銅,黜謫士子文運之迹。科場中向有朱衣點頭、紅紗罩眼之説,又因勅使爲女仙,故名。挑燈劇據馮小青傳之讀牡丹亭詩“冷雨幽窗不可聽,挑燈閑看牡丹亭,人間更有癡於我,不獨傷心是小青”鋪叙而成,情節哀艷,文辭宛轉,寓意亦警拔。集之少負才名,艱於科第,憤懣之氣不舒,乃以嬉笑怒駡形之於舞榭歌臺,説者或謂兩紗之形容未免過當,實則明季關節之盛,世俗之諂,較劇中所寫殆有甚焉。挑燈一劇,借美人之幽怨,擬文士之困瘵,亦作者牢騷不平之發泄也。此書爲來氏家刊本,吴瞿安、鄭西諦二氏均有之。

業海扁舟不分卷六齣

吴興周氏藏清道光間五色鈔本。清北京金連凱撰。

此劇别名濟世保嬰法曲,署蓮池居士作,首有道光十三年金連凱序。以文義揆之,撰者似即金氏;考金氏著有靈臺小補,係以曲話之體制,發抒其排斥梨園之謬見,寓意與此書具同,可證蓮池居士即金氏也。金氏隸旗籍,生平事迹不可考,其人學陋識淺,爲文冗贅而乏見。斯帙内括短劇六齣,其主旨在以優伶鬻歌爲最鄙俚之事,故劇中寓意均爲勸誡之辭。作者不嫻宫律,專以摹擬前人名作爲務,東施效顰,益增其媸矣。文詞尤粗俗不足觀。惟其書裝潢精美,復以五色鈔寫,持作案頭清供,亦殊别緻。傳本至鮮,北平圖書館藏有殘本,佚五、六兩齣。此帙首尾完整,尚可珍也。

(刊載第三十八、四十三期,民國三十年十月十八日、十二月六日)

案:以原題收入吴曉鈴著《吴曉鈴集》第2卷(石家莊:河北教育出版社,2006年1月),第141~142頁。

水木清華藏曲存目

小序

我開始有志於劇曲目録的搜集,是在民國二十六年的秋天。

那時,自己蟄居在故都的城南,天天過着窒悶困煩的生活,没有事做,便去到北平圖書館翻檢所藏的目録書籍;當初并没有那麼大的目的,不過是爲了消磨時光,排遣愁鬱罷了。差不多一年的光景,館藏的目録書籍就都被我看完,於是又到燕京大學去托鉢,在勺園裏隨緣過了三個月,把該校圖書館裏的目録書類也大致地看了一過。此外還有國劇學會圖書館,戲曲音樂學院圖書館和私家(如孫子書師、顧羨季師、鄭因百師……)暨[①]琉璃廠、隆福寺等處各舊書店的藏曲,我都有幸地一一加以瀏覽。二十七年冬,間道來滇,路經滬濱,又讀了鄭西諦師的全部珍庋,從他那兒還得到了一份周越然先生的藏曲目録。這時候,我手輯的、編録的、鈔存的和搜得别人編好的曲目的總數竟在二百種之上了,我名之曰"曲目輯叢"。拿這些材料去和"曲録"相互對勘,發現了"曲録"裏很多的秕釋及遺漏之處(這,并不足以證明王静安先生的"曲録"編得不好,當世研究戲曲的學者們永遠不應該忘却這位"爲此學者自余始"的拓荒者,我們的時代生得晚些,所以能够見到許多他没有看過的書籍),於是便生出了重編"曲録"的野心。近二三年來,我專心致志於這個拙笨的工作,我把這書叫做"曲録新編",内容分爲五卷:雜劇、傳奇、花部、散曲各作一卷,其餘的曲律、曲韵、曲譜、曲話等合爲一卷。現在已經脱稿的有"散曲"部分,内收散曲□作七百多種,超出"曲録"所收大約十倍有奇("曲録"衹有散曲目録七十種)。我在每種散曲名目的下面都附注了卷數、存佚、版本、藏家、撰人傳略和徵引書目,希望他對於研究戲曲的人們能够貢獻一點實際的用處(此書已收入國立北京大學文科研究所的"文史叢刊",不久便可以付印)。和"曲録新編"相輔而行的各家藏曲目録也編成了二十幾種(例如在"圖書季刊"新二卷第三期發

① 原文此處爲"以暨",誤,現改爲規範用法"暨"。

表的"國立中央研究院歷史語言研究所善本劇曲目録"便是其中的一篇);但是,在這些曲目裏,我最喜愛的倒是:"鄞縣馬氏不登大雅文庫曲目"(即刊"圖書季刊"),"天津述古堂李氏舊藏曲目"和這篇"水木清華藏曲存目"。這裏所説的喜愛,并不衹是因爲那些書籍的鮮見與難得,最大的原因倒是從惋惜它們共同的悲慘命運中而生出的同情。馬氏藏曲在隅卿先生死後全歸北京大學入藏,現在却掃數淪爲寇有;李氏藏曲也由木齋先生後人贈給南開大學,不料津門戰役竟盡化煨燼;清華大學的藏曲本來很多,但是在七七變前搶運出來的僅有這裏所著録的戔□的七十部。此書最初運到長沙,後來又轉存四川,不料前載北培慘遭轟炸,萬里驛運,百劫孑遺,仍不免付諸絳雲之一炬,真是令人扼腕之至!這個目録裏所記載的曲籍,除了雍熙樂府、吴歈翠雅、詞林摘艷、太古傳宗、讀曲叢刊、四聲猿和九宫大成曲譜(景印本)七部以運來雲南得免浩劫之外,其餘如號稱海内孤本的吴騷集、吴騷二集等書則完全蕩爲雲烟了。

北大,清華,南開,就是現在我濫竽寄迹的國立西南聯合大學的前身,每一想起三校曲籍所遭的情境相同的厄運,便不禁戀戀悵悵地興有無聚散之感。我把這三種曲目寫了出來,一一刊布。雖然覺得這不過有如五侯鯖膳的菜單一樣的絲毫無裨於實際,可是,我們應該記住了,這是一筆待償的債。

一、雜劇之屬

元曲選十集一百種。

明臧懋循編,明萬曆間博古堂刊本,八十册十函。

六幻西厢記六種十二卷。

明閔齋伋編,明天啓間刊本,十二册二函。

嘿齋謹案:六幻西厢記是:幻因,元稹的會真記。搊幻,董解元的西厢記諸宫調。劇幻,王德信的西厢記雜劇。賡幻,關漢卿的續西厢雜劇。更幻,李景華的南西厢。幻住,陸采的南西厢。此外還附有元白會真詩、錢堂夢、圍棋闖局、五劇箋疑、園林午夢。定名雖然不倫,然而却是在暖紅室刊本西厢十則未出之前的一個最早最大的西厢故事的結集。刊本流傳甚少,僅北平圖書館有一部。

以上叢刻。

西厢記五卷。

元王德信、關漢卿撰,明凌濛初,朱墨刊本,八册一函。

新校注古本西厢記五卷考一函。

元王德信、關漢卿撰,明王驥德校,景印明萬曆間朱朝鼎刊本,六册一函。

毛西河論定西厢記五卷首各末一卷。

元王德信、關漢卿撰,清毛奇齡評,清康熙間原刊本,四册一函。

又一部。

撰人同上,民國間武進董氏誦芬室景印毛氏評本,四册一函。

四聲猿不分卷四種。

明徐渭撰,澂道人評,明末大成齋刊本,二册一函。

逍遥游二卷。

清丁耀亢撰,清康熙間琅琊丁氏家刊本,四册一函。

藤花亭雜劇四種四卷。

清梁廷枬撰,清道光間刊本,四册一函。

嘿齋謹案:四種即江梅夢、曇花夢、斷緣夢和圓香夢;俗稱"小四夢",以與湯顯祖的"玉茗堂四夢"相比。

補天石傳奇八種八卷。

清周樂清撰,清道光庚寅(十年)泗州陳氏刊本,八册二函。

嘿齋謹案:八種即:宴金臺、定中原、河梁歸、琵琶語、紉蘭佩、碎金牌、紞如鼓、波弋樂。名爲傳奇,實際却是雜劇。毛聲山在評本琵琶記自序的總論中說:“擬作雪恨傳奇數種,總名之曰補天石。”并且列了十個目録,結果他没有寫成,倒是文泉替他補完了這個遺恨,不過文泉的補天石八種裏衹有七種和他的擬目相同罷了。

秋聲譜雜劇三種不分卷。

清嚴廷中撰,清咸豐甲寅(四年)刊本,一册一函。

嘿齋謹案:三種計:武則天風流案卷、沈媚娘秋窗情話、洛神殿無雙艷福。這是一部很雜得的清人作品。

以上别集。

二、傳奇之屬

六十種曲一百二十卷。

明毛晋編,明崇禎間毛氏汲古閣刊本,一百册十四函。

傳奇三種六卷。

民國二十一年上海傳真社景印明刊本,六册一函。

嘿齋謹案:本書所收的三種傳奇是:明范世彦的磨忠記傳奇,三十八齣;屠隆的修文記傳奇,四十八齣;沈璟的博笑記傳奇,二十八齣。博笑記以十個短事連寫,在中國戲曲史上講,實在是一部别開生面的撰著。

以上叢刻。

琵琶記二卷四十三齣。

明高明撰,陳繼儒評,明萬曆間蕭慶雲刊六合同春本,二册一函。

紅拂記二卷三十四齣。

明張鳳翼撰,陳繼儒評,明萬曆間蕭慶雲刊六合同春本,二册一函。

綉襦記二卷四十一齣。

明薛近兖撰,陳繼儒評,明萬曆間蕭慶雲刊六合同春本,二册一函。

嘿齋謹案:六合同春是極難得的一部戲曲叢刻,裏面除了上列的三種之外,還有北西厢、幽閨記及玉簪記,都標的是陳眉公批評,但我們却不敢斷定。

雲臺記二卷四十四齣。

明薄俊卿撰,明萬曆間金陵唐氏文林閣刊本,二册一函。

嘿齋謹案:此曲衍劉秀中興的故事,向來不著撰者姓氏,今據日本舶載書目,知是薄氏所作。傳本不多,北平圖書館有之,長樂鄭氏有一部抄本。

牡丹亭還魂記二卷五十五齣。

明湯顯祖撰,明萬曆間刊本,四册一函。

又一部。

撰人同上,清乾隆乙巳(五十年)冰絲館刊本,四册一函。

又一部。

撰人同上,刊本,四册一函。

吴吴山三婦合評牡丹亭還魂記二卷五十五齣附録一卷或問二卷。

撰人同上,清陳同、談則、錢宜評,清同治庚午(九年)清芬閣刊本,二册一函。

石巢傳奇四種八卷。

明阮大鋮撰,民國八年武進董氏誦芬室摹印原刻本,八册二函。

嘿齋謹案:石巢四種是燕子箋、春燈謎、雙金榜、牟尼合。清李玉撰。

秦樓月二卷。

清李玉撰，民國十五年武進陶氏涉園□明刊本，二册一函。

嘿齋謹案：李玉字玄玉，作劇有三十二種之多。但是有人説這本劇曲是吴綺寫的，附此以俟博考。

永團圓二卷。

清李玉撰，清初刊本，二册一函。

擁雙艷傳奇三種六卷。

清萬樹撰，清康熙丙辰（十五年）粲花别墅原刊本，六册一函。

嘿齋謹案：三種傳奇是風流棒、空青石和念八翻。

笠翁傳奇十種二十卷。

清李漁撰，清康熙間世德堂刊本，二十册四函。

桃花扇四卷。

清孔尚任撰，清光緒乙未（二十一年）蘭雪堂重刊本，五册一函。

封禪書六卷四十二齣。

清朱瑞國（署"杏花使者"）撰，清康熙間秘奇樓刊大字本，六册一函。

勸善金科二十卷二百四十齣。

清張照撰，清乾隆間内府五色套印本，二十一册四函。

芝龕記六卷。

清董榕撰，清光緒戊子（十四年）高怡樓重刊本，十二册一函。

旗亭記二卷。

清金兆燕撰，清乾隆乙卯（六十年）刊本，四册一函。

虎口餘生記三卷四十四齣。

清曹寅撰，舊鈔本，三册一函。

嘿齋謹案：此曲有刻本，但是都作四卷，又撰者均署"遺民外史"，今知爲曹氏。

紅樓夢八卷八十齣。

清陳鍾麟撰,清道光間漢青齋刊本,十六册三函。

影梅庵二卷。

清彭劍南撰,清道光丙戌(六年)刊本,四册一函。

嘿齋謹案:彭氏有茗雪山房二種曲,一個是香畹樓傳奇,一個便是這部,長樂鄭氏和我都藏有全書。

倚晴樓七種曲十四卷。

清黄憲清撰,清道光間海鹽黄氏家刻本,十册兩函。

嘿齋謹案:黄氏七種是茂陵弦、帝女花、脊令原、鴛鴦鏡、凌波影、桃谿雪、居官鑒,這部書刊本極多,但是黄氏家刻本却極爲難得,黄氏另外還有《絳綃記》和《玉臺秋》二種。

漁邨記二卷。

清韓錫胙(署"妙有山人")撰,清光緒丙子(二年)刊本,四册一函。

梅花夢二卷。

清張道撰,清光緒甲午(二十年)刊本,四册一函。

以上别集。

三、花部之屬

梨園集成十八卷四十七種。

清李世忠(署"藜成松崖氏")編,清光緒庚辰(六年)王賀成氏刊本,二十四册二函。

嘿齋謹案:這是最早的一部皮簧劇本的叢刻,傳本十分少見。

以上叢刻。

極樂世界傳奇十三卷八十二齣。

清觀劇道人撰,舊鈔本,十三册一函。

嘿齋謹案:觀劇道人姓氏待考,此書卷首有道光二十年的自序,知道他是有清中葉間人。光緒七年聚珍堂曾將這書用活字排印,作八卷八十齣,與鈔本不同,疑鈔本較近於原作。

庶幾堂今樂不分卷初集十六種二集十二種。

清余治撰,清光緒庚辰(六年)刊本,十册一函。

嘿齋謹案:全目過繁,從略。這部書是皮簧劇本別集中最大的刊集,至今舞臺上還常常串演裏面的"硃砂痣"。

以上別集。

道咸以來梨園繫年小録。

周明泰編,稿本,一册。

嘿齋謹案:作者近時人,這是他的原稿,是書有民國二十一年排印本。

以上史料。

四、散曲之屬

增益詞林摘艷十卷。

明張禄編,民國二十二年惜陰軒據明嘉靖己亥(十八年)刊本寫印,六册一函。

雍熙樂府二十卷。

明郭勛編,明嘉靖丙寅(四十五年)刊本,四十册八函。

新鎸古今大雅北宫詞紀六卷南宫詞紀六卷。

明陳所聞編,明萬曆乙巳(二十四年)刊本,十二册二函。

吴騷集四卷。

明王穉登編,明萬曆甲寅(三十三年)刊本,四册一函。

嘿齋謹案:吴騷集最爲難得,今此書雖失,可是長樂鄭氏却已在滬上又購到一部,同時上海雜志公司的中國文學珍本叢書中也有了排印本。

吴騷二集四卷殘存卷一二。

明張琦、王輝編，明萬曆丙辰（三十五年）刊本，二册一函。

嘿齋謹案：此曲殘存二卷，至爲可惜，長樂鄭氏在滬上曾購得全帙，不過末卷却是鈔配的。

吴歈萃雅四卷。

明周之標編，明萬曆丙辰（三十五年）刊本，四册一函。

新編南九宫詞不分卷。

明蔣孝編，明萬曆間三徑草堂刊本，二册一函。

白雪齋選訂樂府吴騒合編四卷。

明張旭初編，明崇禎間吴郡大來堂刊本，八册二函。

清音小集四卷。

清佚名編，清乾隆癸卯（四十八年）敏修堂刊本，四册一函。

霓裳續譜八卷附乾隆五十四年萬壽慶典承應雜戲一卷。

清王廷紹編，清乾隆乙卯（六十年）集賢堂刊巾箱本，六册一函。

以上叢刻。

諸佛世尊如來菩薩尊者名稱歌曲一卷。

明朱棣撰，明永樂丁酉（十五年）刊本，一册。

蕭爽齋樂府二卷。

明金鑾撰，民國四年武進董氏誦芬室刊本，一册。

秋水庵花影集五卷。

明施紹莘撰，清乾隆壬申（十七年）博古堂刊本，十二册二函。

潯陽曲二卷。

清戴全德撰，清嘉慶戊午（三年）刊本，四册一函。

以上别集。

五、劇選之屬

醉怡情不分卷。

明菰蘆釣史編,明末古吴致和堂刊本,八册一函。

六、曲韵之屬

圓音正考不分卷。

清□存之編,清道光間三槐堂刊本,一册。

七、曲律之屬

律吕正聲六十卷。

明王邦直撰,明萬曆戊申(三十六年)即墨董作孚刊本,十二册四函。

度曲須知二卷。

明沈寵綏撰,明崇禎己卯(十二年)松陵沈氏家刊本,六册一函。

八、宫譜之屬

嘯餘譜十卷。

明程明善編,清張漢訂,清康熙壬寅(四十七年)茗城張氏家刊本,十册二函。

以上叢刻。

增定南九宫曲譜二十卷南十三調譜一卷南九宫各調譜附録一卷。

明沈璟撰,明永新龍驤校刊本,八册一函。

又一部。

撰人同上,明刊本,六册一函。

九宫譜定十二卷。

清查繼佐撰,清金閶緑蔭堂刊本,十册二函。

又一部。

撰人同上，刊本，八册一函。

太古傳宗六卷。

清鄒金生、徐興華等撰，清乾隆己巳（十四年）莊邸刊本，六册一函。

新編南詞定律十三卷。

清吕士雄等撰，清乾隆間内府刊本，八册二函。

九宫大成南北詞宫譜八十一卷閏一卷。

清乾祥鈺等撰，清乾隆間内府刊本，五十册六函。

又一部。

撰人同上，民國間景印本，五十册。

以上别集。

九、身段譜之屬

審音鑒古録十二卷。

清王繼善撰，清道光甲午（十四年）刊本，八册二函。

十、曲論之屬

讀曲叢刊九種。

董康輯，民國六年武進董氏誦芬室刊本，五册一函。

後記

以上的目録計分十類，所收曲籍共七十部。爲節省篇幅計，我儘量少附案語，許多子目也不細列，關於撰人的姓氏也衹録考訂的結語，不詳論斷的經過，我衹希望行家讀了之後能够知道我的編製目録，并非草率將事，一般的讀者看過了能够得到一點益處。自然，錯誤是免不了的，因爲這兒的參考書籍真是少得可憐。

民國卅年四月廿九日清華大學三十周年紀念日寫於滇南龍

泉鎮的寶台山居。

（刊載第十九、二十期，民國三十年五月十日、十七日）

案：本文署名“嘿齋”，即吴曉鈴。抗戰期間，雲南國立西南聯合大學舊藏北京大學、清華大學、南開大學戲曲目録。吴曉鈴先生還刊發過：《清代劇曲提要八種》，《文學年報》1939 年第 5 期，第 45～51 頁。《虞山錢氏也是園所藏雜曲現存目録跋》，《文哲（上海 1939）》1939 年第 1 卷第 8 期，第 33～34 頁。《國立中央研究院歷史語言研究所善本劇曲目録》，《圖書季刊》1940 年新第 2 卷第 3 期，第 392～415 頁。《鄞馬氏不登大雅文庫劇曲目録》，《圖書月刊》1943 年第 2 卷第 6 期，第 9～25 頁。《吴興周氏言言齋善本劇曲敘録》，《國文月刊》1943 年第 19 期，第 30～33 頁；第 20 期，第 26～28 頁。

古劇雜考

一、“倡優即侏儒”辨

王静安先生宋元戲曲史第一章“上古至五代之戲劇”節中有“附考”云：

> 古之優人，其始皆以侏儒爲之。樂記稱“優侏儒”。頰谷之會，孔子所誅者，穀梁傳謂之優，而孔子家語、何休公羊解詁均謂之侏儒。史記李斯列傳：“侏儒倡優之好，不列於前。”滑稽列傳：“優旃者，秦倡侏儒也。”故其自言曰：“我雖短也，幸休居。”此實以侏儒爲優之一確證也。

其言甚確。按禮記樂記云：“子夏對魏文侯問曰：‘今夫新樂，進俯退俯，奸聲以濫，溺而不止，俳優侏儒，獶雜子女。’”此以“俳優”與“侏儒”并舉，而王肅復注云：“俳優，短人也。”益復可證成王氏

“倡優即侏儒”之說。然而,亦不可過泥其言:楚國優孟固係“倡優”矣,而史記滑稽列傳謂其人“長八尺”。齊之贅婿淳于髡以“滑稽多辯”名,實亦倡優之流,史記滑稽列傳自録其人,傳雖云“長不滿七尺”,然亦非短人可稔。漢書東方朔傳云“東方朔,好詼諧,武帝以俳優畜之”。觀其上武帝書,紿騶朱儒,與郭舍人較射覆,割肉遺細君諸事,知實爲“俳優”而非“詞臣”,而史稱其自言“長九尺餘”,則又與漢書本傳所云之“朱優長三尺餘”不侔矣。故知“倡優”非實盡係“侏儒”,不過“侏儒”多爲“倡優”職,恃其身短捷機以笑謔於人主之前而已。

二、“倡優不以調謔爲主”説

今之學人論及中國戲劇起源,恒先巫覡而後倡優;王静安先生宋元戲曲史云“巫覡之興,雖在上皇之世,然俳優則遠在其後”是矣。惟其言雖明先後之别,然未及二者相互之關係;至於王氏所云“巫以歌舞爲主,而優以調謔爲主”等語,則愚意與之殊异,玆試論之。

倡,説文云:“樂也。”段玉裁注云:“漢有黄門名倡,常從倡,秦倡,皆鄭聲也。東方朔傳有幸倡郭舍人:則倡即俳也。經傳皆用爲昌字,周禮樂師凡軍大獻,教愷歌遂倡之,故書倡爲昌。鄭司農云:‘樂師,主倡也。昌當爲倡。’按當云‘昌當爲唱’。”其説不謬。禮記樂記云:“一倡而三嘆。”可證“倡”即“唱”字,有“發歌”之義。説文釋“優”爲“倡也”。段注謂“倡者,樂也”。説文釋“伶”爲“弄也”。段注謂:“徐鍇曰:‘伶人者,弄臣也。’毛詩:‘寺人之令。’釋文曰:‘令,韓詩作伶,云使伶。’古伶人字本作泠,泠人,樂官也。”説文釋“俳”爲“戲也”。段注謂:“以其戲言之,謂之俳;以其音樂言之,謂之倡;亦謂之優,其實一物也。”自上引諸釋觀之,可見無論爲“倡”,爲“優”,爲“俳”,爲“伶”,其義皆同。漢書灌夫傳:“所愛倡優巧匠之屬。”注云:“倡,樂人也。”故知先秦時代之“倡優”仍是“樂人”,其技藝與陳楚之“巫覡”無异,即以歌舞爲主也。史記滑稽列傳云“優孟者,故楚之樂人也”。云□“樂人”,知必不以調謔爲主,云是“故楚之樂人”,則知倡優必濫觴於楚之“巫覡”矣。優孟本傳紀其爲孫叔敖衣冠於楚莊王前作歌;國語晋語紀優施受驪姬命飲里克酒,中座起舞而歌。春秋穀梁傳紀齊侯會魯定公於頰谷,齊人使優施舞於魯君之幕下。試觀上引諸書,言及“倡優”,必稱“歌舞”。這也可以證明“倡優”主要技藝以“歌舞”爲主。左傳記載魯襄公二十八年的事件中云:“慶氏以其甲環公宫。陳氏、鮑氏之圉人爲優。慶氏之馬善驚,士皆釋甲束馬而飲酒,且觀優。”優戲可以使馬驚恐,這絶不是“抵掌而談”之調謔所能引起的。“倡優”與“巫覡”是相同的,都是歌舞爲主要技藝的樂人,而且“倡優”就是由“巫覡”演變而成。“巫覡”的目的是以歌舞降神爲職司,此外作爲人神間的聯繫,這在原始社會中人固已畏懼自然界的一切事物所形成的。社會與日進步,經濟産生了很大發展。① 貧富之别遂相懸殊,帝王世族以及富庶之家於豐衣足食之餘而貪爲聲色之娱,於是“樂神”之“巫覡”遂一變而爲“娱人”之“倡優”,二者實質無异,所不同者衹是名稱而已。

至於史籍所紀優孟優旃調謔故事,吾人衹能認爲史家乃舉其趣聞逸事而認之者,絶不可執以爲優人專主調謔之證也。

三、“倡優”與“新樂”

或有人曰:“‘巫覡’與‘倡優’既同爲‘樂人’,則其所爲樂舞

① 從“這也可以證明……”至此,因原報刊文字脱落,整理者參照吴曉鈴《“倡優不以調謔爲主”——古劇雜考之一》(刊《新生報》副刊《語言與文學》1948 年第 67 期)補録。

亦必相同矣。”

不然！“巫覡”樂舞以祭神，“倡優”樂舞以娱人。此樂舞之性質不同者一也。祀神爲莊嚴之典禮，“巫覡”持之甚謹，“倡優”樂舞則爲供人娱樂之資。就態度方面言之，則有“嚴肅”與“輕鬆”之别，此其不同者二也。而古代祀神之歌舞樂章均有定則，不可隨意應用，方諸九歌以祀不同之神可以知之；祀神時尚不可以祭日神之“東君”而演奏以祭“國殤”，則更不可以之供人娱樂也明矣。“巫覡”之樂章既不可用，於是“倡優”乃别製“新樂”以補其缺。此“新樂”與“巫覡”樂章相异之處，則是：“巫覡”之樂章有定則，有專用，而歌詞典雅；“倡優”之歌舞則以通俗動聽爲主，且無專用，可隨時隨地隨事演奏之，其舞態歌腔之繁縟熱鬧亦必較“巫覡”之歌舞爲甚，是以故禮記樂記有云：“今夫新樂，進俯退俯，奸聲以濫。”此正統之評語殊不足爲訓，蓋“巫覡”之祀神歌辭變爲“倡優”之娱人“新樂”，實乃中國歌舞演劇史上之大進步也。漢書佞幸傳稱武帝時樂府中之協律都尉李延年“……身及父母兄弟皆故倡也。……善歌，爲新變聲。是時上方興天地諸祠，欲造樂，令司馬相如等造詩賦，延年輒承意弦歌所造詩，爲之新聲曲”。窮則變，變則通，延年所造之“新聲曲”，能爲之“新變聲”，則必較先秦“倡優”之“新樂”百尺竿頭更進一步矣。

四、“倡優”所爲技藝論

前文嘗言：先秦“倡優”之技藝除歌舞之外無他事。然遞及漢代，“倡優”之所能事遂逐漸增益，其職司亦起分化之作用矣。

漢代“倡優”可以以“調謔”爲主，如武帝時之郭舍人是。漢書東方朔傳稱郭舍人爲“幸倡”，又謂其人“滑稽不窮”。史記滑稽列傳載其設謀救武帝乳母事則極盡機變之能；漢書東方朔傳載其與東方朔賭鬥射覆及互爲隱語事，知亦難屈之長材。觀諸載籍,則其所爲技藝皆是調謔門口,此其以此專擅而"常侍武帝左右"乎。

漢代"倡優"又有以弄"百戲"爲主者。"百戲"所括門類極廣,大則之,可有殺面、幻術、百獸、神怪、角力、競技、敷演故事之不同,此戲原非中土所有,乃自安息①……

(刊載第十期,民國三十年三月八日)

案:本文後經過修改,補充材料,調整文章結構,其前三部分,另題名獨立成文;文章中第四部分内容充實在前三部分,餘内容删除。第一部分經過修改題爲"'優人即侏儒'辨:古劇雜考之一",刊載《龍門雜志》1947 年第 1 卷第 3 期,第 6 頁;第二部分經修改題爲"'倡優不以調謔爲主'——古劇雜考之一",刊《新生報》副刊《語言與文學》1948 年(1 月 27 日)第 67 期;第三部分經修改題爲"説'倡優與新樂'——古劇雜考之一",刊《新生報》副刊《語言與文學》1948 年(1 月 6 日)第 64 期。復再將本文修訂以三題收入吴曉鈴著《吴曉鈴集》第 5 卷(石家莊:河北教育出版社,2006 年 1 月),題目稍易:《説"俳優非侏儒"》,第 55 ~ 57 頁;《説"俳優與新樂"》,第 58 ~ 59 頁;《説"俳優不以調謔爲主"》,第 60 ~ 62 頁。

關漢卿里居考辨——元劇雜考之一

關漢卿的里居問題似乎没有什麽談的了,人人都知道他是大都人。不過這種論調現在已經發生動摇。第一個提出异議的是魏復乾先生,他在逸經第十九期上發表了"西廂記著作人氏考正"一文,内容大略説:西廂記雜劇不是王德信寫的,而是關漢卿寫

① 此後原文,約有百餘字,因報紙損壞,字迹無法辨認。

的。由這一篇文章引起了一場大的論戰,參加的有:賈天慈、退翁、趙景深諸先生,他們的意見很不一致,這裏不便細談;我僅僅把魏君文中有關於關漢卿的里居的材料引用幾段,抄在下面:

> 關漢卿爲河北省安國縣伍仁村人。其住宅位於該村之西,興雲寺之南,現今早已湮没無迹,改爲田園。關君當時高才博學,因其文不逢迎時尚,故科舉不第。主考官崔某係安平縣某村人(村名暫隱)。關憤其盲於識文,遂取會真記作西廂以寄憤。其宅内有西樓一所,晚年獨處其上,致力爲文,數月間未曾下樓,嘔血遍地,仍努力不懈,作至西廂記第十六齣,竟嘔多量血而亡。其門生董君章奔喪,聞棺中作哭聲,旋屋梁上墜下西廂遺稿一卷,董拾而閱之曰:"所以哭者,爲此功之未竣也!"允爲之續,哭聲遂息。
>
> 伍仁村與安平縣某村相去二十餘里,二村居民,親誼友誼,代不乏人,故當時托其友名王實甫,蓋恐有碍鄰里也。死後葬於本村東北之北堤灣之祖塋中。現今關氏已絶嗣,而其祖塋之湮没,爲時尚未遠也。
>
> 山西崞縣神山村賈氏,崞縣之望族也。清光緒間,伊家有人因事過祁,繞路伍仁村而訪關漢卿事迹。據其人曰"伊家二十餘代先人某,曾與關漢卿有友誼關係",并言"其家譜上附有關漢卿著西廂記,托名其友王實甫事"云云。

那篇文章裏還有許多别的證據,不具引。其紕繆也等到在後面再談。魏君的整個意見是:西廂記的作者是關漢卿,續者是董君章。這兩個人都隸籍於河北省安國縣伍仁村。馮沅君先生頗爲贊同這個説法。她在"跋胡適之先生再談關漢卿的年代"文中并且舉出了舊籍爲證:

> 逸經第十九期載魏復乾先生"西廂記著作人氏考正"一文,引安國縣志説關漢卿與至治辛酉(西曆一三二一)科狀元

董珪同時。我找了幾個圖書館,都未見安國志,而於祁州志内查得一條與魏文所引相同的材料:

關漢卿故里:漢卿,元時祁之伍仁村人也。高才博學,而艱於遇,因取會真記作西厢以寄憤,脱稿未完而死,棺中每作哭泣之聲。狀元董君章往吊,异之,乃檢遺稿得西厢記十六齣,曰:"所以哭者爲此耳!吾爲子續之。"攜去而哭聲遂息。續後四齣以行於世。此言雖云無稽,然伍仁寺旁有高基一所,相傳爲漢卿故宅。而北西厢中方言多其鄉土語,至今竪子庸夫猶能道其遺事,故特記之,以俟博考。

其實,祁州就是安國。晋時屬冀州博陵國。北魏時屬定州博陵郡,後并入深澤。宋代移祁州來治,改縣爲蒲。在元代以州治蒲陰縣省入州,明清兩代因之不變。民國二年改爲蒲縣,到三年因爲與山西祁縣名稱重複,改名叫作安國。所以馮沅君先生"找了幾個圖書館都未見安國縣志"。不過,安國縣志還是有的,據松筠閣書友劉殿昌兄告訴我説,那是民國十年間的石印本,可惜我也没有見過。我所見到的是乾隆二十二年丁丑羅以桂、張萬銓等纂修的祁州志,乾隆二十年乙亥王楷纂修的祁州舊志,這兩部書裏都有馮沅君先生所引的那段記載。

以上是説關漢卿是河北省安國縣人,也就是元代中書省的祁州人。

又考,邵遠平的元史類編卷三十六文翰類有:

關漢卿,解州人,工樂府,著北曲六十種。世稱宋詞元曲,然詞在元人已優爲之,惟曲自元始有南北十七宫調。相傳當年取士有填詞科,主司定題目,并限曲名及韵,其賓白則伶人自爲之。時文人才士輩所撰雜劇計五百四十九種,皆精審於字之陰陽、韵之平仄,可以被管弦,協吕,爲太平樂事也。

按:解州屬山西省。在金代初置解梁郡,不久便廢置了。貞祐初爲節鎮軍,名寶昌;興定中徙治平陸縣,屬河東南路;到了元代纔改做解州,隸平陽路。據此,關漢卿又是山西省的人了。這應該算做我的發現。考乾隆四十五年庚子原刊本山西志輯要卷九"人物"載:

金關漢卿,工樂府,著北曲六十本。

光緒十八年壬辰刊本山西通志卷一百五十五"文學"也紀載着:

金關漢卿,解州人,工樂府,著北曲六十本。文致曰:"關漢卿如瓊筵醉客。"

此外,蔡顯的閑漁閑閑録(嘉業堂叢書本)卷一、乾隆二十八年癸未刊本的解州志卷九"人物"亦有相同的紀載。民國九年庚申的重修本解縣志卷七"文儒傳"中則與舊志相合,不過在卷八"著述考"中又録有"樂府北曲六十本,金關漢卿著"一條,這很顯然地是從"文儒傳"上摘鈔下。

以上是説關漢卿是山西省解縣人,也就是元代河東中路的解州人。

看了前面的兩種説法,讀者也許要發問了:"難道關漢卿竟不是鍾嗣成在録鬼簿上所説的大都人麽?我的回答是:"是的。"緣故就是録鬼簿裏面的記載根本并不十分可靠,尤其以卷上裏面的材料的確實性爲最小。請看鍾嗣成在録鬼簿上所寫小跋中的自白:

右前輩編撰傳奇名公僅止於此,才難之云,不其然乎!余僻處一隅,聞見淺陋;散在天下,何地無人,蓋聞則必達,有則必知矣,姑叙其姓字於右。其所編撰,余友陸君仲良得之於克齋先生吴公,然亦未知其詳。余生也後,不得與几席之末,不知出處,故不敢作辭作傳以吊云。

在這段自白中,我們可以看到兩點:第一,鍾氏自己開頭便説"僻處一隅,聞見淺陋",這是地域之未廣;後面又説"余生也後,不得與几席之末”,這是時代的過遲。有了這兩種原因的限制,所以他對於“前輩編撰傳奇名公”的姓氏、里居,生卒和事迹,便寫得十分簡略,因爲他“不知出處”。這種“不敢作辭作傳以吊”的誠摯態度倒是很可以取法的。鍾氏是元末的人,這我們都知道。(參看我在北京大學國學季刊六卷發表的“元曲作家生卒新考”的第四篇。)他在録鬼簿中自稱是“古汴”人,實際他却是在江南長大的,他一生也没有到元代雜劇的發祥地大都去過。他説自己“生也後”,又説“僻處一隅”,都是不折不扣的實供。第二,録鬼簿卷上著録的元初作曲諸家傳記的資料并不是鍾氏個人搜集得來的直接資料,乃是其友“陸君仲良得之於克齋先生吴公”。請看:吴克齋傳給陸仲良,陸仲良又傳給鍾嗣成,整整繞了三個灣子;而鍾氏對於這位間接傳來材料的吴克齋還不十分相信地説他“然亦未知其詳”。原來陸仲良和吴克齋是被鍾氏在録鬼簿中録入“方今才人相知者”部中的人,他們與鍾氏同時同地,對於前輩曲家的知識實際并不見得比鍾氏多,至於他們所知道的是否確實,當然更成問題。近幾年來,録鬼簿中有許多錯誤都發現了,許多闕漏都增補了,所以我説:“録鬼簿裏面的記載并不十分可靠。”關漢卿的里居問題便是這實際的證明之一。

然而,關漢卿既不是“大都人”,那麽他究竟是哪兒的人呢?是解州人,還是祁州人?

解州是不可靠的。我們雖然還不知道元史類編、山西志輯要、山西通志、解州志及閑漁閑閑録之稱關漢卿是解州人的根據是什麽,我們雖然也不知道關漢卿是不是他自己説過是解州人,但是我却推想這一定是依托。其所以依托的理由則是中國的一貫的傳統思想中的閥閲問題在作祟:姓鄭的一定要稱高密,姓查的一定要稱海寧,就是這個原因。姓岳的修家譜一定要把岳飛算做祖先,姓孔的修家譜一定和曲阜聖裔聯了宗,也是這個原因。

關姓在解州本來就是個望族,這已經很容易使四方的關氏子弟前來攀附門户了,恰好在三國時代又出了一位威震華夏的關羽,於是姓關的人們便更高興和解州關氏聯宗。其實,關羽在三國時代不過是蜀漢的一員武將,雖然累立戰功,可是他的失守荆州却不啻等於宣告蜀漢祇能偏安於一隅的命運,就史學家的眼光看來,他在當時地位的重要也許還不如魏將張郃。不料,時代愈後,他的名子愈加顯赫,他的故事也越發傳得離奇,於是一般豎夫、孺子、村媪、鄉愿没有不知道,不尊崇"老爺""大王""夫子"的了。這一部分原因固然是有幾位帝王利用他做勸忠教孝的工具所致,而大部分原因則是三國的鼎峙故事最富於戲劇性,自唐宋以來,便被一些平話家、戲劇家拿來講、唱、爨演而傳播到各個角落和階層中去,再加上他們的一番渲染,關羽便更變成了一個神秘的人物,他可以"大戰蚩尤",還會"三捉紅毛怪"。所以,我以爲關漢卿的里居之所以稱爲解州者,若不是他本人作意攀附——關於這點可惜我們没有直接的證據,但是他的喜歡以關羽爲寫作中的典型人物却是件不可諱言的事實;他所寫的最好的英雄型的戲劇是"關大王單刀會"和"關張雙赴西蜀夢"——便是後世妄人的任情拼湊,以爲武將如關羽者一定要有個後嗣的文才像個漢卿纔算搬配。本來地方志、鄉土志之類的書就最喜歡東拉西扯地找同鄉"以光閭里";所以,我覺得關漢卿的隸籍解州大不可信。

解州既然不足爲據,關漢卿的里居自然還是以祁州爲宜。不過魏復乾先生的文章寫得却不高明,他在想着堅持關漢卿是祁州人的主張,處處倒暴露其論證的弱點。例如:他説關漢卿與主考官崔某有怨,纔寫西厢記以寄其憤懣;其實西厢記的寫崔氏母女并非由關漢卿開始,在唐代有元稹的會真記傳奇文,在宋代有趙令畤的蝶戀花鼓子詞,在金代有董解元的西厢記諸宫調和佚名的鶯鶯六么院本,元代的南曲戲文又有張君瑞待月西厢記;而且,西廂記的内容衹是描寫崔張二人的戀愛故事,并没有對於崔氏加以抨擊或是諷刺的意味。所以類此的論調(例如説琵琶記傳奇是諷刺王四的)都未免是"以小人之心度君子之量"的在誣衊一個偉大的作家,當然不足憑信。又如他説西廂記"人值殘春蒲郡東"中的"蒲郡"是指"蒲陰"而言,"蒲陰"就是元代"安國",那麼關漢卿在西廂記裏面寫的乃是本地風光。這更不成其爲理由。元稹的會真記説"張生游於蒲",可見"蒲郡"并非關漢卿的創作,而是古已有之的;董解元的西廂記諸宫調説"這些兒古迹見在河中府",西廂記裏所説的"蒲郡"是唐代的蒲州,元代的河中府,也就是現在山西省的永濟縣,這和河北省的安國縣毫無關係。魏復乾先生的錯誤在於他一定要主張西廂記雜劇是關漢卿寫的;其實,這和關漢卿的里居問題完全是兩回事。關漢卿可以是安國人,他却不一定寫過整部的西廂記雜劇,不必胡拉亂扯,混爲一談。爲了這個問題,我曾經向五個以上歷籍安國的朋友們詢問關於關漢卿的事迹,説也奇怪,他們竟没有一個不熟知的,雖然傳聞間有异同,可是差不多都能够异口同聲地舉出:哪兒是他的讀書處,那兒是他的墳墓舊址。又有一位住在伍仁村的朋友告訴我説,在他童年的時候,他的父親母親就把西廂記的故事講給他聽,并且説在元代有位村人關漢卿把這樁故事寫成了一部戲劇。關漢卿就在村中興雲寺的旁邊住家,他看見寺後水塘畔的蘆草被微風拂來拂去,蘆纓(蘆花的俗稱)顫顫地摇擺着,好像一位嬌羞羞的少女,於是他便把西廂記中的女主人命名叫"鶯鶯"了。(當然,這種傳説并不可靠,可是這和祁州志中所記"關氏鬼哭"是一樣的,都是對於一個偉大的作家從景仰中、尊懷中所生出的離奇而神秘的异聞。)可見,關漢卿的聲名并不是我們這些研究戲曲的人所提倡起來的,很久地在一個僻遠的荒村裏便有人世世相傳地歌誦他、贊揚他了。可惜的是,文獻不足徵;不過,治考據的人們應該知道下面這條原則:"某地爲某種傳説最盛行之地,則此事必爲此傳説之中心。既爲此傳説之中心,則此傳説之發生必有若干事實之爲依據。元代已經亡去七百年了,現在居然還有活潑如生的關漢卿的里居傳説在安國縣的伍仁村流行着,這不是一件偶然的事,也不是任何人所能僞造的;因爲戲劇作家在從前并不十分爲人所喜,劇本在文學史上所占地位又被人看得很低。所以我除了因事努力搜求證據之外,現在,在對於關漢卿的里居正有着許多不同説法的時候,我承認"河北省,安國縣,伍仁村"的可能爲最大。

還有一個尾巴:就是録鬼簿中稱關漢卿爲"大都人"也還説得過去。原來元代"大都"的範圍包括得很泛,向大裏來講,竟可以指整個的中書省來講;中書省俗稱"腹裏"(就是"京畿"的意思,統轄有今河北、山東、山西三省)。祁州屬河北,距離元都極近,稱爲"大都"也還合理。這猶之乎現在隸籍宛平縣、大興縣的人而總説是籍歷北平一樣。

(民國)三十年七月二十九日在滇南龍泉鎮的寶台山居。

(刊載第三十期,民國三十年八月九日)

案:後用原題稍加後記,重新刊載於《經世日報·讀書周刊》第40期(1947年5月21日)、第41期(1947年5月29日)。又用原題名,修訂添加後記,重刊於《河北師院學報(哲學社會科學版)》1987年第2期,第129~133頁。復用修訂本删掉副題名,收入吴曉鈴著《吴曉鈴集》第5卷(石家莊:河北教育出版社,2006年1月),第31~38頁。

蘭茂——雲南曲家考略之一

"國立北平圖書館戲曲音樂展覽會目録"中在"道咸間"的曲

家作品下著録了“性天風月通玄記”一卷二十齣(清方士藍撰,道光鈔本)和周樂清的補天石八種、黄慶清的倚晴樓七種曲、謝堃的春草堂四種曲、李文瀚的味塵軒四種曲并列在一起。

這是完全錯誤了的。現在板本見存的性天風月通玄記,除了道光間的鈔本和民國間的石印本之外,還有一個比較早的乾隆五十七年壬子(公元一七九二)的鈔本,可見决非“道咸間”的作品;鈔本的封面清清楚楚地注明“蘭止庵先生悟道書”,卷首題詞又稱蘭氏爲“大明隱士”,更可以證明這部傳奇的作者不但不是清代的方士,并且也不姓藍。

然而,蘭止庵究竟是什麽的一個人呢?

這個問題研治中國聲韵學的朋友們可以回答出來的。蘭止庵就是韵略易通的作者蘭廷秀。趙憩之(蔭棠)先生在《中原音韵研究》上推崇蘭氏爲“創獲聲韵的功首”。原來他最大的成績是把唐釋守温的三十六字母删定爲二十個,并且用“東風破早梅,向暖一枝開。冰雪無人見,春從天上來”的一首叫作早梅的五絶來代表,以便一般民衆易於記憶。這是一種大膽的改革,四庫全書總目提要批評這書“變盡古法”,便指此點而言;不過,又説它是“以就方音”却不對了,殊不知這書是蘭氏特爲當時雲南民衆所寫的官話讀本,也就是當時的標準音,并不是記載滇省的方言;其所以名之曰“易通”的緣故,蘭氏自己的説明是“此韵特點便於應識”,原來他是設法推行平民識字運動,所以四庫全書總目提要説:“其凡例稱‘惟以應用便俗字樣收入,讀經史者當取正於本文音釋,不可泥此’,則亦自知其陋矣。”仍舊是一派正統的論調。“陋”是不錯的,但却“陋”得有道理。趙憩之先生有幾句話講得很公正:“韵略易通就是現在的平民識字讀本,又可以説是國音字典,他本來就不是爲那高人雅士寫的,高人雅士也不必苛責他。”我們對於蘭氏撰著這書的志趣和態度是要加以欽佩景慕的。不過蘭氏在中國聲韵學上的貢獻和影響雖然很大,可是自從明代一直到現在,他的身世生卒仍不爲人所習知,他的事迹行踪也是若顯若晦地十分模糊。早梅詩在明代已經傳誦一時,有許多音韵之書早已獲轉引證了,而許多學人却不知這是他的創製,號稱博雅的方以智將此詩的著作權歸諸問奇集的作者張位便是一個絶好的證明。明史卷九十六藝文志小學類祇載"蘭廷秀,韵略易通二卷"。四庫全書總目提要卷四十四經部小學類存目之二雖然著録了這書,但對於作者也祇有"明蘭廷秀撰,廷秀字止庵,正統中人,爵里未詳"十八個字。"爵里未詳",已見糙陋,而把作者的字誤爲名,號誤爲字,則更可見其疏忽的程度了。最可笑的是謝啓昆在小學考裏考了許久,竟把作者誤爲兩個人,把韵略易通錯稱兩部書:一個是"蘭氏延秀"的韵略易通,一個是"止庵"的韵略易通。明畢拱宸在他的韵略匯通上提到韵略易通,説"見南中亦有刻本,謂之山東韵略",則是蘭茂名都被改掉了。韵略易通在聲韵學上是那麽著名而重要的一部著作,人們對於它的著者的瞭解□如此貧乏,那麽把性天風月通玄記算作"清方士藍撰"也就無足爲奇了。

蘭氏名茂,雲南楊林人,雲南通志上有他的傳記,説:

> 蘭茂,字廷秀,楊林人。讀書過目成誦,留心經濟。王驥征麓川,茂授以方略,遂成功。後乃追求六經,究心濂洛關閩之微,欣然有得,其名居曰止庵。冲淡簡遠,以著述自娱,有玄壺集、鑒例折衷、經史餘論、安邊策條、止庵吟稿、聲律發蒙、山堂雜稿等書行世。

這裏不詳年代,令人無從考索,倒是嵩明州志卷七人物志"鄉賢"中的紀載比較贍實:

> 蘭茂,字廷秀,楊林人。性聰穎,過目成誦。年十三通經史,長并嗜學,於濂洛關閩之學焕如也。賦性簡淡,不樂仕進,嘗顔其軒曰止庵,因自號焉。留心經濟,正統時大司馬王

驥征麓川,咨其才略,遂底於平。所著有玄壺集、鑒例折衷、經史餘論、韵略易通、止庵吟稿、安邊策條、聲律發蒙諸書行於世。與安寧張維齊名,一時學者宗之。年八十卒,崇祀鄉賢。

我們且慢考證蘭氏的生卒年代,在這兒先把這兩種志書裏面失載的材料略加補充。

第一點加以補充的是蘭氏的名氏。雲南通志和嵩明州志雖然都指出蘭氏名茂、字廷秀、號止庵來,但是還遺漏了兩個别號:一是"和光道人",按楊慎被謫雲南的時候,和楊林的詩隱賈維孝詩章倡和,很是要好。蘭氏是雲南的名士、楊林的先賢,楊慎從賈氏的口裏聽到許多關於蘭氏的傳説,同時也讀過了蘭氏的許多著作,所以非常欽佩蘭氏的高風亮節。他在嘉靖九年庚寅(公元一五三〇)寫了一首"贈賈東畝"的詩,説:"蘭叟和光卧白雲,賈生東畝挹清芬。何人爲續嵇康傳,題作楊林兩隱君。"東畝是賈維孝的别號。此詩既以賈氏的别號與和光對稱,則和光當然是蘭氏的别號。不過,錢曾在述古堂書目上著録"韵略易通一卷"注云"正統壬戌九月光和道人止庵編韵略易通成而序之",這是引用作者自序上的話,那麽似乎和光應該作光和才是。然而我們若是根據蘭氏的"樂志賦"(并見楊林兩隱君集和嵩明州志)自注中"成化己丑仲夏初吉緱山七十三翁和光道人書於止庵之吟室"的話,倒還是楊慎没有講錯。另一個别號是"洞天風月子",這個却不見諸書徵引。按性天風月通玄記卷首有佚名的序文説:"予於甲戌春暇,一日風月子持風月通玄以閲,予覽之佳其言,用意曲折紆徐,叙事且有條理,遂以叙之。"性天風月通玄記是蘭氏寫的,風月子當然是他的别號無疑——明清兩代的曲家是慣好以别號出書的,而那别號又差不多與那作品的内容有些關聯。例如仲振魁在他所作的紅樓夢傳奇中署名"紅豆邨樵"便可爲證。又按性天風月通玄記第一齣"副末開場"中的下場詩說:"要知風月通玄妙,先識陰陽造化爐。來者洞天風月子,諸君雅静看何如?"第二齣"感嘆歸隱"生角登場自白云:"小生姓風名月字子西,滇海昆明水雲鄉人氏。"這不但可以證明風月子就是蘭氏的别號,并且知道了蘭氏寫作這部傳奇原來是在現身說法。

第二點要加以説明的,是蘭氏的里居。有的書説他是嵩明人,有的書説他是楊林人。雲南叢書輯刻蘭氏和賈維孝的詩文集,時而題作嵩明兩隱君集,但又時而根據楊慎的"贈賈東畝"詩題作楊林兩隱君集,也很不一致,不過,全都不能算錯。按嵩明原應作嵩盟,元史地理志稱:"嵩明州,昔漢人居之,後烏白蠻强盛,漢人徙去,盟誓於此,因號嵩盟。"嵩明州志給元史作注脚説"漢諸葛亮南征至此,與蠻盟所築",則是把功勞算在孔明的賬上了。這個地方在元代叫做嵩明萬户府,後來改爲長州,不過不久又升爲府,直到最後仍舊改回來做州。明代仍元之舊,屬雲南府(府治昆明)直轄。楊林是屬諸嵩明州治的首縣,北距嵩明州三十五里,在府治昆明的東北百里。元代設楊林千户,到了明代纔改爲縣。據説楊林原名羊林,這是由於縣境的山石有如羊形而得名的。玉陽子在蘭氏的玄壺詩序上稱之爲"楊林石羊山人",嵩明兩隱君集,蘭氏的"楊林八景"詩中又有"石羊春雨"詩,可見"羊林"之名,并非毫無根據之談。我們具體地述説蘭氏的里居,應該這樣講:嵩明州楊林縣石羊山人。

現在我們再談蘭氏的生卒年代。

師範在"滇繫"上稱蘭氏"洪武中隱居不仕,以著述自娱,鄉里呼爲小聖",陳榮昌在"滇詩拾遺"中則稱之爲"明洪武時布衣"。據此,蘭氏似乎是位元代的遺民。我們找一找有關年代的紀載,推算一下:"嵩明州志"説"正統時大司馬王驥征麓川,咨其方略,遂底於平",又説他"年八十卒"。按"明史"卷一百七十一有王驥的傳,內紀王驥征麓川的叛官思任發和他的兒子思機發一共有三次:第一次在正統六年,第二次在正統七年,第三次在正統十三年,最後到正統十四年與思任發的次子思陸在金沙江畔立石表誓以“石爛江枯,爾乃得渡”,纔奏凱而還,這戰爭竟延續了九年。我們假設蘭氏在麓川告平的正統十四年便死去(這是最低限度的推算),那麽從這年向上推到明太祖洪武二年他就有八十歲了,可見滇繫上“洪武中隱居不仕”的話頗成問題。袁嘉謨在冷官餘談上説:“余因秉鐸至楊林蘭隱君祠,瞻仰風流,令人興起,惟滇繫載隱君幾若仙佛,甚至傳其托墓於李澄中,殆以澄中修其墓而附會也。志又稱隱君爲元朝遺民,亦恐未確。”則已經對於師範的説法發生了疑惑。我們姑且抛開前面的年代推算不談,即依常理來講,蘭氏如果真的是元代遺民,而在明初又和琵琶記的作者高明似的“隱居不仕”,似乎絶對不會在正統時候又爲朝廷獻殷勤幫助王驥去蹂躪他的鄉土的。

所以,我們考慮蘭氏的生卒應當從另一方面下手了。

其實這并不難,嵩明州志卷八“藝文”和楊林兩隱君集卷上都收有蘭氏的“樂志賦”,賦末的自注説:“成化己丑仲夏初吉緱山七十三翁和光道人書於止庵之吟室。”成化己丑是明憲宗成化五年(公元一四六九),“樂志賦”就是這年寫成的,蘭氏在這年自稱是七十三歲,從這年推上七十二年到明太祖洪武三十年丁丑(公元一三九七)便是蘭氏的生年。根據嵩明州志的“年八十卒”和李澄中於清康熙二十九年所撰“蘭先生祠堂記”中“年八十卒於家”的話,從蘭氏七十三歲那年推下七年到成化十二年丙申(公元一四七六)便是蘭氏的卒年。按嵩明兩隱君集的蘭隱君集中有感秋五古一首,末附自注云:“正統乙丑予年四十九,用李太白紫極宮感秋詩韵。”又七律中有“近體詩十首”,自注云:“成化丙戌年,余年七十歲。”正統乙丑是明英宗正統十年(公元一四四五),成化丙戌是成化二年(公元一四六六),蘭氏在這兩年中都自己肯定了確實的年齡,他所肯定的年齡和我們推算出來的恰恰相合,所以他的生卒應該是:公元一三九七——四七六。

蘭氏生在洪武三十年,而明太祖在位却衹有三十一年,所以他决不會在"洪武中隱居不仕",也不會是"明洪武時布衣"的。嵩明州志上説他"年十三通經史",那是在明成祖永樂七年己丑(公元一四〇九)。王驥第一次征討麓川的時候,蘭氏年四十五歲,所謂"咨其方略,遂底於平"的"方略",大約就是指他所撰著的"安邊策條"而言。正統十四年己巳麓州報捷,蘭氏已經五十三歲了。之後,他又活了二十七年。雲南通志中説他"後乃返求六經,究心濂洛關閩之微……以著述自娱"等話,一定是在這個時期。

蘭氏一生著述極富,據雲南通志所載便有七種之多:玄壺集、鑒例折衷、經史餘論、安邊策條、止庵吟稿、聲律發蒙、山堂雜稿。嵩明州志里蘭氏本傳不載"山堂雜稿",而多出一種:韵略易通。師範在滇繫上著録了蘭氏的撰著十種,較前又多出了"滇南本草""洞天風月通玄記"兩種。洞天風月通玄記就是蘭氏所作的唯一的一部傳奇,這在袁文典的滇南詩略、了元子的玄壺詩叙、陳榮昌的滇詩拾遺、李坤的滇詩拾遺補中都曾提及的。此外,還有一部叫做"醫門學要"的書,也是蘭氏所作,書分二卷,卷上論醫理,卷下述藥方,有雲南叢書本行世。袁文典在滇南詩略上説:"止庵著作尚有韵略易通一種……而世無知之者,惟傳其續西游記、聲律發蒙二種。……續西游記所言乃佛氏要旨,而取世所謂邱翁西游記所經之事續其東還所歷;與梅子和後西游記别是一種,然皆以文詞通俗而傳。聲律發蒙以童子肄習而傳,其他著作乃反泯滅,慨夫!"原來蘭氏還寫過一部叫做"續西游記"的小説,這真是研究中國小説史者的一個好消息。

孫子書的中國通俗小説書目據董説西游補及劉廷璣在園雜志著録了續西游記和後西游記二書,但是他没有見到續西游記原書,所以衹注了“明人撰。姓名失考”,不知是否就是蘭氏此本。鄭西諦師云“曾見坊間印行小本”,也未詳其内容。按西游補所附雜記説:“續西游摹擬逼真失於拘滯,添出比邱靈虚尤爲蛇足。”如果董説所見到的續西游記的内容還是記叙玄奘師徒的故事,那麽蘭氏這部衍述長春真人東歸的續西游記便當另是一部了。後西游記有乾隆五十八年癸丑金閶書業堂刊本、道光元年辛巳貴文堂重刊大字本及申報館排印本,但均不署作者姓氏。在園雜志卷三云:“如西游記乃有後西游記、續西游記。後西游雖不能媲美於前,然嬉笑怒罵皆成文章,若續西游則誠狗尾矣。”大約這裏的後西游記便是梅子和作的那本,而所引的續西游記則恐怕是鄭西諦師所見到的坊刊小本。

袁文典在滇南詩略上慨嘆着蘭氏的“其他著作乃反泯滅”,其實大不盡然。名傳遐邇的韵略易通是蘭氏在正統七年壬戌(公元一四四二)寫成的,原刊本雖然不傳,但是在明代就有了萬曆三十七年己酉的吴允中刻本及萬曆四十一年癸丑高舉刻的古今韵撮本;在清代有康熙二年癸卯的李棠馥刻本,而民國間雲南叢書的本悟和尚改訂本則更爲流行。明畢拱宸在他的韵略匯通自序上説:“正統中蘭止庵先生編韵略易通一書,汰繁就簡,披覽如列眉,嘉惠後學甚殷。吾萊宿太僕二山先生付之剞劂,二東人士,家傳而户購之。”宿氏名度,山東掖縣人,嘉靖三十八年己未進士。他刊刻此書的年代必在吴氏之前,不過未傳而已。畢氏説此書在當時是“家傳户購”,其通行可以想見。玄壺集有道光八年戊子的了元子一卷刊本,題名“止庵先生玄壺詩”,民國間又把它排印出來。性天風月通玄記傳世的板本有三種(前面已經講過),不過都不是原刊本;原刊本約刊成於明代宗景泰五年甲戌(公元一四五四),

如果保存下來,倒是一部刻成年代最早的傳奇。聲律發蒙一書在今天雲南鄉間私塾裏的孩子們幾乎還是人手一編的。醫門學要和滇南本草都有雲南叢書本行世。止庵吟稿和山堂雜稿二書雖然不存,可是嵩明州志上保存了詩四十八首,賦、記各一篇,楊林兩隱君集中蘭隱君集中,搜集得更爲完備一些,計得詩六十三首,詞六闋,賦、記、贊各一篇,恐怕和原著的分量也差不了許多。所以嚴格地講來,蘭氏的十二種著述中不傳的不過是鑒例折衷、經史餘論、安邊策條、續西游記四種而已,這和同代曲家沈璟、汪廷訥、金懷玉、李素甫等比較起來,要算是十分幸運了。

從蘭氏的著作中看來,覺得他真是如玉陽子玄壺詩序所稱的是一個"博學多能,長於詞賦"的人。他吟詩作賦,有止庵吟稿和山堂雜稿爲證。他"通經史",寫了鑒例折衷和經史餘論。他研治聲韵訓詁之學,寫了韵略易通和聲律發蒙。他對於政治也很有興趣,寫了安邊策條。他也懂得醫藥之學,寫了滇南本草和醫門學要。在思想方面,他受道教的影響很大,所以寫了玄壺集和性天風月通玄記,以闡明養性修命之旨。續西游記雖然是寫邱處機東還的故事,可是袁文典在滇南詩略中却説是"所言乃佛氏要旨",似乎蘭氏對於佛學也頗涉獵。雲南通志説他"究心濂洛關閩之微",那麽他還在大治其宋元理學。李澄中在"蘭先生祠堂記"中説蘭氏"潜心理道,淹通致史,凡易卜星象之學,靡不窮究其奥"。可見他在學術園地中所擴充的領域實在很遼闊,怪不得鄉里要稱之爲"小聖"了。就一般的觀念來講,博極群書是可佩的,而在思想方面兼有儒釋道三者則未免過於駁雜。

最能代表他這種思想的便是性天風月通玄記傳奇。此書寫成於景泰五年甲戌(公元一四五四),有佚名的序文(見前引)爲證。這時蘭氏五十八歲,正是他幫助王驥平定麓川之後的五年。本傳説他在麓川戰役之後纔"追求六經,究心濂洛關閩之微",我覺得這并非他生就“賦性簡淡”，倒是一個身兼□史的窮儒於未能得志之後益愈流於消極頽廢的表現罷了。大約在他爲王驥獻策的時候，頗想藉此邀功以便施展一番，不料後來王驥班師北返，以與劉瑾相爲表裏的關係，很受朝廷上一般人的指責彈奏，王驥自己都不能因此獲幸，當然更談不到提掖蘭氏了。蘭氏在山中野人歌裏説：“窮通得喪各有命，慚愧羈禄吹齊竽。”在感秋中説：“富貴各有命，得失俱草草。既非智力求，徒使壯心老。”七十自賦其二説：“濟時心在惜無才，七十年程已到來。”秋夜吟説：“人爲潔己士，用有康濟功；我非無其才，盛世多夔龍。”很可以看出那“老驥伏櫪，志在千里”的怨懟之思來。没有辦法可想，於是一面在“俯首還自憐，身世猶冥鴻。古來耕釣間，往往皆英雄”地大發牢騷，一面又在自求解脱地“願作堯舜民，擊壤歌時雍”。於是，道教成仙不老的理論便再恰當没有了。元人寫的雜劇多以神仙度世、隱居樂道爲題材，也都是這種心理的反應。

性天風月通玄記傳奇共副末開場、感嘆歸隱、春閨訓女、城南游玩、買柴議婚、降伏六賊、借柴喻道、黄婆議親、六賊勸世、問答玄機、復向求婚、回親不允、風月起兵、興師擒虎、號令士卒、收伏白虎、沽酒得道、仙翁點化、操演得度、仙迎飛升等二十齣，前面附了“師徒傳”這一齣宣示全劇大旨，算是一個序幕的樣子。劇情的大略是這樣的：昆明水雲鄉的風月子是一個避世的隱士，他躲在深山裏潛心做修煉的工夫，首先降伏了心、意、口、眼、耳、鼻六賊，然後拿了買來的香柴鍛煉金丹。他曾經請過黄婆替他的嬰兒向姹女求婚，姹女不能够自己做主，説等到她的母親西山洞主回來再説。等到姹女的母親回來之後，黄婆便又去説親，不惟不蒙采納，西山洞主反而倚仗着她有凶猛的白虎和勇壯的癸兵要和風月子見個高下。風月子没有辦法，於是命令白猿六賊率領精兵和她交戰，最後大獲全勝，伏了白虎，降了青龍，嬰兒、姹女也締結了良緣。天帝見風月子有功於仙道,便派了仙翁下凡,在逆水河度脱他到天界與八仙同享仙家修真逍遥之樂。這個故事很簡單,粗讀一過,覺得不過是“仙佛度世”型的戲劇而已;其實,殊不知它的内容寓意極深。這是一部純粹象徵的戲劇,蘭氏把抽象的東西具體地在劇中表現出來。他用一個戀愛的故事叙述道教中人修煉外丹的過程:降伏六賊是煉丹最初步的消除個人身心邪慮的工夫,這步做到了,象徵着“己身造化的青龍便算已被降伏”;白虎是“彼家之造化”,因爲“其情善鬥”,所以要以象徵道德的“精兵”以克服之。嬰兒、姹女的婚配便是寓言煉丹最高境界的成功——内外一體,廓然大公了。此外劇中所舉香柴、煤火、蟠桃酒、美人壺等也都各有專指,這兒不便細説。自從蘭氏性天風月通玄記傳奇開了這個利用戲劇爲宣傳宗教思想的工具之後,推波助瀾的人居然很多,於是蔚成一種廢弃抒情、着重説理的作風之流派。例如屠隆的曇花記、修文記,汪廷訥的同升記、天書記,鄭元珍的救母記,金懷玉的妙相記,智達的傳燈録,湛然的魚兒佛,佚名的香山記等都是。不過,這種題材很不容易寫得好,差不多都陷於過分的叙述牽强,趣味枯窘;我們對於性天風月通玄記也作如是觀。這因爲戲劇這種綜合的藝術是不宜於“載道”的;不過,使我們歡喜贊嘆的倒是這部傳奇真是一部初期明代傳奇的作品,它的文字很古拙,聯套很簡單,尤其是以末齣的八仙登場最像元人雜劇。

性天風月通玄記作者似乎也有疑。楊慎在雲南和蘭氏的鄉後輩賈維孝非常要好,從他的“贈賈東畝”詩中也看得出他很欽敬蘭氏的節操,所以蘭氏的性天風月通玄記他一定曾經過目,他也許看了之後以爲寓意雖深,而曲律乖繆,於是便拿了來把長二十一齣的傳奇改作一下縮短爲四折的雜劇了。以上是我的想當然,并没有具體的直接證據;不過,我們應該明瞭:楊慎雖然是明代的第一個大聰明人,其實却也是第一個大大荒唐人。他時常把别人的著作拿來當作自己寫的(倪輅的南詔野史便是一個例子),甚至於在他的散曲集中把他父親楊廷和的作品也收在裏面。他又擅長於撰作僞書,漢雜事秘辛就是他自己寫的,他却裝腔作勢地記是得之於雲南,卷尾還附上一大篇跋文,考證那書一定是出諸漢人之手。記得我曾經讀過一部明人筆記裏面紀載神宗到秘閣裏去察閱皇家所藏古今圖書,忽然向近臣問道"那偷書的楊官兒到那裏去了"的事,這"楊官兒"就指的楊慎而言。那書紀載他在每年秘閣晒書的節日,總要乘人不備私自拿出幾種珍貴宋元刊本的。那麽,他不但冒人作爲己作,自己托古著僞書,并且還真正的是一個偷書的雅賊呢。所以,就楊慎的性格及行爲而論:利用蘭氏所作傳奇的故事從新改編爲一部勝於前作的情文并茂的雜劇,不但是十分可能,而且對於蘭氏還算是很客氣,很有面子的。就文藝欣賞方面而論:我們雖然還不曾看到洞天玄記的原文(新近發現的也是園所藏的雜劇中有古名家雜劇本的這書,我們希望能够趕快把它景印出來,叫我們有一個拿它和性天風月通玄記傳奇相在比勘的機會),却敢保證一定是青出於藍,比蘭氏的要强得多了。

(民國)卅年七月廿一日

(刊載第三十二、三十三、三十四期,民國三十年八月廿三日、卅日、九月六日)

案:修訂本復用原題名并增加後記,刊於《大公報·文史周刊》第 26 期(上海版,1947 年 4 月 23 日)。再用修訂本題名"蘭茂"删掉副題名,收入吴曉鈴著《吴曉鈴集》第 5 卷(石家莊:河北教育出版社,2006 年 1 月),第127 ~ 134 頁。

徐調孚

(1900.4—1981.5)

浙江平湖人。學名名驥,字調孚。筆名蒲梢、調孚、孚、賈兆明、狄福、乍浦。1919年畢業於浙江省立第二中學後,到上海考入商務印書館附設的英文函授學校部工作,然後在編譯所當編輯。自1922年起,協助鄭振鐸編輯《小説月報》,成爲其得力助手。加入文學研究會後,參與編輯《文學周報》。1932年商務印書館停業後,進入開明書店,任出版部主任,兼推廣部主任。抗日戰争爆發後,留在上海期間,幫助開明書店編輯《文學集刊》等書刊。新中國成立後,在中國青年出版社、古籍出版社、中華書局任編輯、文學組組長。主要編著有《中國文學名著講話》《現存元人雜劇書録》,校注有《王國維〈人間詞話〉》。譯作有《木偶奇遇記》《母親的故事》《我的童話集》等。

冤家債主校記

看財奴買冤家債主,元鄭廷玉撰,息機子刻本,後附鈔本穿闕。正書末頁有朱筆記云:“甲寅十二月廿五日校内本清常記。”有墨筆記云:“雍正乙巳八月廿六日燈下用元刻校勘仲子。”(案甲寅年萬曆四十二年,雍正乙巳即三年。)查元刻雜劇三十種内亦有此種,本書中清常所校,正與元刊同,豈趙氏所稱“内本”即元刊歟?惟所校有遺漏處,仲子乃補校焉。亦與傳本三十種同。又兩氏所校俱是曲文,賓白校勘極鮮,但亦有用墨筆校察係仲子筆迹而不見於今傳本者,□矣。本朝又有元曲傳本,前二折與是刊异處不多,第三折則是刊少醋葫蘆一曲,第四折少天净紗、禿斯兒、聖樂王三曲。題目正名兩本均同,衹書首及書尾看錢奴均刻作看財奴爲异耳。(元刊本之題目爲疏財漢典孝子順孫,與息機子本元曲選本均异。)

(刊載第十一期,民國三十年三月十五日)

敷榮(即劉敷榮)

(生平不詳)

聊齋志异與清傳奇

聊齋志异之在清,家傳户誦,風靡一時,其文既卓絶,清末曲家往往取其事入曲。以余所知,清曲演聊齋事者,不下十有餘種。今姑就有傳本者,撮要記其目於下:

演曾友于故事者,有黄燮清之脊令原。此曲二卷,有燮清所撰倚晴樓傳奇七種之一。自萱壽起至家圓止,共二十四齣。所演全本志异,唯演友于母慶壽事爲小説所無。燮清原名憲清,海鹽人,道光十五年舉人。所撰曲爲清末之冠,此曲亦委婉盡致。後許秋舫亦有鶺鴒原與燮清曲名同,而所演爲李九爲兄復仇事,與志异無涉。

演胭脂事者,有李雲生之胭脂舄二卷,爲雲生四種曲之一。雲生字文瀚,宜城人。又有許善長之胭脂獄十六齣(原題玉泉樵子),爲善長碧聲吟館傳奇六種之一。胭脂舄自叙云"補聊齋所未圓之説";胭脂獄自叙云:"於繹供、提鞫二齣,特申明蒲志未詳之意旨。"蓋聊齋記施公(閏章)閲宿介招供,反覆凝思,拍案曰:此生冤也。其冤在何處？施公如何知之？文中并未明言。二曲皆注意此節，揣施公當時旨意，詳記其事。此因曲側重施公，故不得不詳耳。

演青梅事者，有梅喜緣。演張誠事者，有負薪記。演姊妹易嫁事者，有錯姻緣。三曲皆見陳烺玉獅堂傳奇。烺字潛翁，陽湖人，梅喜緣雖本聊齋，而關目略异，如第九齣尋女、第十三齣認父、第十五齣庵會，所演均爲青梅父事。而據聊齋則青梅父早弃世，此其不同者也。錯姻緣關目與聊齋同。然劇本云：毛紀字子維，與吕湛恩注及掖縣志所載字維之者，异。不知何本。演青梅事者，又有賈季超之青梅記，見點金丹季超序，其曲未成。

演織成事者，有陸繼輅之洞庭緣。此曲將聊齋織成篇與西湖主篇，合而爲一，云：遇織成之柳生，與西湖主之陳生，皆爲賈節度賓禮。賈先娶洞庭君女，柳則於巴陵與織成成婚，再返洞庭遇陳生，二人均得道云云。

演粉蝶事者，有許善長之神仙引八齣。善長此曲成於胭脂獄之先。聊齋記陽日旦粉蝶事，不言何時。袁枚有神山引詩注云"康熙十五年事"。此曲本袁詩注，即以爲康熙時事。

演辛十四娘事者，有西泠詞客之點金丹。西泠詞客，當是杭州人，然名氏不傳，不知爲何人。其劇與聊齋有一不同之點，即馮生所娶妾，聊齋以爲名禄兒者，曲改之，以爲其人即楚銀臺公子之妾，附魂於錢愛英而復生者。扭合關目，以炫巧示奇，此亦曲家常技，不足爲怪也。

蒲松齡聊齋志异一書，在清享盛名，膾炙人口，不脛而走。故取其爲曲者，亦不一而足。今叙述之，不唯劇本事可考，亦有補於聊齋掌故云。

（刊載第二十二期，民國三十年六月十四日）

跋雪蘺道人五倫鏡

右五倫鏡上下二卷,都廿六齣,題雪蘺道人撰,思檽子校。前有小引二:一署黄鵠磯頭可漁老人。有章曰"柏泉一叟",曰"三楚狂客";一署思檽子題,無章。板心下有愛日堂元刻本六字。劇演田洪事。略稱:洪沔川人,進士,授南陽府僉判。所屬唐縣,有生貢謝萬程,父母亡,貧無以爲殮。妻李氏,自願賣身葬舅姑。有王全者,買爲妻。婚夕,李嗽泣不已,全詰得其實,别室居之,不敢犯。全兄大有無賴,因控弟私藏婦人。洪鞫得其實,甚審萬程夫歸,因捐俸代贖李氏身,并贈以"節孝雙奇"匾額。已而山寇扈大受肆擾,洪出奇計平之。明察辨治,冠於一時。故友孔文孫本官詮部,主試河南,知其斷謝萬程獄事。至是退歸林下,又聞其平寇事,乃致書河南巡撫,請薦之於朝。於田洪擢禮部待郎。萬程亦辟召入京云。今按是曲管廷芬"重訂曲海目"、姚燮"今樂考證"均著録,而不著作者姓名。其書亦久無傳本,不知所演何事。今得見是本讀之,因得知其關目如此。誠幸事也!

劇中謝萬程確有其人,見乾隆五十三年"唐縣志"卷七,有傳云:

> 謝萬誠父卒,家貧不作殮,與妻張氏謀,賣身得十五金,悉置衣衾棺殮。署郡事張公,廉得其實,捐金贖之,縣令吴璞,獎其廬曰:賣身葬父。

萬誠即萬程。萬程妻張氏而劇云姓李,真張冠李戴矣。吴璞字穀倉,福建延平府南平縣人。順治壬辰進士,十二年知唐縣(見"唐縣志"及康熙"南陽府志""福建通志")。"唐縣志"所云署郡事張公,乃同知張三异。三异字魯如,號禹木("南陽縣志"誤作禹禾),漢陽人。順治六年進士,十二年官南陽同知,與璞同時。乾隆"唐縣志"不出三异名,而光緒三十年"南陽縣志"卷七(祠祀)且載三异斷唐縣謝萬全獄事(全字應是誤刊)。以此知"唐縣志"所稱署郡事張公,即三异無疑。以是曲考之,則知曲中所云田洪,即三异。其第一序亦即三异所撰。曲與三异關係極深,今略釋其事如左:

是曲卷首小引署黃鵠磯頭可漁老人。印曰"柏泉一叟""三楚狂客"。三楚狂客乃撰序者自明爲楚人,其事易解,可勿論。黃鵠磯頭"嘉慶一統志"在府城西黃鵠山西北二里,與漢陽僅一水之隔。三异漢陽人,故取以自號。此黃鵠磯頭可漁老人即三异曰□之證,據"湖北詩徵傳略"卷八:三异□□□□鄉,在後湖之北柏泉寺。"嘉慶一統志"載柏泉山在漢陽西北四十里,柏泉寺在焉。山下有井,相傳禹所植古柏在晴川閣側者,盤根於井中。然則柏泉乃三异故鄉名勝,且爲卜居之地,故取以自號。其號禹木,則緣相傳禹植柏故實而然。此柏泉一叟爲三异之證,然則序信是三异作無疑也。史以本文考之,三异初知延長縣,有因旱露禱驅蝗、捐資賠糧之事(見乾隆十三年漢陽縣志卷二十一),是曲載田洪官南陽有祈雨捐俸之事。曲云:洪子二人,名皆從木旁;而三异子三人,名皆從玉旁。是曲中田洪即三异,其證一也。三异官南陽有擒□河響賊庾□受事(亦見乾隆十三年"漢陽縣志"),是曲載田洪官南陽有平賊扈人受事。是曲中田洪即三异,其證二也。以此言之,則此曲序是三异撰,曲中所演亦皆三异之事;則此曲或即三异自述,亦未可知也。

三异著述,據乾隆十三年"漢陽縣志"有"雪史""癡龍集""續廿一史明紀彈詞"。今唯"明紀彈詞"存,餘皆未見。"漢陽縣志"三异傳稱:三异年八十有三。今視履堂刊"廿一史彈詞注"則有三异子仲璜序稱:"辛未先子見背。"辛未乃康熙三十年。以此推之,知三异當生於萬曆三十七年。其人入清，以科第起家，歷官陝西延長知縣，河南南陽府同知，福建邵武府同知，浙江紹興知府。今論三异所序曲，并附著其始末於此。

（刊載第十二期，民國三十年三月廿二日）

葉德均

(1911.6.6—1956.7.6)

江蘇淮安人,别名葉子振,筆名均、子振 、雲君、匀君、玄明、永明、柏森、振之、德均、葉雲君等。1925 年淮安中學初中時期,葉德均開始民俗學方面的收集整理工作。1927 年加入中山大學民俗學會,成爲第一批民俗學會校外會員。1929 年編輯《淮安歌謡集》出版,成爲中山大學民俗學會出版的代表當時民俗學研究最高成就的三十六種叢書之一。1930 年考入上海復旦大學中國文學系,師從趙景深先生,1934 年大學畢業。大學畢業後,輾轉揚州和上海等地,從事教學及俗文學研究。1944 年任浙江湖州中學教師,1945 年在浙江青年中學任教。1947 年在長沙湖南大學任副教授,講授"俗文學"及"宋元明講唱文學"。1948 年應雲南大學中文系主任徐嘉瑞先生邀請,任雲南大學教授,講授"中國戲曲史""歷代散文""中國俗文學史""中國文學史"等課程。1956 年 7 月 6 日去世。著有《淮安歌謡集》(國立中山大學語言歷史研究所 1929 年)、《曲品考》(江蘇省立教育學院研究室 1944 年鉛印本)、《戲曲論叢》(日新出版社 1947 年出版)、《宋元明講唱文學》(上雜出版社 1953 年 11 月出版)等書。其遺著曾被趙景深、李平先生校訂,連同已出版二書,重行編纂爲《戲曲小説叢考》(中華書局 1979 年 5 月出版)。

關於吴騷合編和吴騷集
——致趙景深先生書

景深兄:

前讀“吴騷合編”,因手中無書未能一校,今得故書,以二日之力校其异同,得結果如下:

(一)“合編”與“吴騷集”(僅有阿英校本)雖出一手,然頗蕴雜,除作者姓氏兩書有差异外,内題亦往往與目録不同。如“初集”卷三步步嬌目作陳大升,内作劉東生;四塊玉外題文衡山,内作陸包山。卷四步步嬌外作王雅宜,而内作梁少白;畫眉序外作古調,内作劉東生(又卷三王西樓石榴花套有目無曲)。而“合編”中有三處目録與内題不合,如金絡索目題舊詞,内作常樓居(而初集又屬梁少白);畫眉着皂袍目作舊詞内作唐寅;集賢賓目作古調内題吴崑麓(均見卷三)。此等荒謬處,明人曲選大抵如此,尚不足怪。

(二)“初集”與“合編”作者不同處如下:(依初集次序)一、金絡索(初:梁少白,合:常樓居)。二、不犯宫詞(初:文衡山,合;李日華)。三、梧桐樹(初:鄭盧舟,合:陳秋碧)。四、錦纏道(初:沈仕,合:史槃)五、傾杯玉芙蓉(初:楊慎,合:史槃)——以上初卷一。六、香遍滿(初:唐寅,合:陳鐸)。七、十二紅(初:沈仕,合:林石岡)。八、步步嬌(初:王雅宜,合:舊詞)。九、醉扶歸(初:王百穀,合:張伯起)——以上卷二。十、集賢賓(初:古調;合:外同内,吴崑麓)。十一、錦庭樂(初:失名,合:陳鐸)。十二、黄鶯兒(初:古調,合:文衡山)。十三、步步嬌(初:王百穀,合:元詞)。十四、甘州歌(初:古調,合:沈仕)——以上卷三。十五、好事近(初:古調,合:毛蓮石)。十六、畫眉序犯(初:失名;合:外同内,唐寅)。十七、步步嬌(初:王雅宜,合:梁少白)。十八、字字錦(初:沈仕,合:楊彦華)。十九、畫眉序(初:舊古調,内:劉東生,合:虞竹西)。二書同出張氏之手(初集或題王百穀編),竟然如此之紛歧(尤其是十九例,二書有三處差异),必爲編者胡亂改題所致,適如任訥所言"故作欺人"。

(三)初集卷三錦庭樂(無名氏),卷四錦纏道(梅禹金)□有雙曲,不成套(與合編校後發現)。不知原書如此,抑排印本有遺漏,然阿英并未校出(校刊亦有誤,小令套數亦分别不□)。

又以二書校任輯唾窗絨,遺小令八則套曲梁州序"朱明佳景"(初卷四)未收。另初有字字錦一套,據合編乃楊彦華作;合編卷三集賢賓一套,據任考亦乃僞作,非遺漏。

又:初集卷一金絡索"輕烟拂柳芽"套及合編卷一錦纏道"心悒怏"套,卷三綿搭絮"長空如洗",均不見於任訂楊升庵夫婦散曲,未審何故?盧刊玲瓏唱和□楊氏散曲集(飲虹簃叢書)中未知收録此三套否?

弟德均。

(刊載第十四期,民國三十年四月五日)

案:《趙景深答葉德均先生:關於吴騷合編和吴騷集》(刊載第 15 期,民國三十年四月十二日),收入趙景深《明清曲談》(上海:古典文學出版社,1957 年 8 月),第 146 ~ 148 頁。

葉德均

趙輯本天寶遺事諸宫調輯逸

宋元戲曲佚文的輯録,在現在可説是規模大備了。在從事這輯録的許多工作者中,趙景深先生要算是最辛勤最努力的一位,這後出的"天寶遺事諸宫調輯逸"在他所輯的諸書中,要算校勘最精、輯録最完備的一個"定本"。

元人王伯成"天寶遺事諸宫調",原書久佚。現在雖有幾個輯本,但除了這趙輯以外都没有刊出,僅鄭振鐸先生在"宋金元諸宫調考"(佝僂集上)文中將所輯五十四套的分題目録列出。趙輯本所録計六十套,與鄭目相同者五十二套("雍熙樂府"五十套,"九宫大成譜"二套),其餘八套是新增。在取捨上是用力頗劬的,如:雍熙樂府中"楊妃肚腰"套,據"太平樂府"考定是曾瑞的散套;"禄山謀反"套,據"北宫詞紀"定爲孔文卿散套;"楊妃舞翠盤"套是白樸"梧桐雨"雜劇,"馬踐楊妃"套是岳伯川的同名雜劇,等等,都没有輯録。如果僅就"雍熙"標目不和他書比勘,把這些似是而非的也收進去,這輯本就駁雜不純了。但能做到這一步,是花費不少的時間和精力的。在其新增的八套中,第七"楊妃出浴"一支,第二二"上月宫"兩套,均輯自"北詞廣正譜";二四"月宫舞",三零"明皇賞花"兩套,輯自"太和正音譜";這四套因不完全,故不見於鄭目。四二"明皇哀告陳玄禮",五八"禄山夢楊妃"兩套,亦輯目"北詞廣正譜",鄭目亦因其零星未輯入,而趙輯據"廣正譜"目次依套數分題輯成全套,這是細心輯録所得的案迹。一三"媾歡楊妃",四六"楊妃勒死"兩套輯自"雍熙樂府",比較最可注意。

輯録諸宫調的遺文也和輯録戲文一樣,最感困難的是次序排列,因爲兩者的體制都較冗長且無一定的成例,不比四折的元雜劇有一定的先後次序可尋，所以各個輯本的次序便頗爲差异了。這個輯録不單從“雍熙樂府”的標目而兼以曲文的内容來決定其先後，是頗有見地的。如二一“明皇望長安”套，二三□□“禄山夢楊妃”套，三七“禄山憶楊妃”套，都以曲文内容放在適當的地位（輯逸中有説明）。又如三二“楊妃”套不列入引子而移在後面；一四“楊妃綉鞋”套據曲文“一針針縫的絶高”“到後來土塵中少不得的馬殘（踐）了”等句認爲正在綉鞋，也很正確。自然其中也有要移動纔覺妥當的，至少有下列幾處：二二“上月宫”套中有“因尋月裏仙，頓開門上鎖。起陣狂風，迸道寒光，見個妖魔”等語，道遇妖事當在二四“月宫舞”套思戀仙女後，更在二六、二七兩套（同寫憶仙女）後，而和二八“游月宫”套所叙遇异人相似，這情節大約是在月宫貪戀女仙，不聽葉靖勸告，追尋女仙而遇妖的吧？所以應移至二八套前後。五一“哭楊妃”套中有“寡人勸力士，省可裏哭叫起”語，當排在五二“力士泣楊妃”套後。五六“禄山泣楊妃”套有“夜來由自説活人，今日早做鬼鬼”的話，可見是在夢見之後，故應移在五八“禄山夢楊妃”套後；再和五七“禄山憶楊妃”套連看，也應該是由“憶”而“夢”、而“泣”纔對。如能把這幾套再重排列一下，這個輯本，便毫無疑問的是“定本”了。

（刊載第十三期，民國三十年三月廿九日）

案：本文署名：勻君，即葉德均。此外，趙景深《天寶遺事諸宫調輯逸》一文，刊於上海《學術》第3輯（1940年4月），第123～156頁。

“詞　謔”

編者按：關於“詞謔”作者問題，孫楷第先生於“吴昌齡與雜劇西記廂"一文中,考之已頗詳盡,見"圖書季刊"第一卷第二期,讀者可請參看。

詞謔乃李開先作

詞謔是經盧冀野先生校訂的明人論曲之作。據校訂者的弁言叙其來歷謂:"詞謔一書,鄉未識名,共讀樓人(按此處脱一'主'字)知余嗜曲,遠道見示,自詫眼福不淺。既假之歸,逐則校訂,知此編之可寶,不在鍾朱下也。"末又説:"共讀樓主人允余録副,屬謄一套以易。"則這書所據的底本當爲盧氏所"録副"的鈔本,至於共讀樓主人所藏是刻本還是鈔本,校者并未説明。這裏先説到的著者,據校者的考訂,這書是明代無名氏之作,又從書中多涉及王九思之處,以爲"撰者雖佚其姓氏,其人必知名,正嘉間與關中王碧山交甚深"。此外就没有説到著者的事。這樣,在校訂者的文中既然没有考訂,那就不能不從其他方面去尋綫索了。先就手中所有幾册前人論曲書中來找,結果是一無所得。後來又從原書中細細搜尋,其中除論王九思、馮惟敏等人外,又説到他的友人吕東野等,但都没有頭緒可尋,最後僅在詞謔(全書之一部)類找到這樣的話:"二沉醉:一咏張良,一嘲黑妓。一傳自均州張南溟;一出自吾章弭少庵。"這裏所説"吾章",不但不能實指某地,即使可以斷定,對於著者的姓氏也還無法證實。結果,這唯一的綫索,也絲毫不能幫助問題的解决。

不料無意中竟在梁乙真元明散曲小史裏,找到有關這書的記載,梁氏於李開先項下説:"更有詞謔及巧對等通俗讀物。"(二八四面)這話不知梁氏是據什麽來説,這裏且不論他是否曾見原書或另有所據,但至少可算是一個假定。根據這個假定,再從原書各方面來考察是否爲李氏之作。按李開先字伯華,號中麓,山東章丘人。生於明弘治十四年,卒於隆慶二年(一五〇一——一五六八),年六十八。嘉靖八年(一五二九)舉進士,官至太長寺少卿,年四十(嘉靖二十年頃)罷歸。所著有:中麓閑居集、中麓樂府、中麓小令、南曲次韵、寶劍記、登壇記和園林午夢等。錢謙益列朝詩集(丁集卷一)説:

> 伯華弱冠登朝,奉使銀夏,訪康德涵、王敬夫於武功、鄠杜之間。賦詩度曲,引滿稱壽,二公恨相見晚也。罷歸,置田産,蓄聲妓,徵歌度曲。爲新聲小令,搊彈放歌,自謂馬東籬、張小山無以過也。爲文一篇輒萬言,詩一韵輒百首,不循格律,詼諧調笑,信手放筆。……又改定元人傳奇(按:指雜劇)樂府數百卷;搜集市井艷詞、詩禪、對聯之屬,多流俗瑣碎,士大夫所不道者。嘗謂:古來才士,不得乘時柄用,非以樂事繫其心,往往發狂病死。今借此以坐銷歲月,暗老豪杰耳。

上面所説"搜集市井艷詞、詩禪、對聯之屬"在和梁氏所舉詞謔、巧對二書的性質相合,而書中所録鎖南枝、山坡羊、黄鶯兒以及嘲妓、嘲子弟、嘲村婦之類的俗曲,也正是"市井"之作;至於詞謔全部更是"詼諧調笑""流俗瑣碎""士大夫所不道"的東西。又如詞套中月下追韓信删去夜行船,水仙子二曲和尾聲的修改;又以玉簫女套中曲易雲窗夢中的那吒令,梧桐雨的正韵以及游春記的修正(詞謔)等等的改纂,也與"改定元人傳奇、樂府"的話相吻合。至於所謂數百卷的東西,現在雖不知其所指,但從這册小書中已有許多處的改訂看來,數百卷的修正書的編纂,或許是可能的。這書大約是早經散佚了。再從書中所述的作家及其朋輩來看。書中曾三記王九思(一四六八—一五五一),如:"王渼陂養一外户……予因戲之以沉醉東風。……已而喧傳長安,渼陂請予解之以詞。"(面三)"曩游鄠縣,王渼陂使人歌一套商調詞,試予評之。"(面四)"渼陂設宴相邀,扮游春記。"(面七)這也和李氏奉使時至陝西訪康王"賦詩度曲,引滿稱壽"的事迹相符,這時正是王李二人唱和作南曲次韵的時候(但書的刊行則稍後)。其中又三論陳大聲,一及王舜耕、馮惟敏的作品,但都没有叙及交游。陳氏的時代較早(弘正間人),馮氏則稍後(約小於李氏十歲),而王氏的生平則不詳。其餘如吕東野、袁西野、劉脩亭等李氏友人雖不可考,而唐荆川、王遵嚴諸人,正是和他同列在"嘉靖八才子"之内的人物。至於前面所舉"吾章"云云,與李氏的生地章丘也相合,這更是明顯的事。以書中李氏自己的作品和他的曲集相校,本是考訂著者的最可靠的證據,但可惜他的樂府、小令二書現在都已散佚(南曲次韵雖存,全是傍妝臺一調,而這書所録的又是他調)。這證據是無法利用的。然而除了這"本證",僅就上列幾項的考察看來,也當爲李作無疑。至於這書寫作的時期,書中雖得不到綫索,但大約説來,是嘉靖二十年以後至隆慶初之作,即李氏□歸以後寫的。

詞謔所收的雜劇小曲之類

其次是這書的内容。書中分:詞謔、詞套、詞樂、詞尾四部。其中以詞套最重要,所録套曲四十八套。其散套計:張小山三套,馬東籬、喬吉、亢文苑、陳大聲各二套,王和卿、王伯成、楊西庵、劉廷信、商政叔、趙明道、吴仁卿、王氏、劉東生各一套,無名氏七套,共二十七套。劇套有:揚州夢、城南柳各二套,漢宫秋、梧桐雨、岳陽樓、貶夜郎、王粲登樓、金錢記、玉簫女、倩女離魂、風雲會、追韓信、金童玉女、芙蓉亭、范蠡歸舟、雲窗夢、月下老問世間配偶各一套,無名氏不知名的雜劇二套(四一到四三面和四九到五一面),共二十一套。其中散套部分所録張、馬諸人之作,多是習見的,但也有較罕見的,如商政叔雙調風入松套和劉東生正宫端正好套。所録雜劇其中十五套有傳本,在這十五套内除了前面所舉數種是經李氏修改(文中叙明)外,其他如貶夜郎、漢宫秋、倩女離魂等套的文字也和今本頗有异同。(但這不能認爲是版本問題,其中難免没有經過李氏所斧削的。)至於王實甫芙蓉亭、趙明道范蠡歸舟(原書題范子安作,又追韓信題費唐臣作,不知何據)、無名氏雲窗夢、劉東生月下老問世間配偶四套,都是已佚的雜劇。前三種與雍熙樂府所收文字也頗不同。雲窗夢一套與趙輯本元人雜劇輯逸所據的詞林摘艷相校,詞謔本於寄生草和後庭花之間多村里迓古、元和令、上馬嬌、游四門、勝葫蘆五曲,而村里迓古正是趙輯本從北詞廣正譜輯出認爲無處可放的;又趙本補遺中所録賺煞的斷句,在這書中全曲都存在的。這套實足補詞林摘艷之缺。世間配偶一劇,續録鬼簿謂"極爲駢麗,傳誦人口",但這本傳誦之作,原書早經散佚,這書所存雖衹有一套,也可略見一斑了,又無名氏所作正宫套,書中没有説明是散套或劇套,但從内容看來,當爲雜劇無疑。又,無名氏大石套即鄭德輝的㑳梅香。

詞謔一部分是雜録調笑戲謔的令套和記事,如咏瘧、嘲狂儒、譏貪狠□小者和王舜耕罵僧、指揮誤認□秋等事,在明人曲論中是别開生面之作。其中所録除文人之作外,又保存許多明代的俗曲,如山坡羊之類,但這些也非全然不見於他書的,如鎖南枝就與陳所聞南宫詞紀(卷六汴省時曲)所録的相同。至於記李崆峒、何大復酷愛時曲一則,也和沈(德)符野獲編(二十五)所説符,而沈氏所舉的泥捏人、鞋打卦、熬鬏髻三首,在這書中恰又全數録入。李氏又於其中説:"市井艷詞百餘,予所編集;中有改竄,且多全作者。衹録三山坡羊、三鎖南枝,一即李何所愛者。餘悉此類不相上下,似出一人之手云。"據這些話看來,書中所録的幾首衹是選抄,那百餘首的集子纔是明代俗曲的最大結集,可惜這書現在不易看到,不知它尚在人間否?又照李氏所説,他不僅改竄前人之作,而且連俗曲也曾染指過,這樣妄加改作,也正是明人最常見的惡習。又其中所録咏瘧和沉醉東風嘲妓好睡都没有題作者姓氏,其實這兩首一是傳爲王和卿之作,一即馬謙齋所撰。至於所録張誠庵、劉天民、袁西野、弭少庵、函山諸人之作,也多不見於他書,而且連姓名都很生疏的。

其餘的詞尾一部是雜録套數的尾聲十二則,也多是習見的,没有什麽特色可説。而詞樂一部是記當時樂人歌唱演奏等事,則多不見於他書的記載。

再就全書來看,除了上面所説遺漏作者姓氏和妄加修改外,又如詞套所選既不照宫調排列,又不以作者分先後,體例頗爲蕪雜。至於眉目不清、語氣模糊的地方,更是很多。總括地説,這書除了保存資料一點外,并没有什麽可取之處,祇是一册隨手雜録;而李氏寫作的動機,本没有嚴肅的態度,不過要"借此以坐銷歲月,暗老豪杰"而已。

末了再説校訂。原書中所有眉目不清之處,或許是它的本來面目,校者不便改動,但至少段落不清的地方,是總應該分劃的。又有許多極明顯的錯字,不論是原書或抄本所有,也應爲之校正(如果排錯,校者更應負責)。至於説亢文苑的姓名不見於元人諸選,羅貫中風雲會是元劇逸文,也與事實不合。按亢文苑的姓氏早經任二北在散曲概論(作家)中指出見於"殘元本陽春白雪",而羅貫中風雲會一種在元明雜劇二十七種中也并不曾逸去。

(跋)寫好這則短文之後,在趙萬里的散曲的歷史觀(文學二卷六期)一文中又發現詞謔的著録。這篇最後附有現存元明曲集目,其中總集類末一種便是這書,題着:"詞謔不分卷,明李開先輯,明隆慶刻本。"這是證明李作的一個頗有力的證據。但不知這書現在何處,不能取來一校,這是遺憾的事。

(刊載第十八期,民國三十年五月三日)

案:文中提及孫楷第之文章,即《吴昌齡與雜劇西游記:現在所見的楊東來評本西游記雜劇不是吴昌齡作的(附表)》,刊載《圖書季刊》新1卷第2期(1939年6月,昆明復刊版),第112~134頁。另,同題名刊載北平《輔仁學志》第8卷第1期(1939年6月),第71~98頁。

文中提及趙萬里《散曲的歷史觀》,見《文學》第2卷第6期(1934年6月1日),第1135~1141頁。

曲目拾零

戲曲書目的著録,從録鬼簿起至今樂考證止,有八九種之多,但能够集大成的僅有王國維的六卷曲録。在現在看來,曲録一書衹是戲曲研究草創時期的產物,其有待於增修、補訂或重輯是無待言的。任二北氏曾有曲録校補(刊國聞周報)一文,於王氏原書增訂頗多,但在曲籍大批發現的今天,那校補之類仍然是不够,而是要重新編的。鄭西諦師似也有重寫新曲録的企圖,惜僅成元雜劇中的一部(文學季刊第四期)。

理想中的新曲録,不僅如胡適之所希望注明存佚,還要:臚列諸種版本,作者事略,内容提要,同一題材諸本之演化,諸書評論及有關考訂之記載,等等;而原書已佚有殘文存在的,也應注明其所在。但這樣一個完備書目是一時不易實現的,我們希望先有一個簡目,如小説書目那樣。至於取材除了王氏原書所據的諸書以外,也要增入王氏所未能見到的曲目(如賈仲明續録鬼簿、姚梅伯今樂考證、張玉森曲目小知録)、曲譜(蔣孝舊編南九宫譜、沈自晋南詞新譜、范文若北曲譜、鈕少雅九宫正始、張大復南詞便覽等),曲選(南詞韵選、南音三籟、南北詞廣韵選等),戲曲選(群音類選、樂府名詞、樂府菁華、大明春、玉谷調簧、摘錦奇音)。而曲籍以外的諸書除王氏所引書目外,即詩文集、筆記、雜著等有關曲目的亦應在羅列之内。如任二北在曲録校補及曲譜中曾據思舊録等書輯出曲目不少;蔣瑞藻小説考證及續編、拾遺、枝譚諸書也曾輯出若干。但這類書中雖有一些也衹是"可遇不可求",然而留心輯録也頗可增加若干冷僻的劇目。我在幾年前曾從雜書中輯出劇目約六七十種,均爲曲録及今樂考證所未收,惜此稿已與書籍同被劫去。數月前携出劫餘書若干本,乃重新輯出十餘種,約當原稿三分之一弱。村居無俚,拉雜寫來,或可備异日修新曲録者的參考;更希望別人大量的發掘,這條札記衹是一個"拋磚引玉"的引子而已。

(一)博浪椎傳奇,明張公琬撰。公琬名不詳,山陰人。

張岱瑯嬛文集(卷一)博浪椎傳奇序云,"余宗兄公琬深得此意,故以博浪椎譜爲傳奇"云。

(二)張子房椎秦記,明王伯揆撰。伯揆名里不詳。

見明鄭元勛媚幽閣文娱初集方應祥:王伯揆張子房椎秦記序,中有"何以不并譜荆卿而譜子房"語,故確知爲戲曲。

(三)玉節傳奇,明初彪佳撰。彪佳字世培,山陰人,官蘇松巡撫,殉難死。

見媚幽閣文娱初集倪元璐:祁司李玉節傳奇序。

(四)冰山記,明無名氏撰(原作)。

(五)冰山記,明張岱改作。岱字宗子,號陶庵;山陰人。

張岱陶庵夢憶(卷七)冰山記條謂:"魏璫敗,好事作傳奇十數本,多失實,余爲删改之,仍名'冰山'云。故知有原作,改作二本。"

(六)痴世界,明陳忱撰。忱字遐心,烏程人,明遺民。

汪曰楨南潯鎮志(卷三十)云:"曲本則有陳忱《痴世界》。"

(七)北俱廬傳奇,明黄周星撰。周星字九烟,江夏人,明遺民。

董若雨寶雲詩集(卷二)黄九烟居士重過寶雲詩注云:"自言將製北俱廬傳奇。"(黄氏人天樂一種,今樂考證著録。)

(八)西湖扇傳奇,清丁耀亢撰。耀亢字西生,號野鶴,諸城人,順治中由貢生官至容城教諭。

(九)化人游傳奇,清丁耀亢撰。

(十)蚺蛇膽傳奇,清丁耀亢撰。

(十一)赤松游傳奇,清丁耀亢撰。

以上四種乾隆諸城縣志(卷十三)藝文考著録。今樂考證僅著録一種。

(十二)雙鳳箋,清曹鼎、曹榜合撰。鼎字菊臺;榜字雁名,一字尋蹊,曾舉孝廉。二曹均新安人,榜乃鼎之侄(乾隆時人)。

史震林華陽散稿(下)寄聖則程君書册云:"去冬十月墨耕,琴莊(徐氏弟兄字)請菊臺(鼎)與娃尋蹊(榜)撰雙鳳箋一劇,即付巧舌嬌鶯、慧心雛鳳,凝華小班二十四伶晝夜揣摩,旬餘演就,捧觴上壽,以娱祖母方太君。"二曹名里,據同書若洲隱君記、花韵軒遺稿跋、曹綉君小傳、珍溪傷逝集序、書徐侶湘册五文推知。

(十三)群芳宴,清飼鶴山人撰。山人姓名字里均不詳。(嘉慶間人,書成於嘉慶初)

許桂林七嬉洗炭橋後附飼鶴山人跋文云:"昔在都門爲陸鑒橋作群芳宴樂府,有'胡盧山演陣'一節,酒色財氣四陣均不能制,乃引水灌之,而後潰敵,與此不謀而合。"

(十四)金釧緣傳奇,清無名氏撰。(同光間人)

見宣瘦梅夜雨秋燈續録(卷四)賽嫦娥條。

以上傳奇。

(十五)琵琶亭(一折),清敦誠撰。敦誠字敬亭,清宗室。

楊鐘羲雪橋詩話續集(卷六)云:"敬亭……嘗爲琵琶亭傳奇

(?)一折,曹雪芹題句有云:‘白傅詩靈應喜甚,定教蠻素鬼排場。’”

以上雜劇。

(十六)詩仙會,清吴震生撰。震生字鰥叟,别號玉勾詞客,歙縣人。(雍乾間人)

史震林西青散記(卷一)云:“延集詞豪,共爲新曲數十種,中間推理轉生,若宋高、錢繆諸例,亦多附見焉。别有詩仙會等十餘劇,則從‘古今才人總在天,詩魂不死便成仙’句得門徑。”疑此本爲雜劇。(按今樂考證中,曾著録玉勾詞客地行仙傳奇一種。)

(十七)花鳥緣,清荆凌雲撰。凌雲名不詳,丹陽人。(雍乾間人)

西青散記(卷四)云:“(荆)振翔父凌雲先生,讀書圃山,凌波仙女張翠漣降乩賦詩詞,屬凌雲爲之傳,因演曲名花鳥緣。”又荆氏里居,據史氏華陽散稿(上)巢鶩别記,中有“丹陽荆振翔相友善”語。

以上不明傳奇或雜劇。

(十八)芙蓉亭,清黎簡撰。簡字二樵,廣東順德人,乾隆己酉貢生。

見李元度國朝先正事略(卷四十四)文苑黎二樵事略,題芙蓉亭樂府。似爲劇曲,然或有爲詩詞集之可能,疑不能明。

以上輯種均以曲海總目提要、今樂考證、曲録諸書所未著録者爲限。其中如北俱廬成書與否,今不可知,衹有目無書;花鳥緣亦不知是否真有其書;而多數恐怕恐連刊本都没有,它們的存佚更可想而知了。

(民國)三〇,三,一〇日。

(刊載第二十四期,民國三十年六月廿八日)

案:本文署名德均,即葉德均。

讀六十種曲雜記

(一)千金記:據九宮正始謂:"元時先有淮陰記,又有十大功勞及登壇拜將,與今千金記,共四易本矣。"似六十種曲本千金記當爲元人南戲之改本。

(二)明珠記:九宮正始謂:"元時先有失名氏王仙客本。又有平原白壽之無雙傳,今此'金卮泛蒲緑'套,即其詞也,今被陸天池竊用於明珠記耳。"按此套今存陸本中,則陸作亦改元人南戲而成。

(三)鳴鳳記:卷首西江月云"雙忠,八義齊鳴"句,按雙忠記姚茂良撰,八義記乃徐叔回改趙氏孤兒記而成者。吕天成曲品序於一六一〇年,中謂"近有徐叔回所改八義"云云,則八義之作當在萬曆三十八年左右。此書既引八義記,則其成書當更晚,距王世貞卒年(萬曆十八年)尚晚二三十年,當不能屬於王氏之作,乃萬曆末人所撰(或更後)。至於郎潛紀聞所謂清人吴國次作説,乃另一本耳。

(四)彩毫記:末有"曇花三寶詮真諦,又拈出彩毫玄秘"句,則彩毫之作後於曇花。

(五)琴心記:作者孫柚生平頗不詳(花當閣叢談曾略述之),據末折云:"誰人爲寫雲和曲? 落魂孫生萬古心。"可知乃一落拓文人。

【以上關於作者及時代】

東郭記八折:"綿駒"中有挂枝兒俗曲二首。

邯鄲記二六折:"雜慶"中有銀紐絲俗曲一首。

玉合記一七折:“言祖”中有北清江引俗曲二首。

鳴鳳記二三折:“拜謁忠靈”中有蘇州歌俗曲一首。

四賢記一五折:“招納”中有雪獅子俗曲一首。

【以上關於俗曲】

鳴鳳記二三折:“拜謁忠靈”有蓮花落一則。

錦箋記一一折:“詒婚”有蓮花落二首,并列舉各種蓮花落名又(綉襦記三一折亦有)。

八義記一〇折叙説書,中有武王伐紂評話一段。

琵琶記一七折:義倉“録有‘陶真’一則,此爲今日僅見者”。

鸞錕記一五折説白:“去唱‘門詞’去……【中净】‘門詞’是女眷極喜的……”

所謂“門詞”似即彈詞,唯不知“門”字作何解。

【以上關於雜類】

荆釵記二五折一首(此首錢氏遺漏)。

精忠記□九折三首。

明珠記三五折一首。

還魂記三六折二首。

邯鄲記一三折三首。

春蕪記一五折一首。

琴心記二三折二首。

運甓記一三折一首(亦錢氏所遺者)。

鳴鳳記□八折三首。

白兔記一六折二首,三一折一首(共三首)。

玉簪記一二折二首

雙烈記二九折一首,四二折一首(共二首)。

獅吼記一五折一首。

義俠記三二折一首。

千金記四〇折三首。

四賢記一四折一首。

【以上關於山歌】

【以上凡錢氏已輯及見於讀曲隨筆和小説戲曲新考者,未列入,唯文人擬歌謡及長歌亦兼收】

此外明傳奇□筆記一一折二首,東窗事犯二三折一首,未列入。

(刊載第三十四期,民國三十年九月六日)

"鄭月蓮秋夜雲窗夢"雜劇

現在從事於元雜劇殘文輯逸的雖有多人,但已刊行的僅有二種:一是盧冀野所輯,附於元人雜劇全集中;一是趙景深所輯元人雜劇輯逸。盧輯頗爲苟簡,是個"急就章",其中竟有南曲戲文參雜在内。趙輯是比較純粹而不駁雜的一本,但其中也有增删、重校的必要。如董秀英花月東墻記、蘇子瞻風雪貶黄州、醉走黄鶴樓三本,今有也是園舊藏的發現。神龍殿欒巴噀酒、鴛鴦冢、詈詈旦三種,據詞林摘艷、雍熙樂府也可各補輯一套。至於校勘方面雖也頗精細,然而缺點也還有,如不以刊行較早的盛世新聲、詞林摘艷爲主,用雍熙樂府來校,而反以雍熙爲主,用摘艷等來校,是違背了以古本爲主的重要原則。聽説這書又收入即將出版的元人雜劇序説中,作爲附録,不知輯者有没有增補、重校,使這書成爲完備的輯逸的企圖否?村居多暇,重讀這書,發現了其中之一的鄭月蓮秋夜雲窗夢首折有兩種不同的本子可校,且足補其殘缺處。

雲窗夢一劇,趙輯本據摘艷、雍熙兩書,共輯出三套。所缺僅一套,是輯本中所收最長的一種,也就是原劇殘文保存最多的一種。其中粉蝶兒、新水令兩套,無他本可校,這裏僅就首折仙吕點絳唇一套校勘。我所校的也以輯本所録詞林摘艷(以下校文簡稱詞林)卷四爲主,因成書時代較早(嘉靖初)。但這古本也非絶對可靠,其中竟缺曲文七支,趙輯本據北詞廣正譜增輯一村里迓鼓及賺煞斷句(見序九至十面及補遺一二六面),均爲詞林所未收,所以趙輯本無法安置,認爲"不知放在什麼地方好"。現在有兩種不同本子可校,問題就不難解决了。下面校文中詞林所缺,即以校本增補。

校本之一是李開先詞謔(以下簡稱謔),書刊於隆慶初,有傳是樓舊藏刊本,又有中華書局刊盧冀野校本(題"明無名氏")。盧校本誤字頗多,二十一面,又有四行衍文,當從傳鈔本出,不甚可靠。但原刊本僅北平圖書館有之,無法得見,今姑用盧校本。即李氏原書所録,亦如明代其他曲選多妄改之處,如其中一曲因其俗"不成詞",就硬用他作來代替。趙輯本刊於民國二十四年,而詞謔刊於二十六年,故輯逸中未及引入校文。(又詞謔中另有韓彩雲絲竹芙蓉亭、陶朱公范蠡歸舟各一套,均可補校趙輯本所録。)

另一本是楊升庵夫人詞曲(任訥校楊升庵夫婦散曲本)。按這書是明代楊氏夫婦散曲集,其中竟有元人雜劇殘文,這是任何人都想不到的。這不僅校者的任氏没有校出,即趙景深"楊升庵夫婦散曲"(見小説戲曲新考)文中雖曾校出巫山一段雲是詞,維揚風月是元喬吉揚州夢雜劇,而雲窗夢一折却也没有校出。而我所校出也祇是偶然的碰到,又湊巧手中有這兩書可以對照。然而楊氏夫婦的散曲專集中怎麽會有前人劇曲混入呢? 這因詞曲一書是明代書賈摭拾楊氏夫婦和他人之作編成的僞書,又用楊夫人之名來號召讀者的(書似刊於萬曆間)。用這僞書來校楊氏夫婦原作,其不可靠是當然的;但用它來校所取材的雜劇原作,却不因僞書而有可疑,何况與詞林、詞謔對照起來,并没有多大差异(楊升庵夫人詞曲以下簡稱作楊)。

又趙輯本所録北詞廣正譜(以下簡稱北)村里迓鼓、後庭花及斷句,一并引入校文。

這裏把曲牌的异同列在下面:

詞林	謔	楊	北
點絳唇	點絳唇	點絳唇	
混江龍	混江龍	混江龍	
油葫蘆	油葫蘆	油葫蘆	
天下樂	天下樂	天下樂	
那吒令	(那吒令)	那吒令	
鵲踏枝	鵲踏枝	鵲踏枝	
寄生草	寄生草	寄生草	
	村里迓古	村里迓鼓	村里迓鼓
	元和令	元和令	
	上馬嬌	上馬嬌	
	游四門	游四門	
	勝葫蘆	勝葫蘆	
	么	么篇	
後庭花	後庭花	後庭花	後庭花
柳葉兒煞	柳葉兒		
	賺煞尾	尾聲	賺煞

由此看來,趙氏所謂無處安放的“村里迓鼓”和“賺煞”,現在便很容易地解決了。

(刊載第二十八期,民國三十年七月廿六日)

案:本文署名德均,即葉德均。文章補校趙景深《元人雜劇輯逸》(上海:北新書局,1935 年 12 月初版)書中有關《鄭月蓮秋夜雲窗夢》一劇部分。趙景深此書修訂本爲《元人雜劇鈎沉》(上海:古典文學出版社,1956 年 2 月第 1 版)。

小 説 考 源

一、"西湖二集"考源八則

(一)第十一卷"寄梅花鬼鬧西閣",本宋洪邁"夷堅志""西閣寄梅記"。

(二)第十二卷"吹鳳簫女誘東墻",亦本"夷堅志""潘用中"條。入話則本明陸粲"庚巳編"(卷一)"洞簫記"。

(三)第二十卷"巧伎佐夫成名"入話五戒紅蓮事,本"清平山堂話本"十五種中之"五戒禪師私紅蓮記"及"古今小説"三十卷"明悟禪師趕五戒"。

(四)第二十六卷"會稽道中義士",叙唐珏收宋陵諸帝骨殖事,本元陶宗儀"唐義士傳"。傳奇有卜大荒"冬青記",取材相同。

(五)第二十七卷"洒雪堂巧結良緣",本明李禎"剪燈餘話""賈雲華還魂記"。明初戲文亦有"賈雲華還魂記",溧陽人作(見徐渭"南詞叙録");又有梅孝巳撰、馮夢龍改作之《灑雪堂》傳奇。

(六)第二十八卷"天台匠誤招樂趣",有入話二則:其一叙狄氏事,本廉布"清尊録",又見"拍案驚奇"第六回入話。另一叙阮三事,本"雨窗集"(上)"戒指兒記"(亦即"古今小説"卷四"閑雲庵阮三償冤債")。

(七)第二十九卷"祖統制顯靈救駕"入話吴堪事,本"太平廣記"(八十三卷)"吴堪"條,出"原化記"。

(八)第三十卷“馬神仙騎龍升天”,本佚名撰之“馬自然傳”,收明陸揖輯“古今説海”。

二、關於“豆棚閑話”考源

俗文學七期有“豆棚閑話考源”一文,録明徐復祚“花當閣叢談”(卷四)“孝丐”一則,謂其情節與“豆棚閑話”第五則“小乞兒真心孝義”相似,即“豆棚閑話”所本。按孝丐以聲歌酒食娱母事,文集、雜著中多有之(手中無書,一時不易檢出,趙吉士“寄園寄所寄”中似有之),非僅“花當閣叢談”一書。蓋因昔日文人以此事有關風教,故往常采入文中,而艾衲居士又采入評話。“西青散記”(清史梧崗撰)卷三中亦有相同的一則,乃史氏轉録其友惲寧溪所作之傳,謂惲氏“爲小傳,得史之遺”,此則所録爲惲作六則中之第四也。“豆棚閑話”刊於乾隆間,作者當亦乾隆時人,“西青散記”亦作於雍乾間,兩書時代相及,不能定其先後;而内容或同或异,亦不能詳其源流,然兩者題材相同則一也。謹將此則録下,以供平話研究者之參考。

揚州丐,不知其姓氏,挈母栖於固村之巢祠,日行丐珠城,得酒五六升,乃喜;否則昏暮膝行號於市。市人叱曰:“若貪喹,宜其丐也!”叩而告曰:“以供母。”或偵之,則携酒跪母前,曰:“兒歸矣。”拾薪燎酒,雜出所丐腥胺陳於前,母少啖,則大喜。母愀然,則跪而泣,且勸,呢呢如反哺烏,撫手歌弋陽,勸母飲。母微笑,則狂喜,曳杖起舞,歌“大江東去”或蹲地爲沐猴,作百鳥弄舌及鷄鳴犬吠聲,大笑樂,習爲常。鄰者怒曰:“夜須睡,何呶呶也!”叩頭曰:“丐在揚頗有家勢,幼孤不肖,至於此。母不欲生,幸嗜酒與歌,得少歡,夜嘲哳勛貴官,萬死!母老且病,即嘲哳亦不允矣。”遂大哭。巢文淵,儒醫也,丐求治母病,叩頭無數。巢嘆曰:“有子如此,丐亦足矣!"母死,號三晝夜不絶聲;里人憐之,殯焉。又號三晝夜,不食死。

下述入冥者見冥王迎丐事,與本文無關,略去。

(刊載第四十三期,民國三十年十二月六日)

案:本文署名匀君,即葉德均。文章"二、關於'豆棚閑話'考源",補正本《俗文學》周刊1941年第7期劉思慧文。

楊蔭深

(1908.3.29—1989.7.16)

浙江鄞縣人。原名楊德恩,字澤夫(亦作筆名)。乳名彭年。筆名楊因心、水草、勞人、若水、無水、英夫、彭子儀、陳菊華、黄雲。早年就讀於浙江省第四中學,曾與同學組織飛蛾社,出版《飛蛾》刊物。1926年入上海美術專科學校繪畫科,同時在上海民新電影專門學校學電影技術。1928年美專畢業後任中學教員。1932年應聘爲漢文正楷印書局編輯。1935年入商務印書館編譯所,參加修訂《辭源》。抗戰勝利後,參加《辭源改編本》及《四角號碼新詞典》的編寫。新中國成立後歷任商務印書館、四聯出版社編輯,上海文化出版社戲曲編輯室主任。1958年任中華書局《辭海》編輯所文藝編輯組組長、《辭海》編輯委員會委員、上海辭書出版社編審等職。主要作品有:劇本《一陣狂風》(光華書局,1926年)、《磐石和蒲葦》(光華書局,1928年),長篇小説《曼娜》(現代書局,1929年)、《哭與笑》(現代書局,1930年)、《少年英雄》(開明書店1933年)。理論及其他著作有《中國民間文學概説》(華通書局,1930年)、《先秦文學大綱》(華通書局,1933年)、《中國文人故事》(中華書局,

1936年)、《李後主》(商務印書館,1935年)、《五代文學》(商務印書館,1935年)、《王維與孟浩然》(商務印書館,1936年)、《高適與岑參》(商務印書館,1936年)、《中國文學史大綱》(商務印書館,1938年)、《中國文學家列傳》(中華書局,1939年)、《中國學術家列傳》(光明書局,1939年)、《中國俗文學概論》(世界書局,1946年)、《中國游藝研究》(世界書局,1946年)等。論文主要有《引戲考》《古今小説來源考》《董解元輯傳》《關漢卿傳略》《試談民間文學的範圍》《關於研究民間文學的幾個問題》等。1963年後編著了《兩漢文學編年長編》《魏晉南北朝文學編年長編》《隋唐五代文學編年長編》《兩宋文學編年長編》等。

董解元輯傳

董解元爲金代製曲大家,其名字鄉里皆不可考。關漢卿著有“董解元醉走柳絲亭”一劇,或涉其生平,惜今已失傳。其作品傳於世者,今唯知“西厢記”一種,世以别於王實甫“西厢記”,稱之爲“董西厢”;又以其體例與雜劇不同,祇是弦索彈唱,故亦謂之“弦索西厢”“西厢搊彈詞”;近人則以其體例實屬諸宫調,故又稱之爲“西厢諸宫調”云。本篇擬以個人讀書所得,輯集而成;遺漏謬誤之處,深望高明之士爲之補正,不勝企幸之至!

三十年七月九日作者志

一、生平事略

董解元,金章宗時人。(元鍾嗣成“録鬼簿”)

金章宗時董解元所編“西厢記”世代未遠,尚罕有人能解之

者。(元陶宗儀"輟耕録"卷二十七雜劇曲名)

董解元仕於金,始製北曲。(明涵虚子"太和正音譜")

"録鬼簿"以董解元之"西厢記"壓卷,不著名字,但云仕金章宗朝,爲翰林學士。時鍾嗣成以前輩名士呼之,其記實爲王關之祖。(明蔣一葵"堯山堂外紀"卷六十八關漢卿條)

董解元見"輟耕録",明謂金章宗時人,去元世較遠,决不能與馬鄭輩相及。而涵虚子記元詞手,乃有董解元等,豈别一人,或即金人,以其北調之祖,故引之耶?惜其名字州里,皆不可得。且陶著書元末,已謂董曲雖傳,能習者少,則金元腔調,亦自回不侔矣。(明胡應麟"莊岳委談"下)

董解元者,迄不知其州里名字。嘗怪元裕之(好問),搜獵隽髦殆盡,此獨弃遺,豈當未崇此道,或董解元稍後出,未之睹耶?(明胡應麟"詩藪"雜編卷六閏餘下)

董解元西厢爲搊彈家詞,其人仕金章宗朝爲學士,去關王百有餘年,而時爲西厢者宗之。(清毛奇齡"西河毛甡論定參釋西厢記"參釋)

案解元之稱,始於唐,而其見於正史也,始於金史選舉志。金人亦喜稱人爲解元,如董解元是已。(王國維"宋元戲曲考"第九章元劇之時地)

二、西厢本板

舊見"傳是樓書目",有古本"西厢記",爲董解元作。既閲"輟耕録",知其爲金章宗時人。毛西河(奇齡)言解元爲金章宗學士,有此本。明隆萬前,與關漢卿本并稱,而周憲王(朱權)"群英雜劇"載關氏六十本,無此目,惟王實甫二十二本内,載有西厢五本。自關王名立,董氏遂掩。緣此曲是搊彈家詞,以金人本音歌之最合。元人音韵漸變,故多改古本,别創新調。而解元一書,竟如曠劫前物,幾於灰燼無聞矣。今讀此本,爲海陽黄嘉惠刻,定爲董西厢,分上下二卷,無齣名關目,行間全載宫調;引子尾聲,率填樂府方言,不采類書故實;曲多白少,不注工尺。是流傳讀本,與院妓劉麗華口授者不同。(清施國祁"禮耕堂叢説")

余得董解元"西厢"是閔齊伋朱墨本,題顧渚山樵點定,爲臧晋叔别稱,分爲四卷。按施北研(國祁)所見黄刻本,分上下二卷,已自不同。嗣又得閔遇五"會真六幻"本,亦作二卷,想從黄本出,惜黄本未得見。董曲無齣名關目,行間全載宫調,引子尾聲率填樂府方言,不采類書故實,曲多白少,不注工尺,乃優人弦索彈唱者,非搬演雜劇也。黄、閔諸本,有分二卷,有分四卷。四卷本二卷起商調定風波,與上燒疏白隔;三卷起雙調文如錦,與上紅娘令張生以琴挑之白隔;四卷大石調玉翼蟬起,與上蒲西十里小亭置酒白隔。二卷本下本起文如錦,即齊伋本之三卷。卷第一分賓白曲詞,不相聯屬,殊有未當。兹刻不依四卷二卷之舊,改訂長編,次爲一本,庶合金元雜劇例也。并録各家載説列者據於卷首。齊伋本前有畫圖六葉,非西厢故實,而内子俶仙以爲弃遺可惜,并照影撫。又從顧玄緯會真記雜録本撫宋本會真圖,河中普救寺西厢圖,宋陳居中、明唐子畏畫鴛鴦兩像以冠之。董曲在昔,已等於鳳毛麟角,今此本一出,成同石破天驚,世知西厢之鼻祖,有不令人視爲珠璧者哉!光緒二十有六年,太歲在庚子,雙星渡河日,夢鳳樓主貴池劉世珩識於江寧城南三鋪兩橋寄廬,五松七竹九蒲之齋。(劉世珩"董西厢"題識)

三、本事來源

董氏傳奇稱崔氏孀婦寓僧寺河中兵亂,杜確弭之,張生紅娘等,初於傳悉合,獨鄭恒不可曉。蓋崔後與張絶金醮,無所謂中表争姻之説,乃微之(元稹)自寓耳。然疑董所撰,或他有所本。一日,偶閱唐雜説柳參軍傳,柳春日游曲江,邂逅崔氏女,目成焉。崔母王姓,舅爲執金吾。他日,金吾訪崔母,欲令子娶崔女,女不樂,潛遺青衣輕紅往薦福寺僧院達意於生。生喜,即納聘私挐歸。金吾不知,以爲子盗之,笞之數十。既崔母亡,柳夫婦來赴,金吾子見之,因訟於官,崔女卒歸王氏。案此不知與微之孰先?女皆崔姓,婢皆紅,皆期僧寺中,可笑乃有如此。特王、柳二姓差异。至鄭恒之争,則斷出附會無疑。崔女後事甚怪,不備録。(明胡應麟"莊岳委談"下)

四、作品性質

其曲乃優人弦索彈唱者,非搬演雜劇也。(明胡應麟"莊岳委談"下)

金章宗時,董解元西厢尚是院本模範,在元末已無人能按譜唱演者,况後人乎?(明沈德符"顧曲雜言")

董解元"西厢記"曾見之盧兵部許,一人援弦,數十人合座,分諸色目而遞歌之,謂之"磨唱"。盧氏盛歌舞,然一見後無繼者。趙長白云"一人自唱",非也。(明張大復"筆談")

金章宗朝董解元,不知何人,實作"西厢搊彈詞",則有白有曲,專以一人搊彈,并念唱之。(清毛奇齡"西河詞話")

董曲但以弦索彈唱,與元人扮演雜劇不同,當日所謂詞説體院本也。(清吴蘭修"曲苑叢談")

五、文字評論

西厢記雖出唐人鶯鶯傳,實本金董解元。董曲今尚行世,精工巧麗,備極才情;而字字本色,言言古意,當是古今傳奇鼻祖。金人一代文獻盡此矣。然其曲乃優人弦索彈唱者,非搬演雜劇也。(明胡應麟"莊岳委談"下)

余於聲律之道,瞠乎未入其室也。書曰:“詩言志,歌永言,聲依永,律和聲。”志也者,情也。先民所謂‘發乎情,止乎禮義者’是也。嗟乎,萬物之情各有其至!董以董之情而索崔張之情於花月徘徊之間;余亦以余之情,而索董之情於筆墨烟波之際。董之發乎情也,鏗金戛石,可如抗而如墜。余之發乎情也,宴酣嘯傲,可以翱而以翔。然則余於定律和聲處,雖於古人,未之逮焉,而至如書之流稱爲言爲永者,殆庶幾其近之矣。清遠道人於玉茗堂。(明湯顯祖“董解元西厢”題辭)

方金元氏之暴興也,非但不通文,亦未嘗識字;非但不識字,并未嘗有字。其後假他國番書,用以勾稽期會,悉尚士之仕彼者教之云云。況聯章累牘,鬥巧獻奇,起無地之樓臺,變立時之寒燠。虜雖黠,其遽能然乎?此非余之言也,史言之,史具在也。然則今之所爲千秋絶艷者,安得動稱金元云乎哉?使其升關閩濂洛之堂,聰明膽識不下某某輩成一家言。黼黻六經,即廟祀血食寧异!人任不得用,彼顯而以此聞,夫豈其才之罪哉?嗟乎,道器命性,徵角宫商,究竟亦無异;獨以三蒼不律,作蒙古皮盧,是可惜耳!然孰驅之也乎?孰驅之也乎?誰爲了此者,余將進而問焉。三山謏客閔遇五。(明遇五“董西厢”題辭)

解元史失其名,時論其品如朱汗碧蹄,神采駿逸。(清黄嘉惠“董西厢”引)

案王實甫長亭送别一折,稱絶調矣。董解元云:“莫道男兒心如鐵,君不見滿川紅葉,盡是離人眼中血。”實甫則云:“曉來誰染霜林醉,總是離人泪。”泪與霜林,不及血字之貫矣。又董云:“且休上馬,苦無多泪與君垂,此際情緒你争知?”王云:“閣泪汪汪不敢垂,恐怕人知。”董云:“馬兒登程,坐車兒歸舍;馬兒往西行,坐車兒往東拽,兩口兒一步兒離得遠如一步也。”王云:“車兒投東,馬兒向西,兩處徘徊,落日山横翠。”董云:“我郎休怪强牽衣,問你西行幾日歸?著路裏小心呵,且須注意:省可裏晚眠早起,冷茶飯莫吃,好將息,我專倚著門兒專望你。”王云:“到京師服水土,趁程途,節飲食,順時自保揣身體,荒村雨露宜眠早,野店風霜要起遲,鞍馬秋風裏,最難調護,須要扶持。”董云:‘驢鞭半裊,吟肩雙聳。休問離愁輕重,向個馬兒上馱也馱不動。”王云:“四圍山色中,一鞭殘照裏,人間煩惱填胸臆,量這大小車兒如何載得起!”董云:“帝里酒釃花濃,萬般景媚,休取次共別人,便學連理;少飲酒,省游戲。記取奴言語,必登高第。妾守空閨,把門兒緊閉,不拈絲管,罷了梳洗。你咱是必把音書頻寄!”王云:“你休憂文齊福不齊,我衹怕停妻再娶妻,一春魚雁無消息。我這裏青鸞有信頻宜寄,你切莫金榜無名誓不歸。君須記:若見异鄉花草,再休似此處栖遲。”董云:“一個止不定長吁,一個頓不開眉黛;兩邊的心緒,一樣的愁懷。”王云:“他在那壁,我在這壁,一遞一聲長吁氣。”兩節(相)參玩,王之遜董遠矣。若董之寫景語,有云“聽塞鴻啞啞的飛過暮雲重”;有云“回首孤城,依約青山擁”;有云“柳堤兒上把瘦馬兒連忙解”;有云“一徑入天涯,荒凉古岸,衰草帶霜滑”;有云“駝腰的柳樹上有漁槎,一竿風旆茅檐上挂,澹烟消灑,横鎖着兩三家”;有云“淅零零地(的)雨打芭蕉葉,急煎煎的促織兒聲相接”;有云“燈兒一點甫能吹滅,雨兒歇,閃出昏慘慘的半窗月”;有云“披衣獨步在月明中,凝睛看天色”;有云“野水連天天竟白”;有云“東風兩岸緑枝摇,馬頭西接着長安道。正是黄河津要,用寸金竹索,纜着浮橋”。前人比王實甫爲詞曲中思王(曹植)、太白(李白),實甫何可當!當用以擬董解元。李空同(夢陽)云:“董子崔張劇,當直繼離騷。”(清焦循“劇説”卷五)

董名字鄉里,皆不可考,要是才士。曲中製語,有風調獨絶處,如:“愁何似,似一川烟草黄梅雨。”殆不减南唐,實父往往竊之。(清吴籣修"曲苑叢談")

(刊載第三十六期,民國三十年九月二十日)

元曲大家關漢卿傳

關漢卿,號已齋叟,大都(今北平市)人。

元鍾嗣成録鬼簿:"關漢卿,大都人,太醫院尹,號已齋叟。"

明蔣一葵堯山堂外紀:"關漢卿,號已齋叟,大都人。"

王國維元戲曲家小傳:"關漢卿,不知其爲名或字也,號已齋叟,大都人。"

蔭深案:依録鬼簿所録,類皆先稱字而後稱名,如白仁甫名樸,王實甫名德信等,則漢卿似爲其字。疑漢卿原有其名,至鍾氏已不可考,故闕載焉。又或漢卿當時原以字行,故其名反不爲人所知,亦未可知。

金末,以解元貢於鄉。

元錢孚鬼董跋:"鬼董五卷,得之毗陵楊道芳家。此祇鈔本,後有小序,零落不能詳。其可考者,云太學生沈,又云孝光時人,而關解元之所傳也。"

王國維元戲曲家小傳:"金末,以解元貢於鄉。"

又宋元戲曲考:"案解元之稱,始於唐,而其見於正史也,始於金史選舉志。金人亦喜稱人爲解元,如董解元是已。則漢卿得解,自當在金末。若元則唯太宗九年(金亡後三年)秋八月一行科舉,後廢而不舉者七十八年。至仁宗延祐元年八月,始復以科目取士,遂爲定制。故漢卿得解,即非在金世,亦必在蒙古太宗九年。”

蔭深案:近人有謂金人多稱書生爲解元,未必真爲科舉中式者。然金史選舉志既有解元之稱,則王氏之説或非誣也。

元初,漢卿嘗進雜劇。

元楊維禎元宫詞:“開國遺音樂府傳,白翎飛上十三弦。大金優諫關卿在,伊尹扶湯進劇編。”

王國維宋元戲曲考:“楊鐵崖元宫詞云:(詞見上)此關卿當指漢卿而言。雖録鬼簿所録漢卿雜劇六十本中,無伊尹扶湯,而鄭光祖所作雜劇目中有之。然馬致遠漢宫秋雜劇中有云:‘不説它伊尹扶湯,則説那武王伐紂。’案武王伐紂乃趙文殷所作雜劇,則伊尹扶湯亦必爲雜劇之名。馬致遠時代在漢卿之後,鄭光祖之前,則其所云伊尹扶湯劇,自當爲關氏之作,而非鄭氏之作。其不見於録鬼簿者,亦猶其所作竇娥冤、續西厢等,亦未爲鍾氏所著録也。楊詩云云,正指漢卿,則漢卿固逮事金源矣。”

蔭深案:王氏解關卿即漢卿,今人多從其説,事或當然。惟解“伊尹扶湯”則太泥。且漢宫秋所謂“不説他伊尹扶湯,則説那武王伐紂”。乃漢元帝責尚書五鹿充宗唱詞,并非指爲劇編。玆引其全詞如下:

【尚書云】他外國説陛下寵昵王嬙,朝綱盡廢,壞了國家。若不與他,興兵吊伐。臣想紂王祇爲寵妲己國破身亡,是其鑒也。

【駕唱】【賀新郎】俺又不曾徹青霄高蓋起摘星樓。不説他伊尹扶湯,則説那武王伐紂。有一朝身到黄泉後,若和他留侯留侯厮遘,你可也羞那不羞!您卧重茵食列鼎,乘肥馬衣輕裘。您須見舞春風嫩柳宫腰瘦,怎下的教他環佩影摇青冢月，琵琶聲斷黑江秋？

故伊尹扶湯一詞，不過以喻臣之事君，原非指爲劇名也。

後授太醫院尹。

元鍾嗣成録鬼簿："關漢卿，大都人，太醫院尹。"

明蔣一葵堯山堂外紀："金末爲太醫院尹，金亡不仕。"

王國維元戲曲家小傳："後爲太醫院尹，則亦未知其在金世歟？元世歟？"

又宋元戲曲考："録鬼簿云：'漢卿大都人，太醫院尹。'明蔣仲舒堯山堂外紀（卷六十八）則云：'金末爲太醫院尹，金亡不仕。'則不知所據。據輟耕録（卷二十三），則漢卿至中統初尚存。案自金亡至元中統元年凡二十六年，果使金亡不仕，則似無元代進雜劇之理；寧視漢卿生於金代，仕元爲太醫院尹爲稍當也。"

蔭深案：太醫院金元皆置，惟查兩史百官志，皆無太醫院尹之職。玆引録兩志所載，以供參考：

金史百官志："太醫院提點正五品，使從六品，判官從八品，掌諸醫藥，總判院事。管勾從九品。隨科至十人設一員，以術精者充；如不至十人，并至十人置。"

元史百官志："太醫院秩正二品，掌醫事，製奉御藥物，領各屬醫職。中統元年置宣差提點太醫院事，給銀印。二十年改爲尚醫監，秩正四品。二十二年復爲太醫院，給銀印；置提點四員，院使、副使、判官各二員。大德五年升正二品，設官十六員。十一年增院使二員。皇慶元年增院使二員。二年增院使一員。至治二年定置院使十二員正二品，同知二員正三品，僉院二員從三品，同僉二員正四品，院判二員正五品，經歷二員從七品，都事二員從七品，照磨兼承發架閣庫一員正八品，令史八人，譯史二人，知印二人，通事二人，宣使七人。"

以臆度之，漢卿似未諳於醫術，則所謂尹者，恐衹爲令史一類小吏而已。且此種係宫内職官，鍾氏或未知悉，故誤稱爲尹歟？

以不堪吏職，未幾罷歸。

明胡侍真珠船："當時臺省元臣，郡邑正官，及雄要之職，盡其國人爲之。中州人每每沉抑下僚，志不獲展。如關漢卿入太醫院尹，馬致遠江浙行省務官，宫大用釣臺山長，鄭德輝杭州路吏，張小山首領官，其他屈在簿書、老於布素者，尚多有之。於是以其有用之才，而一寓之乎聲歌之末，以舒其怫鬱感慨之懷，蓋所謂不得其平而鳴焉者也！"

蔭深案：漢卿不堪吏職，誠如胡氏所云。而漢卿散曲碧玉簫云："秋景堪題，紅葉滿山溪。松徑偏宜，黄菊繞東籬。正清樽斟潑醅，有白衣勸酒杯。官品極，到底成何濟！歸，學取淵明醉。"亦可爲其明證。又漢卿現存雜劇中，多寫爲官之乏味，及對官府之憤懣，蓋亦因此而發歟？

家居無事，日以詞曲爲自娱。

蔭深案：觀漢卿所著雜劇多至六十餘本，散曲今存者亦有五十餘首，則其此後生活，或即以詞曲爲自娱也。

中年以後，漸好遨游四方。

蔭深案：漢卿有不伏老南吕一枝花套數，可謂彼之自述。兹全録於此，以供參考：

攀出墻朵朵花，折臨路枝枝柳。花攀紅蕊嫩，柳折翠條柔，浪子風流。憑著我折柳攀花手，直煞得花殘柳敗休。半生來弄柳拈花，一世裏眠花卧柳。

【梁州第七】我是個普天下郎君領袖，蓋世界浪子班頭。

願朱顏不改常依舊，花中消遣，酒内忘憂。分茶攧竹，打馬藏鬮。通五音六律滑熟，甚閑愁到我心頭。伴的是銀箏女銀臺前理銀箏笑倚銀屏，伴的是玉天仙携玉手并玉肩同登玉樓，伴的是金釵客歌金縷捧金尊滿泛金甌。你道我老也暫休，占排場風月功名首，更玲瓏又剔透，錦陣花營都帥頭，四海遨游。

【隔尾】子弟每是個茅草岡沙土窩初生的兔羔兒乍向圍場上走。我是個經籠罩受索網蒼翎毛老野鷄，蹅踏得陣馬兒熟。經了些窩弓冷箭蠟槍頭，不曾落人後。恰不道人到中年萬事休，我怎肯虚度了春秋！

【黄鐘煞】我却是蒸不爛煮不熟槌不匾炒不爆響噹噹一粒銅豌豆，恁子弟誰教鑽入他鋤不斷斫不下解不開頓不脱慢騰騰千層錦套頭。我玩的是梁園月，飲的是東京酒，賞的是洛陽花，扳的是章臺柳。我也會吟詩、會篆籀、會彈絲、會品竹。我也會唱鷓鴣，舞垂手，會打圍，會蹴踘，會圍棋，會雙陸。你便是落了我牙，歪了我口，瘸了我腿，折了我手，天與我這幾般兒歹症候，尚兀自不肯休。祇除是閻王親令唤，神鬼自來勾，三魂歸地府，七魄喪冥幽，那其間纔不向烟花路兒上走。

此曲中所謂梁園、東京，均即今之河南開封縣，洛陽即今河南洛陽縣，章臺即今陝西長安縣。或係漢卿借喻之詞，未必曾至其地；但上文有"四海遨游"句，而漢卿又確曾一至杭州者，則此數地，或亦爲漢卿所嘗游之地矣。

晚年南至杭州，愛其地山水清秀，頗有終焉之意。

蔭深案：漢卿有杭州景南吕一枝花套數，即可證明彼曾至杭者。兹將其曲引録如下：

普天下錦綉鄉，寰海内風流地。大元朝新附國，亡宋家舊華夷。水秀山奇，一到處堪游戲。這搭兒忒富貴，滿城中綉幕風簾，一哄地人烟凑集。

【梁州】百十里街衢整齊，萬餘家樓閣參差，并無半搭兒閑田地。松軒竹徑，藥圃花蹊，茶園稻陌，竹塢梅溪。一陀兒一句詩題，行一步扇面屏幃。西鹽場便似一帶瓊瑶，吴山色千叠翡翠，兀良望錢塘江萬頃玻璃。更有清溪緑水畫船兒，来往閑游戲。浙江亭緊相對，相對著險嶺高峰長怪石，堪羡堪題。

【尾】家家掩映渠流水，樓閣峥嶸出翠微。遥望西湖暮山勢，看了這壁，覷了那壁，縱有丹青下不得筆。

曲中既云"大元朝新附國，亡宋家舊華夷"，則漢卿至杭，已爲宋亡之後。按金亡於公元一二三四年，宋亡於公元一二七九年，其間相去四十五年。若漢卿金亡時約二十餘歲，則此時已爲古稀相近之老人矣。終焉之意，或當然也。

卒年約七十餘。

蔭深案：據近人陸侃如、鄭振鐸、梁乙真諸氏假定，均云漢卿約卒於公元一二八〇年。鄙意以爲漢卿一到杭旋卒，或未可信，故假定於一二八五年，約得年七十五歲。

漢卿高才風流，與王和卿、楊顯之、梁退之、費君祥諸人友善。

元陶宗儀輟耕録："大名王和卿，滑稽挑達，傳播四方。中統初，燕市有一蝴蝶，其大异常。王賦醉中天小令云：'挣破莊周夢，兩翅駕東風，三百處名園，一采一個空。難道風流種，唬殺尋芳蜜蜂。輕輕的飛動，賣花人扇過橋東。'由是其名益著。時有關漢卿者，亦高才風流人也。王常以譏謔加之，關雖極意還答，終不能勝。王忽坐逝，而鼻垂雙涕尺餘，人皆嘆駭。關來吊唁，詢其由，或對云：'此釋家所謂坐化也。'復問鼻懸何物，又對云：'此玉箸也。'關云：'我道你不識，不是玉箸是嗓。'咸發一笑。或戲問云：'你被王和卿輕侮半世，死後方纔還得一籌。'凡六畜勞傷，則鼻中常流膿水，謂之嗓病；又愛訐人之短者，亦謂之嗓，故云爾。"

元鍾嗣成録鬼簿："楊顯之，大都人。關漢卿莫逆之交。凡有文辭，與公較之，號楊補丁是也。"又"梁退之，大都人，警巡院判，除知州，與漢卿友"。又"費君祥，大都人，字聖父，與關漢卿交，有愛子論行於世"。（按梁退之，他本皆作梁進之，此據天一閣藏明鈔本。）

妙通音律，又善歌唱，至躬踐排場，亦所不辭。

明臧懋循元曲選序："關漢卿爭挾長技自見，至躬踐排場，面敷粉墨，以爲我家生活，偶倡優而不辭。"

蔭深案：證之漢卿所作不伏老南吕一枝花套數，臧氏此言似非妄也。

故所著雜劇，多至六十餘本，歷代作家，罕與其匹。

蔭深案：漢卿所著雜劇，據今所知者，共六十七本，玆開列於後：

1. 哭香囊　2. 三負心　3. 玉堂春　4. 認先皇　5. 進西施　6. 萬花堂　7. 詐妮子　8. 趙太祖　9. 三告狀　10. 鬧荆州　11. 哭存孝　12. 鬼團圓　13. 澆花旦　14. 劉夫人　15. 救周勃　16. 姻緣簿　17. 胡蝶夢　18. 三嚇嚇　19. 銅瓦記　20. 狄梁公　21. 雙駕車　22. 復落娼　23. 哭魏徵　24. 鷓鴣天　25. 單刀會　26. 破窑記　27. 汴河冤　28. 勘龍衣　29. 救風塵　30. 拜月亭　31. 金綫池　32. 雙赴夢　33. 三撇嵌　34. 搼龍舟　35. 切膾旦　36. 玉鏡臺　37. 江梅怨　38. 宣花妃　39. 王皇后　40. 哭昭君　41. 非

衣夢 42. 立宣帝 43. 酹江月 44. 對玉釵 45. 竇娥冤＊ 46. 敬德降唐 47. 救啞子 48. 緑珠墜樓 49. 謝天香 50. 鑿壁偷光 51. 瘸馬記 52. 織錦回文 53. 柳絲亭 54. 高鳳漂麥 55. 春秋記 56. 管寧割席 57. 藏鬮會＊ 58. 裴度還帶 59. 惜春堂＊ 60. 孫康映雪 61. 玉簪記 62. 陳母教子＊ 63. 升仙橋相如題柱 64. 劉夫人慶賞五侯宴 65. 包待制智斬魯齋郎 66. 續西厢 67. 孟良盗骨

案:六十二以前均見明鈔本録鬼簿所載,有＊者爲他本録鬼簿所無。六十三據曹楝亭刻本録鬼簿補,六十四今有脉望館藏鈔本,六十五今有元曲選本,六十六今人每認爲漢卿所作,六十七據北詞廣正譜仙吕引。

自宋有戲文,金有院本,至元一變而爲雜劇,漢卿實其首創。

元周德清中原音韵序:"樂府之盛之備之難,莫如今時。其盛則自縉紳及閭閻歌咏者衆。其備則自關、鄭、白、馬,一新製作,韵共守自然之音,字能通天下之語,字暢語俊,韵促音調;觀其所述,曰忠曰孝,有補於世。其難則有六字三韵,忽聽一聲猛驚是也。"

明涵虚子太和正音譜:"關漢卿之詞,如瓊筵醉客。觀其詞語,乃可上可下之才。蓋所以取者,初爲雜劇之始,故卓以前列。"

明賈仲明挽關漢卿詞:"珠璣語唾自然流,金玉詞源即便有,玲瓏肺腑天生就。風月情,忒慣熟。姓名香四大神物。驅梨園領袖,總編修師首,捻雜劇班頭。"

王國維宋元戲曲考:"元雜劇之體,創自何人,不見於紀載。鍾嗣成録鬼簿所著録,以關漢卿爲首。寧獻王太和正音譜以馬致遠爲首。然正音譜之評曲也,於關漢卿則云:'觀其詞語,乃可上可下之才。蓋所以取者,初爲雜劇之始,故卓以前列。'蓋正音譜之次第,以詞之甲乙論,而非以時代之先後。其以漢卿爲雜劇之始,固與録鬼簿同也。”又:“雜劇苟爲漢卿所創,則其創作之時,必在金天興與元中統間二三十年之中,此可略得而推測者也。正音譜雖云漢卿爲雜劇之始,然漢卿同時雜劇家業已輩出,此未必由新體流行之速,抑由元劇之創作諸家,亦各有所盡力也。”

蔭深案:一種文體之創始,自非一人所能成;顧漢卿時代較先,而作品較同儕又多,其致力於雜劇,可以想見,謂爲首創,似非妄譽。

而所製曲盡人情,字字本色,允推爲元人第一。

明王世貞藝苑卮言:“韓苑洛邦才作乃弟邦靖行狀,末云:‘恨無才如司馬子長關漢卿者,以傳其行。’北人粗野乃爾,亦自有致。”

王國維宋元戲曲考:“關漢卿一空倚傍,自鑄偉詞,而其言曲盡人情,字字本色,故當爲元人第一。以唐詩喻之,則漢卿似白樂天;以宋詞喻之,則漢卿似柳耆卿。明寧獻王曲品躋馬致遠於第一,而抑漢卿於第十;蓋元中葉以後,曲家多祖馬、鄭,而祧漢卿,故寧王之評如是,其實非篤論也。”

任訥曲譜:“漢卿作劇六十餘本,爲古今作品最富、流品最著之曲家。乃文字而外,復身任聲容,成爲我家生活。可見曲之爲藝,果欲盡之,非兼事文聲容三端如漢卿者,不足爲第一流劇曲家矣。”

蔭深案:涵虚子即寧獻王朱權。其評元曲,大率以彼個人之愛好爲主。謂馬致遠爲“典雅清麗,可與靈光景福而相頡頏”,故“宜列群英之上”。則彼所謂曲者,袛求文詞典雅清麗而已。不知戲曲除文詞外,尤須講究排場。如明臧懋循元曲選序曰:“曲有名家有行家。名家者,出入樂府,文彩爛然,在淹通閎博之士皆優爲之。行家者,隨所妝演,無不摹擬曲盡,宛若身當其處,而幾忘其事之烏有；能使人快者掀髯，憤者扼腕，悲者掩泣，羡者色飛，惟優孟衣冠，然後可與於此。故稱曲上乘者，首曰當行。"然則彼徒稱文彩爛然者，豈得謂爲曲之上乘乎？

妻亦善於詞令。

吴梅顧曲麈談："漢卿軼事，有至可笑者。嘗見一從嫁媵婢甚美，百計欲得之，爲夫人所阻。關無奈，作小令一支貽夫人云：'鬢鴉臉霞，屈殺了將陪嫁；規模全是大人家，不在紅娘下。巧笑迎人，文談回話，真如解語花。若咱得他，倒了蒲桃架。'夫人見之，答以詩云：'聞君偷看美人圖，不似關王大丈夫。金屋若將阿嬌貯，爲君唱徹醋葫蘆。'關見之，太息而已。"

蔭深案：貽夫人小令，原見明蔣一葵堯山堂外紀。惟蔣氏僅云："關漢卿嘗見一從嫁媵婢，作小令云。"録曲之外，别無下文。吴氏所載，必有所據，惜余讀書不多，未能知其出處矣。又王季烈螾廬曲談，亦載此事，文多相同。

惜其作品，大半亡佚。今所存者，僅雜劇十七種，殘曲二種，及散曲五十餘首而已。

蔭深案：漢卿雜劇今所存者如下表：

1. 詐妮子，有元刊本。
2. 哭存孝，有脉望館藏明鈔本。
3. 胡蝶夢，有新續古名家雜劇本，元曲選本，元曲大觀本。
4. 單刀會，有元刊本，脉望館藏明鈔本。
5. 救風塵，有新續古名家雜劇本，元曲選本，元曲大觀本。
6. 拜月亭，有元刊本。
7. 金綫池，有古名家雜劇本，顧曲齋本，元曲選本，柳枝集本。
8. 雙赴夢，有元刊本。

9. 切膾旦,有息機子本,元曲選本。

10. 玉鏡臺,有古名家雜劇本,元曲選本,柳枝集本,元曲大觀本。

11. 非(緋)衣夢,有古名家雜劇本,顧曲齋本,脉望館藏明鈔本作無名氏撰。

12. 竇娥冤,有古名家雜劇本,元曲選本,酹江集本。

13. 謝天香,有古名家雜劇本,元曲選本,元曲大觀本。

14. 裴度還帶,有脉望館藏明鈔本。

15. 陳母教子,有脉望館藏明鈔本。

16. 劉夫人慶賞五侯宴,有脉望館藏明鈔本。

17. 包待制智斬魯齋郎,有元曲選本,古名家雜劇本作無名氏撰。

18. 續西厢,有六十種曲本。

殘曲如下表:

1. 哭香囊,有北詞廣正譜選越調五首。

2. 春衫記,有北詞廣正譜選仙吕調一首。

以上目次仍依録鬼簿所録,除脉望館藏明鈔本四種爲最近發現外,其餘十四種及殘曲二種,盧前氏曾輯爲關漢卿雜劇一書,列入元人雜劇全集第一集,由上海雜志公司出版,上表中皆未一一注及。至散曲有任訥氏輯關漢卿散曲,列入元四家散曲中,凡得小令四十一首,套數十一套,茲附其目録於下:

1. 沉醉東風五首

2. 碧玉簫十首

3. 大德歌十首(以上録陽春白雪)

4. 白鶴子四首

5. 四塊玉五首

6. 一半兒四首(以上録太平樂府)

7. 梧葉兒
8. 醉扶歸
9. 朝天子(以上録堯山堂外紀)
10. 雙調新水令
11. 黄鐘侍香金童(以上録陽春白雪)
12. 仙吕翠裙腰
13. 越調鬥鵪鶉二套
14. 大石調青杏子
15. 南吕一枝花(以上録太平樂府)
16. 雙調二十换頭新水令(録樂府新聲)
17. 中吕古調石榴花(録詞林摘艷)
18. 南吕一枝花
19. 小石調青杏子(以上録青樓韵語廣集)

此外尚有套數殘曲數支,不另詳。又堯山堂外紀又云:"好談妖鬼,所著有鬼董。"據錢孚跋語,實爲漢卿所傳,非漢卿所撰也。已詳前引,不再贅。且書名應作鬼董狐,蓋本世説新語:干寶作搜神記,爲劉真長叙其事,劉笑曰:"卿可爲鬼之董狐也。"書名正取此語,作鬼董者誤也。

(民國)三十年三月十二日初稿

(刊載第十七、十八期,民國三十年四月廿六日、五月三日)

案:修訂補充材料,題名"關漢卿的生平及其作品",刊載《小説月報》2卷2號第14期(1941年11月),第53~67頁。另有以筆名澤夫寫的《關漢卿在元曲中的地位》,刊載《風雨談》第5期(1943年8月),第15~22頁。

馮 沅 君

(1900.9.4—1974.6.17)

河南省唐河縣人。原名恭蘭,改名淑蘭,又署淑蘭女士;字德馥,筆名沅君、淦女士、漱巒、大琦、吴儀、易安等。1917 年入北京女子高等師範學校就讀,1922 年畢業後考入北京大學研究所,研習中國古典文學,1925 年畢業。歷在金陵大學、中法大學、暨南大學、北京大學任教。1932 年留學法國巴黎大學,獲文學博士學位。1935 年回國後,歷任河北天津女子師範學院、燕京大學、中山大學、武漢大學、東北大學教授。1947 年以後任山東大學教授。1963 年擔任山東大學副校長。主要著作與陸侃如合著《中國詩史》《南戲拾遺》《中國文學史簡編》,以及《古劇説匯》《馮沅君古典文學論文集》《馮沅君創作譯文集》《陸侃如馮沅君合集》(全 15 卷)等。

院本補説

一、貨郎孤

“貨郎孤”與元吴昌齡的貨郎末尼(注一)、無名氏的風雨像生貨郎旦(注二),以及武林舊事“舞隊”條“貨郎”(注三),雖時代微有參差,而意義則甚近。所以要解釋它,必須與其他三者合在一處研究,方可得較滿人意的結論。

先論貨郎。在宋元時貨郎的原意似乎指的是往來各地,售賣零碎家用品甚至於兒童玩具的小商人。其證有五。關漢卿錢大尹智勘緋衣夢第三折説:

(張千擔貨郎擔上)看有甚麽人來。(净旦扮裴妻上)我是裴炎的渾家。我拿這把刀鞘兒要配上一把刀子,兀那貨郎擔上一把刀子,我試看咱。(做看科)這刀子不是我的來?你如何偷我的!(注四)

這是第一證。又關漢卿趙盼兒風月救風塵第二折説:

(外旦云)不信好人言,必有凄惶事……我這隔壁有個王貨郎,他如今去汴梁做買賣,我寫一封書捎將去,着俺母親和趙家姐姐來救我。……(卜兒哭上云)自家宋引章的母親便是。有我女孩兒從嫁了周舍,昨日王貨郎寄信來,上寫着道,從到他家,進門打了五十殺威棒。……(注五)

這是第二證。石君寶魯大夫秋胡戲妻第二折説:

媳婦兒,可則一件,雖然秋胡不在家,你是個年小的女娘家。你可梳一梳頭,①等那貨郎兒過來,你買些胭脂粉搽搽

① 本段文字(自標題“一、貨孤郎”起)因原報刊脱損,據馮沅君《金院本補説》(《志林》第4期,1943年1月,第119~140頁)補。

臉。……(注六)

這是第三證。無名氏桃花女破法嫁周公楔子說:

(正旦扮桃花女上云)妾身任二公家桃花女是也。我待綉幾朵花兒,可沒針使,急切裏等不得貨郎擔兒來。……(注七)

這是第四證。孟漢卿張鼎智勘魔合羅第一折的叙述更詳盡。其金盞花說:

淋的來不尋俗,猛聽得早眉舒。那裏這等不朗朗摇動蛇皮鼓,我出門來觀覷。他能迭落,快鋪謀。他有那關頭的蠟釵子,壓鬢的骨頭梳,他有那乞巧的泥媳婦,消夜的悶葫蘆(注八)。

這是第五證。後來也許因爲這類商人在營業時"吟哦""歌叫"有種特殊的"聲韵","街市""宅院"乃"采其聲調,間以詞章",成爲"伎藝"之一種(注九),於是舞隊或"社火"中乃有貨郎在(注十)。

這種"伎藝"究竟是怎樣演奏的,現在已不得其詳,但風雨像生貨郎旦雜劇却爲我們保存了一個模型,雖然它不見得是十分完善的(注十一)。劇中男主脚李彦和因娶娼妓作妾,弄得家破人亡,性命幾乎不保。兒子春郎被賣給人家作義子,妳母張三姑於落難後,以唱貨郎兒爲生(注十二)。在末折内,張三姑以唱貨郎兒者的身分將李家這場灾禍唱給春郎聽,他此時做了千户。就是在這末折内,我們摸索到貨郎兒的輪廓:

第一,演唱貨郎兒是用鼓來伴奏的。其證如:

我本是窮鄉寡婦,没甚的艷色嬌姿,又不會賣風流弄粉調脂……無過是趕幾處熱鬧場兒,摇幾下桑琅琅蛇皮鼓兒,唱幾句韵悠悠信口腔兒(四折,梁州第七)。(注十三)

第二,如同後世説書人用"醒木"一樣,唱貨郎兒的用"醒睡"

引起聽者注意的,其證:

副旦做排場,敲醒睡科(四折,白)。

第三,貨郎兒的體制是分回的,有説有唱的,其證如:

哥哥放心,張撇古那老的爲俺這一家兒這一樁事編二十四回説唱。他若果是春郎孩兒呀,他聽了必然認我(四折,白)。

兀那兩個,你來説唱與我聽者(同)。

第四,貨郎兒的開端有與話本的"入話"類似的韵語和散文,其證如:

(副旦做排場,敲醒睡科,詩云)烈火西燒魏帝時,周郎戰鬥苦相持。交兵不用揮長劍,一掃英雄百萬師。這話單題着諸葛亮長江舉火燒曹軍八十三萬,片甲不回(四折,白)。

第五,在入正文之前,先標出説唱的題目,其證如:

……我如今的説唱是單題着河南府一樁奇事,(唱)(轉調貨郎兒)也不唱韓元帥偷營劫寨,也不唱漢司馬陳言獻策,也不唱巫娥雲雨楚陽臺,也不唱梁山伯,也不唱祝英台,(小末云)你可唱甚麽那?(副旦唱)衹唱那娶小婦的長安李秀才(四折,白及轉調貨郎兒)。

第六,於叙述故事中常自設疑問。其證如:

(云)三寸氣在千般用,一旦無常萬事休。當日無常,埋葬了畢。果然道福無雙至日,禍有并來時,衹見這正堂上火起,刮刮匝匝,燒的好怕人也。怎見的好大火(四折,白)?

第七,形容事物時每於白中夾用詩。其證如:

(云)怎見的好長安?(詩云)水秀山明景色幽,地靈人杰出公侯;華夷圖上分明看,絶勝寰中四百州(四折,白)。

第八,於叙述故事時常插入説唱者的感嘆、解釋的語句。其證如:

話說長安有一秀才，姓李，名英，字彦和。……那李彦和共一娼妓叫做張玉娥作伴情熱，次後娶結成親。（嘆介）嗨，他怎知才子有心聯翡翠，佳人無意結婚姻（四折，白）。

果然道天無絶人之路。祇見那東北上摇下一隻船來，豈知船不是救命的船，倒是納命的船。……（同）

這八點顯示我們貨郎兒的體制及演唱的情形殆與諸宫調相去不遠，二者都是曲白并用，都是一個"伎藝人"由一件樂器伴着説唱一樁故事（注十四）。

貨郎的演變及體制等已略如上述，至於貨郎末尼之所以稱末尼，貨郎旦之所以稱旦，貨郎孤之所以稱孤，我們有這樣的假定：在貨郎旦雜劇中，張三姑雖是個副旦，但她實是全劇的主要人物，所以全劇僅四折，而她唱了三折。她是個主脚而是個唱貨郎兒的，故這本雜劇名爲貨郎旦。這正如望江亭雜劇，因爲其中主脚譚記兒曾切過膾，故又稱切膾旦。由此類推，則貨郎末尼雜劇之所以得名是因爲其中主脚末尼是個唱貨郎兒的，貨郎孤院本之所以得名是因爲其中主脚孤是個唱貨郎兒的。元劇中可引爲此説的左證者有李致遠的還牢末（注十五）與無名氏的還牢旦（注十六）。元劇既有"旦本""末本"之分，爲甚麽金院本不可以有個"孤本"呢？

（注一）太和正音譜，古書流通處影印本，卷上，頁二十。

（注二）元曲選，商務印書館影印本，癸集上。

（注三）武林舊事，武林掌故本，卷二，頁十七。

（注四）世界文庫本，頁六。

（注五）元曲選，乙集上，頁十至十一。

（注六）元曲選，丁集上，頁十一。

（注七）元曲選，己集下，頁四。

(注八)這支曲是正末李德昌唱的。李德昌出外經商,路上遇雨,在五道將軍廟中暫避。同時,老漢高山也入廟中避雨。李先聞鼓聲,繼見高所擔的貨物。觀其與高對話云:"老的,小人也是貨郎兒,老的你進來坐一坐。"可知道高是以貨郎爲業的。

(注九)事物紀原,惜陰軒叢書本,卷九,頁三十五,"吟叫"條説:"嘉祐末,仁宗上仙……然四海遏密,故市井初有叫果子之戲。其本蓋自至和,嘉祐間叫紫蘇丸,洎樂工杜人經十叫始也。凡京師賣一物,必有聲韵,其吟哦俱不同,故市人采其聲調間以詞章,以爲戲也。"夢粱録,知不足齋叢書本,卷二十,頁十一,"妓樂"條説:"今街市與宅院往往效京師叫聲。以市井諸色歌叫賣物之聲,采合宫商,成其詞也。"元曲所用的貨郎兒,轉調貨郎兒等曲調,尤可爲此説的佐證。

(注十)雍熙樂府,四部叢刊續編本,卷一,頁三十九,元夜套:"更那堪社火齊節,筝、篆、笙、管相間隔……貨郎兒由恁來賒。耍孩兒,竹馬蹀躞。屣高撬、挑彩索,各逞豪杰。……有書棚集門謎,他每賽包商興别。"由此可見貨郎兒乃社火之一。舞隊詳前注三。

(注十一)貨郎兒於説唱之外,是否兼有舞蹈式的表演,實屬目前不易解決的問題。雍熙樂府描寫貨郎兒有"由恁來賒"之語,在武林舊事中,它隸屬舞隊,明人金瓶梅詞話(八十七回)還説:"……慌了守備,使人門前叫了調百戲的貨郎兒進去,要與她觀看。"這三點均使我們設想貨郎兒不限於説唱。但關於這一點,貨郎旦雜劇却未供給我們材料。

(注十二)詳本劇一、二、三折。元曲選,癸集上,頁一至二十一。

(注十三)以下所引諸條均見元曲選,癸集上,頁二十二至三十。

(注十四)劇説,誦芬室,讀曲叢刊本,卷一,頁十五,引西河詞話云:"至金章宗朝,董解元不知何人,實作西厢搊詞,則有白有曲,專以一人搊彈并念唱之。"

(注十五)元曲選,癸集上。劇四折皆正末李榮祖唱,楔子亦然。其所以名爲還牢末,或以此。

(注十六)太和正音譜,卷上,頁二十四。

二、白牡丹

"白牡丹"是人名?是花名?我們的回答是:是人名,本劇主脚的名字。因爲也是園錢氏所藏的"古今無名氏雜劇"中有吕洞賓戲白牡丹。它與"白牡丹院本"所譜的應該是同一故事。至於白牡丹是個甚麽樣人,我們現在也可以替她畫個輪廓:她大約是宋(?)時的妓女。

我們如此推斷的依據是元明的散曲、小説和雜劇。屬於散曲方面的例證,如劉廷信的"折桂令":

> 昨日在黄臘梅家撾揉的你見血,前日在白牡丹家摑打你熱瘸(注一)。

又如無名氏的"落梅風"與"一枝花"散套:

> 你見那白牡丹使甚(注二)?
>
> 你待學白牡丹的狠摑打,我不似王臘梅忒撾揉(注三)。

屬於小説方面的例證,如無名氏"金瓶梅詞話":

> 香几上供養着一幅吕洞賓戲白牡丹圖畫(注四)。

屬於雜劇方面的例證,如戴善夫的"陶學士醉寫風光好"□,一折,後庭花:

> 那學士若見了南唐秦弱蘭,更不説西京白牡丹(注五)。

在吴昌齡的"花間四友東坡夢"中,我們更得到較詳明完整的材料。這本雜劇,告訴我們:白牡丹是北宋潯陽的妓女。她是唐詩人白樂天之後,小字牡丹,爲人聰慧异常。蘇軾以諫阻青苗,忤王安石,被謫黃州,游潯陽,在當地太守席上遇見她。時蘇軾的朋友謝端卿在廬山東林爲僧,他帶着白牡丹訪謝,并使她誘謝還俗,同登仕路,好應付政敵王安石。不意謝禪心堅定,不獨不爲白所誘惑,反而將她點化出家了(注六)。

關於這幾條例證,我們還要申述幾句。在一與三兩證中,白牡丹是與黃臘梅或王臘梅并稱的,故白牡丹的身分可由黃(王)臘梅的身分推定。黃臘梅與王臘梅應爲一人。黃王音近,二者中當有一個是聲誤。南戲中黃孝子與王孝子即屬此例。王臘梅是元劇中常見的人物,是微賤、潑辣、淫蕩婦人的代表者,如柳隆卿、胡子轉之代表無賴幫閑一樣(注七)。雍熙樂府,無名氏"追悔·集賢賓"套更說:

(梧葉兒)普天下男兒漢,不似我受孤凄。止望和你做夫妻,有心和你鴛鴦會,有心和你鸞鳳栖,有心和你燕鶯期。臘梅嗏,誰承望半路裏抛閃的我眉南面北。(醋葫盧)我若是再和王臘梅説話呵,則除是死了我身軀,我若是再踏王臘梅門呵,掂折了我大腿。……(么)上寫着有情人李孔目,心事人王臘梅。我的這帶刀兒順手實啞啞。迷了我眼我與你刮了泥坯。有那等舊相識見呵,寫下的至少有一千牙戲。李孔目自由自説兵機。(么)兄弟呵,有錢時買下柴,糴下米。常言道高樓一醉,到與我窮漢半年食。那潑烟花閃的我三不歸。他如今偎紅倚翠。我當初討便宜翻了落便宜(注八)。

由此我們可以知道王臘梅是個"潑烟花",李孔目曾爲她欺騙過。王臘梅既是這樣的婦女,則與她相提并論的白牡丹的人品也不難想見。她儘可是個秀美聰慧的女子,但妓女的境地會使她潑辣、淫蕩。

從第四證,我們可以知道:白牡丹是個歌妓。她是西京人,或在西京營業(注九)。

對於第五證,黃文暘諸人的意見與我們异。他們認爲東坡夢中的白牡丹是子虛、烏有者流,故其結論一則曰“用白牡丹點綴,蓋借用琴操事也”;再則引西湖琴操事而斷之曰“與劇中了元度白牡丹事頗相類”(注十)。這種意見我們是不敢苟同的。理由凡三:第一,王臘梅不是個完全由文人們虛造的人物,她有她的一套故事在,這已由無名氏“追悔·集賢賓”套證明(注十一)。王既如此,則與她并稱的白牡丹也不應該是子虛、烏有者。第二,元雜劇的賓白與情節雖然是出名的庸濫,然其中每每包羅他劇的故事。例如“説鱄諸伍員吹簫”與“楚昭公疏者下船”兩雜劇都提及“臨潼鬥寶”的故事,而“臨潼鬥寶”却也是本雜劇。又如“尉遲恭單鞭奪槊”雜劇曾叙及“敬德降唐”的經過,而“介休縣敬德降唐”却也是本雜劇(注十二)。現在白牡丹既是本雜劇(詳前),則“東坡夢”中關於白牡丹的叙述,似乎不應該視爲“蓋借用琴操事也”。第三,如果白牡丹衹是個東坡夢的作者信手拉來點綴劇情的人物,則元人應不會譜之爲雜劇,明人也不會拈她來作虛擬的畫名(注十三)。

依據前列諸證及對此諸證的推論,關於白牡丹,我們可得這樣的結論:她大約是宋(?)的妓女,後經人度脱出家;度脱她的人有人以爲是吕洞賓,有人以爲是佛印(謝端卿)。這個故事與月明和尚度柳翠及惠禪師三度小桃紅(注十四)同屬於“神仙道化”型。這個故事在金元間應是相當的流行,所以金人編之爲院本,元人演之爲雜劇,通俗歌曲用之爲典故,甚至到明代還有人用它作虛擬的畫題。

(注一)“南北小令”,海寧陳氏校印本,頁二十三。

(注二)“元人小令集”,開明書店本,頁三〇三。

（注三）“雍熙樂府”，“四部叢刊續編”本，卷八，頁三一，無名氏春思。

（注四）“金瓶梅詞話”，“中國文學珍本叢書”本，卷九，頁一〇五。

（注五）“元曲選”，商務印書館影印本，丁集上，頁五。

（注六）“元曲選”，辛集上。

（注七）“元曲選”，甲集下，“争報恩與殺狗勸夫”；乙集上，“東堂老與燕青博魚”。

（注八）“雍熙樂府”，卷十四，頁二十三至二十四。

（注九）“風光好”一折，韓熙載白云：“小官姓韓名熙載……今奉宋齊丘丞相鈞旨，每日供給大宋學士陶穀。今日安排筵席管待，將歌者秦弱蘭乃金陵名妓，席間令其唱曲，看陶學士所守之志何如。”秦弱蘭既以歌名，白牡丹與之并稱自然也是個歌妓。西京地望，是時常變更的。此處所謂西京當在山西。因爲遼金并以大同爲西京，元人所説的西京應該是因遼金之舊。

（注十）“曲海總目提要”，大東書局本，卷二，頁二至三。

（注十一）我以爲元曲中的王臘梅，實如漢樂府中的羅敷。她們都是某種女性的代表者，同時她們又都不是文人揑造的，她們都有她們自己的故事。羅敷的故事見“陌上桑”。但在“孔雀東南飛”内，這兩個字又代表了美好的少女。王臘梅亦然。無名氏“追悔”應與“陌上桑”同樣的看待。

（注十二）“元曲選”，乙集下，“楚昭公疏者下船”雜劇，四折白云：“想伍子胥在於臨潼會上對着十七國諸侯比試，文過小官，武勝姬輦，此段寃仇未曾相報。”丁集下，“説鱄諸伍員吹簫”雜劇一折白云：“你是伍員麽？我奉主公的命，因你在臨潼會上，文欺百里奚，武勝姬輦，拳打蒯聵，脚踢卞莊，保十七路公子無事，多有功勞……”庚集下，“尉遲恭單鞭奪槊”雜劇，楔子白云：“今因山後定陽劉武周不順俺大唐。劉武周不强,他手下有一員上將,復姓尉遲,名恭,字敬德。此人使一條水磨鞭,有萬夫不當之勇。今奉聖人的命,着唐元帥領十萬雄兵,某爲軍師,劉文靖爲前部先鋒,在美良川交戰,被俺統兵圍着介休城。唐元帥數次招安敬德,此人不肯降唐,回言道:'某有主公劉武周見在定陽,豈肯降汝。'某忽思一計,着劉文靖直至沙陀,使一反將計,將劉武周首級標將來了。某今日將劉武周首級請唐元帥直至城下招安敬德,走一遭去來。""録鬼簿"關漢卿下著録"介休縣敬德降唐"。"也是園書目"著録的無名氏"十八國臨潼鬥寶"近已發現。

(注十三)我們雖主張白牡丹不是子虛、烏有者流,但也不相信她是白居易之後。她的籍貫是否西京也不敢必。

(注十四)"元曲選",辛集下;"奢摩他室曲叢",涵芬樓本,第十四册。

三、柳青娘

"柳青娘"這個院本來源甚早。唐宋人的著述中常常提到柳青娘。如唐馮翊"桂苑業談"説:

> 國樂,婦人有永新婦,御史娘,柳青娘,皆一時之妙也(注一)。

宋王灼"碧鷄漫志"説:

> 古人善歌得名,不擇男女。戰國時,男有:秦青,薛談,王豹,綿駒,瓠梁,女有韓娥。……唐時男有陳不謙,謙子意奴,高玲瓏……黎可,柳恭。女有穆氏,方等,念奴,張紅紅……柳青娘,謝阿蠻,胡二孀,寵姐,盛小叢,樊素,唐有態,李山奴,任智,方四女,洞雲(注二)。

從這兩段記載上,我們可以知道,柳青娘同念奴、紅紅、御史娘諸人一樣,是唐代知名的歌妓。

在元人曲中,人們稱她爲柳青或柳青娘(注三)。從這兩種不同的名稱,我們可以推測她的姓名。她大概是姓柳名青,至於“娘”字,則爲對婦女的稱呼,如梁徐妃之稱徐娘,徐悱妻之稱劉三娘,張紅紅之號記曲娘(注四)。我們這樣假定是有旁證的。杜牧“杜秋娘詩叙”説:

杜秋,金陵女也。年十五,爲李錡妾。後錡叛滅,籍之入宫,有寵於景陵。穆宗即位,命秋爲皇子傅姆。皇子壯封漳王。……王被罪廢削,秋因賜歸故鄉。予過金陵感其窮且老,爲之賦詩(注五)。

“太平廣記”:

錡宗屬,亟居重居,頗以尊豪自奉,聲色之選冠絶於時。及浙西之敗,配掖庭者,曰鄭,曰杜。鄭得幸於憲宗,是生宣宗皇帝,實爲孝明皇太后。次即杜,杜名秋,建康人也(注六)。

杜秋娘既即杜秋,姓杜名秋,那末柳青娘自然即柳青,姓柳名青了。

同杜韋娘一樣,在唐代,柳青娘曾被用爲曲名。“教坊記”記唐代樂曲,有“柳青娘”與“杜韋娘”二曲(注七)。杜韋娘在宋代又是個詞調名(注八),柳青娘則否。金元曲興,柳青娘與杜韋娘同成爲曲調名,前者屬北曲中吕宫,後者屬南曲仙吕調(注九)。假如我們要研究由唐至元樂曲的嬗變,柳青娘與杜韋娘均可作個實例。

元雜劇中有周文質的“春風杜韋娘”,柳青娘似乎也曾爲人譜爲戲劇。“玉環記”,六齣可供參證:

(生)既是本司生長,敢問大姐記得多少雜劇院本?(貼)妾亦廣博文武雜劇也曉得五六十本。(生)請大姐明數一數。……(貼)污耳了。(後庭花)我記得東墻人月圓……(生)此乃是八月十五,董秀英約馬君卿的故事。……(貼)

我記得湘陵西子篇……(生)是湘靈鼓瑟詩。……(貼)我記得昭君出塞怨。(生)明妃故事。……(貼)我記得誠心令女賢。(生)烈女傳。(貼)我記得竇娥冤。(净)雪洲方表竇娥冤。(生)這個纔是。……(貼)我記得金山金山題怨。……(生)不是,不是。蘇小卿的故事你知道麽?(貼)啞觀音參啞禪,李夫人哭杜鵑,别虞姬折錦鴛,杜韋娘捨翠鈿。呀,有個没興的荆娘怨,柳青娘仗錦箋,莫愁吟,蘇蕙編,回文詩帶意傳(注十)。

玉簫(貼即玉簫)所舉的十幾種劇本,大都見於"録鬼簿""太和正音譜"諸書(注十一)。柳青娘之應爲劇名是無疑義的,而且這本劇的作期還相當早,不在元也在明代早年。

在元人作品中,柳青或柳青娘是個極習用的曲故。如:

佳人薄幸,没福消受雙縣令,老娘無賴放過書生,秀才多魔遇着柳青,妾守馮魁似胲下病(關漢卿"顧成雙"套曲"出隊子")(注十二)。

推道是板脹(障)柳青嚴,統鏝姨夫欠,衹被這俏蘇卿拋閃煞窮雙漸(貫雲石"塞鴻秋")(注十三)。

柳青柳青忒恁地嚴,偏嫌拘鉗(趙顯宏"晝夜樂")(注十四)。

柳青娘多尷尬,言也來嚵,語也來咁(蘭楚芳"折桂令")(注十五)。

我知爾這一片心分明衠志誠,則因咱二意諧和便若(惹)鬥争……也難奈何俺那六臂那吒般狠柳青,我唱的那七國裏龎涓也没這短命,則是個八怪洞裏愛錢精(石君寶"風月紫雲亭"雜劇"賞花時·么")(注十六)。

則這個玉壺生,更和素蘭女,則索告你柳青娘(武漢臣"玉壺春"雜劇"感皇恩")(注十七)。

柳青嚴，冤家槧，情傳眼角，恨寄眉尖（無名氏“普天樂”）（注十八）。

兀的不風流浪子蘇卿，也不由䂪外柳青，無媒證，直嫁與個臨川令（無名氏“普天樂”）（注十九）。

狂乖柳青，貪食餓鬼劫鏝妖精……向鳴珂巷裏幽囚殺小卿，麗春園裏迭配了雙生（無名氏“滿庭芳”）（注二十）。

明人的作品也還如是。玆以朱有燉的雜劇爲例：

鬼胡油，劣柳青，將人來看的輕（“半夜朝元”，“後庭花”）（注二十一）。

在這些散曲或劇曲内，柳青已不是個能令人起遐想的可愛的歌者，而是個狠毒鬼魊、愛錢如命的鴇兒。

爲甚麽一個名歌妓會變成這樣醜惡的人物？關於這一點，“北里志”的記載也許可供給我們些許説明的材料。“北里志”記當時“平康”的習尚道：

妓之母，多假母也。亦妓之衰退者爲之。諸女自幼丐，有或傭其下里貧家，常有不調之徒潛爲漁獵，亦有良家子爲其家聘之，以轉求厚賂，誤陷其中則無以自脱。初教之歌令而責之，其賦甚急，微涉退怠則鞭撲備至（注二十二）。

又記妓女楊妙兒道：

楊妙兒者居前曲，從東第四五家。本亦爲名輩，後老退爲假母。居第最寬潔，賓甚翕集。長妓曰萊兒，字蓬仙。……次妓曰永兒，字齊卿。……次妓曰迎兒。……次妓曰桂兒，最少（注二十三）。

或許柳青娘同楊妙兒一樣，當初也是“名輩”，後因年老色衰，退爲“假母”。既爲“假母”則“矢人惟恐不傷人”環境的影響，自不免流於狠毒貪婪。若果我們這個假定是對的，那末唐宋筆記所叙述的應是柳青娘的盛年，元明曲家所采用的應是她的暮年。

“柳青娘”院本所譜的是柳青娘的盛年,抑是她的暮年?這是不敢臆斷的。不過就元人的雜劇看起來,如李直夫的“念奴教樂府”、周文質的“春風杜韋娘”、孫子羽的“杜秋娘月夜紫鸞簫”(注二十四)所譜的都是這幾位歌者的盛事,那末柳青娘院本所譜的也許不是她的暮年。再看玉環記“柳青娘仗錦箋”一語,更可見這本院本的女生主脚是個綺年玉貌的人物。因爲雜劇的“關目”時常來自院本,而“仗錦箋”這樣風流的勾當决不是個年老色衰的脚色所能勝任的。

(注一)據“唐音癸籤”樂通二引。“説庫”本“桂苑叢談”,無此條。山居無書,參證决疑,衹好期之他日。

(注二)“碧鷄漫志”,“知不足齋叢書”本,卷一,頁九。

(注三)如貫雲石的“塞鴻秋”,武漢臣的“玉壺春”,詳後。

(注四)徐妃事見“南史”,開明書店“二十五史”本,卷十二,頁三十五,後妃傳下,徐妃傳。徐悱妻事見“南史”,卷三十九,頁九十九;劉孝綽傳(附劉勔傳)。張紅紅事見“樂府雜録”,青藜館“古今説海”本,頁十,又見“輟耕録”,“津逮秘書”本,卷十四,頁十四。

(注五)“全唐詩”,同文書局本,卷十九,頁七十四。

(注六)“太平廣記”,掃葉山房石印本,卷二百七十五,頁二十四。

(注七)“教坊記”,青藜館“古今説海”本,頁六。

(注八)“詞律”,杭州抱經書局本,卷十九,頁三,杜安世詞。

(注九)參看“太和正音譜”,古書流通處影印本,卷下,頁十二,白仁甫曲。又“南曲譜”,北京大學影印本,卷二,頁二,無名氏曲。

(注十)“玉環記”,開明“六十種曲”本,頁十九。

（注十一）除柳青娘外，玉簫共舉了十三種劇。這十三種劇見於“録鬼簿”者凡七種，見於“太和正音譜”者凡二種（自然也有一劇并見二書者）。“誠心令女賢”，疑是元庾吉甫的“青陵（綾）臺”。因爲生於貼唱“我記得誠心令女賢”後曾説：“烈女傳”，而庾劇的全名是“列（烈）女青陵（綾）臺”。“湘靈鼓瑟”“莫愁吟”“李夫人哭杜鵑”三劇則不可考。但就時代可考的各劇推論，它們或者也出元人之手。

（注十二）“陽春白雪”，“散曲叢刊”本，後五，頁十二。

（注十三）“朝野新聲太平樂府”，“四部叢刊”本，卷一，頁五。

（注十四）同書，卷五，頁十八。

（注十五）“南北小令”，慎初堂校印本，頁三十八。

（注十六）“古今雜劇”，日本帝國大學覆士禮居元刊本，第二册，頁五。

（注十七）“元曲選”，商務印書館影印本，丙集下，頁十二。

（注十八）“樂府群玉”，“散曲叢刊”本，卷四，頁三。

（注十九）“陽春白雪”補集，頁八。

（注二十）“元人小令集”，開明書店本，頁一五八。

（注廿一）“奢摩他室曲叢”，涵芬樓本，第十六册，頁四。

（注廿二）“北里志”，青藜館“古今説海”本，頁一“海論三曲中事”條。

（注廿三）同書，頁十一至十三，“楊妙兒”條。

（注廿四）復道人“今樂考證”，北京大學影印本，著録一，頁九；著録二，頁八至頁十三。

（刊載第二十七期，民國三十年七月十九日；第三十五、三十七期，民國三十年九月十三日、廿七日）

案:此文後經訂正,并補增《説狄青》《范蠡》兩院本考證,用"金院本補説"題名,刊載《志林》第4期(1943年1月),第119~140頁;第5期(1944年1月),第47~62頁;又以新題收入馮沅君《古劇説匯》(上海:商務印書館,1947年1月),第305~327頁,以及(北京:作家出版社,1956年12月)第309~334頁。再用原題名作爲《金院本補説》第三、二、一部分,收入《陸侃如馮沅君合集》第13卷馮沅君著《古劇説匯》第九部分(袁世碩、張可禮主編,合肥:安徽教育出版社,2011年8月),第253~256、250~253、247~250頁。

讀金瓶梅詞話旁札

一、從金瓶梅詞話推測古"俗講"

唐代寺院中盛行着一種"俗講"(注一)。"俗"即通俗之意,所以"俗講"是不談"空有之義,徒以悦俗邀布施而已"(注二)。又它雖名爲"講",却不是純粹散文的講述,其間頗雜以韵文的歌唱。唐樂工黄米飯曾依仿"俗講僧"文溆吟經的聲調創文溆子詞調(注三),即其一證。"俗講"的用意,在當初,當然是爲的宣揚佛法,但到後來却變爲群衆的一種娱樂。"愚夫冶婦,樂聞其説"(注四),在開講的時候,往往使"聽者填咽寺舍"(注五)。宋代"瓦子"裏的"説話人",尤其是"談經者",應都是這些"俗講僧"的流裔。

但是,因爲記載的缺略,對於這傾動一時的"俗講"及"談經",即是(使)勤於探討的學者也多爲揣測假定之辭,"講""談"的真實情况終是不易把握着。由有若而推想孔子,金瓶梅詞話於此却透露給我們一點消息。

在金瓶梅詞話中,有四處是描寫講説佛曲的(注六)。因爲宣講時的方式不是絶對一致的,我們在後面舉了三個例子。

第一個例子是一人且説且唱,見於第七十三回(注七)。尼僧薛姑子講説五戒和尚與紅蓮的故事。她首先唱念四句“偈曰”:

禪家法教豈非凡,佛祖家傳在世間;落葉風飄着地易,等閑復上故枝難。

然後叙述故事的本身,末以韵語八句作結尾:

正是:自到川中數十年,曾在毗盧頂上眠。参透趙州關捩子,好姻緣做惡姻緣。桃紅柳緑還依舊,石邊流水響潺潺。今影指引菩提路,再休錯意戀紅蓮。

第二個例子是甲尼説,乙尼唱,聽者還“齊聲接佛”,見於第三十七回(注八)。尼僧“大師父”與王姑子講説“五祖”投胎的故事。“大師父”管説,王姑子管唱。説的部分叫做“白文”。唱的部分叫做“偈”,“偈”外還有曲。“偈”和曲的内容十九與“白文”相同。大約是每到情節緊張的地方便用韵語複述一道。偈每句十字,句法是三、三、四。如:

説八個——衆夫人——要留員外。

告丈夫——休遠去——在家修行。

你如今——下狠心——撇下妻子。

痛哭殺——兒和女——你也心疼。

曲用金字經與耍孩兒兩個曲調。因爲夜已四更,聽者大半睡去了,所以這段經卷,未講完便中止。因之,它的結尾是怎樣也無從知道。

第三個例子是二人一問一答,且有兩個徒弟接念佛號,見於第五十一回(注九),講説的兩個尼僧是薛姑子和王姑子。首先由薛姑子念一段闡述富貴繁華都是空幻的駢文,然後王姑子發問薛姑子作答。每一次問答都包含一段佛家的掌故。如第一問問釋加牟尼如何出家,第二問問觀音菩薩如何修行。問是說,答是唱。問是散文,答是曲——五供養。作者描寫這段宣講是先詳後略。所以同第二例一樣,它的結尾無從詳知。

右舉三例雖然彼此互异,但有三點是相同的。

(一)講説時都是有説有唱。

(二)講説的題材都是佛教的較通俗的故事,并非什麽"空有之義"。

(三)講説的目的并非純粹爲宣揚佛法,而是供人娱樂藉以聚斂布施。

這三點與唐"俗講"的性質似皆相近。如果薛王等不是尼而是僧,聽者不是家庭間的太太奶奶而是一般群衆,講説的地點不是鄉紳的内室而是寺院,則金瓶梅詞話所描寫者不是唐"俗講"的"雲礽"嗎?

(注一)酉陽雜俎,卷五;入唐求法巡禮行記,卷三。

(注二)通鑒·唐紀,五十九。

(注三)樂府雜録,青藜館古今説海本,頁二十四文漵子條。

(注四)因話録,卷四。

(注五)同上。關於唐"俗講",最好參看燕京學報第十六期,向達先生的唐代俗講考。

(注六)中國文學珍本叢書本,卷四,頁四三八至四四一;卷六,頁五八三至五八四;卷八,頁九二三至九二七;卷八,頁九四一至九四七。

(注七)卷八,頁九二三至九二七。同卷,頁九四一至九四七的一個例子也是一人且説且唱,但其體制特爲複雜。有偈,如"貴富貧窮各有由,衹緣分定不須求;未曾下的春時種,空手荒田望有秋"。有曲,如楚江秋:"人生夢一場,光陰不久常。臨危個個是風燈樣,看看回步見閻王。急辦行妝,鄉臺上把家鄉望:兒啼女哭好凄惶,排鉸打鼓作道場,披麻帶孝安塋葬。”有七字句或十字句的韵語如:“善人便是童子請,惡人須遣夜叉郎。黄氏看經忙來問,誰家童子到奴行。”又如:“趙令方——在家中——看經念佛,兩公人——忙唱喏——聽説來因。”至於講説的題材,那是黄氏皈依佛法的故事。

(注八)卷四,頁四三八至四四一。

(注九)卷六,頁五八三至五八四。

二、金瓶梅詞話中的院本

在中國古劇中,院本的地位并不亞於雜劇與傳奇。它曾經風行一時,而且影響到後來的戲劇。但是,可惜得很,金元院本,現在都散佚了。王國維先生曾依據周憲王吕洞賓花月神仙雜劇所載者來推論金元院本的規範。現在金瓶梅詞話中我們雖(竟)然又得了個標本,這是多樣可喜。

根據青樓集、太和正音譜及元明雜劇等書,我們知道雜劇有許多種類如駕頭雜劇、脱膊雜劇等。院本也是如此。輟耕録(注一)、元明雜劇(注二)與水滸(注三)等三書共提示我們八種院本(注四),而笑樂院本即是其中之一。在金瓶梅詞話内提到院本的凡四處(注五),明言爲笑樂院本的三處,兹録二例如後:

先吃小割,海青捲兒,八寶攢湯,頭一道割燒鵝大下飯。樂人撮弄雜耍回數,就是笑樂院本。下去,李銘、吴惠兩個小優上來彈唱(注六)。

須臾酒過五巡,湯陳三獻……教坊俳官跪呈上大紅紙手本。下邊簇擁一段笑樂院本。當先是外扮節級上開:法正天心順,官清民自安,妻賢夫禍少,子孝父心寬。小人不是别人,乃是上廳節級是也。手下寫着許多長行樂佾匠。昨日市上買了一架圍屏,上寫着滕王閣的詩,訪問人,請問人,說是唐朝身不滿三尺王勃殿試所作。自說此人下筆成章,廣有才學,乃是個才子。我如今叫傳末抓尋着,請得他來,見他一見,有何不可。傳末在那裏?

末云:堂上一呼,階下百諾。禀復節級有何使令?外云:我昨日見那圍屏上寫的滕王閣詩甚好。聞說乃是唐朝身不滿三尺王勃殿試所作。我如今這個樣板去,限即時就替我請去。請得來,一錢賞賜;請不來,二十麻杖,决打不饒。

末云:小人理會了。(轉下去)節級糊塗;那王勃殿試,從唐時到如今,何止千百餘年,教我那裏抓尋他去!不免來來去去,到於文廟門首。遠遠望見一位飽學秀士過來,不免動問他一聲:先生,你是做滕王閣詩的、身不滿三尺王勃殿試麼?

净(扮秀才)笑云:王勃殿試乃唐朝人物,今時那裏有!試哄他一哄。我就是那王勃殿試。滕王閣的詩,是我做的。我先念兩句你聽:南昌故郡,洪都新府。星分翼軫,文光射斗牛之墟;人杰地靈,徐孺下陳蕃之榻。

末云:俺節級與了我這副樣板,身衹要三尺,差一指也休請去,你這等身軀如何充得過?

净云:不打緊,道在人爲。你見那裏又一位王勃殿試來了。

皆裝矮子來:將樣板比。

净:越縮。

末笑云:可充得過了。

净云:一件,見你節級切記好歹小板凳兒要緊。

來來去去,到節級門首。

末令净外邊伺候。

净云:小板凳要緊。等進去禀報節級。

外云:你請得那王勃殿試來了?

末云:見請在門外伺候。

外云:與你説:我在中門相待,榛松泡茶,割肉水飯。(相見科)

外云:此真乃王勃殿試也。一見尊顔,三生有幸。磕下頭。

净(慌科):小板凳在那裏?

外又云:亘古到今,難逢難遇。聞名不曾見面,今日見面勝若聞名。再磕下頭去。

那净(慌科):小板凳在那裏?

末躲過一邊去了。

外云:聞公博學廣記,筆底龍蛇,真才子也。在下如渴思漿,如熱思凉,多拜兩拜。

净急了説道:你家爺好?你家媽好?你家姐和妹子,一家兒都好?

外云:都好。

净云:狗肏娘的,你既一家大小都好,也教我直直腰兒着。正是:百寶裝腰帶,珍珠絡臂鞲;笑時能近眼,舞罷錦纏頭。

筵前遞酒,衆官都笑了。薛内相大喜,叫上來賞了一兩銀子。磕頭謝了(注七)。

這兩條材料都很珍貴。後者尤甚。它是院本,至少是笑樂院本的一個實例。根據這兩條材料,關於院本我們可得下列數點假定:

(一)院本的搬演是和其他雜耍在一起的(注八),它可以説就是雜耍的一種。輟耕録(注九)於"院本名目"之下旁舉其他游戲雜技,或即爲此。

(二)院本的搬演不過須要三五人,在各脚色中,净的地位較爲重要(注十)。

(三)這段院本以滑稽戲笑爲主,而稱爲笑樂院本,也許這類院本的特色就在引人發笑,給人開心,所謂“笑人的院本”,應即指此而言(注十一)。

(四)外與末上場時都先念四句或二句成語或韵語,净在末段説白中曾用“正是……”,這兩點在雜劇與傳奇的説白中可找出許多同樣的例子。王静安先生認爲院本與元雜劇無甚關係(注十二),似不盡然。

(五)輟耕録論院本内副净的職務,曾舉出“散説”“道念”“筋斗”三種而不及歌唱(注十三)。暖姝由筆説:“有白有唱者名雜劇,用弦索者名套數,扮演戲文跳而不唱者名院本。”(注十四)這段院本也是説而不唱,正可爲陶徐二説的實證。王静安先生據水滸與周憲王雜劇中的院本來駁徐説,并確定院本的體例是有白有唱的,恐難成爲定論(注十五)。

(注一)輟耕録,日本刊本,卷二十五,頁六至十八。

(注二)元明雜劇,南京國學圖書館影印本,四折,頁十四,七弟兄。

(注三)水滸,亞東書局本,第五十回,頁四至五。

(注四)輟耕録載院本五種:和曲院本,上皇院本,題目院本,霸王院本,諸雜大小院本。元明雜劇載院本一種:么麽院本。水滸載院本二種:笑樂院本,襯交鼓兒院本。

(注五)金瓶梅詞話,中國文學珍本叢書本,卷二,頁二〇一;卷四,頁三四〇至三四一;卷六,頁六七七;卷八,頁九九三。

(注六)卷二,頁二一〇。

（注七）卷四，頁三四〇至三四一。

（注八）除前引第一例外，卷六，頁六七七“那日喬大户没來，先是雜耍百戲，吹打彈唱，隊舞吊罷，做了個笑樂院本”。卷八，頁九九三，云：“下邊教坊回數隊舞吊畢，撮弄雜耍百戲，院本之後，四個唱的慢慢纔上來。”

（注九）輟耕録，卷二十五，頁六至十八。

（注十）前引第二例可證。周憲王呂洞賓花月神仙會劇中所采用的院本亦僅五人。這兩種院本皆有浄。

（注十一）卷五，頁四七〇引燈詞“動人的高戲怎生學，笑人的院本其實笑”。

（注十二）參看宋元戲曲史，商務本，第十三章，頁一三六。

（注十三）輟耕録，卷二十五，頁一。

（注十四）續説郛，卷十九。

（注十五）宋元戲曲史，十三章，頁一三五至一三六。

（刊載第三十八期，民國三十年十月十八日）

案：《讀金瓶梅詞話旁札》内分兩題：第一，“從金瓶梅詞話推測古‘俗講’”；第二，“金瓶梅詞話中的院本”。

本文爲馮沅君《一種古小説中的文學史料》［《語言文學專刊》第 2 卷第 1 期（1940 年 3 月），第 79 ~ 116 頁］的重刊内容；原文分别題爲“一、俗講的推測”“四、笑樂院本的一個實例”。其後，改題“一種古小説中的文學史料”爲“金瓶梅詞話中的文學史料”，重刊《藝文集刊》第 1 輯（1942 年 8 月），第 1 ~ 38 頁。又原文修訂，後用“金瓶梅詞話中的文學史料”標題，收入馮沅君《古劇説匯》（上海：商務印書館，1947 年 1 月），第 170 ~ 202 頁，以及（北京：作家出版社，1956 年 12 月）第 180 ~ 217 頁。再用原題“金瓶梅詞話中的文學史料”，收入《陸侃如馮沅君合集》第 13 卷馮沅君著《古劇説匯》第五部分（袁世碩、張可禮主編，合肥：安徽教育出版社，2011 年 8 月），第 148 ~ 150、

155～158頁。

南戲拾遺補

二十五年夏初，在北平看到"九宫正始"，我們曾以十日之力將其中題爲"元傳奇"的曲子輯録出來。是年暑假又根據史傳和說部考釋各傳奇的本事，成"南戲拾遺"二卷。

此書出版後，頗引起研究古劇者的注意。如顧羨季、魏建功、趙景深諸先生都曾來函商榷。這些富有意義的信札都已刊布在燕京大學中國文學系的文學年報。

我們很相信這部書有不少錯誤或遺漏的地方，所以始終存着個補正的志願。抗戰以來，南北流徙，精神時間既常作無謂的消磨，書籍缺乏更是個不易克服的困難，工作停頓的主要原因。在無數人爲國家犧牲生命的今日，我們這點損失本如塵芥般輕微；但也正因爲我們不會爲國家流血、流汗，更應該盡自己的本分，盡可能地繼續自己的工作。"南戲拾遺補"十六則就是這樣寫成的。

這十六則札記所補的都是關於各傳奇的本事的。南戲拾遺應行補正的地方原不止此。他日有得，當再寫二補甚至於三補。

浣紗女（南戲拾遺，頁六三至六五）

在南戲拾遺中，我們假定浣紗女的本事有兩種可能，它可能是西施與范蠡的故事，也可能是溧陽女子與伍員的故事。現在我們覺得後者的可能性較大。下列數證便是我們的根據：

一、說鱄諸伍員吹簫雜劇（注一）中有浣紗女的故事。第二折曲白云：

（旦兒扮浣紗女提罐兒上，詩云）

每日頭溪出浣紗，皆言妾貌似桃花，不須動問名和姓，瀨水西頭第一家。妾身浣紗女的便是。我的婆婆就唤做浣婆婆,有個兄弟乃是伴哥,在這江岸上耕田。我將這飯罐兒與俺哥哥送飯去咱。(正末云)正行之間,江邊一個女子,提着兩個瓦罐,我自問他咱。兀那女子,你這罐子裏是甚麽東西?(浣紗女云)是豆兒粥水薄酒。(正末云)我是一個將軍,走的路遠,甚是飢餒。女子,你將此飯與俺暫且充飢,和這小哥也食用些兒,我日後必當重報。……(浣紗女云)如不嫌弃,這兩罐都是將軍食用波。(正末做吃,再與芈勝吃科,云)我吃了這飯也。女子,此恩日後必當重報。(浣紗女云)那個是頭頂鍋兒走的,區區一飯何報之有。(正末云)兀那女子,我有句説話分付你,殘漿勿漏。……(浣紗女云)將軍你放心的去,我衹不説便了。(正末唱)(牧羊關)謝得你個幼女心兒善……我怎忘了你這瀨水上的浣紗女,救了我走樊城的伍子胥。(云)我去之後,願的你殘漿勿漏。(浣紗女云)你去後倘有别人説時,也則是我説。罷罷罷,我教你去也去得放心。將軍,我在此江岸上住。我乃浣紗女,母親是浣婆婆,兄弟是伴哥。將軍,你則記者。(詩云)將軍名姓蓋寰宇,一心待要投吴主。你是忍餓登程伍子胥,休忘了我抱石投江浣紗女(做投水科)。

第三折上小樓曲云:

有一個漁翁衹爲着一時意氣,自刎了六陽的那首級。有一個浣紗女,脚踹着清波,手抱着頑石,撲鼕的身跳在江裏。……衹可惜了那十三四女流之輩。

第四折則叙伍員敗楚之後,爲報一飯之恩,擬爲浣紗女"建祠堂做香火燒",并養贍浣婆婆的"下半世"。浣紗女既在該劇中占這樣重要的地位,所以題目正名説"繼浣紗漁父伏劍,説鱄諸伍員吹簫"。

二、雍熙樂府,無名氏曲,尾聲云:"則你學那抱石投江浣紗女。"(注二)

三、趙貞姬身後團圓夢雜劇,第一折,油葫蘆曲云:"有一個抱侄携男魯義姑……更有個浣紗抱石投江女,(媒云)這是爲伍子胥。浣紗女抱石投江也是個好人。"(注三)

由此三證觀之,由元至明,作劇者多以浣紗女爲溧陽女子,則元傳奇的浣紗女當與元吴昌齡所作者爲同一題材(注四)。至於九宫正始所録的青衲袄究竟是劇中何人所唱,則不敢妄斷,因爲現存的材料太少了。

又九宫正始中的"浣紗女"與"浣紗"究竟是否一劇?我們的回答是"否"。浣紗女所譜的是溧陽女與伍子胥的故事。浣紗所譜的則應是西施與范蠡的故事。因爲浣紗中的一句"忠良應阻隔"又見於梁辰魚的浣紗記第十齣。這許是梁劇因襲舊辭。

(注一)元曲選,商務影印本,丁集下。

(注二)雍熙樂府,四部叢刊續編本,卷十三,頁七十四。

(注三)奢摩他室曲叢,涵芬樓本,第十七册,頁四。

(注四)吴昌齡有浣紗女抱石投江雜劇,見録鬼簿、太和正音譜諸書。

崔懷寶(南戲拾遺,頁八二至八五)

在南戲拾遺内,我們依據元人雜劇、散曲以及詩餘廣選、情史等推斷崔懷寶所譜的是崔懷寶與薛瓊瓊的故事,但對於這個故事的詳細情節則屬茫然。我們所知道的不外:一、薛瓊瓊是個"狹邪女";二、她與崔懷寶在花園中成匹配;三、她曾"入宫供奉"。年來讀曲,又得了些補充的材料。

(一)崔懷寶月夜聞箏雜劇

鄭德輝崔懷寶"月夜聞箏"雜劇久佚，北詞廣正譜卷八"越調"内却保存此劇的殘曲。綿搭絮第六格云：

你不疾報與高圭呵，猶兀自等甚的！這其間船到江心補漏遲。當日搬弄我的是高圭，今日個事發也怎離你(注一)。

拙魯速第五格云：

眼見得連累，委實真伶俐，教帝主行奏知！手詔單單赦了你，我覷也至容易。他每覷波有恩義，教悄悄入宫闈。衹告舞霓裳楊貴妃(注二)。

鬼三臺第二格云：

非今日，關前世，大剛來則是夫妻福齊。比及見容儀，在梧桐樹底。受君恩不離寢殿裏。我行雲倒嫌楚岫低。指望着萬里前程，到閃得我三梢末尾(注三)。

送遠行云：

寒波照落暉，瀲灩漲玻璃。山色空濛雨亦奇。若共西施兩處比，淡妝濃抹相宜(注四)。

就宫調與韵脚觀之，這四曲顯然同屬一折。這一折共用曲十五支，其聯套的次序是：

鬥鵪鶉、紫花兒序、送遠序(注五)

寨兒令、小桃紅、鬼三臺、金蕉葉、調笑令、禿厮兒、聖藥王、紫花兒序、東原樂、綿搭絮、拙魯速、收尾(注六)

所以四曲中，送遠行最前，次爲鬼三臺，綿搭絮與拙魯速銜接，并在一折之末。因此，鬼三臺、綿搭絮、拙魯速三曲所叙者顯然爲一事，而送遠行的内容則與此迥异。

由這幾支殘曲推測起來，這一折所寫的似乎是兩個被隔絕了的情侣在宫中幽會，而被他人察覺了。這對情侣顯然是崔懷寶與薛瓊瓊：因爲瓊瓊曾入宫，而曲中言"受君恩不離寢裏""教悄悄入宫闈"。這個故事發生於唐玄宗時，所以曲中言："衹告舞霓裳楊貴妃。”

這一折在鄭劇中應爲第幾折？我們認爲它應該是第三折。理由有二：(一)就元雜劇使用宮調的慣例論，越調鬥鵪鶉套多用於第二第三兩折，而用於第三折者尤習見(注七)。(二)就元劇劇情發展的一般情況論，第三折所表現的多是劇情最緊張的部分，而此折的劇情適足以當之。

鄭劇第三折的劇情既如是，倘根據它向前後推論，則第一折與第二折所叙的應是崔薛由合而離，第四折所叙的應是大團圓，崔薛被赦宥，成眷屬。元傳奇崔懷寶的内容當與此無大出入(注八)。

(二)雍熙樂府

雍熙樂府，無名氏的“佳人誤期”梁州云：

> 這早晚不來呵，莫不是藍橋驛無魚書失了信的瓊瓊。這早晚不來呵，莫不是金井邊戀啼紅灰了心的翠屏。這早晚不來呵，莫不是西廂下變了卦的鶯鶯(注九)。

又無名氏的“相思”，紫花兒序云：

> 錢塘江上小小，昭陽殿裏瓊瓊，普救寺中鶯鶯(注十)。

這兩支曲中的應即薛瓊瓊，因爲它所舉的幾個女子都是不用姓的。這兩條材料雖極簡單，但對於我們也是有用的。第二條祇有六個字是關於薛的，然它可爲前引鄭劇及北窗志异(情史同此)瓊瓊入宫説的佐證。第一條便更重要了，它使我們知道瓊瓊曾約崔懷寶在藍橋驛相會，結果瓊瓊失約，且音書杳然。也許鄭劇的第二折寫的就是這段情節。也許在元傳奇崔懷寶内這段情節也是個重要“關目”。

(三)曲海總目提要

曲海總目提要，“玉馬佩”條下云：

> 汶水人路術淳撰。全據北窗志异，黄損妻裴玉娥因玉馬

佩自脱於吕用之之難,大段相同。其增飾者,薛瓊瓊本不爲損妻,此云賜嫁雙封,與本傳异也。……玉娥籍灌州青城,移居浣花,與瓊瓊比鄰,結爲姊妹,受其箏法。瓊瓊慈母小娟爲薛濤之義女,瓊瓊爲薛濤之女孫。太尉高駢授房居停。駢移鎮荆襄,吕用之欲奪瓊瓊爲妾,小娟挈走長安,投其妹小嫣於北里。曲江上巳,與黄損遇,遺帕相邀。損以玉馬佩爲聘,遂成姻眷。損因應試抵觸田令孜,令孜藏過對策,損因下第。田又取瓊瓊入宫,彈箏供奉。臨别以玉馬佩還損。損題詩贈瓊瓊。……高駢聘損入幕。損因附舟得遇玉娥,潛遁入涪。其後遇僧指引,入都。擢第之後,劾斥用之。用之改損贈瓊瓊詩夢字爲會字(注十一),使人流傳蜚語。僖宗召瓊瓊詰問,出詩以呈,乃係從前所作,路賜狀元封誥,使歸於損。……(注十二)

關於薛瓊瓊的材料,這段叙述算是比較詳細的了,雖然它的時代比較晚。以此與鄭劇所寫者比較,其間頗有差异:第一,瓊瓊的情侣是黄非崔(注十三)。第二,鄭德輝將此故事放在唐玄宗時,路術淳則把它放在唐僖宗時。第三,鄭劇寫崔薛在御花園(注十四)中相會,路劇則謂此乃奸人附會,實無其事。第四,鄭劇中有奸人高圭,路劇則有田無高。

在鄭路二劇間,我們相信元傳奇崔懷寶較近前者,雖然三劇我們都未見到。何以故?因爲"崔懷寶"這三個字應該是該劇的簡稱,爲"金鼠銀猫李寶"之簡稱"李寶","柳耆卿詩酒玩江樓"之簡稱"柳耆卿"。它的完全的名目應與鄭劇同,是"崔懷寶月夜聞箏"。顧名思義,它的關目或與鄭劇相仿佛(注十五)。又該劇殘曲一則曰:"向沈香亭畔開時,醉中長看。"再則曰:"沈香亭畔觀牡丹。"可見作者同鄭德輝一樣,將崔薛的故事放在唐玄宗時。大約元代的作者多以瓊屬崔,不獨元傳奇爲然。

(注一)北詞廣正譜,北京大學影印本,卷八,頁十一。

(注二)同書,同卷,頁十三。

(注三)同書,同卷,頁十五。

(注四)同書,同卷,頁十九。又同書,同卷,頁十九至二十,載黄薔薇與慶元貞二曲,亦題爲"鄭德輝撰,月夜聞箏"。然其韵脚乃寒山,非齊微,繩以元雜劇每折一韵到底及每劇中宮調不許複用之律,二曲應是誤收。九宮大成譜,古書流通處影印本,卷二十七,頁三十四、三十五題二曲爲散曲,亦一佐證。

(注五)"送遠序",應是"送遠行"之誤。北詞廣正譜,卷八,頁十九正作"送遠行"。九宮大成譜,卷二十七,頁三十一亦作"行"不作"序"。

(注六)北詞廣正譜,卷八,目録,頁二。

(注七)鹽谷温在中國文學概論講話中曾統計元人百種曲所習用的宮調,認爲越調鬥鵪鶉套用於第二折者六,用於第三折者十五,用於第四折者一。

(注八)記得復旦學報曾登載趙景深先生論崔懷寶薛瓊瓊的文章。現在僻處山城,復旦學報既尋不到,而該文的結論也因時間悠久復復記省,衹記得趙先生也引用了北詞廣正譜。不過本文有與趙文相同者,是乃偶合,并非掠美。

(注九)雍熙樂府,卷九,頁十三。

(注十)同書,卷十三,頁七十七。

(注十一)黄贈瓊,詩云:"人間天上恨茫茫,薄命姻緣枉斷腸;從此相思無著處,安排良夜夢秋娘。"見曲海總目提要自注。

(注十二)曲海總目提要,大東書局本,卷二十五,頁八至九。

(注十三)元人曲中以崔爲薛情侶者至多。如無名氏小令十二月帶堯民歌云:"一扇兒崔懷寶逢著薛瓊瓊。"鄭劇名目中既有崔懷寶,自然也是以薛屬崔的。

（注十四）鄭劇殘曲并無御花園字樣，但曲中曾言"在梧桐樹底"，又云"教悄悄入宮闈"；而元曲選，王月英元夜留鞋記有薛瓊瓊與崔懷寶"花園中成匹配"之語，故假定二人幽會在御花園。

（注十五）"金鼠銀猫李寶""柳耆卿詩酒玩江樓"并見永樂大典戲文三種附録。南曲譜四，刷子序又一體集古傳奇名有云"馬上墻頭繼着月夜聞箏"。此亦"崔懷寶月夜聞箏"之簡稱。

蔣蘭英（南戲拾遺，頁九七至九八）

在寫南戲拾遺時，我們對於蔣蘭英的本事是完全茫然的。後於雍熙樂府中得些許材料。該書無名氏的（枝節），醉太平云：

貞烈似王凝妻性格，清標如卓氏女情懷，他比那蔣蘭英死的不明白，與恁衆猱兒出色（注一）。

據此則蔣蘭英似乎是個妓女之守節者。

（注一）雍熙樂府，卷十七，頁十四。

薛苞（南戲拾遺，頁九九）

以薛苞故事譜爲北劇者有"薛苞認母"。此劇本衹見於也是園書目，近已發見。

賽金蓮（南戲拾遺，頁九九至一〇一）

也是園書目古今無名氏雜劇中有"賽金蓮花月南樓記"，其本事當與此同。

王魁（南戲拾遺，頁一一二至一一四）

王魁狎昵的妓女，説者以爲是殷桂英，但在明朱有燉的"香囊

怨”内却保存了個不同的傳説:

(外云)原來我的女兒死的是也。……白婆婆,你説我的女兒死的比謝桂英如何?(旦云)桂英有甚打緊,不在話下,你聽我説。(旦唱)(甜水令)説起那謝氏當年,先爲迎送,多曾經變,偏怎生到王魁纔肯把心專,便做是二十爲娼,三十自盡,也曾有十年姻眷。(旦云)桂英死有甚希罕。(旦唱)他多管爲王花封誥訴屈聲冤(注一)。

據此則桂英不姓殷而姓謝了。這與“燕子樓”中的女主人究竟姓關,抑或姓許,同樣的不易決定。王玉峰“焚香記”稱桂英姓殷,後在謝家爲娼(注二),大約是想調和二説吧。

(注一)奢摩他室曲叢,第十七册,頁十二。
(注二)焚香記,開明書店六十種曲本,頁五。

許盼盼(南戲拾遺,頁七〇至七一)

許盼盼是個節烈的姬妾,不獨元無名氏散套、明朱有燉雜劇有此説,明王九思悼亡散套亦復如是:

他有那燕子樓許盼盼的聲名,他不比普救寺崔鶯鶯的勾當(注一)。

(注一)北宫詞記,明刊本,卷四,頁二十五。

貂蟬女(南戲拾遺,頁七八至七九)

也是園書目古今無名氏雜劇内有“關大王月下斬貂蟬”(注一),南戲“貂蟬女”或亦演述此事。

(注一)曲録,曲苑本,卷一,頁四十五。

銅雀妓(南戲拾遺,頁九四)

雍熙樂府,無名氏的"憶情",雁兒落云:"冷落了春風銅雀宫,閑阻了夜雨陽臺夢,闌珊了停雲燕子樓,寂寞了流水桃花洞。"(注一)按無名氏雜劇有"巫娥醉赴楚陽臺",侯正卿有"嬲盼盼春風燕子樓",馬致遠有"劉阮誤入桃源洞"(注二)。準是推之,則銅雀宫的故事也有人譜爲雜劇,南戲蓋與此同一題材。

(注一)雍熙樂府,卷十一,頁九。

(注二)今樂考證,北京大學影印本著録一,頁二、頁二十一,著録二,頁十五。

崔君瑞(南戲拾遺,頁一四七至一五〇)

在寫南戲拾遺時,我們曾猜想"江天雪"是"崔君瑞江天雪"的改本。年來讀曲,覺得這個猜想漸漸被證實了。(一)錢南揚先生在宋元南戲百一録内據詞林逸響集得崔君瑞江天暮雪六曲,其中如漁父第一、刮地風二曲并見九宫大成譜,并題爲"江天雪"(注一)。(二)南戲拾遺録崔君瑞吴小四暮曲云:

> 夫人聽啓,節使那日,不曾説有正妻,因此尚書招做女婿。誰知短命三不歸,漾了甜桃尋苦李(注二)。

九宫大成譜引江天雪吴小四曲云:

> 從頭聽得,教人痛悲。撲簌簌泪珠垂。别後如何音信稀。(合)誰知道短命三不歸,漾了甜桃覓苦李(注三)。

這兩支曲的韵脚同,合唱句同,在劇本中顯然是銜接的,前者大約是僕人王卞禀告夫人(月娘)之辭,後者則是夫人聽王卞的報告後所唱。(三)南戲拾遺録崔君瑞勝如花(注四),此曲又見九宫大成譜(注五),題"江天雪"。由此三點觀之,崔君瑞江天暮雪與江天雪相同者似甚多,江天雪既爲明人之作(注六),則崔君瑞當然是他的原本。曲海總目提要以江天雪爲元雜劇"臨江驛瀟湘夜雨"的改本(注七),似誤。

(注一)宋元南戲百一録,頁一七五至一七六。九宮大成譜,卷十八,頁二十七,又卷七十,頁三十六。

(注二)南戲拾遺,頁一五〇。

(注三)九宮大成譜,卷五十七,頁三十五。

(注四)南戲拾遺,頁一五〇。

(注五)九宮大成譜,卷七十七,頁六。

(注六)曲海總目提要,卷十七,頁十一。

(注七)同書,卷二,頁十二。

董秀英(南戲拾遺,頁一五五至一五六)

"董秀英"是"董秀英花月東墻記"的女主角,這是很顯明的。但她的對手是誰?從前我們猜想是薛芳卿。因爲舊編南九宫譜、南九宫十三調譜所引的"董秀英花月東墻記"殘曲與九宫正始所引的"薛芳卿"殘曲同,薛芳卿與董秀英或爲一劇的异名,或以男主角名,或以女主角名。後來讀玉環記又覺得董的情侣似乎不是薛,而是馬君卿。玉環記六齣曲白云:

> (生)既是本司生長,敢問大姐記得多少雜劇院本?(貼)妾亦廣博,文武雜劇也曉得五六十本。(生)請大姐明數一數。……(貼)污耳了。(後庭花)我記得東墻人月圓。(生)包兄,東墻人月圓的故事,知道麽?(净)我前日記得,今日忘記了。(生)此乃是八月十五,董秀英約馬君卿的故事(注一)。

白仁甫的董秀英花月東墻記雜劇現已發現,不知是否於薛馬之外尚有第三人。

(注一)玉環記,頁一九。

復落娼(南戲拾遺,頁一五四至一五五)

李婉復落娼的原因及她的情人的姓氏在武漢臣"李素蘭風月玉壺春"雜劇中可以得點材料。該劇第二折白云:

(卜兒云)李玉壺你是個讀書的人,好不聰明,你也知法度,娶俺女兒,你姓李,俺也姓李,同姓不可成親,你曉得麼?

李婉兒爲甚復落娼?皆因李府尹的兒也姓李的緣故(注一)。

讀過這段簡略的叙述,便曉得劉金兒復落娼雜劇的尾聲爲什麼說:"想着你潑風聲比李婉難同論。"

(注一)元曲選,丙集下,頁十六。

趙普(南戲拾遺,頁一五八至一五九)

羅貫中"龍虎風雲"雜劇亦涉及趙普,劇中第三折叙宋太祖雪夜訪普,計議討伐吴越南唐事。南戲所演或亦與此有關。

十孝記(南戲拾遺,頁三四)

史記扁鵲倉公傳亦言及緹縈事:"太倉公者,齊太倉長,臨菑人也。姓淳于氏,名意。少而喜醫方術……更受師同郡元里公乘陽慶。……爲人治病,决生死多驗。文帝四年,人上書言意,以刑罪,當傳西之長安。意有五女隨而泣。意怒駡曰:'生女不生男,緩急無可使者。'少女緹縈傷父之言,乃隨父西,上書。"云云(注一)

(注一)史記,世界書局影印本,卷一〇五,頁四六九。

王子高(南戲拾遺,頁三七至四〇)

王子高所遇女仙,亦有作謝瓊姬者。雍熙樂府,無名氏曲禿厮兒云:

謝瓊姬不嫌王子高,同跨鳳,宴蟠桃,吹簫(注一)。

由"周瑶英"而"周瓊姬",名變而姓不改;由"周瓊姬"而"謝瓊姬"則名姓并异了。

(注一)雍熙樂府,卷十三,頁三十四。

崔護(南戲拾遺,頁一五〇至一五二)

本事詩記崔護覓水事,本未言所遇女子的姓名,元人則以爲謝菊英。如"曲江池",一折,油葫蘆云:

如今那統鏝的郎君又村,謁漿的崔護又蹇,他來到謝家莊,幾曾見桃花面(注一)。

又如"百花亭",一折,醉扶歸云:

莫不你前生元從謝,自笑我有那崔護詩才幾些,怎敢便大厮八將凉漿謁(注二)。

這兩條都是關於那位女主脚的姓氏的。如"留鞋記",一折,醉扶歸云:

有緣千里能相會,劉晨曾誤入武陵溪,那崔護曾在菊英行覓水(注三)。

合這三條觀之,那位女主脚應爲謝菊英無疑了。

(注一)元曲選,乙集下,頁三。

(注二)元曲選,壬集上,頁七。

（注三）元曲選，辛集上，“留鞋記”，無此曲。北詞廣正譜，卷三，頁二十五，引此曲，附醉扶歸下。

（刊載第二十一、二十二期，民國三十年六月七日、十四日）

案：此文補陸侃如、馮沅君《南戲拾遺》（北平：燕京大學哈佛燕京學社，1936 年 12 月）。本文以原題刊載《責善半月刊》第 1 卷第 13 期（1940 年 9 月），第 8 ~ 15 頁；又同題名刊《戲曲月輯》第 1 卷第 1 輯（1942 年 1 月），第 52 ~ 61 頁；後再收入馮沅君《古劇説匯》（上海：商務印書館，1947 年 1 月），第 214 ~ 226 頁，該書修訂本（北京：作家出版社，1956 年 12 月），删去此文。再以原題收入《陸侃如馮沅君合集》第 4 卷，陸侃如、馮沅君著《南戲拾遺古優解》（袁世碩、張可禮主編，合肥：安徽教育出版社，2011 年 8 月），第 193 ~ 207 頁。

《陸侃如馮沅君合集》第 15 卷中《陸侃如馮沅君論著創作譯著年表》，第 455 頁，1941 年，著録：《趙輯本〈天寶遺事諸宮調〉跋》，馮沅君，香港《俗文學》第十三期，實屬誤。本文應爲署名：匀君（葉德均），《趙輯本〈天寶遺事諸宮調〉輯逸》。第 456 頁，1944 年，著録：《南戲拾遺補》，馮沅君，香港《俗文學》第二十一、二十二合期；《南戲拾遺補跋》，馮沅君，香港《俗文學》第二十一、二十二合期，也實屬誤。戴望舒主編香港《星島日報·俗文學》周刊，於 1941 年 1 月 4 日至 12 月 6 日，總計刊出 43 期。

浦 江 清

(1904.12.26—1957.8.31)

江蘇松江人(今屬上海市)。又名浦穀,字君練。筆名穀永、穀、君練、練、微言、疆青等。1922年入東南大學修英國文學。1926年畢業後,經吴宓推薦到清華研究所國學門任陳寅恪助教,後歷任清華大學中文系教師、教授及系主任。1933年與馮友蘭同赴意大利、法國、英國游學,在倫敦博物館抄録敦煌手卷,閲讀東方考古學書籍。1938年任西南聯大教授。1952年高校調整後爲北京大學中文系教授。主要著作有《浦江清文録》、《浦江清文史雜文集》、《清華園日記·西行日記》、《杜甫詩選》(與人合編)、《無涯集》、《中國文學史講義(宋元部分)》、《中國文學史講義(明清部分)》等,主編有《朱自清全集》。

談京本通俗小説

繆荃蓀所刊京本通俗小説,收在烟畫東堂小品中,雖是普通書,近來在舊書店裏亦不常遇到。今年我方始買到一部,此書收有宋人所作短篇小説七篇,我都很愛讀。"短篇小説"是一新名詞,於"小"之上再加"短"字,亦有"床上施床屋上架屋"之嫌,我疑心宋人所謂"小説"即包含短篇的意思。夢粱録、都城紀勝一類書談及宋代説話人分四個家數,各有門庭,其中"小説"一門説烟粉、靈怪、傳奇等類故事,書中雖未説明是短篇抑係長篇,但據今日所流傳之宋人話本以考,可知此派説話人所講皆是短篇,大抵每回説一個故事,首尾畢具,其故事稍長的,兩三天内也可説完,與"講史"一門説長篇平話者不侔。大概到了明代,方始有人混稱三國志、水滸傳等爲小説吧,這件事我没有仔細考究,不敢斷言。此書題名"小説",内容都是短篇,可説是得宋人名稱之舊。

我國白話短篇小説在宋代開始發展,到明代而極盛,明以後復歸岑寂。比較觀之,那宋人的幾篇是"話本",明人的短篇小説却是文人的寫作。所謂"話本"者即當時説書人所用的底本之意,皆出於無名文人所撰,或者即是説書人中間有才學者所編,總之,原是説給民衆聽的。後來印了出來方始成爲小説書。到了明代,馮夢龍輩編印許多短篇小説的集子,一方面搜羅些宋元舊話本,一方面加入明人的及自己的作品,此時之目的是專供人閲讀的了。

那一個時期是摹仿話本的時期,已從真正的民間文學轉移到書齋文學,把本來預備説給人聽的東西,變成寫給人看的東西了。以作風而論,亦有顯著的區别。明人擅長寫實,描寫市井社會刻畫詳盡,有時則爲倫理的,帶勸世的意味。宋人之作,却還不十分刻畫社會,是寫意的浪漫的作風,意境頗爲高超,而對於鬼怪的趣味又很多。這也是時代的關係。大概宋人距離唐人傳奇小説的時代還近,所以作風亦與之接近。

我們看重宋人的作品,不單是因爲古,實在因爲他們是真正的話本，再則以藝術價值而論，其精美處亦非宋以後人所能及。所可惜者，當時兩宋説書業非常發達，而話本流傳至今者却寥寥可數。京本通俗小説一書不知何人所編，亦不知原書有多少卷。繆氏所得是一殘本，他所刊出的七卷，是原書的第十卷至第十六卷。所保存的宋人話本，共有：碾玉觀音、菩薩蠻、西山一窟鬼、志誠張主管、拗相公、錯斬崔寧、馮玉梅團圓七篇。尚有金主亮荒淫及定州三怪兩卷，前者過於穢褻，後者破碎太甚，所以繆氏未刊。據繆氏説，他所得到的是影元人寫本。鄭西諦先生則懷疑京本通俗小説是一部晚出的書，有長文論證。關於此點，我不能有所闡明。單就此七篇而論，我曾反覆細看，不能發見有宋以後人改竄的痕迹，所以我想即使全書爲後人所編，此數篇或即南宋話本之舊，因爲短篇作品與長篇平話不同，後人難得修改的。

關於内容的考證方面，繆氏跋文（署名江東老蟫）中已説及碾玉觀音篇内之三鎮節度咸安郡王指韓蘄王，秦州雄武軍劉兩府是劉錡，楊和王乃楊沂中，官銜均不錯。繆氏所説僅此，未免草草。實則此書尚有可與宋史印證者，此外宋人筆記中亦有些材料可與此書參證的，我想補説。

馮玉梅團圓

馮玉梅篇述及韓蘄王平建州范汝爲亂事，此事宋史韓世忠傳中有詳盡的記載，讀者可以參證：

> 建安范汝爲反，辛企宗等討捕未克，賊勢愈熾，以世忠爲福建江西荆湖宣撫副使。世忠曰，建居閩嶺上流，賊沿流而下，七郡皆血肉矣。亟領步卒三萬，水陸并進，次劍潭。賊焚橋，世忠策馬先渡，師遂濟。賊盡塞要路拒王師，世忠命諸軍偃旗仆鼓，徑抵鳳凰山，瞰瞰城邑，設雲梯火樓，連日夜并攻。賊震怖叵測，五日，城破，汝爲竄身自焚。斬其弟岳吉以徇，

擒其謀主謝向、施逵及裨將陸必强等五百餘人。

宋史下文接述韓世忠以建州人民附賊，城破後欲作屠城之舉，因李綱勸阻而止，今不具録。韓世忠傳此段記事，惜不詳年月。

宋人熊克所撰之中興小紀卷十二亦載此事：

> 紹興二年春正月，宣撫副使韓世忠圍建城，辛丑夜，賊稍怠，官軍梯而上城，遂破賊衆一萬餘人。賊將葉諒以一軍徑走邵武，范汝爲竄入回源洞，自縊死。世忠遣兵追捕，并賊將張雄等皆擒戮之。初世忠意城中人皆附賊，欲盡殺之，至福州，見觀文殿學士李綱，綱因曰，建城百姓多無辜。世忠受教，故民得全活。及師還，父老送之，請爲建生祠，世忠曰，活爾曹者李相公也。

今小説上説，“到紹興二年春正月，韓公將建州城攻破，范汝爲情急放火，自焚而死。韓公竪黄旗招安餘黨，祇有范氏一門不赦”。所説年月與熊克中興小紀密合，説汝爲自焚而死與宋史合，説韓公赦免餘黨則與宋史、中興小紀皆合。

大概韓世忠平建亂的一段功業，煊赫在人耳目，臨安説書人捏合一個鴛鴦寶鏡的傳奇式故事於其間，其事距離紹興年間，當還不遠。夢粱録云，“最畏小説人，蓋小説者能講一朝一代故事，頃刻間捏合”；都城紀勝則云“頃刻間提破”，不知何本爲是。比較觀之，夢粱録“捏合”兩字，恐有錯誤，合字是下文合生兩字而訛脱生字，捏字乃都城紀勝提破之提字。但此兩字却錯誤得妙，本來小説家必須有捏合本領。捏合有多種方式，譬如説一件虚事，恐聽者不能置信，可以把它放在一件千真萬確的實事裏面，使人不易批駁，這就是一種捏合法。

“月子彎彎照九州，幾家歡樂幾家愁，幾家夫婦同羅帳，幾個飄零在外頭。”這一首大家所熟悉的民歌，不知始自何時。我們在馮玉梅篇的開篇裏看到這首民歌，詞句比現時所流傳的，略有出入：

月子彎彎照幾州，幾家歡樂幾家愁，幾家夫婦同羅帳，幾家飄散在他州。

説書人云，這是一首吴歌，出在建炎年間，述民間離亂之苦。

我起初讀了以爲是説書人隨便胡謅的，後來在趙彦衛雲麓漫鈔卷九中發見下面一段談話：

彭祭酒學校馳聲，善破經義，每有難題，人多請破之，無不曲當。後有兩省同僚，嘗戲之，請破"月子彎彎照幾州，幾家歡樂幾家愁"。彭停思久之云，運於上者無遠近之殊，形於下者有悲歡之异。人益嘆服。此兩句乃吴中舟師之歌，每於更闌月夜，操舟蕩槳，抑遏其詞而歌之，聲甚凄怨。唐人有詩云，徙倚仙居凭翠樓，分明宫漏静兼秋，長安一夜家家月，幾處笙歌幾處愁。盛行於時，具載輦下歲時記，云是章孝標製，與此意同。

考趙彦衛在紹熙年間作烏程縣宰，又通判徽州，其人當生於南宋初年。漫鈔所説爲月子彎彎作破題的彭祭酒則疑指彭龜年，龜年在乾道年間爲太學博士，乃彦衛同時代人而年輩略先。以此推之，宣書人謂此首吴歌出於南宋初年大致可信。此等處，在無意間宣於馮玉梅篇的作者確是南宋人。

菩薩蠻

但説菩薩蠻篇之小説人，却有一小錯誤。書中提及一個吴七郡王，説是高宗皇帝的母舅。我們知道高宗之母即是那位被金人押到北方去而後來又送回來的韋太后。韋太后的兄弟見於宋史者有一韋淵，與小説所説不合。考南宋初年確有姓吴的國舅兩人，乃高宗吴皇后之弟，一名吴益，一名吴蓋。高宗内禪之後，退居德壽宫,其時吴皇后尊爲太上皇后,吴益兄弟兩人皆封郡王,益封太寧郡王,蓋封新興郡王,見宋史外戚傳。吴氏兄弟都是書翰中人,高宗待之甚厚,常時出入德壽宫的,而吴益又是秦檜的孫婿,所以氣勢更大。我看《菩薩蠻》篇中之吴七郡王,决爲吴益無疑。

周密齊東野語卷十有一段文章,描寫吴益之爲人:

> 莊簡吴秦王益以元舅之尊,德壽(指太上皇高宗)特親愛之,入宫每用家人禮。憲聖(指太上吴皇后)常持盈滿之戒,每告之曰,凡有宴召,非得吾旨,不可擅入。一日,王竹冠練衣,芒鞋筇杖,獨携一童,縱行三竺靈隱山中,濯足冷泉磐石之上,游人望之,儼如神仙,遂爲邏者聞奏。次日德壽以小詩召之曰:"趁此一軒風月好,橘香酒熱待君來。"令小璫持賜。王遂亟往,光堯(亦指太上皇)迎見笑謂曰:"夜來冷泉之游樂乎?"王恍然頓首謝。光堯曰:"朕宫中亦有此景,卿欲見之否?"蓋叠石疏泉,像飛來香林之勝,架堂其上曰冷泉。中揭一畫,乃圖莊簡野服濯足於石上,且御製一贊云:"富貴不驕,戚畹稱賢,掃除膏粱,放曠林泉,滄浪濯足,風度蕭然,國之元舅,人中神仙。"於是盡醉而罷,因以賜之。

與菩薩蠻篇中的吴七郡王的身分風度完全相合。而且周密記他常到靈隱一帶游玩,則他與可常和尚的一段交涉,或即是當時流傳的故事,不是後來小説家所編造的了。

原來吴七郡王乃是高宗皇帝的阿舅,孝宗皇帝的母舅,但我們却不能以此責備一個臨安的説書人。而且這一個小錯誤也有可原諒的地方。吴益之爲國之元舅及封郡王是在孝宗朝的事,他卒於乾道七年,所以菩薩蠻故事的背景是在隆興乾道之間的。此時雖是孝宗臨朝,而高宗還在。和郡王感情相得的實是高宗而非孝宗,故事在民間流傳,就有誤以郡王爲高宗皇帝爲母舅的可能,因此我們不能因爲這一個小小不合，遽指菩薩蠻篇爲非宋人之作。在事實上，宋以後人也不大知道吴七郡王了。所以菩薩蠻篇的作者是必定在吴益的風流遺事還不曾湮没的時代裏的。小説家説吴益排行第七，在宋史外戚傳當然看不出，即在宋人筆記中也不見提及。我們所知道的是吴益、吴蓋兩人比吴皇后都小十歲左右，大概是老七老八，并無錯失了。

夢粱録、都城紀勝兩書記載宋代説話人分四個家數。但下文舉出這四個家數時，文字分劃得不很清楚，因此常常引起讀者的疑問。且以都城紀勝來説，書中所開列出來的是："一者小説，謂之銀字兒，如烟粉、靈怪、傳奇；説公案皆是朴刀趕棒及發迹變泰之事；説鐵騎兒謂士馬金鼓之事；説經謂演説佛書；説參請謂賓主參禪悟道等事；講史書講説前代書史文傳興廢争戰之事；合生與起令、隨令相似，各占一事；商謎有詩謎、字謎、戾謎，本是隱語。"以上各項，如何分合，方能成爲四家呢？

我們首先看夢粱録在"小説名銀字兒，如烟粉、靈怪、傳奇"下面直接公案、朴刀等名目，不加分劃，可知都城紀勝的説公案及説鐵騎兒應當是仍屬於小説一家的。至於下面的説經，夢粱録作談經，與説參請似亦可并爲一門。講史書應該單立；而合生與商謎亦應并合爲一類。如是方適合四家之數。據我們的揣測，大概是這樣的。

近出的南宋人羅燁所著醉翁談録卷首有"小説引子"一篇，下面特筆注明"演史講經并可通用"八字。此亦足證明當時演史、講經，與小説確是鼎足而三，各有門庭。這三家所以分劃，據我們的考究，是因爲場面及派頭不同，而且各有各的歷史淵源。如講經自是唐人佛書俗講及説變文的嫡系，其中當仍有韵律文的部分用特殊聲調唱念的。演史是説長篇平話；小説是講短篇故事的，中間串插的詩詞，要用管弦伴唱。若以内容而論，則此三家亦有相通之處，如講説佛經則不免涉及靈怪，演史書又豈能無士馬金鼓之事？而小説一門，内容尤雜，其中烟粉、靈怪、傳奇，固是大宗，有時亦有説佛及講史事的話本。如上文所討論的兩篇，馮玉梅團圓固是傳奇，而菩薩蠻篇即屬於説佛，且亦有"説參請"之成分。

拗相公

拗相公篇與其説是演史，亦毋寧説是説佛爲當。篇内説荆公晚年在半山堂看經念佛，及臨終時勸葉濤多讀佛書，莫作没要緊文字徒勞無益，乃全篇主旨所在。

此篇寫王安石罷相以後，到江寧上任，途路之間，親聽人訴説新法的不便，被鄉間父老當面痛駡，以致到了江寧，憤恨而卒，寫來非常之慘！雖説的是北宋的故事，但亦出於南宋人所撰。荆公之厲行新政，遭士大夫及民間强烈的反對，乃是史實，但以之作爲話本的資料，公開笑駡，此在南宋，方屬可能。蓋終北宋朝，荆公之勢力還在，蔡京、蔡卞等紹述新政，正是排斥元祐黨人，以荆公入孔廟配享直升到四哲之列的時代。及至靖康之亂，宋室南渡，人民受盡了轉徙流離的苦楚，那怨氣都歸結在蔡京身上，而蔡京是以祖述新政做招牌的，所以又移恨於荆公。所以這篇小説寫得非常刻毒，是南宋人泄憤之作，亦不可以泛泛的諷刺小説讀之。

關於荆公親見兒子王雱在陰間受苦的事，兩宋人的筆記裏往往記載着，非此篇作者所杜撰。邵伯温聞見録云："荆公在鍾山，嘗恍惚見雱荷鐵枷杻如重囚，荆公遂施所居半山園爲寺，以薦其福。"方勺泊宅編中亦有類似的記載。最早的當推北宋人劉延世所作之孫公談圃内之一條：

張靖言，荆公在金陵，未病前一歲，白日見一人上堂再拜，乃故群牧吏，其死已久矣。荆公驚問何故來，吏曰，蒙相公恩，以待制（指王雱）故來。荆公愴然問雱安在，吏曰，見今來結絶了,如要見,可於某夕幕府下,切勿驚呼,唯可令一親信者在側。荆公如其言,頃之,見一紫袍博帶,據案而坐,乃故吏也。獄卒數人,枷一囚自大門而入,身具桎梏,曳病足立廷下,血污地,呻吟之聲殆不可聞,乃雱也。……明年,荆公薨。

孫公談圃者,劉延世記所孫升之談話,其時在紹聖初年。孫升是反對新政者,張靖爲孫升之門人。可知此類故事在北宋時即已流行於士大夫間,尤爲反對荆公者所樂道。考王雱少年早卒,所患的是失心病,因疑其婦與人有私,日與争鬧(東軒筆録),病時,荆公延道流作醮,大陳楮錢(曲洧舊聞),死既死得十分可憐,死後有在陰間受苦的故事流傳之,亦不爲無因。

當荆公力行新政時,民間既强烈反對,其有人題詩於郵亭驛壁,以寓怨刺,自屬可能之事,惟小説家裝點過甚耳。岳珂桯史卷九記云:

> 熙寧七年四月,王荆公罷相,鎮金陵。是秋,江左大蝗。有無名子題詩賞心亭曰:"青苗免役兩妨農,天下嗷嗷怨相公。惟有蝗蟲感恩德,又隨鈞旆過江東。"荆公一日餞客至亭上,覽之不悦,命左右物色,竟莫知其爲何人也。

又南宋百歲老人袁某所撰楓窗小牘載,東京相國寺壁題有"終歲荒蕪湖浦焦"七絶一首,無人能知其意,後東坡解之,謂其中隱"青苗法安石誤國賊民"九字云云,亦近於小説家言。惜作拗相公篇者不曾知道這些材料,未編入話本之中,今話本所出諸詩,不甚高明,殊不及賞心亭一絶之有味。

荆公投宿村舍,遇一老叟,不知他即是荆公,方痛駡王安石,至欲手刃其頭,食其心肝,言時聲色俱厲,荆公不覺悚然,不待宿而去。這一個情節與宋太宗時宰相盧多遜的故事相仿,盧事見王闢之澠水燕談録卷十,今備録之,以便讀者參校:

盧多遜南遷朱崖,逾嶺憩一山居,店嫗舉止和淑,頗能談京華事。盧訪之,嫗不知爲盧也,曰:家故汴都,累代仕族,一子仕州縣,盧相公違法治一事,子不能奉,誣竄南方。到方周歲,盡室淪喪,獨殘老嫗,流落在此,意有所待。盧相欺上罔下,倚勢害物,天道昭昭,行當南竄,未亡間庶見於此,以快宿憾爾。因號呼泣下。盧不待食,促駕而去。

拗相公篇内的老嫗説:"自王安石做了相公,立新法以擾民,老妾二十年孀婦,止與一婢同處,婦女二口,也要出免役助役等錢,錢既出了,差役如故。"我們讀至此段,或疑説書者言之過甚,其實這倒是實情。宋史上説得明白:

免役之法,據家貲高下,各令出錢,顧人免役。下至單丁女户,本來無役者,亦一概輸錢,謂之助役錢。(王安石傳)

原來單丁女户,本來無役者也要出助役錢,此事出吾人意料之外。這篇小説做了宋史的絶好注脚。可見荆公的經濟政策,真是無微不入,近年史家崇拜荆公者讀宋史此節,恐亦難回護。至於出了錢,差役如故的這一層,更出荆公意外,却在吾人想像之中。

關於拗相公篇的製作年代,吕叔湘先生曾和我討論過。他説,篇中稱"北宋神宗皇帝年間",這"北宋"兩字,很可注意,到底南宋人稱北宋,在習慣上應仍是"我宋""大宋"呢,還是有稱爲"北宋"的呢?後文雖另有"我宋"字樣,但這"北宋"兩字是否可據之以作宋的後人改竄之證?當時我不能回答這個問題。後來我在本文内另外發見一論點。此篇稱王安石初任"慶元府鄞縣知縣",考慶元府本爲明州奉化郡,是紹熙五年宋寧宗即位後所改,王安石作鄞縣知縣時,還没有慶元府這名稱。及至元世祖得了兩浙,至元十四年,又改慶元府爲慶元路,此篇作者於鄞縣上加"慶元府"三字確是紹熙以後元以前人的口氣。大概在南宋初年,人心未死,不致稱靖康以前爲“北宋”,及到了南宋後期,半壁江山的局面,形成已久,民間漸漸有稱“北宋”的習慣了,這是讀史者堪嘆息的事。

其餘幾篇及附論

碾玉觀音、志誠張主管、西山一窟鬼三篇,情節離奇,文字清麗,是宋人小説中之杰作。西山一窟鬼尤爲奇特。篇内説西湖山道,杭州里坊,非常熟悉,是臨安説書人的口氣。“一窟鬼”亦是宋時俗語。夢粱録卷十六記杭州茶肆,中瓦内王媽媽茶坊名“一窟鬼茶坊”。小説中的一窟鬼是一窟鬼 in it's literary sense,茶坊的一窟鬼是諢名,大概是烟花妓女叢雜之所記。夢粱録中又有朱骷髏茶坊,骷髏與鬼,意義亦近。

羅燁醉翁談録把小説的種類分得很細,其實這種分類亦是可分而不可分的。例如京本通俗小説裏的菩薩蠻及拗相公屬於“説佛”,即出羅燁八類之外。而碾玉觀音數篇正是夢粱録、都城紀勝於小説一名銀字兒下所首先提出的所謂“烟粉、靈怪、傳奇”,當時這類話本必定很多,而且最受聽衆歡迎。羅燁把“烟粉”“靈怪”“傳奇”分爲三類,這三篇却是混合品,難隸屬於三類中的任何一類。

錯斬崔寧篇是“説公案”的話本。主角恰巧與碾玉觀音篇同爲崔寧,不知是偶同,抑係“老郎們”的誤傳,已難細究。

碾玉觀音分上下兩篇,是説書人分兩天説完一個故事的例,所以用兩個開篇。宋人話本中的開篇,一名“入話”,或是詩詞,或是一個短小故事,作正文的引子。好的話本,這種開篇就很講究。例如碾玉觀音及西山一窟鬼的入話,各用十幾首詩詞,而且首首關聯,層層傾瀉,有群珠走盤之妙,可謂前無古人,後無來者。這種講究開篇的習慣,是宋人特有的,後來小説變爲純粹讀物,開篇便漸漸匿迹。據說明朝人還看見古本水滸傳每回前有有味的開篇,可惜盡被時本所删盡了。

繆荃孫評那幾個開篇是"雅韵欲流"四字,頗爲恰當。我們現在讀那些小説,除感到雅韵欲流而外,此外的好處已不能領略。其實宋代小説人用許多詩詞插入散文中,不是偶然的事,倒不因爲要增加文章的雅味。其在當時,這些詩詞應是用管弦伴奏而由説書人歌唱的。詞是當時通行的樂府,即是歌曲,宋人上自王公大臣,下至販夫走卒,莫不唱幾首詞。所以我們不能想像當時臨安説書人遇到那些個蝶戀花、浣溪沙,就像現今中國文學系的學生在課堂裏乾念一樣。反之,大概如現今説小書的人用三弦彈唱歌詞的模樣吧。宋代的小説人不單以説話舌辯動人,亦復以聲音娱客,此事在我們想像之中,惟夢粱録一類書不曾詳細加以説明而已。

詞有宫調可繫,每個詞牌,在當時必有一定的歌法,正如後來南北曲裏的曲調一樣。至於五七言詩,宋人如何唱法,不得而知。總之,也應當有悦耳的聲調。我們現在欣賞這些宋人話本,在這一方面已完全隔膜,所以衹能説"雅韵欲流","欲流"者,正是不曾流度到我們的耳朵裏。我想宋代小説人所用的場面,定很熱鬧,也不如現代的彈詞家單用三弦一種樂器,大概還有琵琶、笙、笛之類。因爲宋人唱詞,是混用管弦兩種樂器的。夢粱録等類書説,小説一名銀字兒,"銀字兒"三字不知應作何解。學者之間也有想到銀字是一種樂器名稱的一件事,好像是據樂府雜録裏尉遲青吹銀字管觱篥一段文章作證,不知尚有其他例證否,現在我缺乏參考書,不能評説。而且此説也未爲定論。但假定"銀字"是屬於音樂方面的名詞,則我們可以想像宋代説話人中其"小説"一派,在歌唱方面是很注重的。

再有一件事實可以助成我説。據都城紀勝,商謎是用鼓板吹賀聖朝曲子作開場的。因此我們想到那“小説”又豈能自甘冷静，開篇中的詩詞必是説話人實際歌唱以作定場之用，遇到中間夾着的詩詞也須拿起樂器來彈唱一番的。

因爲小説有歌唱詞曲小令部分，所以那些話本，亦稱詞話。也是園書目把這些話本稱爲“宋人詞話”原是不錯的，而繆荃孫因發見了這部小説，却疑心書目之“詞話”乃“評話”之誤，這種推論是大謬不然的。對於評話一個名詞的來源，學者之間，尚無確解。我的見聞陋隘，據我所知，宋元之間稱平話者皆是演史書，如“五代史平話”“三國志平話”等，正是宋代説話人四家中“講史”一家的話本，與小説家的短篇話本不同。我的意見認爲“評話”原作“平話”。平話者，平説之意，即不用音樂場面，管弦彈唱，衹用醒木一塊，舌辯滔滔，講歷代興亡故事，其情景當與今日之説三國、岳傳稱爲説大書者完全相同。由是言之，平話與詞話正是對待的名稱，不容混爲一談。

評話的名稱至今還保存着。今江浙一帶書場中説書人分爲兩派，一派説三國、岳傳等，稱爲“説大書”，亦稱“評話家”；一派説珍珠塔、玉蜻蜓之類，帶弦索歌唱的，稱爲“説小書”，亦稱“彈詞家”。我聽過一個揚州人説水滸傳，粉版上標着“維揚評話”四字。凡事有幸有不幸，宋代説話人四家，那演史一家説長篇評話的至今還盛行，而小説家説短篇故事的正如曇花一現，大概到了明代，銀字兒早已絶迹了吧。今日之説小書者亦是長篇，而且戲文部分很多，面目不同，不是銀字兒的嫡系。其實一天説一個故事的辦法是很好的，今日的説書界無論是大書小書，總之一部書要説一年半載方能説完，不免使聽衆厭倦。元人雜劇限於四五折，使一天能搬演完，一變而明人的傳奇，接連四五十齣，那元代的合理的短劇反被淘汰，與宋代的銀字兒，不久即成絶響，這兩件事都難索解。以中國之大，各地説書的家派不同，或者還有些地方，有説短篇故事的説話人,亦未可知。如有,我很想搜尋那些話本看看。

宋代小説家雖不久失傳,但他們對於文學上影響很大。明代文人所寫短篇小説都是仿宋元話本而作的。而那些傳奇式的故事又演變而成才子佳人派的中篇小説,説公案及朴刀趕棒之流則爲後世俠義小説之祖。一切的人情社會小説,都是從宋人"小説"家出來,不是從"演史"家演變出來的。明代的長篇小説金瓶梅尚沿用詞話的名稱。我們甚至於説紅樓夢亦是間接受宋人"小説"家的影響的亦無不可也。

(民國)三十年五月二十四日寫完

(刊載第二十三、二十四期,民國三十年六月廿一日、廿八日)

案:經修訂(主要修訂文章最後部分)後用原題重刊於《國文月刊》第16期(1942年10月),第10~16頁;修訂本又收入浦江清著《浦江清文録》(北京:人民文學出版社,1958年10月第1版、1989年12月第2版),第194~208頁;再收入《浦江清先生學術年表》(《浦江清文選》,北京:北京大學出版社,2010年10月),第248頁,衹是未注明此稿件刊發於香港《星島日報・俗文學》周刊。

陳禹越

（生平不詳）

優語録補

【宋,朱彧:萍洲可談,卷三】熙寧間,王介甫行新法,欲用人材,或以選人爲監司。趙濟、劉誼皆雄州防禦、推官提舉常平等事,薦所部官改官,而舉將自未改官,蓋用才不限資格,又不欲便授品秩,且惜名器也。其時多引人上殿。伶人對上作俳,跨驢直登軒陛,左右止之,其人曰:"將謂有脚者盡上得。"薦者少沮。(據守山閣叢書本)

【宋,范公偁:過庭録】元祐間,伶人丁綫見,教坊長,以諧俳稱。宰相新拜,教坊長副庭參,即事打一俳戲之語,賜絹五匹,蓋故事也。元祐年,吕汲公忠宣拜相,日以任重爲憂,容色愁厲,未解少解。丁生及副丁石參謁忠宣,丁綫見言曰:"餓殺樂人也,相公。"丁石曰:"今時和歲豐,朝野歡樂,爾何餓爲?"綫指忠宣而言曰:"是他着這幾個好打哄趁浪,我輩衣食何患?"忠宣亦爲一嗤。(據稗海本)

【宋,范公偁:過庭録】丁石,舉人也,與劉莘老同里,發貢,莘老第一,丁第四。丁亦才子也,後失途,在教坊中。莘老拜相,與丁綫見同賀莘老,莘老以故不欲廷辱之,乃引見於書室中,再三慰勞丁石。丁石曰:"某憶與相公同貢,今貴賤相去如此,本無面見相公,又朝廷故事,不敢廢,誠負慚汗。"綫見因啓白相公曰:"石被相公南巷口頭擲下,至今趕逐不上。"劉爲大笑。(據稗海本)

【宋,朱彧:萍洲可談,卷三】伶人丁先現者,在教坊數十年,每對御作俳,頗議正時事。嘗在朝門與士大夫語曰:"先現衰老,無補朝廷。"聞者哂之。(據守山閣叢書本)

【宋,朱彧:萍洲可談,卷三】楊鼎臣大夫嘗爲余言,紹聖間在成都,見提舉茶馬官以課羨賜五品衣魚,府中開宴,俳優口號有"茶牙人賜緋"之句,當時頗怒其妄言,亦笞之。小人中有冷眼,最不可欺。(據守山閣叢書本)

【宋,張知甫:可書】徽宗幸迎祥池,見欄檻間醜石,顧問内侍楊戩曰:"何處得之?"戩云:"價錢三百萬,是戩買來。"伶人焦德進曰:"猶自戩裏。"上大笑。(據十萬卷樓叢書本)

【宋,朱彧:萍洲可談,卷三】王德用爲使相,黑色,俗號黑相。嘗與北使伴射,使已中的,黑相取箭焊頭,一發破前矢,俗號劈筈箭。姚麟亦善射,爲殿帥,十年伴射,常蒙獎賜。祟寧初,王恩以遭遇處位殿帥,不習弓矢,歲歲以伴射爲窘。伶人對御作俳,先一人持一矢入曰:"黑相劈筈箭,售錢三百萬。"又一人持大矢入曰:"老姚射不輸箭,售錢三百萬。"後二人挽箭一車入曰:"車箭都賣一錢。"或問:"是何人家箭,價賤如此?"答曰:"王恩不及垛箭。"(據守山閣叢書本)

【宋,朱彧:萍洲可談,卷三】祟寧鑄九鼎,帝鼎居中,八鼎各鎮一隅。是時行當十錢,蘇州無賴子弟冒法盜鑄。會浙中大水,伶人對御作俳:"今歲東南大水,乞遣彤鼎往鎮蘇州。"或作鼎神附奏云:"不願前去,恐一例鑄作當十錢。"朝廷因治章綖之獄。(據守

山閣叢書本）

【宋，董弅：閑燕常談】政和中，何執中爲首，廣殖貲産，邸店之多，甲於京師。時有以舊印行吉觀國所試爲君難小經義，稱爲上皇御製者，人競傳誦。會大宴，伶官爲優戲，相謂曰："官家萬幾之暇何所爲？"曰："不過燕樂爾。"曰："不然。亦爲舉子作文義。"問："何以知之？"遂舉爲君難義誦一過，乃以手加額，北鄉贊嘆，説聖意匪獨俯同韋布之士，留神經術，仰見兢兢圖治，不安持守之深意。天下幸甚！又問："宰相退朝之暇何所爲？"曰："亦作文義。"問："何義？"曰："爲臣不易義。"乃批其頰曰："日掠百二十貫房錢，猶自不易裹？"致俚語以貧窶爲不易也。（據歷代小史本）

【宋，張知甫：可書】金人自侵中國，惟以敲棒擊人腦而斃。紹興間，有伶人作雜戲，云："若要勝金人，須是我中國一件件相敵乃可。且如金國有粘罕，我國有韓少保；金國有柳葉槍，我國有鳳凰弓；金國有鑿子箭，我國有鎖子甲；金國有敲棒，我國有天靈蓋。"人皆笑之。（據十萬卷樓叢書本）

（陳禹越輯，刊載第三十六期，民國三十年九月二十日）

羅莘田(即羅常培)

(1899.8—1958.12)

北京人,滿族,字莘田,號恬庵。1919年畢業於北京大學中文系。1923年任西北大學國學專修科主任兼教授,後任厦門大學教授。1927年任中山大學教授。隨後到廣州中央研究院歷史語言研究所語言組任專職研究員。1934年到北京大學任教授。1940年任西南聯合大學中文系主任,兼任北京大學文科研究所所長。1944年秋應美國朴茂納學院之聘,赴美講學,并任朴茂納大學和耶魯大學訪問教授,1948年回國,仍任北京大學教授。新中國成立後,出任中國科學院語言研究所所長、研究員,任中國科學院哲學社會科學部委員。1952年任《中國語文》雜志主編。主要著作有《厦門音系》、《唐五代西北方音》、《國音字母演進史》、《漢語音韵學導論》、《臨川音系》、《羅常培語言學論文集》、《羅常培文集》(全書十卷册)等十幾種專著,《切韵探賾》等50多篇論文,并與趙元任、李方桂合譯瑞典學者高本漢的《中國音韵學研究》。

羅莘田（即羅常培）

北平俗曲百種提要及其押韵法

一、北平俗曲百種提要

我現在所根據這一批材料是常維鈞先生替劉半農先生搜集的，其中有的抄自"車王府曲本"，有的抄自"百本張的唱本"，還有幾本標"清幽書屋""清雲書坊""松月山房""别墅山莊"等字樣。原材料中曾就内容略加分類，現在爲眉目清晰起見，我依照原來的分類，把這一百首俗曲的名稱、體裁、調子，逐一列舉如下①：

曲　名	體　裁	調　子	轍　口
第一，情歌類			
一、進蘭房	五更六段十二落	鋪地錦	每段一轍
二、反調尼姑下山	五更五段十落		每段一轍
三、尼姑下山	五更六落帶數板五段	利津調	每段一轍
四、照花臺	十五落		每段一轍
五、探情郎	十落	剪靛花	江陽
六、佳人餞行	三十五落	剪靛花	人辰（内有中東三落）
七、姑娘思女婿	十二月十二段二十四落	太平年	每段一轍（末段每落一轍）
八、尼姑思凡	五更五段十二落帶尾	梳妝臺	每段一轍（第三段每落一轍）

① 原文在列舉時并無表格，整理者爲叙述清楚明晰，遂以表格形式呈現。特此説明。

(續表)

曲　名	體　裁	調　子	轍口
九、媽媽好糊塗	二十四落	剪靛花	姑蘇
十、斜倚欄杆	十四落曲頭末三落頭落曲尾十分十聲		人辰混中東,曲尾江陽
一一、梳妝臺	十五落		每段一轍,第三落及十一落至十五落每落一轍
一二、打新春	十二月三十八落	太平年	每月一轍
一三、李方俏得妻	六十九落	照花臺	每落一轍
一四、十一月帶五更	二十落	剪靛花	前十二落一七,後八落每更一轍
一五、三戲五更	五更五段		每更一轍
一六、探清水河	十五落		前四落言前,五至九每落一轍,後六落中東
一七、梅月五更	五更五落		每段一轍
一八、打連城	十三月二十八落	倒搬槳	每月一轍
一九、玉姐要婆家	四十一落	關東調	一落或數落一轍
二十、綉花綳	十一落	剪靛花	中東
二一、光棍哭妻	十二月十二落		每月一轍
二二、四貝上工	二十四落	太平年	每落一轍
二三、山西五更	五更十二落		中東混人辰
二四、十杯酒	十杯十段二十落		每段一轍
二五、女思男	十二月二十四落	太平年	每月一轍

(續表)

曲　名	體　裁	調　子	轍　口
二六、綉香圓	三十五落	剪靛花	一落或數落一轍
二七、雕翎配	四十一落	哈哈調	一落或數落一轍
二八、切跳槽		剪靛花	一至四人辰混中東，五至十二遥條
二九、十二重樓	十二月十二段四十八落及曲尾	邊關調	每段一轍
第二,烟花類			
三十、十朵花	十落		懷來
三一、妓女告狀	二十一落		懷來
三二、妓女托夢	五更五段十五落		每段一轍
三三、四季從良後悔	四季五段	凄凉調	每段一轍
三四、逛南頂	四季五段	凄凉調	每段一轍
三五、嘆情樓	十四落	剪靛花	油求
三六、十愛郎君	五更五落	凄凉調	每更一轍
三七、山泉九兒自嘆	十五落		言前
三八、五恨領家	五恨六落間數板五段	利津調	江陽
三九、嘆烟花	五更五段	梳妝臺	每更一轍
四十、烟花女子嘆十聲	十聲十段二十四落		中東雜人辰
四一、叉杆坐獄	五更十落	鮮花調	每更一轍
四二、男女雙十夢	六段	凄凉調	言前

（續表）

曲　名	體　裁	調　子	轍口
四三、反挑眼	四季五段	凄凉調	每段一轍
四四、熱客後悔	四季四段	凄凉調	每段一轍
四五、熱客挑眼	四季四段	凄凉調	每段一轍
四六、髽叉杆	五更六段	凄凉調	每段一轍
四七、妓女悲傷	十落	凄凉調	江陽
四八、從良嘆五更	五更五段	凄凉調	每段一轍
四九、天津開嗙	四季四段	凄凉調	每段一轍
五十、叉杆打王八	十落	靠山調	發花
五一、闊大爺誆妓女	二十九落	凄凉調	江陽
第三，事物類			
五二、盂蘭會	十二落	靠山調	遥條
五三、綉荷包	四十四落	關東調	每落一轍
五四、小倆口兒上廟	四十四落	關東調	一落或數落一轍
五五、綉花燈	六月十二落	天津調	每落一轍
五六、綉兜兜	四十四落	關東調	每落一轍
五七、姑娘二十四標	十二月十二段二十四落	天津調轉倒搬槳	每段一轍
五八、綉門簾	十二段二十四落	湖廣調	每段一轍
第四，集錦類			
五九、十三月古人名	十三月十三段		十三轍全
六十、三國五更	五更五段十落	鮮花調	每段一轍
六一、大實話	十三月十三段	銀紐絲	每段一轍

（續表）

曲　名	體　裁	調　子	轍　口
第五，滑稽類			
六二、姑娘十二標	四十一落	鬬東調	遥條
六三、好媳婦鬥牌	六月十二落	天津調	每落一轍
六四、姐妹撿棉花	四十四落	梳妝臺	花發
六五、後婚放刁		竹板書	一七
第六，感嘆類			
六六、老媽嘆十聲	十聲二十落		中東
六七、康小八嘆十聲	十聲十段二十二落		中東
六八、康小九探監	五更五段十五落	鮮花調	每段一轍
六九、烟鬼嘆十聲	十聲二十落		中東
七十、王三公子嘆十聲	十聲十段二十落		中東
七一、王三公子回家嘆十聲	十聲十段二十落		中東
七二、老媽回家嘆十聲	十聲十八落		中東
七三、小尼姑嘆十聲	十聲十段二十落		中東
第七，雜劇類			
七四、王大娘鋸缸	雙唱	咿呀呀	江陽
七五、姐夫戲小姨	二十落，雙唱	剪靛花	梭波
七六、小放牛	對唱	吹腔	江陽
七七、婆媳頂嘴	二十七落，五角拆唱	銀紐絲	每段一轍

（續表）

曲　名	體　裁	調　子	轍　口
第八,新聞類			
七八、王天貴	六十四落	太平年	一落或數落一轍
七九、黑狗替主報仇	七十落	新太平年	中東言,前夾用
八十、安德春投友	六十六落	天津調	一落或數落一轍
八一、高蘭香還魂	七十六落	天津調	一落或數落一轍
八二、金鐘記	四十八落	天津調	同上
八三、烈女金環記	四十九落	天津調	同上
八四、婆媳歸陰游地獄	八十五落	鬪東調	同上
八五、審青羊	六十一落	天津調	同上
八六、烈女陰魂配	三十七落	天津調	同上
八七、丟姑爺	九十四落	太平年	同上
八八、老倭瓜告狀	六十四落	天津調	同上
八九、姑娘犂大烟	五十一落	天津調	同上
九十、枕頭案	六十七落	天津調	同上
九一、奇巧鴛鴦案	七十五落	太平年	同上
九二、賢良女吊孝	六十四落	剪靛花	同上
第九,勸戒類			
九三、聖人勸	二十六落	天津調	同上
九四、勸姑娘	三十六落	天津調	同上
九五、忍勸圖	四十七落	天津調	同上
九六、佳人勸賭錢	四十一落	鬪東調	言前

（續表）

曲　名	體　裁	調　子	轍　口
第十，物語類			
九七、百花名十采花		竹板書	江陽
九八、鸚哥對答		竹板書	言前
九九、螞蚱算命		竹板書	中東
一百、餑餑陣		竹板書	中東

以上十類，一百首。就曲調來講，除原材料没有標明的以外，有鋪地錦、剪靛花、太平年、新太平年、梳妝臺、照花臺、倒搬槳、銀紐絲、竹板書、咿呀呀、哈哈調、吹腔、利津調、天津調、闞東調、邊闞調、凄凉調、鮮花調、靠山調、湖廣調、天津調轉倒搬槳等二十一種；就轍口講，有一轍到底的（如綉花綳，全押中東），有兩轍夾用的（如黑狗替主報仇，中東言前夾用），有兩轍混用的（如斜倚欄杆及山西五更，人辰中東混用），有每段一轍的，有每落一轍的，有一落或數落一轍不定的；方式頗多，未可一概而論。至於這些曲本雖都流行於北平，其中却有許多帶着地方色彩的，像山西五更、斜倚欄杆，從轍口來看就顯着有點兒特别。還有第八類的十五種：黑狗替主報仇出在河北灤縣，金鐘記出在河北宣化，烈女陰魂配出在河北薊縣，丢姑爺出在河北遷安，枕頭案出在河北豐潤，奇巧鴛鴦案出在河北晋縣，婆媳歸陰游地獄出在河北舊京兆屬；安德春投友出在山東德縣；高蘭香還魂、老倭瓜告狀出在遼寧錦縣，審青羊出在遼寧復縣，賢良女吊孝出在遼寧海城；烈女金環記出在熱河朝陽，姑娘犁大烟出在熱河北部；這些俗曲恐怕都不是北平土産的。本文既以研究轍口爲限，凡是轍口顯然歧异的，我纔把它特别剔出，其餘都不細加分别，反倒可以幫助我們看出十三道

轍口的分劃在北方是很普遍的了。

二、北平俗曲的押韵法

根據上面的材料,我把每首俗曲的韵脚用清人整理詩經韵讀的"絲貫繩牽法"聯貫起來,便不多不少的恰好歸納成十三道轍。現在我們就根據手邊現有的材料來談一談北平俗曲的押韵法——也可以叫做"轍例"。

北平俗曲的押韵法,有句句入轍的,例如:

進蘭房第二落:

對菱花卸去殘"妝",聽譙樓更鼓齊"忙",暗自惆"悵"!細絲絲明月照在紗紗紗窗"上",細絲絲明月照在紗紗紗窗"上"。

十二重樓第四落:

離愁萬萬"千",離愁萬萬"千",平地裏風波拆散姻"緣",與兒夫今朝別未知何年"見"。

有第一句不入轍的,例如:

嘆情樓第二落:

金風吹動梧桐葉,丹桂花開不能自"由",花木凋零冷颼"颼",哎咳喲!那是奴家葉落歸"秋"。

十一月帶五更第二落:

樵夫怕冷懶把山上,才子怕冷懶把詩"題",漁翁怕冷懶得釣"魚",哎哎哎,耕夫怕冷懶去扶"犁"。

有第三句不入轍的,例如:

梳妝臺第一落:

一更裏來梳妝"臺",從頭上拔下了金鳳"釵",金釵插在妝臺上,忽聽得才郎哥走進奴房"來"。

斜倚欄杆第一落:

桃葉尖尖柳葉"青",小貨郎擔擔站在門"庭",擱下鋼針盤絨綫,梳洗打扮下了樓"亭"。

有第一句和第三句不入轍的,例如:

玉姐要婆家第十三落:

不怨天和地,瞞怨爹和"媽",奴今二十三,并不找婆"家"。難道説白頭留到八十"八"。

又第十九落:

指着楊説柳,指着西説"東"。張長李家短,帶着把他"明"。父母衹當耳旁刮陣"風"。

有第三句、第五句和第七句不入轍的,例如:

梅月五更第一落:

一更裏董月英獨坐綉"房",對孤燈照菱花莫比尋"常"。杏核眼柳葉眉自小生就,櫻桃口點朱唇模樣更"强"。小金蓮剛半"扎"千嬌百媚,臉兒上透春色時樣梳"妝"。自古都説紅顏薄命,一傾城再傾國多受凄"凉"。

有第三句、第九句、第十一句不入轍的,例如:

百花名十采花第一落:

正月裏采花迎春花兒"黄",二月裏采花杏花"香",三月裏桃花紅似火,四月裏采花芍藥蕊内"香",五月裏石榴花鬧鬧嚷"嚷",六月裏荷花葉子水上"揚",七月裏的蘭花正開"放",八月裏陣陣風吹桂花"香",九月裏的菊花黄金色,十月裏的梅花雪内"藏",冬月裏天寒没有花采,臘月裏梅花疏影暗"香"。

不過俗曲用韵比較鬆一點,往往同在一首裏頭各落的轍例并不完全一致。例如:綉香圓的第一落每句都入轍:

姐兒房中泪漣"漣",忽然想起逛花"園",觀花散心"田",哎哎哟,急忙走一"番"。

第十五落也一樣:

頭齣戲兒綉的"鮮",吕布也曾戲貂"蟬",他是美少"年",哎哎喲,歡樂不可"言"。

可是第二、三、四……等落第一句都是不入轍的:

邁步來到花園内,各樣花草開的"鮮"。仔細用目"觀",哎哎喲,與奴一樣"般"。

這邊開的老來少,那邊開的串枝"蓮",蘭草尖又"尖",哎哎喲,蝴蝶上下"翻"。

養魚池中長流水,金魚銀魚鬧的"歡",奴家受孤"單",哎哎喲,枉在陽世"間"。

其他各首裏,像這樣的情形很多,所以我們歸納轍脚時千萬不要拘泥一定的成規,總得看轍脚用字是否可以照"絲貫繩牽法"繫聯成貫,然後纔能斷定它是否入轍。至於像百花名十采花的第一落四用"香"字勉强凑轍,這類押韵法在詩詞曲中極少見,但在俗曲中却不可勝數。例如:大實話第四落"刮、家、怕、家、媽、大",兩用"家"字;小媳婦門牌第六落"八、花、八、發、八",三用"八"字;烈女金環記第十一落"排、來、來、來、排",三用"來"字,兩用"排"字;忍勸圖第三十一落"留、頭、留、求、頭","留""頭"各兩見。像這類的例子隨時都可以碰到,真是舉不勝舉,這正可見俗曲押韵比較自由的地方。

關於韵字的歸類有幾點還得要提出來討論:

(一)中東和人辰兩轍的混淆

在十三道轍裏,這兩轍的糾紛最多。例如:

尼姑思凡末一段:"明"、"聲"、君、雲、親、"成"、林。

斜倚欄杆:"青"、"庭"、"亭"、"聲"、"情"、心、身、門、親、人。"聲"、"嚀"、心、身、門、親、人。"聲"、門、心、親、"中"。"聲"、門、"聽"、"聲"、親、"中"。"聲"、"明"、門、"燈"、親、"情"。"聲"、"明"、親、真。"聲"、"明"、親、恩、真。"聲"、身、"程"、親、門。“聲”、“行”、雲、“宫”、親、“能”。“聲”、“明”、“行”、親、針。

梅花五更末一段:“聲”、“行”、論、門、“程”。

烟花女子嘆十聲:“聲”、人、身。親、分、門。“聲”“疼”“更”。“明”、“驚”、“瞑”、“聲”、心、“情”。“睁”、門、恩。“聲”、人、“應”。“名”、“燈”、衿。“聲”、神、“疼”。“容”、身、“更”。“聲”“情”“風”。“行”“寧”“聽”。“聲”、婚、人。心、“驚”、心。“聲”“風”“生”。紛、人、人。“聲”、“成”、紋。唇、人、身。“聲”、身、門。貧、“心”、門。

以上四例是中東混入人辰的。

山西五更:更、燈、櫺、定。生、“金”、靈、能、空。更、生、櫺、驚、“恨”、情。情、“人”、“壽”、“春”、“問”。明、聲、迎、聽、“人”。情、“人”、清、明、定。更、登、庭、綾、“枕”。盈、登、“金”、重。更、明、“君”、醒、送。明、“君”、庭、寧、病。明、聽、“斤”、瓶、餅。升、“盆”、紅、杏。

王三公子回家嘆十聲第十五落:聲、“痕”、仲、城。

金鐘記第三十三落:“身”、“云”、容、鬆、“升”。

審青羊第十六落:盈、精、生、通、“伸”。

老倭瓜告狀第一落:“今”、“新”、城、庭、“窮”;第二十四落:“中”、成、“人”、“云”、“門”。第三十一落:“門”、行、“春”、“門”、“云”。第五十五落:“春”、行、能、生、繩。

枕頭案第十二落:“痕”、蒙、咚、疼、聲。

以上六例,是人辰混入中東的。這些例子當然不是偶爾通叶,而是方言色彩的表現。從音理上解釋有兩種可能:(一)本來是穿鼻—**ng** 尾的中東轍,因爲受主要元音 **i** 的影響把韵尾變成—**n**;(二)本來是抵顎—**n** 尾的人辰轍或變—**ng**,或與中東轍的—**ng** 同變鼻化元音,因而可以通押。前四個例裏除去“中、宫、疼、容”四個例外,用第一條解釋都可以講得通;後六個例子用第二條解釋都可以講得通。嚴格説起來,這些首曲子都不能算是純粹北平的俗曲,我們現在可以確指的,衹知道山西五更是根據山西方言,而且聽"老北京"説"聽過山西五更後,可以使人酸的倒了牙"。那麽,這首曲子的腔調含着一點"醋糟味",那是没有問題的了。此外若從故事的發源地講,金鐘記出在河北宣化,枕頭案出在河北豐潤,老倭瓜告狀出在遼寧錦縣,審青羊出在遼寧復縣,曲中的方言是否和故事的地域相合,也就不得而知了。至於尼姑思凡、斜倚欄杆、梅花五更、烟花女子嘆十聲之類出在什麽地方,從我們現有的材料是看不出來的。我現在姑且把前四例附在人辰轍的後邊,把後六例附在中東兩轍的後邊,拿它們當做"合韵"看待,却不因此淆亂人辰和中東兩轍的界限。

(二)幾個數轍并收的韵字

有幾個字照條例繫聯可以歸入兩轍以上,由此可以反映出它們的讀法也是不同的。例如:

(1)"白"字見於梭波、懷來、灰堆、乜斜四轍。

a. 玉姐要婆家第二十九落:"白"、我、個,應讀 BE;

b. 同曲第十四落:"白"、臺、來、開,應讀 BAI;

c. 妓女托夢第十五落:跪、"白"、回,應讀 BEI;

d. 烈女陰魂配第十六落:切、"白"、節、界、爺,應讀 BE(蘇)。

(2)"哈"字見於發花、梭波、灰堆三轍:

a. 老倭瓜告狀第十五落:發、花、他、家、"哈",應讀 HA;

b. 綉荷包第十七落:和、"哈"、喝、佛,應讀 HE;

c. 同曲第二十六落:"哈"、逵、黑,應讀 HEI。

(3)"著"字見於發花、梭波、遥條三轍:

a. 姐妹撿棉花第一落:發、狹、"著",應讀 JA;

b. 打連城第二十八落:脱、"著"、樂,應讀 JUE;

c. 打新春第二十四落:吵、悄、"著",應讀 JAU。

(4)"家"字見於發花、乜斜兩轍:

a. 進蘭房第五段:發、花、"家"、話、他、答、他、下,應讀 JIA;

b. 從良嘆五更第一段:呆、"家"、蟹、切、蝶、接、月、爺、孽、絶,應讀 JIE(蘇)。

(5)"得"字見於梭波、灰堆兩轍:

a. 李方俏得妻第三落:錯、多、個、"得",應讀 DE;

b. 同曲第十八落:虧、"得"、龜,應讀 DEI。

(6)"學"字見於梭波、遥條兩轍:

a. 姑娘二十四標第六落:"學"、過、矬、白、哥,應讀 SHIO;

b. 女思男第四段:桃、了、廟、"學"、熬、燒、"學",應讀 SHIAU。

(7)"鞋"字見於乜斜、懷來兩轍:

a. 大實話第五段:節、血、熱、街、"鞋"、月,應讀 SHIE;

b. 十二重樓第四段:來、諧、外,挨、"鞋"、愛,柴、開、害,該、臺、帶,應讀 HAI。

(8)"熱"字見於梭波、乜斜兩轍:

a. 逛南頂第二段:和、娥、過、車,"熱"、河,樂、德,應讀 RE;

b. 大實話第五段:節、血、"熱"、街、鞋、月,應讀 RE(蘇)。

(9)"咱"字見於發花、言前兩轍:

a. 十一月帶五更第十八落:發、媽、"咱"、嗎,應讀 TZA;

b. 王天寶第二十落:憐、氈、"咱",又第二十一落:翻、"咱"、磚,應讀 TZAN,疑借爲"喒"。

(10)"度"字見於姑蘇、遥條兩轍:

a. 媽媽好糊塗第十三落:珠、塗、"度",應讀 DU;

b. 綉兜兜第十一落:毛、姣、"度"、核,應讀 DAU。

上面這幾個例,有的因爲文白异讀(如"白"之讀 BE 或 BA),有的因爲重輕异讀(如"家"之讀 JIA 或 JIE,"著"之讀 JA 或

JAU),有的因爲音近叶讀(如“白”讀BEI以叶“跪,回”),也許還有因方域而歧异的,那就限於佐證,不能十分確定了。此外還有幾個字的讀法也很特別,例如:

“色”字祇見於懷來轍,應讀SHAI:

小媳婦門牌第十二落:白、“色”、牌、懷、白、白。

“薄”字和“覺”字祇見遥條轍,應讀BAU和JIAU:

尼姑下山第三落:敲、“薄”、廟;同曲第四落數板:笑、敲、告、“覺”。

“謀”字入梭波轍,應讀ME或MUO:

烈女金環記第四十九落:“謀”、德、活、個、魔。

“色、薄、覺”三個字在國音常用字彙裏還列着它們的語音又讀,至於“謀”字讀MO就比較少見了。

(三)幾個可注意的轍

(1)在尼姑下山第五落的數板用下面七個字來合轍:

地、“棍”、字、意、穗、歲、貝。

這七個字裏,“地、字、意”是一七轍,“穗、歲、貝”是灰堆轍,“棍”是人辰轍,何以能相合呢?在這裏我們就不能不提“小轍兒”的問題了。

在北方的俗曲中,除去十三道轍外,還有兩道小轍兒,就是:

a.小人辰兒;

b.小言前兒。

原來十三道轍,每轍都可以附“兒”,而它的音却分不出十三個來,因爲語音自然的變化,就歸納成“小人辰”和“小言前”兩道小轍兒。它們的歸類法,相傳是:

一七
灰堆 } 加“兒”,合成小人辰兒;
人辰

言前
發花 加“兒”,合成小言前兒。
懷來

大約唱曲兒的要合小轍兒,衹要加“兒”在各轍之後,讀音始合的就可以一處押韵:審音上嚴了,用韵上倒寬了(參閲魏建功先生説轍兒,載國語周刊一〇三、一〇四期)。知道這種音變,然後對於上面所引尼姑下山第五落的數板就可以解釋它爲什麽算合轍了。因爲一七、灰堆、人辰加“兒”既然可以變成小人辰兒,那麽:

地兒 棍兒 意兒 穗兒 歲兒 貝兒

照北平話念起來豈不都是很合轍的 LE 韵嗎?我因爲現有的一百種俗曲裏明白注出用小轍兒唱的不多,所以并没把它們獨立。在這裏因爲解釋這一條的轍口,順便把小轍兒問題提出來説一説,可是把這幾個韵字仍然附在灰堆轍的後邊。爲使小轍兒的用法更加明瞭起見,我再各舉北平歌謡一首以示例:

a. 小人辰兒。

二姑娘“二兒”,
二姑娘出門子給我個“信兒”。
搭大棚,
貼喜“字兒”;
娶親太太大拉“翅兒”,
八團褂子大開“衩兒”;
四輪馬車雙馬“對兒”,
箱子匣子都是我的“事兒”。

b. 小言前兒。

一個小“孩兒”,
上廟“臺兒”,

栽了個跟頭，
撿着小“錢兒”；
又打醋，又買“鹽兒”，
又娶媳“婦兒”又過“年兒”。

(2)切跳槽後附跳槽回頭末一落用“衣、人、心”來合轍，照通首的轍例，“衣”字應該入轍的，可是同時有兩種可能的解釋：

a. 用上一條的例各加“兒”音變成小人辰兒：

衣兒　人兒　心兒

b.《中庸》“壹戎衣而有天下”，鄭康成説：“衣讀如殷，聲之誤也，齊人言殷如衣。虞夏商周氏者多矣，今姓衣者，殷之冑歟？”後來高誘也説“兖州人謂殷氏皆曰衣”，其語氣反比康成堅決。又白虎通衣裳云：“衣者，隱也。”也可作“衣”有“殷”音的佐證。北平方言管外路人所説的話叫做“切口”或“怯口”，那麼，“衣、人、心”的合轍既然發現在切跳槽中，安知“衣”字不會讀成山東人的“殷”音呢？

後一種解釋雖然比前一種迂曲一點兒，但在理論上也是講得通的。

(3)四貝上工第九落用“凉、裳、寒”來合轍。像這種情形，不是“凉裳”的韵母變“弓”，就是這三個字的韵母都變鼻化元音。因爲這首曲子的方域决不定，我們還没法兒斷定那種解釋對。

(4)打新春第十落用“呆、來、誰”合轍，這是拿灰堆叶懷來的例。

(四)平仄通押和入聲變讀

平仄通押的韵在詩詞裏很少見，元曲以後就漸漸多起來了，把短促的入聲延長，使它和舒聲的“陰韵”（不附鼻收聲的韵）通押，從元周德清的中原音韵以後也逐漸成爲風氣了。俗曲的用韵既然很寬，那麼這兩種現象當然是更多的。例如：

進蘭房第五段:“發、花、家、話,他、答、他、下”,“發、答”以入叶平,“話、下”以去叶平。

綉花燈第二段:“和、羅、著、潑,哥、坡、河、娥”,“著、潑”以入叶平。

從良嘆五更第一段:“呆、家、蟹、切、蝶、接、月、爺、孽、絶”,“切、蝶、接、月、孽、絶”,以入叶平,“蟹”以去叶平。

照花臺第四段:“西、裏、誰,七、己、意、你”,“七”以入叶平,“裏、己、你”以上叶平,“意”以入叶平。

大實話第六段:“伏、哭、布,禿、書、富”,“伏、哭、禿”以入叶平,“布、富”以去叶平。

安德春投友第四十一落:“白、奈、腮、來、摘”,“白、摘”以入叶平,“奈”以去叶平。

綉兜兜第二十七落:“梅、賊、没、諱”,“賊、没”以入叶平,“諱”以去叶平。

女思男第四段:“桃、了、廟、學,熬、燒、學”,“學”以入叶平,“了”以上叶平,“廟”以去叶平。

大實話第十段:“颼、樓、肉、油、頭、漏”,“肉”以入叶平,“漏”以去叶平。

至於附有鼻收聲的“陽韵”雖然没有和入聲合轍的,可是平仄通押的也很多。例如:

反調尼姑下山第五段:“天、漣、眠、怨、三、仙、緣、院”,“怨、院”以去叶平。

十二重樓第十段:“春、紛、問,深、神、忿,云、聞、頓,心、人、論”,“問、忿、頓、論”以去叶平。

進蘭房第二段:“床、裳、郎、逛、腸、忘、行、喪”,“逛、忘、喪”以去叶平。

綉門簾第四段:“經、空、洞、兵,鶯、情、病、生”,“洞、病”以去叶平。

像這一類的例子舉不勝舉，姑且每轍摘出一個以見一斑。但這一些事實便可以窺見俗曲的用韻比以前的詩詞曲寬得多了。

（刊載第三十九、四十、四十一、四十二期，民國三十年十一月八日、十五日、廿二日、廿九日）

案：此文增訂後，收入羅常培《北京俗曲百種摘韵》（北京：來熏閣書店，1950年11月）一書上卷的第三、四部分内容，第10～32頁。羅書原於1942年由重慶國民圖書出版社刊行，惟流傳極少。來熏閣本爲修訂本。又，天津古籍出版社1986年11月根據來熏閣本重印。修訂本又收入《羅常培文集》第3卷（王均主編）（濟南：山東教育出版社，2008年11月），第94～109頁。

陳寅恪

（1890.7.3—1969.10.7）

江西義寧（今修水）人。字鶴壽，號青園，又署名青園翁，英文署名 Tschen Yin－Ko。室名寒柳堂、金明館、不見爲净之室。早年赴日本留學，1905 年歸國，後入上海吴淞復旦公學；1910 年至 1925 年三次游學歐美，先後在德國柏林大學、瑞士蘇黎世大學、法國巴黎高等政治學校、美國哈佛大學攻讀語言學、文學、梵文、巴利文和佛經。1925 年歸國，應聘清華國學研究院導師；此後，歷任清華大學教授、歷史語言研究所研究員、故宫博物院理事、香港大學中文系主任、西南聯合大學教授等職。1939 年被選爲英國皇家學會通訊院士。1945 年應牛津大學之聘，赴英國任教，兼治眼疾。1946 年返回中國，任清華大學教授。1948 年，當選爲中央研究院院士。同年底，轉任廣州嶺南大學教授。1952 年後，任中山大學教授、中央文史館副館長、中國科學院哲學社會科學部委員等。主要著作《隋唐制度淵源略論稿》《唐代政治史述論稿》《元白詩箋證稿》《寒柳堂集》《柳如是别傳》等。

陳寅恪先生來函

敬啓者,頃讀

貴刊第二十九期吴曉鈴先生青樓集作者姓名考辨,論據精確,欽服至極。鄙意青樓集序中所謂"商顔黄公之裔孫",其實即指夏氏而言。蓋商山四皓中有夏黄公一人,夏伯和自可目之爲"商顔黄公之裔孫"也。葉郎園、吴曉鈴二先生俱精於曲學,夙所景仰,并與寅恪有一日之雅,似讀郎序,偶有所得,辨所不必辨,特陳妄謬之見,質正高貴,兼以求教於世之讀貴刊者。順頌

望舒先生　撰祺

弟陳寅恪拜啓　十月廿五

四皓或以綺里季夏爲一人,黄公爲一人,陳留志及崔氏譜稱夏黄公爲崔姓者,此種考據均與本問題無關,不必多贅也。

(刊載第四十一期,民國三十年十一月廿二日)

案:原文題"致戴望舒",收入陳寅恪著《陳寅恪集·書信集》(北京:生活·讀書·新知三聯書店,2001年6月),第235~236頁。

附　録

文章篇名索引

此索引按論文篇名首字筆畫畫數排列，篇名後加括號，標注所在頁碼。同畫數的，按[一]横、[丨]竪、[丿]撇、[丶]點、[乛]折笔畫順序排列。

二　畫

三　畫

四　畫

五　畫

六　畫

七　畫

八　畫

九　畫

十　畫

十一畫

十二畫

十三畫

十四畫

十五畫

十七畫

十八畫

十 九 畫

二 十 畫

二十二畫

後　記

關家錚兄《二十世紀四十年代香港〈星島日報·俗文學〉周刊彙編》付梓在即,發來電郵催促,謂余不能無一言云云,此關兄之錯愛也。其選編之學術意義與價值,已有學長、前輩馬幼垣先生爲之序,而家錚兄亦撰有"引言",可謂詳矣,實已毋庸爲之贅言耳。然而,家錚兄乃余敬佩之畏友,乃敢從命略作補述一二瑣事,以志情誼。

余識家錚兄於四川大學項楚先生主持之俗文學研討會上,迄今十餘載矣。初見但知其文扎實,其言談不入凡俗,後乃知其爲我國著名前輩俗文學家、滿學家、敦煌學家關德棟先生之哲嗣。家錚兄可謂有家學者也。

余二人皆書生也,不通世務俗情,唯埋首於一己鍾情之研究中,恒有不知人間何世之感。相識以來,每見但論文壇學林史料掌故,不及其他,真可謂君子之交也。家錚兄,信義之人也,其所允諾之事必果。即以本編爲例,原屬余任職之香港大學饒宗頤學術館學術部立案之某研究項目中之一環,與之者三人,今祇家錚兄守信完成其所負責之部分,并依約交稿以供出版,而餘者則至今仍未作交代。是以知其爲人也,與當世衆多唯利是圖者大不同,其人品高潔,顯然易見。其爲學則以史料爲本,從不務虛奢談理論,每著必窮究文獻,但以有益於後來學者爲職志,而從不以一己之學術前途爲計較,其學品清越如此。或有少年不識者謂其書文祇見史料不見學術,余則每淡然爲之辯曰:"不見史料,又或史料未足者,何來學術?"想家錚兄必不以此言爲忤也。

余何幸,得與家錚兄爲友?復更兼同爲山東大學之同仁,亦甚有緣矣。

緣者,言猶未盡,又似已盡言之者也。又或乃余二人性氣相投歟?亦未可知。是爲後記。

鄭煒明

己亥十一月十六日於香港大學饒宗頤學術館